COLLECTION
FOLIO CLASSIQUE

Honoré de Balzac

LES CÉLIBATAIRES

Le Curé de Tours

SUIVI DE

Pierrette

Édition présentée,
établie et annotée
par Anne-Marie Meininger

Gallimard

PRÉFACE

Très « balzaciennes », l'une célèbre et l'autre méritant de l'être, voici deux histoires féroces et parfaites. Mais pourquoi réunies? Et qu'y a-t-il de commun entre François Birotteau, vicaire de Saint-Gatien à Tours, et Pierrette Lorrain, orpheline placée chez de lointains cousins, merciers retirés à Provins? Ce rapprochement est le fait de Balzac lui-même. En octobre 1842, il réunissait à La Rabouilleuse, *qu'il venait d'achever,* Pierrette, *écrite en 1839, et* Le Curé de Tours, *composé en 1832, dans une série particulière à l'intérieur des* Scènes de la vie de province *destinées à* La Comédie humaine, *série qu'il coiffait du titre d'ensemble* Les Célibataires, *dévolu depuis 1832 et jusque-là au seul* Curé de Tours. *Ces* Célibataires *en trois récits, souligne-t-il en 1842, c'est « ce que je voulais écrire sur le célibat ».*

Ce qu'il voulait écrire sur le célibat n'était pas gai. Et de moins en moins à mesure qu'il avançait dans la vie. Dans Le Curé de Tours *et* Pierrette, *il s'agit de crimes, ni plus ni moins, de ces « crimes cachés » que l'hypocrisie sociale escamote et qu'il veut faire voir et entendre. Mais de l'un à l'autre, le degré d'horreur diffère, et leurs conséquences, et leurs victimes. Le curé ne perd que la niche et la pâtée, et le peu d'intelligence qu'il avait jamais eue. L'enfant perd la vie. De plus, le vieil homme avait amplement contribué à son écrasement par son égoïsme et sa niaiserie, tandis que l'enfant n'était qu'amour et innocence. Par là diffère l'horreur qu'inspirent leurs bourreaux respectifs, les « célibataires », couples malfaisants de vieilles filles et de vieux garçons : à Tours, Sophie Gamard, la logeuse aidée dans l'ombre par le silencieux abbé Troubert, et à Provins, Sylvie Rogron, la vieille cousine flanquée de l'imbécile Jérôme-Denis, son frère.*

Mais au-delà de la responsabilité de ces nuisibles, celle de la société ne semble pas moins lourde depuis la tragi-comédie qui transforme le gras vicaire en « brin de paille décoloré, boueux, roulé dans le ruisseau », jusqu'au drame qui fait d'une joyeuse petite fille un pauvre cadavre martyrisé.

L'histoire de 1832 relevait de la « vie privée » : à cette époque, Balzac n'étendait pas encore plus loin son observation. En 1839, il en avait depuis plusieurs années élargi le champ à la « vie parisienne » et à cette « vie de province » à laquelle appartenait Pierrette. *En devenant plus nettement sociologique, son analyse était devenue aussi nettement plus noire. A cet égard,* Pierrette *coïncide avec un tournant capital et révélateur : c'est au moment même où il achevait ce récit que Balzac abandonnait le titre d'*Etudes des Mœurs au XIXe siècle, *sous lequel il regroupait jusqu'alors ses œuvres, pour celui, tellement moins serein, moins objectif, tellement plus pessimiste de* Comédie humaine.

Tout l'assombrissement que le spectacle de la société imprima peu à peu à la vision de Balzac se mesure au rôle différent qu'il lui donna en 1832 dans l'histoire du curé, et en 1839 dans la tragédie de l'enfant. Car, sans cette société, représentée à Tours par la Congrégation et la noblesse, mais à Provins par les ministériels et l'opposition libérale, antagonistes toujours prêts à s'allier pour écraser les faibles et soutenir les forts, les bourreaux célibataires ne pourraient rien. Balzac renforce singulièrement l'aide que la société leur apporte depuis les marivaudages politiques des factions tourangelles qui, à leur surprise quasi sincère, tournent mal pour Birotteau, jusqu'aux menées conscientes et organisées des factions provinoises dont mourra l'enfant martyre après avoir servi leurs « passions infâmes » et leurs « friponneries sociales ».

Cette aggravation, cet assombrissement ressortent d'autant mieux que les deux histoires se déroulent durant la même période : sous la Restauration pendant le ministère Villèle et sa chute; et dans le même cadre, celui d'une ville de province.

D'où venait ce pessimisme croissant? D'où, après les Etudes de Mœurs, La Comédie humaine? *D'où, après* Le Curé de Tours, Pierrette?

Quand ils étaient petits et qu'ils habitaient Tours, leur mère conduisait régulièrement Balzac et ses sœurs à la cathédrale Saint-Gatien lors des jours de fête : « Là, Honoré pouvait songer à loisir, rappellera sa sœur Laure, et aucune des poésies et des splendeurs de cette belle église n'étaient perdues pour lui. Il remarquait tout [...] *Les physionomies des prêtres, qu'il étudiait, lui aideront un jour à composer les abbés Birotteau et Loraux* [...] *Cette église l'avait tant impressionné, que le nom seul de Saint-Gatien réveillait en lui des mondes de souvenirs. »*

Tant impressionné en effet que, dès les premières œuvres de ses vingt ans, le cadre qui s'imposera pour les scènes pathétiques de Sténie *et de* Wann-Chlore *sera le vieux quartier enserré à l'ombre de la cathédrale par une Clôture dont lui était venu son nom de Cloître Saint-Gatien. Et lorsqu'en avril et mai 1832, il tâtonnera pour commencer* Le Curé de Tours — *« Il m'a fallu vingt jours avant d'inventer et de penser* Les Célibataires *» — il en choisira d'emblée le cadre, encore et toujours l'ombre de Saint-Gatien, alors qu'il ne trouve pour les premières ébauches que des personnages aux antipodes de l'œuvre future :* La Vieille Fille *dont l'héroïne, Sophie Berger, promettait d'être aussi touchante qu'édifiant l'abbé Maurin qu'elle hébergeait; et* Le Prêtre catholique *esquissant un abbé de Vèze au grand caractère.*

Le Curé de Tours *fut donc, comme l'a noté Nicole Mozet, d'abord « un lieu en quête de personnages ». Un lieu à la fois précis et vague, que Balzac a contribué à rendre tel, tour à tour guidant et déroutant à travers le sombre et mélancolique dédale du Cloître, tour à tour décrivant ou imaginant ruelles et maisons au gré de sa mémoire ou de son invention. Ce layrinthe a fini par livrer ses secrets et, dans la rue de la Psalette qui existe toujours, Suzanne Bérard a identifié de façon convaincante la maison de Sophie Gamard avec le bâtiment dit Préau Saint-*

Gatien. Cette grande maison, dont l'habitation ne fut jamais bourgeoise mais uniquement religieuse et communautaire, comportait deux ailes en équerre donnant alors sur un jardin. Comme celle habitée par Birotteau, l'aile nord possédait une galerie, une chambre à cheminée monumentale et, surtout, la magnifique bibliothèque des chanoines, « cette bibliothèque, à coup sûr, qui est à l'origine de la galerie bibliothèque de Chapeloud ».

Le Cloître et le Préau finirent par imposer au récit balzacien au moins ses figures ecclésiastiques, comme le révèle leur histoire. Bien d'église vendu en l'an X à la requête du citoyen Directeur des Domaines, le Préau était cédé en l'an XIII par son acheteur, le citoyen Guyot, à un ecclésiastique, l'abbé Nicolas Simon. La réalité préfigurait la fiction où la Gamard passe pour avoir l'intention de rendre au Chapitre sa maison, bien d'église acquis à peu près de même façon, et où Troubert, à qui elle échoit, fera cette restitution à peu près dans les conditions où elle fut opérée : en 1822, Simon léguait le Préau à l'Archevêque qui, en 1824 et 1830, rendait deux parts de cette propriété à la Mense et au Chapitre.

Dans les mêmes temps, avec une simultanéité qui put frapper Balzac, commençait et se dénouait une autre affaire qui a permis à M. l'abbé Préteseille et à Nicole Mozet de trouver un modèle de Troubert en la personne de certain chanoine Dubault, qui habitait aussi le Cloître Saint-Gatien, chez un chanoine honoraire de la cathédrale. « Grande figure de prêtre constitutionnel, le seul à Tours qui ait à cette époque tranché sur la médiocrité générale », Dubault était « un homme d'une intelligence remarquable [...] mais aussi un homme d'intrigue et de très mauvais caractère, qui s'était fait de nombreux ennemis ». Cependant, malgré son esprit d'intrigue et son intelligence, Dubault ne fut jamais évêque, ce qui le différencie déjà de Troubert. Aussi âpre que lui, il semble en outre rapetissé par l'enjeu plus mesquin de sa propre affaire : « En 1803, Dubault, à qui l'Evêché avait refusé de rendre sa cure de Notre-Dame La Riche, exigea de son successeur qu'il lui restituât les effets et ornements sacerdotaux dont il se considérait comme le propriétaire. Le procès a duré jusqu'à la mort de Dubault en 1822, avec maints rebondissements, et ne fut réglé à l'amiable que par ses héritiers. »

Ces affaires ecclésiastiques écloses à l'ombre de la cathédrale quand les Balzac habitaient Tours avaient toutes les chances d'être commentées chez eux, car en l'an XI, donc toujours dans le même temps, le Cloître Saint-Gatien occasionnait de sérieux ennuis à leur éminent ami, le préfet Pommereul, dont les démêlés avec l'Archevêque au sujet du percement de la Clôture prirent un tour retentissant, et assez grave pour remonter, comme dans le récit balzacien, jusqu'au pouvoir central parisien. Quant aux épilogues simultanés de la restitution du Préau et de l'affaire Dubault en 1822, Balzac put les connaître lors de ses séjours à Tours. Notamment dès 1823 quand il fut l'hôte de M. de Savary dont on connaît, depuis l'étude de Pierre-Georges Castex sur Eugénie Grandet, *la ressemblance avec ce M. de Bourbonne qui juge si bien l'affaire Birotteau, et dont le gendre Margonne, bien informé aussi de la chronique locale, avait un nom si proche de celui du narquois propriétaire décrit dans le roman.*

Une inconnue subsiste cependant, car nulle figure de vieille fille malfaisante n'apparaît dans ces démêlés ecclésiastiques tourangeaux. D'après une indication de Laure Surville, il est convenu que l'exécration mutuelle que se vouaient Balzac et Sophie Pigache, vieille demoiselle de Chantilly amie de Mme Balzac, aurait produit dès 1823 Mlle Sophy, détestable bigote dans Annette et le criminel, *puis la Sophie Gamard qui en 1832 prouvait la persistance de cette détestation. A l'encontre de cette preuve par prénom, il y a la Sophie Berger de la première ébauche du* Curé de Tours, *laide et boiteuse mais attachante; ce personnage, par ailleurs, semble annoncer deux héroïnes que Balzac créera peu après l'avoir abandonnée : Joséphine Claës et Eugénie Grandet, laquelle est en outre fille d'acquéreur de biens d'Eglise comme Sophie Gamard. Or, à l'époque où les Balzac vivaient à Tours, le jeune Honoré avait pu voir à Saint-Gatien où elle avait, comme Mme Balzac, sa chaise louée, une demoiselle aussi vieille fille et aussi riche qu'Eugénie Grandet, et qui se nommait Perrine-Madeleine-*Eugénie Gamard. *Faute de connaître sa biographie tourangelle, du moins peut-on révéler ici qu'elle possédait à Paris, rue Cassette, à l'ombre de Saint-Sulpice, une de ces sombres maisons habitées par des prêtres, assez comparable à celle de Sophie Gamard ou à celle dans laquelle Balzac logera plus tard l' « abbé » Carlos Herrera. La demoiselle Gamard réelle est une personne dont il faudra s'occuper un jour. En attendant, des énigmes subsistent. Heureusement.*

La plus importante reste le choix des souve-

nirs d'enfance et leur épanouissement dans Les Célibataires. « *Au commencement, donc, fut un choc affectif* », *pense Suzanne Bérard. Lequel, en dehors de la majesté de Saint-Gatien, de l'ombre et du silence qui l'environnent? En quoi des histoires de prêtres auraient-elles pu assez marquer Balzac pour qu'il veuille un jour donner à juger les factions dont la seule victime est Birotteau? Pour répondre à cette question primordiale, peut-être fallait-il relever une maldonne singulière de la part de Balzac, et d'autant plus significative qu'elle touche la situation même sur laquelle il fait reposer le récit : l'antagonisme entre la noblesse et le clergé. La réalité historique rend cette situation inacceptable pour la période donnée, la Restauration et plus particulièrement le ministère Villèle, alors qu'elle aurait été parfaitement vraisemblable s'il avait choisi l'Empire. Mieux : cette situation avait bel et bien existé sous l'Empire et à Tours même, où Balzac avait appris la célébrité et les conséquences des affrontements entre Pommereul et ses tenants et l'Archevêque et ses tenants. Comme le capitaine baron de Listomère, le général baron de Pommereul avait perdu : blâmé à Paris, sapé à Tours par des bruits fâcheux, il avait été brutalement muté à Lille en février 1806. Le vainqueur, Mgr Louis-Mathias de Barral, représentait un personnage d'ecclésiastique au moins aussi constitutionnel que Dubault, par le rôle important qu'il avait joué dans la conclusion du Concordat, et sa carrière, plus brillante que celle de ce chanoine resté chanoine, se rapproche en outre sur un autre point de celle de Troubert, nommé évêque de Troyes. Car Troyes, dont le choix par Balzac ne semble pas de hasard, se trouvait fort lié à l'histoire de Barral qui, coadjuteur et neveu d'un célèbre évêque de cette ville, avait été, lui aussi, nommé évêque de Troyes.*

Or, l'une des principales victimes de l'antagonisme entre Pommereul et l'Archevêque fut... Bernard-François Balzac, le père du romancier des Célibataires. *Vieil ami et protégé privilégié du préfet, hissé par lui aux honneurs et aux prébendes, nommé en 1803 adjoint au maire et membre de la commission administrative de l'hospice avec la responsabilité de la gestion financière et comptable, le père du romancier pouvait espérer monter encore et atteindre le faîte des honneurs municipaux. Mais comme un symétrique laïque du jovial égoïste et de l'arriviste naïf qu'est François Birotteau, Bernard-François eut particulièrement à pâtir des conséquences de l'hostilité de l'Archevêque envers tout ce qui touchait Pommereul : il prit nombre de coups fâcheux, se trouva harcelé d'enquêtes et procès administratifs, vit son honneur attaqué, notamment quand il fut accusé d'avoir soustrait une somme énorme à l'Etat, comme Birotteau est accusé de soustraire une fortune à l'Eglise. Comme Birotteau voit lui échapper le canonicat rêvé et chute jusqu'à la cure de Saint-Symphorien, non seulement Bernard-François Balzac ne fut jamais maire mais, en mai 1808, il cessait même d'être adjoint et, finalement — mais nous savons grâce à Mgr Hyacinthe combien les haines ecclésiastiques sont patientes — il se trouvait « démissionnaire » de son poste d'administrateur de l'hospice en février 1814. Le bon gros Birotteau est victime de la « Congrégation ». Faut-il préciser que Bernard-François*

Balzac se dira — une lettre à l'un de ses neveux en témoigne — victime d'une cabale de la « Congrégation »?...

Maldonne historique à part, qui d'ailleurs respectait — dans tous les sens du mot — la « vie privée » alors seule visée, la traduction romanesque des faits semble aussi juste que superbement libre. Cette liberté touche non seulement le fond des choses, mais aussi leur forme en donnant à Balzac, grand découvreur de techniques de mise en scène, l'occasion d'une nouvelle invention. Après le retour en arrière, trouvé deux ans plus tôt pour Une double famille, *c'est ici le dialogue intérieur dont le contrepoint italique procure à la rencontre entre Mme de Listomère et Troubert à la fois toute la signification et tout l'éclat qu'elle requerrait au centre d'une histoire construite sur l'affrontement des nobles et des prêtres.*

Mais cette liberté, cette virtuosité montrent le détachement de Balzac vis-à-vis de conflits qu'il n'avait pas directement vécus. En revanche, il avait intensément « vécu » les lieux de l'histoire. A eux donc l'émotion. Et l'emploi magistral qu'il en fait depuis la première page avec le chevet désert de Saint-Gatien, jusqu'à la dernière où, passé le pont de Tours, le quai Saint-Symphorien joue son rôle. Ce lieu, début du chemin vers Paris au bord duquel est abandonné un vieil homme, est aussi un symbole d'éloignement et de fin. Pour le vainqueur comme pour le vaincu, avec Tours qui s'estompe de l'autre côté de la Loire, c'est une vie qui s'achève. Un souvenir peut-être donne à cet épilogue sa résonance inimitable. Quand la famille Balzac quitta Tours peu après la chute de M. l'administrateur de l'hospice, quand Balzac âgé d'une quinzaine d'années eut passé le pont, n'avaient-ils pas eu le sentiment qu'une vie s'achevait, qu'ils laissaient le « vieil homme » de leurs échecs et de leurs amertumes à l'orée de leur route vers Paris, alors que, de l'autre côté de la Loire, Tours disparaissait?

Le cadre, dans Pierrette, *se contente d'être ce qu'il est : une petite ville de province qui poussa la complaisance jusqu'à se nommer Provins, et peut-être, choisie pour cela. Peut-être : on ne sait pas grand-chose de l'histoire de cette histoire. Sinon que, prévue « délicieuse », elle sera totalement amère, et que, destinée à un journal libéral, elle est féroce pour les libéraux. Balzac, parfois, s'en allait sur des chemins imprévus, et aujourd'hui difficiles à découvrir. Ainsi : connaissait-il Provins? Ses commentaires indiquent peut-être son itinéraire. On peut contempler Provins soit, écrit-il d'abord, d'un surplomb au bout de la plaine de La Ferté-Gaucher, soit en y arrivant de Paris, ou de Troyes. Il est bien possible que Balzac ait d'abord ainsi contemplé Provins de loin, et l'occasion n'était pas de celles dont le souvenir s'efface. En 1826, le lancement de son imprimerie l'avait obligé à faire un séjour chez son bailleur de fonds, Dassonvillez, au château de Montglas. L'affaire allait être un désastre, Dassonvillez un créancier impitoyable, et Balzac obérait sa vie à jamais. Mais il ne le savait pas, et une promenade depuis Montglas, situé à mi-chemin entre La Ferté-Gaucher et Provins, a pu le conduire alors jusqu'à une première contem-*

plation à distance de Provins. Plus tard et dans des circonstances non moins mémorables, il eut l'occasion de revoir Provins, et justement en y arrivant de Paris et de Troyes. Sa description de la partie haute de la ville, inexistante, et celle, exacte mais succincte de sa partie basse, donnent à penser que l'auteur de Pierrette *n'a vu que la seconde, et rapidement. Donc peut-être en se promenant le temps du relais qui s'effectuait dans la Grand'rue du bas Provins entre les « moulins assis sur la rivière » et la place où il logera les Rogron, quand à l'automne 1833 il allait à Besançon et en revenait. Car la diligence qui assurait le service quotidien Paris-Besançon et Besançon-Paris passait précisément par Provins et Troyes.*

Pourquoi ressusciter pour Pierrette *le souvenir de cette petite ville sur cette route? Peut-être parce qu'elle avait été la première étape vers sa première rencontre avec la mère de la petite Anna Hanska pour laquelle il projette d'écrire, en juin 1839, « la première œuvre un peu jeune fille que je ferai ». Elle s'intitulera* Pierrette, *décide-t-il un mois plus tard, et ce sera « une délicieuse petite histoire ».*

Très peu coutumier du délicieux pour petite fille de douze ans, sans doute comptait-il alors puiser dans les fonds connus ou moins connus du genre, Paul et Virginie *fournissant les amours enfantines,* Le Compagnon du Tour de France, *qui venait de paraître, apportant la note de populisme édifiant avec apprenti menuisier obligé que voulait la littérature enfantine du temps, le tout étoffé par* Monsieur Pierre. *Cette nouvelle anonyme de 1838, découverte par Pierre Citron, permettait de rendre plus consistants et*

Pierrette et son amoureux en les assortissant d'une famille ruinée par une faillite et d'un orphelin envoyé par la diligence à un oncle célibataire, quincaillier et économe qui, trouvant l'enfant coûteux, le plaçait, naturellement, comme apprenti menuisier. L'apprenti tournait mal, l'histoire aussi. Mais, vraisemblablement, pas encore la « délicieuse petite histoire », Balzac prévoyant sans doute de ménager la petite héroïne de douze ans pour lectrice du même âge, au détriment et à la confusion du — ou des — parents célibataires. Et sans doute aussi avait-il déjà pensé à transformer le quincaillier en mercier. La mercerie étant le plus détaillé des commerces de détail permettrait de surimposer une idée de mesquinerie à l'idée de lucre. En outre, Balzac avait des comptes à régler. Un mercier l'avait assigné en 1836. Un brio vengeur l'animera d'autant plus à l'égard des propriétaires de A la mère de famille — premier nom de A la sœur de famille — qu'en « un jour de détresse » de 1838, il avait dû vendre, la mort dans l'âme, certaines Maximes et pensées de Napoléon, « une des plus belles choses de ce temps-ci », un travail de « sept ans environ », à « un ancien bonnetier qui est un gros bonnet de son arrondissement et qui veut avoir la croix de la Légion d'honneur et qui l'aura en dédiant ce livre à Louis-Philippe ». En fait l'acheteur des Maximes n'était nullement bonnetier, mais il se nommait Jean-Louis Gaudy. Or, l'ex-imprimeur Balzac se souvenait de certain Dictionnaire des enseignes sorti naguère de ses presses, et dans lequel se trouvait épinglé un bonnetier du Faubourg Saint-Denis, dont l'enseigne était justement A la mère de famille et le nom, justement, Jean-

Louis Gaudy. L'amertume de Balzac, chargeant l'innocent propriétaire de A la mère de famille de la manœuvre de son homonyme à propos de la Légion d'honneur et de l' « une des plus belles choses de ce temps-ci », fournira l'encre noire des portraits de Jérôme-Denis et de Sylvie, les propriétaires de la romanesque A la mère de famille, et plus tard, dans Les Petits Bourgeois, celle de plusieurs traits d'un autre couple de célibataires : Brigitte Thuillier, aussi redoutable que Sylvie, et Louis-Jérôme, son frère, aussi niais que Jérôme-Denis, qui tentera la manœuvre Gaudy pour avoir la Légion d'honneur. Ni J.-D. Rogron, ni L.-J. Thuillier ne seront décorés. Ni J.-L. Gaudy. Mais aurait-il eu, lui aussi, une sœur ou une parente, harpie célibataire?

Toujours au stade du projet, l'enfant devait peut-être déjà être sauvée des griffes du boutiquier imbécile et de sa mégère de sœur par la grand-mère, miraculeusement sortie à temps de son hospice de Nantes et de sa ruine consécutive à la faillite de la « célèbre maison Collinet » Si la faillite découlait de Monsieur Pierre, pourquoi Nantes? Peut-être parce que la partie bretonne de Béatrix, achevée juste avant la conception de Pierrette, avait imposé à Balzac le souvenir de Nantes où il séjourna avec la Dilecta en 1830; et, par conséquent, comme le pense Jean-Louis Tritter grâce à des indications de Madeleine Fargeaud, le souvenir des illuministes nantais Tollenare et Richer, connus de Mme Balzac : Tollenare, qui après une déconfiture industrielle, s'était expatrié au Brésil d'où, fortune refaite, il était revenu à Nantes se consacrer aux hospices. De là, l'hospice de la grand-mère de Pierrette et l'argent rendu, fortune refaite en

Amérique, par Collinet dont le nom évoquait Camille Mellinet, fondateur du Lycée armoricain auquel collabora Tollenare. Quant à Richer, sa sœur avait épousé un notable de Provins : pont un peu frêle entre Nantes et Provins, mais, peut-être, pont tout de même.

Une fois Provins et ses personnages principaux choisis, pour une raison ou pour une autre, Balzac pouvait en tout cas escompter un facile peuplement de sa petite ville. Il connaissait justement toute une tribu provinoise depuis le mariage à Villeparisis, en 1819, d'Emilie-Gabriel de Berny, fille aînée de la future Dilecta, avec Antoine-Victor Michelin, né à Provins et alors juge auditeur au tribunal de cette ville. Ce mariage fut l'un des rares événements de la vie de Balzac à Villeparisis, et les Provinois qui y assistèrent se retrouvent, professionnellement du moins, dans la société du roman de 1839 avec ses magistrats, ses médecins, ses prêtres et ses veuves remariées : la mère de Michelin était veuve et remariée à un M. Choiselat, juge au tribunal de commerce de Provins; le frère Michelin était médecin; une de ses cousines, religieuse; un oncle Choiselat, prêtre. Quand plus tard Balzac passa par Provins, était-ce « à l'aube », comme il le dit à la première ligne du récit, « à cette heure » où l'on peut « examiner sans être observé les différentes maisons... »? Le temps d'un relais, il alla peut-être examiner ainsi la dot du magistrat Michelin : quatre maisons situées dans le bas Provins, rue Saint-Ayoul, rue Notre-Dame et cloître Notre-Dame.

Sur la toile de fond déjà animée en idée, pourraient se surajouter d'autres souvenirs : le nom *de Vinet, sans doute emprunté à la dame Vinet qui en 1818 vendait à la* Dilecta *une partie de sa propriété de Villeparisis, et d'autant mieux venu qu'il était celui d'un juge auditeur au procès Feuchères devenu, après cette célèbre affaire, substitut à Mantes : rien d'étonnant si, plus tard, dans* Le Cousin Pons, *Vinet fils devient procureur à Mantes... Celui aussi de Cabirol — premier nom du docteur Néraud — jadis carrier à Villeparisis et décrété « Cabirole n'est pas gnole » dans une lettre de Balzac à sa sœur Laure. A côté de ces réminiscences d'une époque contemporaine du mariage Michelin, Balzac remontant le temps reprend pour l'abbé Habert le nom de « ce pauvre M. Habert, le chapelain de Vendôme », déjà évoqué dans* Ecce Homo; *et le nom de Gouraud, chirurgien-chef des hospices de Tours et frère de Bernard-François Balzac à la loge de* La Parfaite Union, *vient du même passé. Le nom de Tiphaine est celui du notaire parisien Thiphaine-Desaunaux chez qui Balzac signait en 1830 le contrat l'associant à Girardin pour le* Feuilleton des journaux politiques. *Le nom de Rogron lui-même, le petit commerce réincarné en caricature, rappelle ce Joseph Rogron, auteur du* Code de commerce expliqué *qui fut le best-seller boutiquier du temps. Enfin, l'éclatante demoiselle de Chargebœuf doit peut-être son prénom au triomphe rencontré au début de 1839, l'année de* Pierrette, *par le* Bathilde *de Dumas, dont l'interprète, Mlle Ida, a pu communiquer à la Bathilde balzacienne quelque peu de ses allures théâtrales et de ses formes épanouies; pour ne rien dire d'un caractère assez complaisant.*

L'ex-boutiquier Rogron s'associera à Gouraud

pour fonder un journal politique, Néraud sera peu « gnole », Vinet tirera un avantage de carrière d'une ignominie et d'un procès, de même que Mme Tiphaine, femme de magistrat provinois et fille d'une trop charmante mère, dame de Paris dont la réputation est de celles qui ébouriffent les petites villes comme Provins; comme l'avait été jadis Villeparisis par Mme de Berny... Quant à Bathilde, qui jouera si bien toutes les comédies, même celle de la bêtise, en finissant veuve Rogron et sur le point d'épouser Montriveau, naguère amant pur et désespéré de la duchesse de Langeais, « qui lui rend des soins », elle ajoutera à un dénouement déjà très sombre un des aperçus les plus désabusés sur la comédie humaine.

Or, un relais à Provins et ces quelques souvenirs n'expliquent pas qu'une si jolie petite ville se trouve métamorphosée en jungle peuplée de « vipères », de « crocodiles », de « tigres » et de « hyènes », et que Pierrette, *la « délicieuse petite histoire » en projet au printemps 1839, soit devenue le drame sinistre que Balzac écrivit à l'automne. A défaut d'une explication du romancier, du moins faut-il compléter l'histoire du roman en évoquant un événement et en révélant un incident qui eurent lieu juste avant sa rédaction.*

L'incident fut la mort de l'acheteur des Maximes et pensées de Napoléon *le 29 septembre 1839. Par ses accessoires de circonstance, testament, acte de notoriété, cette mort nous permet de savoir ce qu'elle rappelait ou apprenait à Balzac en ce moment décisif : Gaudy était « en son vivant célibataire », et la principale héritière de ses confortables économies aurait dû* être une parente vieille fille. Une harpie peut-être, car il la déshérita presque complètement peu avant de mourir. Et si l'on en juge par le tracé de cette dernière volonté, J.-L. Gaudy ne devait pas avoir grand-chose à envier à J.-D. Rogron en fait de viscosité mentale.

L'événement fut une affaire dont un ouvrage de Me Pierre-Antoine Perrod, L'Affaire Peytel, nous permet de connaître le détail et le retentissement. Par une rencontre singulière, c'est le jour même où Gaudy mourait que Le Siècle achevait la publication de la Lettre sur le procès de Peytel, notaire à Belley, que Balzac venait d'écrire pour mobiliser l'opinion en faveur d'une révision de la sentence des assises de Bourg qui, le 30 août 1839, avaient condamné à mort Peytel, accusé d'avoir assassiné sa femme et son domestique. Accompagnant Gavarni, Balzac était parti le 7 septembre pour voir Peytel à la prison de Bourg et pour enquêter à Belley. Dès le 12, il rentrait à Paris. Par Provins peut-être, car la route était plus rapide sinon plus courte, et Balzac était pressé, comme il l'annonçait au directeur du Siècle, « de démontrer les erreurs commises par la Justice et d'empêcher un de ces malheurs irréparables qui sont une flétrissure pour des époques éclairées ». « Ce pauvre garçon n'est pas coupable, il a été mal jugé. Nous triompherons. »

Le 28 octobre, Peytel était guillotiné. Le 30, Balzac l'annonce à Mme Hanska et, dans la même lettre, annonce aussi qu'il s'est mis à la rédaction de Pierrette. On imagine dans quel état d'esprit... Pour son rôle dans l'affaire Peytel, victime à ses yeux, comme il le clamait dans sa Lettre, de « ces implacables haines de petite ville *qui ont agi dans l'Instruction », Balzac avait reçu bien des éclaboussures. A Mme Hanska, il dit son amertume : « Je verrai, je crois, tuer un innocent sans m'en mêler... »*

Serment de romancier : dans Pierrette, *justement, il va s'en mêler. Sur ce point du moins, le doute n'est guère permis : la petite ville faite jungle, le procès dérisoire, sont sortis de Belley et de Bourg. Le « malheur irréparable » va peser sur chacune des lignes qui aboutiront à l'assassinat d'une enfant. Pierrette mourra parce qu'un innocent — et une enfant est l'être le plus innocent — pouvait mourir des implacables haines d'une petite ville.*

Cette cruauté démonstrative va donner un singulier greffon à Paul et Virginie. *De l'édifiant, du « délicieux » naîtra, par le procédé créateur le plus constant chez Balzac, leur contraire. Ce procédé, commodément amplificateur, est aussi puissamment démonstratif. Ainsi les êtres prévus en fonction du genre anodin d'abord visé, et qui devaient former une société de femmes, d'avocats ou de magistrats, de médecins, de prêtres suffisamment pleins de bons sentiments, serviront non seulement à créer autant de noirs symétriques, mais ils feront valoir leur ignominie. Trop, et trop systématiquement. D'autant que, la rage au cœur l'entraînant peut-être, Balzac tombe du côté où il penche, mettant tous les malfaisants à gauche et les bons à droite. Mais, faussée pour ce qui concerne la société politique, l'histoire sonne néanmoins souvent juste quand il s'agit des êtres. Au point que, pour le drame même de Pierrette, on peut se demander si Balzac n'a pas connu par l'un des magistrats et avocats consultés lors de l'affaire Peytel, quelque affreux cas réel d'enfant martyr. Aurait-il imaginé le « crime caché » de Provins, lui qui se gardait d'imaginer, qu'il resterait peu vraisemblable que soient sortis du néant tous les détails de cette triste jeunesse d'enfant mal aimée, les symptômes et les souffrances de la maladie dont meurt Pierrette. Il avait déjà connu de près une aussi pénible réalité. Il serait donc incroyable que, décrivant les souffrances de Pierrette, ces maux de tête qui ne la quitteront plus jusqu'à sa mort, Balzac n'ait pas songé aux souffrances de sa propre sœur Laurence qui pendant les derniers mois de sa vie avait enduré un « grand mal de tête » qui ne la quittait plus. Si Pierrette meurt à seize ans, Laurence n'avait que vingt-trois ans quand elle mourut. Et si les causes de ses souffrances n'étaient pas les mêmes, car Laurence mourut vraisemblablement d'une tuberculose aggravée dans sa phase terminale d'une méningite tuberculeuse qui provoquait ce « grand mal de tête », les douleurs du moins étaient les mêmes. De santé fragile, aussi vulnérable que Pierrette dont elle avait le teint trop pâle que jadis son frère avait remarqué et qui était le signe de ce que l'on nommait alors une « chlorose », Laurence avait dû être une proie facile pour une maladie sans doute contractée, juste avant son désastreux mariage, auprès du cousin Edouard Malus, qui était venu mourir, tuberculeux au dernier degré, chez les Balzac à Villeparisis. Et avant de mourir, Laurence avait subi quatre ans de misères matérielles, physiologiques et morales aussi cruelles que celles que subit Pierrette chez les Rogron pendant le même temps. Dans cette détresse meurtrière, on ne peut nier l'écrasante responsabilité de Mme Bal-*

zac dont la dureté, l'incompréhension, l'injustice envers Laurence avaient sans cesse empiré depuis l'enfance de celle dont un article de Madeleine Fargeaud nous apprend combien elle fut « Laurence la mal aimée ». L'infernale jeunesse de Pierrette, sa mort, la responsabilité de Sylvie Rogron sont comme l'ombre noire des souvenirs de Balzac qui évoqua si souvent son « infernale jeunesse », la « haine » de leur mère pour Laurence et pour lui, et qui dira de cette mère : « Elle a tué Laurence. »

Excessif sans doute, peut-être injuste, quand il écrit l'histoire de Pierrette, Balzac est avant tout malheureux. La nouvelle blessure ravive les vieilles souffrances. Le « malheur irréparable », son propre échec décuplent les effets d'une année particulièrement dure, au cours de laquelle il a connu une « effroyable misère », avouée à son amie Zulma Carraud. Or « l'horrible lutte que vous connaissez entre les choses de la vie et moi » découlait de l'irréparable désastre qui avait pris naissance près de Provins, lorsque, poussé par une mère dominatrice, il s'endettait pour se lancer dans les affaires. « Tous mes malheurs sont venus de ma mère, elle m'a ruiné par calcul et à plaisir. »

Tous ses malheurs... Le pire est la solitude, la « vie déserte » : « il m'a manqué la moitié de tout », écrivait-il un an avant Pierrette. *Ce ne sera pas un hasard si le 10 février 1840, juste après avoir achevé cette histoire dont le premier chapitre paraîtra quatre jours plus tard dans* Le Siècle, *Balzac évoque à la fois, dans une lettre à Mme Hanska, cette solitude et le souvenir de sa sœur : « J'ai dans l'âme et dans le caractère une égalité qui rendrait une femme heureuse, je me sens une tendresse infinie, inépuisable, hélas sans emploi... Il y a des instants où j'envie ma pauvre Laurence, depuis quinze ans couchée dans son cercueil...* »

La vie déserte et stérile des célibataires de La Comédie humaine *fut une obsession constante chez Balzac, et constamment aggravée. Ses dernières œuvres,* La Cousine Bette, Le Cousin Pons, *marqueront la fin de tout espoir. Mais dès* Le Curé de Tours, *l'image du célibat qui dessèche le cœur et noircit l'âme exprimait les hantises de celui qui, peu après avoir achevé* La Rabouilleuse, *troisième volet du triptyque des* Célibataires, *écrira : « Je deviens méchant comme tous les animaux souffrants »; et après* Pierrette, *déjà : « Si vous saviez ce que je donnerai pour avoir à moi, un enfant! non, il y a des moments où la crainte de me réveiller vieux, malade, et incapable d'inspirer aucun sentiment (ce qui commence) me prend et alors je deviens fou.* »

Anne-Marie Meininger.

Le Curé de Tours

A DAVID, STATUAIRE.[1]

La durée de l'œuvre sur laquelle j'inscris votre nom, deux fois illustre dans ce siècle, est très problématique; tandis que vous gravez le mien sur le bronze qui survit aux nations, ne fût-il frappé que par le vulgaire marteau du monnayeur. Les numismates ne seront-ils pas embarrassés de tant de têtes couronnées dans votre atelier, quand ils retrouveront parmi les cendres de Paris ces existences par vous perpétuées au delà de la vie des peuples, et dans lesquelles ils voudront voir des dynasties? A vous donc ce divin privilège, à moi la reconnaissance.

DE BALZAC.

Au commencement de l'automne de l'année 1826, l'abbé Birotteau, principal personnage de cette histoire, fut surpris par une averse en revenant de la maison où il était allé passer la soirée. Il traversait donc aussi promptement que son embonpoint pouvait le lui permettre, la petite place déserte nommée *le Cloître,* qui se trouve derrière le chevet de Saint-Gatien, à Tours [2].

L'abbé Birotteau, petit homme court, de constitution apoplectique, âgé d'environ soixante ans, avait déjà subi plusieurs attaques de goutte. Or, entre toutes les petites misères de la vie humaine, celle pour laquelle le bon prêtre éprouvait le plus d'aversion, était le subit arrosement de ses souliers à larges agrafes d'argent et l'immersion de leurs semelles. En effet, malgré les chaussons de flanelle dans lesquels il empaquetait en tout temps ses pieds avec le soin que les ecclésiastiques prennent d'eux-mêmes, il y gagnait toujours un peu d'humidité; puis, le lendemain, la goutte lui donnait infailliblement quelques preuves de sa constance. Néanmoins, comme le pavé du Cloître est toujours sec, que l'abbé Birotteau avait gagné trois livres dix sous au whist chez madame de Listomère, il endura la pluie avec résignation depuis le milieu de la place de l'Archevêché, où elle avait commencé à tomber en abondance. En ce moment, il caressait d'ailleurs sa chimère, un désir déjà vieux de douze ans, un désir de prêtre! un désir qui, formé tous les soirs, paraissait alors près de s'accomplir; enfin, il s'enveloppait trop bien dans l'aumusse [3] d'un canonicat pour sentir les intempéries de l'air : pendant la soirée, les personnes habituellement réunies chez madame de Listomère lui avaient presque garanti sa nomination à la place de chanoine, alors vacante au Chapitre métropolitain de Saint-Gatien, en lui prouvant que personne ne la méritait mieux que lui, dont les droits, longtemps méconnus, étaient incontestables. S'il eût perdu au jeu, s'il eût appris que l'abbé Poirel, son concurrent, passait chanoine, le bonhomme eût alors trouvé la pluie bien froide. Peut-être eût-il médit de l'existence. Mais il se trouvait dans une de ces rares circonstances de la vie où d'heureuses sensations font tout oublier. En hâtant le pas, il obéissait à un mouvement machinal, et la vérité, si essentielle dans une histoire de mœurs, oblige à dire qu'il ne pensait ni à l'averse, ni à la goutte.

Jadis, il existait dans le Cloître, du côté de la Grand'rue [4], plusieurs maisons réunies par une clôture, appartenant à la Cathédrale et où logeaient quelques dignitaires du Chapitre. Depuis l'aliénation des biens du clergé, la ville a fait du passage qui sépare ces maisons une rue, nommée rue de la *Psalette*, et par laquelle on va du Cloître à la Grand'rue. Ce nom indique suffisamment que là demeurait autrefois le grand Chantre, ses écoles et ceux qui vivaient sous sa dépendance. Le côté gauche de cette rue est rempli par une seule maison dont les murs sont traversés par les arcs-boutants de Saint-Gatien qui sont implantés dans son petit jardin étroit, de manière à laisser en doute si la Cathédrale fut bâtie avant ou après cet antique logis. Mais, en examinant les arabesques et la forme des fenêtres, le cintre de la porte, et l'extérieur de cette maison brunie par le temps, un archéologue voit qu'elle a toujours fait partie du monument magnifique avec lequel elle est mariée. Un antiquaire [5], s'il y en avait à Tours, une des villes les moins littéraires de France, pourrait même reconnaître, à l'entrée du passage dans le Cloître, quelques vestiges de l'arcade qui formait jadis le portail de ces habitations ecclésiastiques et qui devait s'harmonier [6] au caractère général de l'édifice. Située au nord de Saint-Gatien, cette maison se trouve continuellement dans les ombres projetées par cette grande cathédrale sur laquelle le temps a jeté son manteau noir, imprimé ses rides, semé son froid humide, ses mousses et ses hautes herbes. Aussi cette habitation est-elle toujours enveloppée dans un profond silence interrompu seulement par le bruit des cloches, par le chant des offices qui franchit les murs de l'église, ou par les cris des choucas nichés dans le sommet des clochers. Cet endroit est un désert de pierres, une solitude pleine de physionomie, et qui ne peut être habitée que par des êtres arrivés à une nullité complète ou doués d'une force d'âme prodigieuse. La maison dont il s'agit avait toujours été occupée par des abbés, et appartenait à une vieille fille nommée mademoiselle Gamard. Quoique ce bien eût été acquis de la Nation, pendant la Terreur, par le père de mademoiselle Gamard; comme, depuis vingt ans, cette vieille fille y logeait des prêtres, personne ne s'avisait de trouver mauvais, sous la Restauration, qu'une dévote conservât un bien national : peut-être les gens religieux lui supposaient-ils l'intention de le léguer au Chapitre, et les gens du monde n'en voyaient-ils pas la destination changée.

L'abbé Birotteau se dirigeait donc vers cette maison, où il demeurait depuis deux ans. Son appartement avait été, comme l'était alors le canonicat, l'objet de son envie et son *hoc erat in votis* [7] pendant une douzaine d'années. Etre le pensionnaire de mademoiselle Gamard et devenir chanoine furent les deux grandes affaires de sa vie; et peut-être résument-elles exactement l'ambition d'un prêtre, qui, se considérant comme en voyage vers l'éternité, ne peut souhaiter en ce monde qu'un bon gîte, une bonne table, des vêtements propres, des souliers à agrafes d'argent, choses suffisantes pour les besoins de la bête, et un canonicat pour satisfaire l'amour-propre, ce sentiment indicible qui nous suivra, dit-on, jusqu'auprès de Dieu, puisqu'il y a des grades parmi les saints. Mais la convoitise de l'appartement alors habité par l'abbé Birotteau, ce sentiment minime aux yeux des gens du monde, avait été pour lui toute une passion, passion pleine d'obstacles, et, comme les plus criminelles passions, pleine d'espérances, de plaisirs et de remords.

La distribution intérieure et la contenance de sa maison n'avaient pas permis à mademoiselle

Gamard d'avoir plus de deux pensionnaires logés. Or, environ douze ans avant le jour où Birotteau devint le pensionnaire de cette fille, elle s'était chargée d'entretenir en joie et en santé monsieur l'abbé Troubert et monsieur l'abbé Chapeloud. L'abbé Troubert vivait. L'abbé Chapeloud était mort, et Birotteau lui avait immédiatement succédé.

Feu monsieur l'abbé Chapeloud, en son vivant chanoine de Saint-Gatien, avait été l'ami intime de l'abbé Birotteau. Toutes les fois que le vicaire était entré chez le chanoine, il en avait admiré constamment l'appartement, les meubles et la bibliothèque. De cette admiration naquit un jour l'envie de posséder ces belles choses. Il avait été impossible à l'abbé Birotteau d'étouffer ce désir, qui souvent le fit horriblement souffrir quand il venait à penser que la mort de son meilleur ami pouvait seule satisfaire cette cupidité cachée, mais qui allait toujours croissant. L'abbé Chapeloud et son ami Birotteau n'étaient pas riches. Tous deux fils de paysans, ils n'avaient rien autre chose que les faibles émoluments accordés aux prêtres; et leurs minces économies furent employées à passer les temps malheureux de la Révolution. Quand Napoléon rétablit le culte catholique [8], l'abbé Chapeloud fut nommé chanoine de Saint-Gatien, et Birotteau devint vicaire de la Cathédrale. Chapeloud se mit alors en pension chez mademoiselle Gamard. Lorsque Birotteau vint visiter le chanoine dans sa nouvelle demeure, il trouva l'appartement parfaitement bien distribué; mais il n'y vit rien autre chose. Le début de cette concupiscence mobilière fut semblable à celui d'une passion vraie [9], qui, chez un jeune homme, commence quelquefois par une froide admiration pour la femme que plus tard il aimera toujours.

Cet appartement, desservi par un escalier en pierre, se trouvait dans un corps de logis à l'exposition du midi. L'abbé Troubert occupait le rez-de-chaussée et mademoiselle Gamard le premier étage du principal bâtiment situé sur la rue. Lorsque Chapeloud entra dans son logement, les pièces étaient nues et les plafonds noircis par la fumée. Les chambranles des cheminées en pierre assez mal sculptée n'avaient jamais été peints. Pour tout mobilier, le pauvre chanoine y mit d'abord un lit, une table, quelques chaises, et le peu de livres qu'il possédait. L'appartement ressemblait à une belle femme en haillons. Mais, deux ou trois ans après, une vieille dame ayant laissé deux mille francs à l'abbé Chapeloud, il employa cette somme à l'emplète [10] d'une bibliothèque en chêne, provenant de la démolition d'un château dépecé par la Bande Noire, et remarquable par des sculptures dignes de l'admiration des artistes. L'abbé fit cette acquisition, séduit moins par le bon marché que par la parfaite concordance qui existait entre les dimensions de ce meuble et celles de la galerie. Ses économies lui permirent alors de restaurer entièrement la galerie, jusque-là pauvre et délaissée. Le parquet fut soigneusement frotté, le plafond blanchi, et les boiseries furent peintes de manière à figurer les teintes et les nœuds du chêne. Une cheminée de marbre remplaça l'ancienne. Le chanoine eut assez de goût pour chercher et pour trouver de vieux fauteuils en bois de noyer sculpté. Puis une longue table en ébène et deux meubles de Boulle [11] achevèrent de donner à cette galerie une physionomie pleine de caractère. Dans l'espace de deux ans, les libéralités de plusieurs personnes dévotes, et des legs de ses pieuses pénitentes, quoique légers, remplirent de livres les rayons de la bibliothèque alors vide. Enfin, un oncle de Chapeloud, un ancien oratorien, lui légua sa collection in-folio des Pères de l'Eglise, et plusieurs autres grands ouvrages précieux pour un ecclésiastique. Birotteau, surpris de plus en plus par les transformations successives de cette galerie jadis nue, arriva par degrés à une involontaire convoitise. Il souhaita posséder ce cabinet, si bien en rapport avec la gravité des mœurs ecclésiastiques. Cette passion s'accrut de jour en jour. Occupé pendant des journées entières à travailler dans cet asile, le vicaire put en apprécier le silence et la paix, après en avoir primitivement admiré l'heureuse distribution. Pendant les années suivantes, l'abbé Chapeloud fit de la cellule un oratoire, que ses dévotes amies se plurent à embellir. Plus tard encore, une dame offrit au chanoine pour sa chambre un meuble en tapisserie qu'elle avait faite elle-même pendant longtemps sous les yeux de cet homme aimable sans qu'il en soupçonnât la destination. Il en fut alors de la chambre à coucher comme de la galerie, elle éblouit le vicaire. Enfin, trois ans avant sa mort, l'abbé Chapeloud avait complété le comfortable [12] de son appartement en en décorant le salon. Quoique simplement garni de velours d'Utrecht rouge, le meuble avait séduit Birotteau. Depuis le jour où le camarade du chanoine vit les rideaux de lampasse [13] rouge, les meubles d'acajou, le tapis d'Aubusson qui ornaient cette vaste pièce peinte à neuf, l'appartement de Chapeloud devint pour lui l'objet d'une monomanie secrète. Y demeurer, se coucher dans le lit à grands rideaux de soie où couchait le chanoine, et trouver toutes ses aises autour de lui, comme les trouvait Chapeloud, fut pour Birotteau le bonheur complet : il ne voyait rien au delà. Tout ce que les choses du monde font naître d'envie et d'ambition dans le cœur des autres hommes se concentra chez l'abbé Birotteau dans le sentiment secret et profond avec lequel il désirait un intérieur semblable à celui que s'était créé l'abbé Chapeloud. Quand son ami tombait malade, il venait certes chez lui conduit par une sincère affection; mais, en apprenant l'indisposition du chanoine, ou en lui tenant compagnie, il s'élevait, malgré lui, dans le fond de son âme mille pensées dont la formule la plus simple était toujours : — Si Chapeloud mourait, je pourrais avoir son logement. Cependant, comme Birotteau avait un cœur excellent, des idées étroites et une intelligence bornée, il n'allait pas jusqu'à concevoir les moyens de se faire léguer la bibliothèque et les meubles de son ami.

L'abbé Chapeloud, égoïste aimable et indulgent, devina la passion de son ami, ce qui n'était pas difficile, et la lui pardonna, ce qui peut sembler moins facile chez un prêtre. Mais aussi le vicaire, dont l'amitié resta toujours la même, ne cessa-t-il pas de se promener avec son ami tous les jours dans la même allée du mail de Tours, sans lui faire tort un seul moment du temps consacré depuis vingt années à cette promenade. Birotteau, qui considérait ses vœux involontaires comme des fautes, eût été capable, par contrition, du plus grand dévouement pour l'abbé Chapeloud. Celui-ci paya sa dette envers une fraternité si naïvement sincère en disant, quelques jours avant sa mort au vicaire, qui lui lisait *la Quotidienne* [14] : — Pour cette fois, tu auras l'appartement. Je sens que tout est fini pour moi. En effet, par son testament, l'abbé Chapeloud légua sa bibliothèque et son mobilier à Birotteau. La possession de ces choses, si vivement désirées, et la perspective d'être pris en pension par mademoiselle Gamard, adoucirent beaucoup la douleur que causait à Birotteau la perte de son ami le chanoine : il ne l'aurait peut-être pas ressuscité, mais il le pleura. Pendant quelques jours, il fut comme Gargantua, dont la femme étant morte en accouchant de Pantagruel, ne savait s'il devait se réjouir de la naissance de son fils, ou se chagriner d'avoir enterré sa bonne Badbec [15], et qui se trompait en se réjouissant de la mort de sa femme et déplorant la naissance de Pantagruel. L'abbé Birotteau passa les premiers jours de son deuil à vérifier les ouvrages de *sa* bibliothèque, à se servir de *ses* meubles, à les examiner, en disant d'un ton qui, malheureusement, n'a pu être noté : — Pauvre Chapeloud! Enfin sa joie et sa douleur l'occupaient tant qu'il ne ressentit aucune peine de voir donner à un autre la place de chanoine, dans laquelle feu Chapeloud espérait avoir Birotteau pour successeur. Mademoiselle Gamard ayant pris avec plaisir le vicaire en pension, celui-ci participa dès lors à toutes les félicités de la vie matérielle que lui vantait le défunt chanoine. Incalculables avantages! A entendre feu l'abbé Chapeloud, aucun de tous les prêtres qui habitaient la ville de Tours ne pouvait être, sans en excepter l'Archevêque, l'objet de soins aussi délicats, aussi minutieux que ceux prodigués par mademoiselle Gamard à ses deux pensionnaires. Les premiers mots que disait le chanoine à son ami, en se promenant sur le Mail, avaient presque toujours trait au succulent dîner qu'il venait de faire, et il était bien rare que, pendant les sept promenades de la semaine, il ne lui arrivât pas de dire au moins quatorze fois : — Cette excellente fille a certes pour vocation le service ecclésiastique.

— Pensez donc, disait l'abbé Chapeloud à Birotteau, que, pendant douze années consécutives, linge blanc, aubes, surplis, rabats, rien ne m'a jamais manqué. Je trouve toujours chaque chose en place, en nombre suffisant, et sentant l'iris. Mes meubles sont frottés, et toujours si bien essuyés que, depuis longtemps, je ne connais plus la poussière. En avez-vous vu un seul grain chez moi? Jamais! Puis le bois de chauffage est bien choisi, les moindres choses sont excellentes; bref, il semble que mademoiselle Gamard ait sans cesse un œil dans ma chambre. Je ne me souviens pas d'avoir sonné deux fois, en dix ans, pour demander quoi que ce fût. Voilà vivre! N'avoir rien à chercher, pas même ses pantoufles. Trouver toujours bon feu, bonne table. Enfin, mon soufflet m'impatientait, il avait le larynx embarrassé, je ne m'en suis pas plaint deux fois. Brst, le lendemain mademoiselle m'a donné un très joli soufflet, et cette paire de badines avec lesquelles vous me voyez tisonnant.

Birotteau, pour toute réponse, disait : — Sentant l'iris! Ce *sentant l'iris* le frappait toujours. Les paroles du chanoine accusaient un bonheur fantastique pour le pauvre vicaire, à qui ses rabats et ses aubes faisaient tourner la tête; car il n'avait aucun ordre, et oubliait assez fréquemment de commander son dîner. Aussi, soit en quêtant, soit en disant la messe, quand il apercevait mademoiselle Gamard à Saint-Gatien, ne manquait-il jamais de lui jeter un regard doux et bienveillant, comme sainte Thérèse pouvait en jeter au ciel.

Quoique le bien-être que désire toute créature, et qu'il avait si souvent rêvé, lui fût échu, comme il est difficile à tout le monde, même à un prêtre, de vivre sans un dada, depuis dix-huit mois, l'abbé Birotteau avait remplacé ses deux passions satisfaites par le souhait d'un canonicat. Le titre de chanoine était devenu pour lui ce que doit être la pairie pour un ministre plébéien. Aussi la probabilité de sa nomination, les espérances qu'on venait de lui donner chez madame de Listomère, lui tournaient-elles si bien la tête qu'il ne se rappela y avoir oublié son parapluie qu'en arrivant à son domicile. Peut-être même, sans la pluie qui tombait alors à torrents, ne s'en serait-il pas souvenu, tant il était absorbé par le plaisir avec lequel il rabâchait en lui-même tout ce que lui avaient dit, au sujet de sa promotion, les personnes de la société de madame de Listomère, vieille dame chez laquelle il passait la soirée du mercredi. Le vicaire sonna vivement comme pour dire à la servante de ne pas le faire attendre. Puis il se serra dans le coin de la porte, afin de se laisser arroser le moins possible; mais l'eau qui tombait du toit coula précisément sur le bout de ses souliers, et le vent poussa par moments sur lui certaines bouffées de pluie assez semblables à des douches. Après avoir calculé le temps nécessaire pour sortir de la cuisine et venir tirer le cordon placé sous la porte, il resonna encore de manière à produire un carillon très significatif. — Ils ne peuvent pas être sortis, se dit-il en n'entendant aucun mouvement dans l'intérieur. Et pour la troisième fois il recommença sa sonnerie, qui retentit si aigrement dans la maison, et fut si bien répétée par tous les échos de la cathédrale, qu'à ce factieux tapage il était impossible de ne pas se réveiller. Aussi, quelques instants après, n'entendit-il pas sans un certain plaisir mêlé d'humeur les sabots de la servante qui claquaient sur le petit pavé caillouteux. Néanmoins le malaise du podagre ne finit pas aussitôt qu'il le croyait. Au lieu de tirer le cordon, Marianne fut obligée d'ouvrir la serrure de la porte avec la grosse clef et de défaire les verrous.

— Comment me laissez-vous sonner trois fois par un temps pareil? dit-il à Marianne.

— Mais, monsieur, vous voyez bien que la porte était fermée. Tout le monde est couché depuis longtemps, les trois quarts de dix heures sont sonnés. Mademoiselle aura cru que vous n'étiez pas sorti.

— Mais vous m'avez bien vu partir, vous! D'ailleurs, mademoiselle sait bien que je vais chez madame de Listomère tous les mercredis.

— Ma foi! monsieur, j'ai fait ce que mademoiselle m'a commandé de faire, répondit Marianne en fermant la porte.

Ces paroles portèrent à l'abbé Birotteau un coup qui lui fut d'autant plus sensible, que sa rêverie l'avait rendu plus complètement heureux. Il se tut, suivit Marianne à la cuisine pour prendre son bougeoir, qu'il supposait y avoir été mis. Mais, au lieu d'entrer dans la cuisine, Marianne mena l'abbé chez lui, où le vicaire aperçut son bougeoir sur une table qui se trouvait à la porte du salon rouge, dans une espèce d'antichambre formée par le palier de l'escalier auquel le défunt chanoine avait adapté une grande clôture vitrée. Muet de surprise, il entra promptement dans sa chambre, n'y vit pas de feu dans la cheminée, et appela Marianne, qui n'avait pas encore eu le temps de descendre.

— Vous n'avez donc pas allumé de feu? dit-il.

— Pardon, monsieur l'abbé, répondit-elle. Il se sera éteint.

Birotteau regarda de nouveau le foyer, et s'assura que le feu était resté couvert depuis le matin.

— J'ai besoin de me sécher les pieds, reprit-il; faites-moi du feu.

Marianne obéit avec la promptitude d'une personne qui avait envie de dormir. Tout en cherchant lui-même ses pantoufles qu'il ne trouvait pas au milieu de son tapis de lit, comme elles y étaient jadis, l'abbé fit, sur la manière dont Marianne était habillée, certaines observations par lesquelles il lui fut démontré qu'elle ne sortait pas de son lit, comme elle le lui avait dit. Il se souvint alors que, depuis environ quinze jours, il était sevré de tous ces petits soins qui, pendant dix-huit mois, lui avaient rendu la vie si douce à porter. Or, comme la nature des esprits étroits les porte à deviner les minuties, il se livra soudain à de très grandes réflexions sur ces quatre événements, imperceptibles pour tout autre, mais qui, pour lui, constituaient quatre catastrophes. Il s'agissait évidemment de la perte entière de son bonheur, dans l'oubli des pantoufles, dans le mensonge de Marianne relativement au feu, dans le transport insolite de son bougeoir sur la table de l'antichambre, et dans la station forcée qu'on lui avait ménagée, par la pluie, sur le seuil de la porte.

Quand la flamme eut brillé dans le foyer, quand la lampe de nuit fut allumée, et que Marianne l'eut quitté sans lui demander, comme elle le faisait jadis : — Monsieur a-t-il encore besoin de quelque chose? l'abbé Birotteau se laissa doucement aller dans la belle et ample bergère de son défunt ami; mais le mouvement par lequel il y tomba eut quelque chose de triste. Le bonhomme était accablé sous le pressentiment d'un affreux malheur. Ses yeux se tournèrent successivement sur le beau cartel, sur la commode, sur les sièges, les rideaux, les tapis, le lit en tombeau, le bénitier, le crucifix, sur une *Vierge* du Valentin, sur un *Christ* de Lebrun, enfin sur tous les accessoires de cette chambre; et l'expression de sa physionomie révéla les douleurs du plus tendre adieu qu'un amant ait jamais fait à sa première maîtresse, ou un vieillard à ses derniers arbres plantés. Le vicaire venait de reconnaître, un peu tard à la vérité, les signes d'une persécution sourde exercée sur lui depuis environ trois mois par mademoiselle Gamard, dont les mauvaises intentions eussent sans doute été beaucoup plus tôt devinées par un homme d'esprit. Les vieilles filles n'ont-elles pas toutes un certain talent pour accentuer les actions et les mots que la haine leur suggère? Elles égratignent à la manière des chats. Puis non seulement elles blessent, mais elles éprouvent du plaisir à blesser, et à faire voir à leur victime qu'elles l'ont blessée. Là où un homme du monde ne se serait pas laissé griffer deux fois, le bon Birotteau avait besoin de plusieurs coups de patte dans la figure avant de croire à une intention méchante.

Aussitôt, avec cette sagacité questionneuse que contractent les prêtres habitués à diriger les consciences et à creuser des riens au fond du confessionnal, l'abbé Birotteau se mit à établir, comme s'il s'agissait d'une controverse religieuse, la proposition suivante : — En admettant que mademoiselle Gamard n'ait plus songé à la soirée de madame de Listomère, que Marianne ait oublié de faire mon feu, que l'on m'ait cru rentré; attendu que j'ai descendu ce matin, et moi-même! *mon bougeoir!!!* il est impossible que mademoiselle Gamard, en le voyant dans son salon, ait pu me supposer couché. *Ergo,* mademoiselle Gamard a voulu me laisser à la porte par la pluie; et, en faisant remonter mon bougeoir chez moi, elle a eu l'intention de me faire connaître... — Quoi? dit-il tout haut, emporté par la gravité des circonstances, en se levant pour quitter ses habits mouillés, prendre sa robe de chambre et se coiffer de nuit. Puis il alla de son lit à la cheminée, en gesticulant et lançant sur des tons différents les phrases suivantes, qui toutes furent terminées d'une voix de fausset, comme pour remplacer des points d'interjection :

— Que diantre lui ai-je fait? Pourquoi m'en veut-elle? Marianne n'a pas dû oublier mon feu! C'est mademoiselle qui lui aura dit de ne pas l'allumer! Il faudrait être un enfant pour ne pas s'apercevoir, au ton et aux manières qu'elle prend avec moi, que j'ai eu le malheur de lui déplaire. Jamais il n'est arrivé rien de pareil à Chapeloud! Il me sera impossible de vivre au milieu des tourments que... A mon âge...

Il se coucha dans l'espoir d'éclaircir le lendemain matin la cause de la haine qui détruisait à jamais ce bonheur dont il avait joui pendant deux ans, après l'avoir si longtemps désiré. Hélas! les secrets motifs du sentiment que mademoiselle Gamard lui portait devaient lui être éternellement inconnus, non qu'ils fussent difficiles à deviner, mais parce que le pauvre homme manquait de cette bonne foi avec laquelle les grandes âmes et les fripons savent réagir sur eux-mêmes et se juger. Un homme de génie ou un intrigant seuls se disent : — J'ai eu tort. L'intérêt et le talent sont les seuls conseillers consciencieux et lucides. Or, l'abbé Birotteau, dont la bonté allait jusqu'à la bêtise, dont l'instruction n'était en quelque sorte que plaquée à force de travail, qui n'avait aucune expérience du monde ni de ses mœurs, et qui vivait entre la messe et le confessionnal, grandement occupé de décider les cas de conscience les plus légers, en sa qualité de confesseur des pensionnats de la ville et de quelques belles âmes qui l'appréciaient, l'abbé Birotteau pouvait être considéré comme un grand enfant, à qui la majeure partie des pratiques sociales était complètement étrangère. Seulement, l'égoïsme naturel à toutes les créatures humaines, renforcé par l'égoïsme particulier au prêtre, et par celui de la vie étroite que l'on mène en province, s'était insensiblement développé chez lui, sans qu'il s'en doutât. Si quelqu'un eût pu trouver assez d'intérêt à fouiller l'âme du vicaire pour lui démontrer que, dans les infiniment petits détails de son existence et dans les devoirs minimes de sa vie privée, il manquait essentiellement de ce dévouement dont il croyait faire profession, il se serait puni lui-même, et se serait mortifié de bonne foi. Mais ceux que nous offensons, même à notre insu, nous tiennent peu compte de notre innocence, ils veulent et savent se venger. Donc Birotteau, quelque faible qu'il fût, dut être soumis aux effets de cette grande Justice distributive, qui va toujours chargeant le monde d'exécuter ses arrêts, nommés par certains niais *les malheurs de la vie*.

Il y eut cette différence entre feu l'abbé Chapeloud et le vicaire, que l'un était un égoïste adroit et spirituel, et l'autre un franc et maladroit égoïste. Lorsque l'abbé Chapeloud vint se mettre en pension chez mademoiselle Gamard, il sut parfaitement juger le caractère de son hôtesse. Le confessionnal lui avait appris à connaître tout ce que le malheur de se trouver en dehors de la société, met d'amertume au cœur d'une vieille fille, il calcula donc sagement sa conduite chez mademoiselle Gamard. L'hôtesse, n'ayant guère alors que trente-huit ans, gardait encore quelques prétentions, qui, chez ces discrètes personnes, se changent plus tard en une haute estime d'elles-mêmes. Le chanoine comprit que, pour bien vivre avec mademoiselle Gamard, il devait lui toujours accorder les mêmes attentions et les mêmes soins, être plus infaillible que ne l'est le pape. Pour obtenir ce résultat, il ne laissa s'établir entre elle et lui que les points de contact strictement ordonnés par la politesse, et ceux qui existent nécessairement entre des personnes vivant sous le même toit. Ainsi, quoique l'abbé Troubert et lui fissent régulièrement trois repas par jour, il s'était abstenu de partager le déjeuner commun, en habituant mademoiselle Gamard à lui envoyer dans son lit une tasse de café à la crème. Puis, il avait évité les ennuis du souper en prenant tous les soirs du thé dans les maisons où il allait passer ses soirées. Il voyait ainsi rarement son hôtesse à un autre moment de la journée que celui du dîner; mais il venait toujours quelques instants avant l'heure fixée. Durant cette espèce de visite polie, il lui avait adressé, pendant les douze années qu'il passa sous son toit, les mêmes questions, en obtenant d'elle les mêmes réponses. La manière dont avait dormi mademoiselle Gamard durant la nuit, son déjeuner, les petits événements domestiques, l'air de son visage, l'hygiène de sa personne, le temps qu'il faisait, la durée des offices, les incidents de la messe, enfin la santé de tel ou tel prêtre faisaient tous les frais de cette conversation périodique. Pendant le dîner, il procédait toujours par des flatteries indirectes, allant sans cesse de la qualité d'un poisson, du bon goût des assaisonnements ou des qualités d'une sauce, aux qualités de mademoiselle Gamard et à ses vertus de maîtresse de maison. Il était sûr de caresser toutes les vanités de la vieille fille en vantant l'art avec lequel étaient faits ou préparés ses confitures, ses cornichons, ses conserves, ses pâtés, et autres inventions gastronomiques. Enfin, jamais le rusé chanoine n'était sorti du salon jaune de son hôtesse, sans dire que, dans aucune maison de Tours, on ne prenait du café aussi bon que celui qu'il venait d'y déguster. Grâce à cette parfaite entente du caractère de mademoiselle Gamard, et à cette science d'existence professée pendant douze années par le chanoine, il n'y eut jamais entre eux matière à discuter le moindre point de discipline intérieure. L'abbé Chapeloud avait tout d'abord reconnu les angles, les aspérités, le rêche de cette vieille fille, et réglé l'action des tangentes inévitables entre leurs personnes, de manière à obtenir d'elle toutes les concessions nécessaires au bonheur et à la tranquillité de sa vie. Aussi, mademoiselle Gamard disait-elle que l'abbé Chapeloud était un homme très aimable, extrêmement facile à vivre, et de beaucoup d'esprit. Quant à l'abbé Troubert, la dévote n'en disait absolument rien. Complètement entré dans le mouvement de sa vie comme un satellite dans l'orbite de sa planète, Troubert était pour elle une sorte de créature intermédiaire entre les individus de l'espèce humaine et ceux de l'espèce canine; il se trouvait classé dans son cœur immédiatement avant la place destinée aux amis et celle occupée par un gros carlin poussif qu'elle aimait tendrement; elle le gouvernait entièrement, et la promiscuité de leurs intérêts devint si grande, que bien des personnes, parmi celles de la société de mademoiselle Gamard, pensaient que l'abbé Troubert avait des vues sur la fortune de la vieille fille, se l'attachait insensiblement par une continuelle patience, et la dirigeait d'autant mieux qu'il paraissait lui obéir, sans laisser apercevoir en lui le moindre désir de la mener. Lorsque l'abbé Chapeloud mourut, la vieille fille, qui voulait un pensionnaire de mœurs douces, pensa naturellement au vicaire. Le testament du chanoine n'était pas encore connu, que déjà mademoiselle Gamard méditait de donner le logement du défunt à son bon abbé Troubert, qu'elle trouvait fort mal au rez-de-chaussée. Mais quand l'abbé Birotteau vint stipuler avec la vieille fille les conventions chirographaires de sa pension, elle le vit si fort épris de cet appartement pour lequel il avait nourri si longtemps des désirs dont la violence pouvait alors être avouée, qu'elle n'osa lui parler d'un échange, et fit céder l'affection aux exigences de l'intérêt. Pour consoler le bien-aimé chanoine, mademoiselle remplaça les larges briques blanches de Château-Regnault [16] qui formaient le carrelage de l'appartement par un parquet en point de Hongrie [17], et reconstruisit une cheminée qui fumait.

L'abbé Birotteau avait vu pendant douze ans son ami Chapeloud, sans avoir jamais eu la pensée de chercher d'où procédait l'extrême circonspection de ses rapports avec mademoiselle Gamard. En venant demeurer chez cette sainte fille, il se trouvait dans la situation d'un amant sur le point d'être heureux. Quand il n'aurait pas été déjà naturellement aveugle d'intelligence, ses yeux étaient trop éblouis par le bonheur pour qu'il lui fût possible de juger mademoiselle Gamard, et de réfléchir sur la mesure à mettre dans ses relations journalières avec elle. Mademoiselle Gamard, vue de loin et à travers le prisme des félicités matérielles que le vicaire rêvait de goûter près d'elle, lui semblait une créature parfaite, une chrétienne accomplie, une personne essentiellement charitable, la femme de l'Evangile, la vierge sage, décorée de ces vertus humbles et modestes qui répandent sur la vie un céleste parfum. Aussi, avec tout l'enthousiasme d'un homme qui parvient à un but longtemps souhaité, avec la candeur d'un enfant et la niaise étourderie d'un vieillard sans expérience mondaine, entra-t-il dans la vie de mademoiselle Gamard, comme une mouche se prend dans la toile d'une araignée. Ainsi, le premier jour où il vint dîner et coucher chez la vieille fille, il fut retenu dans son salon par le désir de faire connaissance avec elle, aussi bien que par cet inexplicable embarras qui gêne souvent les gens timides, et leur fait craindre d'être impolis en interrompant une conversation pour sortir. Il y resta donc pendant toute la soirée. Une autre vieille fille, amie de Birotteau, nommée mademoiselle Salomon de Villenoix [18], vint le soir. Mademoiselle Gamard eut alors la joie d'organiser chez elle une partie de boston. Le vicaire trouva, en se couchant, qu'il avait passé une très agréable soirée. Ne connaissant encore que fort légèrement mademoiselle Gamard et l'abbé Troubert, il n'aperçut que la superficie de leurs caractères. Peu de personnes montrent tout d'abord leurs défauts à nu. Généralement, chacun tâche de se donner une écorce attrayante. L'abbé Birotteau conçut donc le charmant projet de consacrer ses soirées à mademoiselle Gamard, au lieu d'aller les passer au-dehors. L'hôtesse avait, depuis quelques années, enfanté un désir qui se reproduisait plus fort de jour en jour. Ce désir, que forment les vieillards et même les jolies femmes, était devenu chez elle une passion semblable à celle de Birotteau pour l'appartement de son ami Chapeloud, et tenait au cœur de la vieille fille par les sentiments d'orgueil et d'égoïsme, d'envie et de vanité qui préexistent chez les gens du monde. Cette histoire est de tous les temps : il suffit d'étendre un peu le cercle étroit au fond duquel vont agir ces personnages pour trouver la raison coefficiente des événements qui arrivent dans les sphères les plus élevées de la société. Mademoiselle Gamard passait alternativement ses soirées dans six ou huit maisons différentes. Soit qu'elle regrettât d'être obligée d'aller chercher le monde et se crût en droit, à son âge, d'en exiger quelque retour; soit que son amour-propre eût été froissé de ne point avoir de société à elle; soit enfin que sa vanité désirât les compliments et les avantages dont elle voyait jouir ses amies, toute son ambition était de rendre son salon le point d'une réunion vers laquelle chaque soir un certain nombre de personnes se dirigeassent *avec plaisir*. Quand Birotteau et son amie mademoiselle Salomon eurent passé quelques soirées chez elle, en compagnie du fidèle et patient abbé Troubert, un soir, en sortant de Saint-Gatien, mademoiselle Gamard dit aux bonnes amies, de qui elle se considérait comme l'esclave jusqu'alors, que les personnes qui voulaient la voir pouvaient bien venir une fois par semaine chez elle, où elle réunissait un nombre d'amis suffisant pour faire une partie de boston; elle ne devait pas laisser seul l'abbé Birotteau, son nouveau pensionnaire; mademoiselle Salomon n'avait pas encore manqué une seule soirée de la semaine; elle appartenait à ses amis, et que... et que... etc., etc... Ses paroles furent d'autant plus humblement altières et abondamment doucereuses, que mademoiselle Salomon de Villenoix tenait à la société la plus aristocratique de Tours. Quoique mademoiselle Salomon vînt uniquement par amitié pour le vicaire, mademoiselle Gamard triomphait de l'avoir dans son salon, et se vit, grâce à l'abbé Birotteau, sur le point de faire réussir son grand dessein de former un cercle qui pût devenir aussi nombreux, aussi agréable que l'étaient ceux de madame de Listomère, de mademoiselle Merlin de La Blottière, et autres dévotes en possession de recevoir la société pieuse de Tours. Mais, hélas! l'abbé Birotteau fit avorter l'espoir de mademoiselle Gamard. Or, si tous ceux qui dans leur vie sont parvenus à jouir d'un bonheur souhaité longtemps, ont compris la joie que put avoir le vicaire en se couchant dans le lit de Chapeloud, ils devront aussi prendre une légère idée du chagrin que mademoiselle Gamard ressentit au renversement de son plan favori. Après avoir pendant six mois accepté son bonheur assez patiemment, Birotteau déserta le logis, entraînant avec lui mademoiselle Salomon. Malgré des efforts inouïs, l'ambitieuse Gamard avait à peine recruté cinq ou six personnes, dont l'assiduité fut très problématique, et il fallait au moins quatre gens fidèles pour constituer un boston. Elle fut donc forcée de faire amende honorable et de retourner chez ses anciennes amies, car les vieilles filles se trouvent en trop mauvaise compagnie avec elles-mêmes pour ne pas rechercher les agréments équivoques de la société. La cause de cette désertion est facile à concevoir. Quoique le vicaire fût un de ceux auxquels le paradis doit un jour appartenir en vertu de l'arrêt : *Bienheureux les pauvres d'esprit!* il ne pouvait, comme beaucoup de sots, supporter l'ennui que lui causaient d'autres sots. Les gens sans esprit ressemblent aux mauvaises herbes qui se plaisent dans les bons terrains, et ils aiment d'autant plus à être amusés qu'ils s'ennuient eux-mêmes. L'incarnation de l'ennui dont ils sont victimes, jointe au besoin qu'ils éprouvent de divorcer perpétuellement avec eux-mêmes, produit cette passion pour le mouvement, cette nécessité d'être toujours là où ils ne sont pas qui les distingue, ainsi que les êtres dépourvus de sensibilité et ceux dont la destinée est manquée, ou qui souffrent par leur faute. Sans trop sonder le vide, la nullité de mademoiselle Gamard, ni sans s'expliquer la petitesse de ses idées, le pauvre abbé Birotteau s'aperçut un peu tard, pour son malheur, des défauts qu'elle partageait avec toutes les vieilles filles et de ceux qui lui étaient particuliers. Le mal, chez autrui, tranche si vigoureusement sur le bien, qu'il nous frappe presque toujours la vue avant de nous blesser. Ce phénomène moral justifierait, au besoin, la pente qui nous porte plus ou moins vers la médisance. Il est, socialement parlant, si naturel de se moquer des imperfections d'autrui, que nous devrions pardonner le bavardage railleur que nos ridicules autorisent, et ne nous étonner que de la calomnie. Mais les yeux du bon vicaire n'étaient jamais à ce point d'optique qui permet aux gens du monde de voir et d'éviter promptement les aspérités du voisin; il fut donc obligé, pour reconnaître les défauts de son hôtesse, de subir l'avertissement que donne la nature à toutes ses créations, la douleur! Les vieilles filles n'ayant pas fait plier leur caractère et leur vie à une autre vie ni à d'autres caractères, comme l'exige la destinée de la femme, ont, pour la plupart, la manie de vouloir tout faire plier autour d'elles. Chez mademoiselle Gamard, ce sentiment dégénérait en despotisme; mais ce despotisme ne pouvait se prendre qu'à de petites choses. Ainsi, entre mille exemples, le panier de fiches et de jetons posé sur la table de boston pour l'abbé Birotteau devait rester à la place où elle l'avait mis; et l'abbé la contrariait vivement en le dérangeant, ce qui arrivait presque tous les soirs. D'où procédait cette susceptibilité stupidement portée sur des riens, et quel en était le but? Personne n'eût pu le dire, mademoiselle Gamard ne le savait pas elle-même. Quoique très mouton de sa nature, le nouveau pensionnaire n'aimait cependant pas plus que les brebis à sentir trop souvent la houlette, surtout quand elle est armée de pointes. Sans s'expliquer la haute patience de l'abbé Troubert, Birotteau voulut se soustraire au bonheur que mademoiselle Gamard prétendait lui assaisonner à sa manière, car elle croyait qu'il en était du bonheur comme de ses confitures; mais le malheureux s'y prit assez maladroitement, par suite de la naïveté de son caractère. Cette séparation n'eut donc pas lieu sans bien des tiraillements et des picoteries, auxquels l'abbé Birotteau s'efforça de ne pas se montrer sensible.

A l'expiration de la première année qui s'écoula sous le toit de mademoiselle Gamard, le vicaire avait repris ses anciennes habitudes en allant passer deux soirées par semaine chez madame de Listomère, trois chez mademoiselle Salomon, et les deux autres chez mademoiselle Merlin de La Blottière. Ces personnes appartenaient à la partie aristocratique de la société tourangelle, où mademoiselle Gamard n'était point admise. Aussi l'hôtesse fut-elle vivement outragée par l'abandon de l'abbé Birotteau, qui lui faisait sentir son peu de valeur : toute espèce de choix implique un mépris pour l'objet refusé.

— Monsieur Birotteau ne nous a pas trouvés

assez aimables, dit l'abbé Troubert aux amies de mademoiselle Gamard lorsqu'elle fut obligée de renoncer à ses soirées. C'est un homme d'esprit, un gourmet! Il lui faut du beau monde, du luxe, des conversations à saillies, les médisances de la ville.

Ces paroles amenaient toujours mademoiselle Gamard à justifier l'excellence de son caractère aux dépens de Birotteau.

— Il n'a pas déjà tant d'esprit, disait-elle. Sans l'abbé Chapeloud, il n'aurait jamais été reçu chez madame de Listomère. Oh! j'ai bien perdu en perdant l'abbé Chapeloud. Quel homme aimable et facile à vivre! Enfin, pendant douze ans, je n'ai pas eu la moindre difficulté ni le moindre désagrément avec lui.

Mademoiselle Gamard fit de l'abbé Birotteau un portrait si peu flatteur, que l'innocent pensionnaire passa dans cette société bourgeoise, secrètement ennemie de la société aristocratique, pour un homme essentiellement difficultueux et très difficile à vivre. Puis la vieille fille eut, pendant quelques semaines, le plaisir de s'entendre plaindre par ses amies, qui, sans penser un mot de ce qu'elles disaient, ne cessèrent de lui répéter : — Comment, vous, si douce et si bonne, avez-vous inspiré de la répugnance...? Ou : — Consolez-vous, ma chère mademoiselle Gamard, vous êtes si bien connue, que... etc.

Mais, enchantées d'éviter une soirée par semaine dans le Cloître, l'endroit le plus désert, le plus sombre et le plus éloigné du centre qu'il y ait à Tours, toutes bénissaient le vicaire.

Entre personnes sans cesse en présence, la haine et l'amour vont toujours croissant : on trouve à tout moment des raisons pour s'aimer ou se haïr mieux. Aussi l'abbé Birotteau devint-il insupportable à mademoiselle Gamard. Dix-huit mois après l'avoir pris en pension, au moment où le bonhomme croyait voir la paix du contentement dans le silence de la haine, et s'applaudissait d'avoir su *très bien corder* avec la vieille fille, pour se servir de son expression, il fut pour elle l'objet d'une persécution sourde et d'une vengeance froidement calculée. Les quatre circonstances capitales de la porte fermée, des pantoufles oubliées, du manque de feu, du bougeoir porté chez lui, pouvaient seules lui révéler cette inimitié terrible dont les dernières conséquences ne devaient le frapper qu'au moment où elles seraient irréparables. Tout en s'endormant, le bon vicaire se creusait donc, mais inutilement, la cervelle, et certes il en sentait bien vite le fond, pour s'expliquer la conduite singulièrement impolie de mademoiselle Gamard. En effet, ayant agi jadis très logiquement en obéissant aux lois naturelles de son égoïsme, il lui était impossible de deviner ses torts envers son hôtesse. Si les choses grandes sont simples à comprendre, faciles à exprimer, les petitesses de la vie veulent beaucoup de détails. Les événements qui constituent en quelque sorte l'avant-scène de ce drame bourgeois, mais où les passions se retrouvent tout aussi violentes que si elles étaient excitées par de grands intérêts, exigeaient cette longue introduction, et il eût été difficile à un historien exact d'en resserrer les minutieux développements.

Le lendemain matin, en s'éveillant, Birotteau pensa si fortement à son canonicat, qu'il ne songeait plus aux quatre circonstances dans les-

quelles il avait aperçu, la veille, les sinistres pronostics d'un avenir plein de malheurs. Le vicaire n'était pas homme à se lever sans feu, il sonna pour avertir Marianne de son réveil et la faire venir chez lui : puis il resta, selon son habitude, plongé dans les rêvasseries somnolescentes [19] pendant lesquelles la servante avait coutume, en lui embrasant la cheminée, de l'arracher doucement à ce dernier sommeil par les bourdonnements de ses interpellations et de ses allures, espèce de musique qui lui plaisait. Une demi-heure se passa sans que Marianne eût paru. Le vicaire, à moitié chanoine, allait sonner de nouveau, quand il laissa le cordon de sa sonnette en entendant le bruit d'un pas d'homme dans l'escalier. En effet, l'abbé Troubert, après avoir discrètement frappé à la porte, entra, sur l'invitation de Birotteau. Cette visite, que les deux abbés se faisaient assez régulièrement une fois par mois l'un à l'autre, ne surprit point le vicaire. Le chanoine s'étonna, dès l'abord, que Marianne n'eût pas encore allumé le feu de son quasi-collègue. Il ouvrit une fenêtre, appela Marianne d'une voix rude, lui dit de venir chez Birotteau; puis, se retournant vers son frère :
— Si mademoiselle apprenait que vous n'avez pas de feu, elle gronderait Marianne.

Après cette phrase, il s'enquit de la santé de Birotteau, et lui demanda d'une voix douce s'il avait quelques nouvelles récentes qui lui fissent espérer d'être nommé chanoine. Le vicaire lui expliqua ses démarches, et lui dit naïvement quelles étaient les personnes auprès desquelles madame de Listomère agissait, ignorant que Troubert n'avait jamais su pardonner à cette dame de ne pas l'avoir admis chez elle, lui, l'abbé Troubert, déjà deux fois désigné pour être Vicaire-Général du diocèse.

Il était impossible de rencontrer deux figures qui offrissent autant de contrastes qu'en présentaient celles de ces deux abbés. Troubert, grand et sec, avait un teint jaune et bilieux, tandis que le vicaire était ce qu'on appelle familièrement grassouillet. Ronde et rougeaude, la figure de Birotteau peignait une bonhomie sans idées; tandis que celle de Troubert, longue et creusée par des rides profondes, contractait en certains moments une expression pleine d'ironie ou de dédain : mais il fallait cependant l'examiner avec attention pour y découvrir ces deux sentiments. Le chanoine restait habituellement dans un calme parfait, en tenant ses paupières presque toujours abaissées sur deux yeux orangés dont le regard devenait à son gré clair et perçant. Des cheveux roux complétaient cette sombre physionomie, sans cesse obscurcie par le voile que de graves méditations jettent sur les traits. Plusieurs personnes avaient pu d'abord le croire absorbé par une haute et profonde ambition; mais celles qui prétendaient le mieux connaître avaient fini par détruire cette opinion en le montrant hébété par le despotisme de mademoiselle Gamard ou fatigué par de trop longs jeûnes. Il parlait rarement et ne riait jamais. Quand il lui arrivait d'être agréablement ému, il lui échappait un sourire faible qui se perdait dans les plis de son visage. Birotteau était, au contraire, tout expansion, tout franchise, aimait les bons morceaux, et s'amusait d'une bagatelle avec la simplicité d'un homme sans fiel ni malice. L'abbé Troubert causait, à la première vue, un sentiment de terreur involontaire, tandis que le vicaire arrachait un sourire doux à ceux qui le voyaient. Quand, à travers les arcades et les nefs de Saint-Gatien, le haut chanoine marchait d'un pas solennel, le front incliné, l'œil sévère, il excitait le respect : sa figure cambrée était en harmonie avec les voussures jaunes de la cathédrale, les plis de sa soutane avaient quelque chose de monumental, digne de la statuaire. Mais le bon vicaire y circulait sans gravité, trottait, piétinait en paraissant rouler sur lui-même. Ces deux hommes avaient néanmoins une ressemblance. De même que l'air ambitieux de Troubert, en donnant lieu de le redouter, avait contribué peut-être à le faire condamner au rôle insignifiant de simple chanoine, le caractère et la tournure de Birotteau semblaient le vouer éternellement au vicariat de la cathédrale. Cependant l'abbé Troubert, arrivé à l'âge de cinquante ans, avait tout à fait dissipé, par la mesure de sa conduite, par l'apparence d'un manque total d'ambition et par sa vie toute sainte, les craintes que sa capacité soupçonnée et son terrible extérieur avaient inspirées à ses supérieurs. Sa santé s'étant même gravement altérée depuis un an, sa prochaine élévation au vicariat-général de l'archevêché paraissait probable. Ses compétiteurs eux-mêmes souhaitaient sa nomination, afin de pouvoir mieux préparer la leur pendant le peu de jours qui lui seraient accordés par une maladie devenue chronique. Loin d'offrir les mêmes espérances, le triple menton de Birotteau présentait aux concurrents qui lui disputaient son canonicat les symptômes d'une santé florissante, et sa goutte leur semblait être, suivant le proverbe, une assurance de longévité. L'abbé Chapeloud, homme d'un grand sens, et que son amabilité avait toujours fait rechercher par les gens de bonne compagnie et par les différents chefs de la métropole, s'était toujours opposé, mais secrètement et avec beaucoup d'esprit, à l'élévation de l'abbé Troubert; il lui avait même très adroitement interdit l'accès de tous les salons où se réunissait la meilleure société de Tours, quoique pendant sa vie Troubert l'eût traité sans cesse avec un grand respect, en lui témoignant en toute occasion la plus haute déférence. Cette constante soumission n'avait pu changer l'opinion du défunt chanoine qui, pendant sa dernière promenade, disait encore à Birotteau : — Défiez-vous de ce grand sec de Troubert! C'est Sixte-Quint réduit aux proportions de l'Evêché. Tel était l'ami, le commensal de mademoiselle Gamard, qui venait, le lendemain même du jour où elle avait pour ainsi dire déclaré la guerre au pauvre Birotteau, le visiter et lui donner des marques d'amitié.

— Il faut excuser Marianne, dit le chanoine en la voyant entrer. Je pense qu'elle a commencé par venir chez moi. Mon appartement est très humide, et j'ai beaucoup toussé pendant toute la nuit. — Vous êtes très sainement ici, ajouta-t-il en regardant les corniches.

— Oh! je suis ici en chanoine, répondit Birotteau en souriant.

— Et moi en vicaire, répliqua l'humble prêtre.

— Oui, mais vous logerez bientôt à l'Archevêché, dit le bon prêtre, qui voulait que tout le monde fût heureux.

— Oh! ou dans le cimetière. Mais que la volonté de Dieu soit faite! Et Troubert leva les yeux au ciel par un mouvement de résignation.

— Je venais, ajouta-t-il, vous prier de me prêter le *pouiller* des évêques [20]. Il n'y a que vous à Tours qui ayez cet ouvrage.

— Prenez-le dans ma bibliothèque, répondit Birotteau, que la dernière phrase du chanoine fit ressouvenir de toutes les jouissances de sa vie.

Le grand chanoine passa dans la bibliothèque, et y resta pendant le temps que le vicaire mit à s'habiller. Bientôt la cloche du déjeuner se fit entendre, et le goutteux, pensant que, sans la visite de Troubert, il n'aurait pas eu de feu pour se lever, se dit : — C'est un bon homme! Les deux prêtres descendirent ensemble, armés chacun d'un énorme *in-folio,* qu'ils posèrent sur une des consoles de la salle à manger.

— Qu'est-ce que c'est que ça? demanda d'une voix aigre mademoiselle Gamard en s'adressant à Birotteau. J'espère que vous n'allez pas encombrer ma salle à manger de vos bouquins.

— C'est des livres dont j'ai besoin, répondit l'abbé Troubert, monsieur le vicaire a la complaisance de me les prêter.

— J'aurais dû deviner cela, dit-elle en laissant échapper un sourire de dédain. Monsieur Birotteau ne lit pas souvent dans ces gros livres-là.

— Comment vous portez-vous, Mademoiselle? reprit le pensionnaire d'une voix flûtée.

— Mais pas très bien, répondit-elle sèchement. Vous êtes cause que j'ai été réveillée hier pendant mon premier sommeil, et toute ma nuit s'en est ressentie. En s'asseyant, mademoiselle Gamard ajouta : — Messieurs, le lait va se refroidir.

Stupéfait d'être si aigrement accueilli par son

hôtesse quand il en attendait des excuses, mais effrayé, comme le sont les gens timides, par la perspective d'une discussion, surtout quand ils en sont l'objet, le pauvre vicaire s'assit en silence. Puis, en reconnaissant dans le visage de mademoiselle Gamard les symptômes d'une mauvaise humeur apparente, il resta constamment en guerre avec sa raison, qui lui ordonnait de ne pas souffrir le manque d'égards de son hôtesse, tandis que son caractère le portait à éviter une querelle. En proie à cette angoisse intérieure, Birotteau commença par examiner sérieusement les grandes hachures vertes peintes sur le gros taffetas ciré que, par un usage immémorial, mademoiselle Gamard laissait pendant le déjeuner sur la table, sans avoir égard ni aux bords usés ni aux nombreuses cicatrices de cette couverture. Les deux pensionnaires se trouvaient établis, chacun dans un fauteuil de canne, en face l'un de l'autre, à chaque bout de cette table royalement carrée, dont le centre était occupé par l'hôtesse, et qu'elle dominait du haut de sa chaise à patins, garnie de coussins et adossée au poêle de la salle à manger. Cette pièce et le salon commun étaient situés au rez-de-chaussée, sous la chambre et le salon de l'abbé Birotteau. Lorsque le vicaire eut reçu de mademoiselle Gamard sa tasse de café sucré, il fut glacé du profond silence dans lequel il allait accomplir l'acte si habituellement gai de son déjeuner. Il n'osait regarder ni la figure aride de Troubert, ni le visage menaçant de la vieille fille, et se tourna par contenance vers un gros carlin chargé d'embonpoint, qui, couché sur un coussin près du poêle, n'en bougeait jamais, trouvant toujours à sa gauche un petit plat rempli de friandises, et à sa droite un bol plein d'eau claire.

— Eh! bien, mon mignon, lui dit-il, tu attends ton café.

Ce personnage, l'un des plus importants au logis, mais peu gênant en ce qu'il n'aboyait plus et laissait la parole à sa maîtresse, leva sur Birotteau ses petits yeux perdus sous les plis formés dans son masque par la graisse, puis il les referma sournoisement. Pour comprendre la souffrance du pauvre vicaire, il est nécessaire de dire que, doué d'une loquacité vide et sonore comme le retentissement d'un ballon, il prétendait, sans avoir jamais pu donner aux médecins une seule raison de son opinion, que les paroles favorisaient la digestion. Mademoiselle, qui partageait cette doctrine hygiénique, n'avait pas encore manqué, malgré leur mésintelligence, à causer pendant les repas; mais, depuis plusieurs matinées, le vicaire avait usé vainement son intelligence à lui faire des questions insidieuses pour parvenir à lui délier la langue. Si les bornes étroites dans lesquelles se renferme cette histoire avaient permis de rapporter une seule de ces conversations qui excitaient presque toujours le sourire amer et sardonique de l'abbé Troubert, elle eût offert une peinture achevée de la vie béotienne des provinciaux. Quelques gens d'esprit n'apprendraient peut-être pas sans plaisir les étranges développements que l'abbé Birotteau et mademoiselle Gamard donnaient à leurs opinions personnelles sur la politique, la religion et la littérature. Il y aurait certes quelque chose de comique à exposer : soit les raisons qu'ils avaient tous deux de douter sérieusement, en 1826, de la mort de Napoléon [21]; soit les conjectures qui les faisaient croire à l'existence de Louis XVII, sauvé dans le creux d'une grosse bûche. Qui n'eût pas ri de les entendre établissant, par des raisons bien évidemment à eux, que le roi de France disposait seul de tous les impôts, que les Chambres étaient assemblées pour détruire le clergé, qu'il était mort plus de treize cent mille personnes sur l'échafaud pendant la révolution? Puis ils parlaient de la Presse sans connaître le nombre des journaux, sans avoir la moindre idée de ce qu'était cet instrument moderne. Enfin, monsieur Birotteau écoutait avec attention mademoiselle Gamard, quand elle disait qu'un homme nourri d'un œuf chaque matin devait infailliblement mourir à la fin de l'année, et que cela s'était vu; qu'un petit pain mollet, mangé sans boire pendant quelques jours, guérissait de la sciatique; que tous les ouvriers qui avaient travaillé à la démolition de l'abbaye Saint-Martin étaient morts dans l'espace de six mois; que certain préfet avait fait tout son possible, sous Bonaparte, pour ruiner les tours de Saint-Gatien [22]; et mille autres contes absurdes.

Mais en ce moment Birotteau se sentit la langue morte, il se résigna donc à manger sans entamer la conversation. Bientôt il trouva ce silence dangereux pour son estomac et dit hardiment : — Voilà du café excellent! Cet acte de courage fut complètement inutile. Après avoir regardé le ciel par le petit espace qui séparait, au-dessus du jardin, les deux arcs-boutants noirs de Saint-Gatien, le vicaire eut encore le courage de dire : — Il fera plus beau aujourd'hui qu'hier...

A ce propos, mademoiselle Gamard se contenta

de jeter la plus gracieuse de ses œillades à l'abbé Troubert, et reporta ses yeux empreints d'une sévérité terrible sur Birotteau, qui heureusement avait baissé les siens.

Nulle créature du genre féminin n'était plus capable que mademoiselle Sophie Gamard de formuler la nature élégiaque de la vieille fille; mais, pour bien peindre un être dont le caractère prête un intérêt immense aux petits événements de ce drame, et à la vie antérieure des personnages qui en sont les acteurs, peut-être faut-il résumer ici les idées dont l'expression se trouve chez la vieille fille : la vie habituelle fait l'âme, et l'âme fait la physionomie. Si tout, dans la société comme dans le monde, doit avoir une fin, il y a certes ici-bas quelques existences dont le but et l'utilité sont inexplicables. La morale et l'économie politique repoussent également l'individu qui consomme sans produire, qui tient une place sur terre sans répandre autour de lui ni bien ni mal; car le mal est sans doute un bien dont les résultats ne se manifestent pas immédiatement. Il est rare que les vieilles filles ne se rangent pas d'elles-mêmes dans la classe de ces êtres improductifs. Or, si la conscience de son travail donne à l'être agissant un sentiment de satisfaction qui l'aide à supporter la vie, la certitude d'être à charge ou même inutile doit produire un effet contraire, et inspirer pour lui-même à l'être inerte le mépris qu'il excite chez les autres. Cette dure réprobation sociale est une des causes qui, à l'insu des vieilles filles, contribuent à mettre dans leurs âmes le chagrin qu'expriment leurs figures. Un préjugé dans lequel il y a du vrai peut-être jette constamment partout, et en France encore plus qu'ailleurs, une grande défaveur sur la femme avec laquelle personne n'a voulu ni partager les biens ni supporter les maux de la vie. Or, il arrive pour les filles un âge où le monde, à tort ou à raison, les condamne sur le dédain dont elles sont victimes. Laides, la bonté de leur caractère devait racheter les imperfections de la nature; jolies, leur malheur a dû être fondé sur des causes graves. On ne sait lesquelles, des unes ou des autres, sont les plus dignes de rebut. Si leur célibat a été raisonné, s'il est un vœu d'indépendance, ni les hommes ni les mères ne leur pardonnent d'avoir menti au dévouement de la femme, en s'étant refusées aux passions qui rendent leur sexe si touchant : renoncer à ses douleurs, c'est en abdiquer la poésie, et ne plus mériter les douces consolations auxquelles une mère a toujours d'incontestables droits. Puis les sentiments généreux, les qualités exquises de la femme ne se développent que par leur constant exercice; en restant fille, une créature du sexe féminin n'est plus qu'un non-sens : égoïste et froide, elle fait horreur. Cet arrêt implacable est malheureusement trop juste pour que les vieilles filles en ignorent les motifs. Ces idées germent dans leur cœur aussi naturellement que les effets de leur triste vie se reproduisent dans leurs traits. Donc elles se flétrissent, parce que l'expansion constante ou le bonheur qui épanouit la figure des femmes et jette tant de mollesse dans leurs mouvements n'a jamais existé chez elles. Puis elles deviennent âpres et chagrines, parce qu'un être qui a manqué sa vocation est malheureux; il souffre, et la souffrance engendre la méchanceté [23]. En effet, avant de s'en prendre à elle-même de son isolement, une fille en accuse longtemps le monde. De l'accusation à un désir de vengeance, il n'y a qu'un pas. Enfin, la mauvaise grâce répandue sur leurs personnes est encore un résultat nécessaire de leur vie. N'ayant jamais senti le besoin de plaire, l'élégance, le bon goût leur restent étrangers. Elles ne voient qu'elles en elles-mêmes. Ce sentiment les porte insensiblement à choisir les choses qui leur sont commodes, au détriment de celles qui peuvent être agréables à autrui. Sans se bien rendre compte de leur dissemblance avec les autres femmes, elles finissent par l'apercevoir et par en souffrir. La jalousie est un sentiment indélébile dans les cœurs féminins. Les vieilles filles sont donc jalouses à vide, et ne connaissent que les malheurs de la seule passion que les hommes pardonnent au beau sexe, parce qu'elle les flatte. Ainsi, torturées dans tous leurs vœux, obligées de se refuser aux développements de leur nature, les vieilles filles éprouvent toujours une gêne intérieure à laquelle elles ne s'habituent jamais. N'est-il pas dur à tout âge, surtout pour une femme, de lire sur les visages un sentiment de répulsion, quand il est dans sa destinée de n'éveiller autour d'elle, dans les cœurs, que des sensations gracieuses? Aussi le regard d'une vieille fille est-il toujours oblique, moins par modestie que par peur et honte. Ces êtres ne pardonnent pas à la société leur position fausse, parce qu'ils ne se la pardonnent pas à eux-mêmes. Or, il est impossible à une personne perpétuellement en guerre avec elle, ou en contradiction avec la vie, de laisser les autres en paix, et de ne pas envier leur bonheur. Ce monde d'idées tristes était tout entier dans les yeux gris et ternes de mademoiselle Gamard; et le large cercle noir par lequel ils étaient bordés, accusait les longs combats de sa vie solitaire. Toutes les rides de son visage étaient droites. La charpente de son front, de sa tête et de ses joues avait les caractères de la rigidité, de la sécheresse. Elle laissait pousser, sans aucun souci, les poils jadis bruns de quelques signes parsemés sur son menton. Ses lèvres minces couvraient à peine des dents trop longues qui ne manquaient pas de blancheur. Brune, ses cheveux, jadis noirs, avaient été blanchis par d'affreuses migraines. Cet accident la contraignait à porter un tour; mais ne sachant pas le mettre de manière à en dissimuler la naissance, il existait souvent de légers interstices entre le bord de son bonnet et le cordon noir qui soutenait cette demi-perruque assez mal bouclée. Sa robe, de taffetas en été, de mérinos en hiver, mais toujours de couleur carmélite, serrait un peu trop sa taille disgracieuse et ses bras maigres. Sans cesse rabattue, sa collerette laissait voir un cou dont la peau rougeâtre était aussi artistement rayée que peut l'être une feuille de chêne vue dans la lumière. Son origine expliquait assez bien les malheurs de sa conformation. Elle était fille d'un marchand de bois, espèce de paysan parvenu [24]. A dix-huit ans, elle avait pu être fraîche et grasse, mais il ne lui restait aucune trace ni de la blancheur de teint ni des jolies couleurs qu'elle se vantait d'avoir eues. Les tons de sa chair avaient contracté la teinte blafarde assez commune chez les dévotes. Son nez aquilin était celui de tous les traits de sa figure qui contribuait le plus à exprimer le despotisme de ses idées, de même que la forme plate de son front trahissait l'étroitesse de son esprit.

Ses mouvements avaient une soudaineté bizarre qui excluait toute grâce; et rien qu'à la voir tirant son mouchoir de son sac pour se moucher à grand bruit, vous eussiez deviné son caractère et ses mœurs. D'une taille assez élevée, elle se tenait très droit, et justifiait l'observation d'un naturaliste qui a physiquement expliqué la démarche de toutes les vieilles filles en prétendant que leurs jointures se soudent [25]. Elle marchait sans que le mouvement se distribuât également dans sa personne, de manière à produire ces ondulations si gracieuses, si attrayantes chez les femmes; elle allait, pour ainsi dire, d'une seule pièce, en paraissant surgir, à chaque pas, comme la statue du Commandeur. Dans ses moments de bonne humeur, elle donnait à entendre, comme le font toutes les vieilles filles, qu'elle aurait bien pu se marier, mais elle s'était heureusement aperçue à temps de la mauvaise foi de son amant, et faisait ainsi, sans le savoir, le procès à son cœur en faveur de son esprit de calcul.

Cette figure typique du genre *vieille fille* était très bien encadrée par les grotesques inventions d'un papier verni représentant des paysages turcs qui ornaient les murs de la salle à manger [26]. Mademoiselle Gamard se tenait habituellement dans cette pièce décorée de deux consoles et d'un baromètre. A la place adoptée par chaque abbé se trouvait un petit coussin en tapisserie dont les couleurs étaient passées. Le salon commun où elle recevait était digne d'elle. Il sera bientôt connu en faisant observer qu'il se nommait *le salon jaune :* les draperies en étaient jaunes, le meuble et la tenture jaunes; sur la cheminée garnie d'une glace à cadre doré, des flambeaux et une pendule en cristal jetaient un éclat dur à l'œil. Quant au logement particulier de mademoiselle Gamard, il n'avait été permis à personne d'y pénétrer[27]. On pouvait seulement conjecturer qu'il était rempli de ces chiffons, de ces meubles usés, de ces espèces de haillons dont s'entourent toutes les vieilles filles, et auxquels elles tiennent tant.

Telle était la personne destinée à exercer la plus grande influence sur les derniers jours de l'abbé Birotteau.

Faute d'exercer, selon les vœux de la nature, l'activité donnée à la femme, et par la nécessité où elle était de la dépenser, cette vieille fille l'avait transportée dans les intrigues mesquines, les caquetages de province et les combinaisons égoïstes dont finissent par s'occuper exclusivement toutes les vieilles filles. Birotteau, pour son malheur, avait développé chez Sophie Gamard les seuls sentiments qu'il fût possible à cette pauvre créature d'éprouver, ceux de la haine qui, latents jusqu'alors, par suite du calme et de la monotonie d'une vie provinciale dont pour elle l'horizon s'était encore rétréci, devaient acquérir d'autant plus d'intensité qu'ils allaient s'exercer sur de petites choses et au milieu d'une sphère étroite. Birotteau était de ces gens qui sont prédestinés à tout souffrir, parce que, ne sachant rien voir, ils ne peuvent rien éviter : tout leur arrive.

— Oui, il fera beau, répondit après un moment le chanoine, qui parut sortir de sa rêverie et vouloir pratiquer les lois de la politesse.

Birotteau, effrayé du temps qui s'écoula entre la demande et la réponse, car il avait, pour la première fois de sa vie, pris son café sans parler, quitta la salle à manger, où son cœur était serré comme dans un étau. Sentant sa tasse de café pesante sur son estomac, il alla se promener tristement dans les petites allées étroites et bordées de buis qui dessinaient une étoile dans le jardin. Mais en se retournant, après le premier tour qu'il y fit, il vit sur le seuil de la porte du salon mademoiselle Gamard et l'abbé Troubert plantés silencieusement : lui, les bras croisés et immobile comme la statue d'un tombeau; elle, appuyée sur la porte-persienne. Tous deux semblaient, en le regardant, compter le nombre de ses pas. Rien n'est déjà plus gênant, pour une créature naturellement timide, que d'être l'objet d'un examen curieux; mais s'il est fait par les yeux de la haine, l'espèce de souffrance qu'il cause se change en un martyre intolérable. Bientôt l'abbé Birotteau s'imagina qu'il empêchait mademoiselle Gamard et le chanoine de se promener. Cette idée, inspirée tout à la fois par la crainte et par la bonté, prit un tel accroissement qu'elle lui fit abandonner la place. Il s'en alla, ne pensant déjà plus à son canonicat, tant il était absorbé par la désespérante tyrannie de la vieille fille. Il trouva par hasard, et heureusement pour lui, beaucoup d'occupation à Saint-Gatien, où il y eut plusieurs enterrements, un mariage et deux baptêmes. Il put alors oublier ses chagrins. Quand son estomac lui annonça l'heure du dîner, il ne tira pas sa montre sans effroi, en voyant quatre heures et quelques minutes. Il connaissait la ponctualité de mademoiselle Gamard, il se hâta donc de se rendre au logis.

Il aperçut dans la cuisine le premier service

desservi. Puis, quand il arriva dans la salle à manger, la vieille fille lui dit d'un son de voix où se peignaient également l'aigreur d'un reproche et la joie de trouver son pensionnaire en faute : — Il est quatre heures et demie, monsieur Birotteau. Vous savez que nous ne devons pas nous attendre.

Le vicaire regarda le cartel de la salle à manger, et la manière dont était posée l'enveloppe de gaze destinée à le garantir de la poussière, lui prouva que son hôtesse l'avait remonté pendant la matinée, en se donnant le plaisir de le faire avancer sur l'horloge de Saint-Gatien. Il n'y avait pas d'observation possible. L'expression verbale du soupçon conçu par le vicaire eût causé la plus terrible et la mieux justifiée des explosions éloquentes que mademoiselle Gamard sût, comme toutes les femmes de sa classe, faire jaillir en pareil cas. Les mille et une contrariétés qu'une servante peut faire subir à son maître, ou une femme à son mari dans les habitudes privées de la vie, furent devinées par mademoiselle Gamard, qui en accabla son pensionnaire. La manière dont elle se plaisait à ourdir ses conspirations contre le bonheur domestique du pauvre prêtre portait l'empreinte du génie le plus profondément malicieux. Elle s'arrangea pour ne jamais paraître avoir tort.

Huit jours après le moment où ce récit commence, l'habitation de cette maison et les relations que l'abbé Birotteau avait avec mademoiselle Gamard lui révélèrent une trame ourdie depuis six mois. Tant que la vieille fille avait sourdement exercé sa vengeance, et que le vicaire avait pu s'entretenir volontairement dans l'erreur, en refusant de croire à des intentions malveillantes, le mal moral avait fait peu de progrès chez lui. Mais, depuis l'affaire du bougeoir remonté, de la pendule avancée, Birotteau ne pouvait plus douter qu'il ne vécût sous l'empire d'une haine dont l'œil était toujours ouvert sur lui. Il arriva dès lors rapidement au désespoir, en apercevant, à toute heure, les doigts crochus et effilés de mademoiselle Gamard prêts à s'enfoncer dans son cœur. Heureuse de vivre par un sentiment aussi fertile en émotions que l'est celui de la vengeance, la vieille fille se plaisait à planer, à peser sur le vicaire, comme un oiseau de proie plane et pèse sur un mulot avant de le dévorer. Elle avait conçu depuis longtemps un plan que le prêtre abasourdi ne pouvait deviner, et qu'elle ne tarda pas à dérouler, en montrant le génie que savent déployer, dans les petites choses, les personnes solitaires dont l'âme, inhabile à sentir les grandeurs de la piété vraie, s'est jetée dans les minuties de la dévotion. Dernière mais affreuse aggravation de peine! La nature de ses chagrins interdisait à Birotteau, homme d'expansion, aimant à être plaint et consolé, la petite douceur de les raconter à ses amis. Le peu de tact qu'il devait à sa timidité lui faisait redouter de paraître ridicule en s'occupant de pareilles niaiseries. Et cependant ces niaiseries composaient toute son existence, sa chère existence pleine d'occupations dans le vide et de vide dans les occupations; vie terne et grise où les sentiments trop forts étaient des malheurs, où l'absence de toute émotion était une félicité. Le paradis du pauvre prêtre se changea donc subitement en enfer. Enfin, ses souffrances devinrent intolérables. La terreur que lui causait la perspective d'une explication avec mademoiselle Gamard s'accrut de jour en jour; et le malheur secret qui flétrissait les heures de sa vieillesse, altéra sa santé. Un matin, en mettant ses bas bleus chinés, il reconnut une perte de huit lignes dans la circonférence de son mollet. Stupéfait de ce diagnostic si cruellement irrécusable, il résolut de faire une tentative auprès de l'abbé Troubert, pour le prier d'intervenir officieusement entre mademoiselle Gamard et lui.

En se trouvant en présence de l'imposant chanoine, qui, pour le recevoir dans une chambre nue, quitta promptement un cabinet plein de papiers où il travaillait sans cesse, et où ne pénétrait personne, le vicaire eut presque honte de parler des taquineries de mademoiselle Gamard à un homme qui lui paraissait si sérieusement occupé. Mais après avoir subi toutes les angoisses de ces délibérations intérieures que les gens humbles, indécis ou faibles éprouvent même pour des choses sans importance, il se décida, non sans avoir le cœur grossi par des pulsations extraordinaires, à expliquer sa position à l'abbé Troubert. Le chanoine écouta d'un air grave et froid, essayant, mais en vain, de réprimer certains sourires qui, peut-être, eussent révélé les émotions d'un contentement intime à des yeux intelligents. Une flamme parut s'échapper de ses paupières lorsque Birotteau lui peignit, avec l'éloquence que donnent les sentiments vrais, la constante amertume dont il était abreuvé; mais Troubert mit la main au-dessus de ses yeux par un geste assez familier aux penseurs, et garda l'attitude de dignité qui lui était habituelle. Quand le vicaire eut cessé de parler, il aurait été bien embarrassé s'il avait voulu chercher sur la figure de Troubert, alors marbrée par des taches plus jaunes encore que ne l'était ordinairement son teint bilieux, quelques traces des sentiments qu'il avait dû exciter chez ce prêtre mystérieux. Après être resté pendant un moment silencieux, le chanoine fit une de ces réponses dont toutes les paroles devaient être longtemps étudiées pour que leur portée fût entièrement mesurée, mais qui, plus tard, prouvaient aux gens réfléchis l'étonnante profondeur de son âme et la puissance de son esprit. Enfin, il accabla Birotteau en lui disant : que « ces choses l'étonnaient d'autant plus, qu'il ne s'en serait jamais aperçu sans la confession de son frère; il attribuait ce défaut d'intelligence à ses occupations sérieuses, à ses travaux, et à la tyrannie de certaines pensées élevées qui ne lui permettaient pas de regarder aux détails de la vie. » Il lui fit observer, mais sans avoir l'air de vouloir censurer la conduite d'un homme dont l'âge et les connaissances méritaient son respect, que « jadis les solitaires songeaient rarement à leur nourriture, à leur abri, au fond des thébaïdes où ils se livraient à de saintes contemplations, » et que, « de nos jours, le prêtre pouvait par la pensée se faire partout une thébaïde. » Puis, revenant à Birotteau, il ajouta : que « ces discussions étaient toutes nouvelles pour lui. Pendant douze années, rien de semblable n'avait eu lieu entre mademoiselle Gamard et le vénérable abbé Chapeloud. Quant à lui, sans doute, il pouvait bien, ajouta-t-il, devenir l'arbitre entre le vicaire et leur hôtesse, parce que son amitié pour elle ne dépassait pas les bornes imposées par les lois de l'Eglise à ses fidèles serviteurs; mais alors la justice exigeait qu'il entendît aussi mademoiselle Gamard. » — Que, d'ailleurs, il ne trouvait rien de changé en elle; qu'il l'avait toujours vue ainsi; qu'il s'était volontiers soumis à quelques-uns de ses caprices, sachant que cette respectable demoiselle était la bonté, la douceur même; qu'il fallait attribuer les légers changements de son humeur aux souffrances causées par une pulmonie dont elle ne parlait pas, et à laquelle elle se résignait en vraie chrétienne... [28] Il finit en disant au vicaire, que « pour peu qu'il restât encore quelques années auprès de mademoiselle, il saurait mieux l'apprécier, et reconnaître les trésors de cet excellent caractère. »

L'abbé Birotteau sortit confondu. Dans la nécessité fatale où il se trouvait de ne prendre conseil que de lui-même, il jugea mademoiselle Gamard d'après lui. Le bonhomme crut, en s'absentant pendant quelques jours, éteindre, faute d'aliment, la haine que lui portait cette fille. Donc il résolut d'aller, comme jadis, passer plusieurs jours à une campagne où madame de Listomère se rendait à la fin de l'automne, époque à laquelle le ciel est ordinairement pur et doux en Touraine. Pauvre homme! il accomplissait précisément les vœux secrets de sa terrible ennemie, dont les projets ne pouvaient être déjoués que par une patience de moine; mais, ne devinant rien, ne sachant point ses propres affaires, il devait succomber, comme un agneau, sous le premier coup du boucher.

Située sur la levée qui se trouve entre la ville de Tours et les hauteurs de Saint-Georges, exposée au midi, entourée de rochers, la propriété de madame de Listomère offrait les agréments de la campagne et tous les plaisirs de la ville.

En effet, il ne fallait pas plus de dix minutes pour venir du pont de Tours à la porte de cette maison, nommée *l'Alouette*; avantage précieux dans un pays où personne ne veut se déranger pour quoi que ce soit, même pour aller chercher un plaisir. L'abbé Birotteau était à l'Alouette depuis environ dix jours, lorsqu'un matin, au moment du déjeuner, le concierge vint lui dire que monsieur Caron désirait lui parler. Monsieur Caron était un avocat chargé des affaires de mademoiselle Gamard. Birotteau ne s'en souvenant pas et ne se connaissant aucun point litigieux à démêler avec qui que ce fût au monde, quitta la table en proie à une sorte d'anxiété pour chercher l'avocat : il le trouva modestement assis sur la balustrade d'une terrasse.

— L'intention où vous êtes de ne plus loger chez mademoiselle Gamard étant devenue évidente..., dit l'homme d'affaires.

— Eh! monsieur, s'écria l'abbé Birotteau en interrompant, je n'ai jamais pensé à la quitter.

— Cependant, monsieur, reprit l'avocat, il faut bien que vous vous soyez expliqué à cet égard avec mademoiselle, puisqu'elle m'envoie à la fin de savoir si vous restez longtemps à la campagne. Le cas d'une longue absence, n'ayant pas été prévu dans vos conventions, peut donner matière à contestation. Or, mademoiselle Gamard entendant que votre pension...

— Monsieur, dit Birotteau, surpris et interrompant encore l'avocat, je ne croyais pas qu'il fût nécessaire d'employer des voies presque judiciaires pour...

— Mademoiselle Gamard, qui veut prévenir

toute difficulté, dit monsieur Caron, m'a envoyé pour m'entendre avec vous.

— Eh! bien, si vous voulez avoir la complaisance de revenir demain, reprit encore l'abbé Birotteau, j'aurai consulté de mon côté.

— Soit, dit Caron en saluant.

Et le ronge-papiers se retira. Le pauvre vicaire, épouvanté de la persistance avec laquelle mademoiselle Gamard le poursuivait, rentra dans la salle à manger de madame de Listomère en offrant une figure bouleversée. A son aspect, chacun de lui demander : — Que vous arrive-t-il donc, monsieur Biroteau?...

L'abbé, désolé, s'assit sans répondre, tant il était frappé par les vagues images de son malheur. Mais, après le déjeuner, quand plusieurs de ses amis furent réunis dans le salon devant un bon feu, Birotteau leur raconta naïvement les détails de son aventure. Ses auditeurs, qui commençaient à s'ennuyer de leur séjour à la campagne, s'intéressèrent vivement à cette intrigue, si bien en harmonie avec la vie de province. Chacun prit parti pour l'abbé contre la vieille fille.

— Comment! lui dit madame de Listomère, ne voyez-vous pas clairement que l'abbé Troubert veut votre logement?

Ici, l'historien serait en droit de crayonner le portrait de cette dame; mais il a pensé que ceux mêmes auxquels le système de *cognomologie* de Sterne [29] est inconnu, ne pourraient pas prononcer ces trois mots : MADAME DE LISTOMÈRE! sans se la peindre noble, digne, tempérant les rigueurs de la piété par la vieille élégance des mœurs monarchiques et classiques, par des manières polies; bonne, mais un peu roide; légèrement nasillarde; se permettant la lecture de *la Nouvelle Héloïse,* la comédie, et se coiffant encore en cheveux.

— Il ne faut pas que l'abbé Birotteau cède à cette vieille tracassière! s'écria monsieur de Listomère, lieutenant de vaisseau venu en congé chez sa tante. Si le vicaire a du cœur et veut suivre mes avis, il aura bientôt conquis sa tranquillité.

Enfin, chacun se mit à analyser les actions de mademoiselle Gamard avec la perspicacité particulière aux gens de province, auxquels on ne peut refuser le talent de savoir mettre à nu les motifs les plus secrets des actions humaines.

— Vous n'y êtes pas, dit un vieux propriétaire qui connaissait le pays. Il y a là-dessous quelque chose de grave que je ne saisis pas encore. L'abbé Troubert est trop profond pour être deviné si promptement. Notre cher Birotteau n'est qu'au commencement de ses peines. D'abord, sera-t-il heureux et tranquille, même en cédant son logement à Troubert? J'en doute. — Si Caron est venu vous dire, ajouta-t-il en se tournant vers le prêtre ébahi, que vous aviez l'intention de quitter mademoiselle Gamard, sans doute mademoiselle Gamard a l'intention de vous mettre hors de chez elle... Eh! bien, vous en sortirez bon gré, mal gré. Ces sortes de gens ne hasardent jamais rien et ne jouent qu'à coup sûr.

Ce vieux gentilhomme, nommé monsieur de Bourbonne, résumait toutes les idées de la province aussi complètement que Voltaire a résumé l'esprit de son époque. Ce vieillard sec et maigre, professait en matière d'habillement toute l'indifférence d'un propriétaire dont la valeur territoriale est cotée dans le département. Sa physionomie, tannée par le soleil de la Touraine, était moins spirituelle que fine. Habitué à peser ses paroles, à combiner ses actions, il cachait sa profonde circonspection sous une simplicité trompeuse. Aussi l'observation la plus légère suffisait-elle pour apercevoir que, semblable à un paysan de Normandie, il avait toujours l'avantage dans toutes les affaires. Il était très supérieur en œnologie, la science favorite des Tourangeaux. Il avait su arrondir les prairies d'un de ses domaines aux dépens des lais [30] de la Loire en évitant tout procès avec l'Etat. Ce bon tour le faisait passer pour un homme de talent. Si, charmé par la conversation de monsieur de Bourbonne, vous eussiez demandé sa biographie à quelque Tourangeau : — Oh! *c'est un vieux malin!* eût été la réponse proverbiale de tous ses jaloux, et il en avait beaucoup. En Touraine, la jalousie forme, comme dans la plupart des provinces, *le fond de la langue.*

L'observation de monsieur de Bourbonne occasionna momentanément un silence pendant lequel les personnes qui composaient ce petit comité parurent réfléchir. Sur ces entrefaites, mademoiselle Salomon de Villenoix fut annoncée. Amenée par le désir d'être utile à Birotteau, elle arrivait de Tours, et les nouvelles qu'elle en apportait changèrent complètement la face des affaires. Au moment de son arrivée, chacun, sauf le propriétaire, conseillait à Birotteau de guerroyer contre Troubert et Gamard, sous les auspices de la société aristocratique qui devait le protéger.

— Le Vicaire-Général, auquel le travail du

personnel est remis, dit mademoiselle Salomon, vient de tomber malade, et l'archevêque a commis à sa place monsieur l'abbé Troubert. Maintenant, la nomination au canonicat dépend donc entièrement de lui. Or, hier, chez mademoiselle de La Blottière, l'abbé Poirel a parlé des désagréments que l'abbé Birotteau causait à mademoiselle Gamard, de manière à vouloir justifier la disgrâce dont sera frappé notre bon abbé : « L'abbé Birotteau est un homme auquel l'abbé Chapeloud était bien nécessaire, disait-il; et, depuis la mort de ce vertueux chanoine, il a été prouvé que... » Les suppositions, les calomnies se sont succédé. Vous comprenez?

— Troubert sera Vicaire-Général, dit solennellement monsieur de Bourbonne.

— Voyons! s'écria madame de Listomère en regardant Birotteau. Que préférez-vous : être chanoine, ou rester chez mademoiselle Gamard?

— Etre chanoine! fut un cri général.

— Eh! bien, reprit madame de Listomère, il faut donner gain de cause à l'abbé Troubert et à mademoiselle Gamard. Ne vous font-ils pas savoir indirectement, par la visite de Caron, que si vous consentez à les quitter vous serez chanoine? Donnant, donnant!

Chacun se récria sur la finesse et la sagacité de madame de Listomère, excepté le baron de Listomère son neveu, qui dit, d'un ton comique, à monsieur de Bourbonne : — J'aurais voulu le combat entre *la Gamard* et *le Birotteau*.

Mais, pour le malheur du vicaire, les forces n'étaient pas égales entre les gens du monde et la vieille fille soutenue par l'abbé Troubert. Le moment arriva bientôt où la lutte devait se dessiner plus franchement, s'agrandir, et prendre des proportions énormes. Sur l'avis de madame de Listomère et de la plupart de ses adhérents qui commençaient à se passionner pour cette intrigue jetée dans le vide de leur vie provinciale, un valet fut expédié à monsieur Caron. L'homme d'affaires revint avec une célérité remarquable, et qui n'effraya que monsieur de Bourbonne.

— Ajournons toute décision jusqu'à un plus ample informé, fut l'avis de ce Fabius [31] en robe de chambre auquel de profondes réflexions révélaient les hautes combinaisons de l'échiquier tourangeau.

Il voulut éclairer Birotteau sur les dangers de sa position. La sagesse du *vieux malin* ne servait pas les passions du moment, il n'obtint qu'une légère attention. La conférence entre l'avocat et Birotteau dura peu. Le vicaire rentra tout effaré, disant : — Il me demande un écrit qui constate mon *retrait*.

— Quel est ce mot effroyable? dit le lieutenant de vaisseau.

— Qu'est-ce que cela veut dire? s'écria madame de Listomère.

— Cela signifie simplement que l'abbé doit déclarer vouloir quitter la maison de mademoiselle Gamard, répondit monsieur de Bourbonne en prenant une prise de tabac.

— N'est-ce que cela? Signez! dit madame de Listomère en regardant Birotteau. Si vous êtes décidé sérieusement à sortir de chez elle, il n'y a aucun inconvénient à constater votre volonté.

La *volonté de Birotteau!*

— Cela est juste, dit monsieur de Bourbonne en fermant sa tabatière par un geste sec dont la signification est impossible à rendre, car c'était tout un langage. — Mais il est toujours dangereux d'écrire, ajouta-t-il en posant sa tabatière sur la cheminée d'un air à épouvanter le vicaire.

Birotteau se trouvait tellement hébété par le renversement de toutes ses idées, par la rapidité des événements qui le surprenaient sans défense, par la facilité avec laquelle ses amis traitaient les affaires les plus chères de sa vie solitaire, qu'il restait immobile, comme perdu dans la lune, ne pensant à rien, mais écoutant et cherchant à comprendre le sens des rapides paroles que tout le monde prodiguait. Il prit l'écrit de monsieur Caron et le lut, comme si le *libellé* de l'avocat allait être l'objet de son attention; mais ce fut un mouvement machinal. Et il signa cette pièce, par laquelle il reconnaissait renoncer volontairement à demeurer chez mademoiselle Gamard, comme à y être nourri suivant les conventions faites entre eux. Quand le vicaire eut achevé d'apposer sa signature, le sieur Caron reprit l'acte et lui demanda dans quel endroit sa cliente devait faire remettre les choses à lui appartenant. Birotteau indiqua la maison de madame de Listomère. Par un signe, cette dame consentit à recevoir l'abbé pour quelques jours, ne doutant pas qu'il ne fût bientôt nommé chanoine. Le vieux propriétaire voulut voir cette espèce d'acte de renonciation, et monsieur Caron le lui apporta.

— Eh! bien, demanda-t-il au vicaire après l'avoir lu, il existe donc entre vous et mademoiselle Gamard des conventions écrites? où sontelles? quelles en sont les stipulations?

— L'acte est chez moi, répondit Birotteau.

— En connaissez-vous la teneur? demanda le propriétaire à l'avocat.

— Non, monsieur, dit monsieur Caron en tendant la main pour reprendre le papier fatal.

— Ah! se dit en lui-même le vieux propriétaire, toi, monsieur l'avocat, tu sais sans doute tout ce que cet acte contient; mais tu n'es pas payé pour nous le dire.

Et monsieur de Bourbonne rendit la renonciation à l'avocat.

— Où vais-je mettre tous mes meubles? s'écria Birotteau, et mes livres, ma belle bibliothèque, mes beaux tableaux, mon salon rouge, enfin tout mon mobilier!

Et le désespoir du pauvre homme, qui se trouvait déplanté, pour ainsi dire, avait quelque chose de si naïf; il peignait si bien la pureté de ses mœurs, son ignorance des choses du monde, que madame de Listomère et mademoiselle Salomon lui dirent pour le consoler, en prenant le ton employé par les mères quand elles promettent un jouet à leurs enfants : — N'allez-vous pas vous inquiéter de ces niaiseries-là? Mais nous vous trouverons toujours bien une maison moins froide, moins noire que celle de mademoiselle Gamard. S'il ne se rencontre pas de logement qui vous plaise, eh! bien, l'une de nous vous prendra chez elle en pension. Allons, faisons un trictrac. Demain, vous irez voir monsieur l'abbé Troubert pour lui demander son appui, et vous verrez comme vous serez bien reçu par lui!

Les gens faibles se rassurent aussi facilement qu'ils se sont effrayés. Donc, le pauvre Birotteau, ébloui par la perspective de demeurer chez madame de Listomère, oublia la ruine, consommée sans retour, du bonheur qu'il avait si longtemps désiré, dont il avait si délicieusement joui. Mais, le soir, avant de s'endormir, et avec la douleur d'un homme pour qui le tracas d'un déménagement et de nouvelles habitudes étaient la fin du monde, il se tortura l'esprit à chercher où il pourrait retrouver pour sa bibliothèque un emplacement aussi commode que l'était sa galerie. En voyant ses livres errants, ses meubles disloqués et son ménage en désordre, il se demandait mille fois pourquoi la première année passée chez mademoiselle Gamard avait été si douce, et la seconde si cruelle. Et toujours son aventure était un puits sans fond où tombait sa raison. Le canonicat ne lui semblait plus une compensation suffisante à tant de malheurs, et il comparait sa vie à un bas dont une seule maille échappée faisait déchirer toute la trame. Mademoiselle Salomon lui restait. Mais, en perdant ses vieilles illusions, le pauvre prêtre n'osait plus croire à une jeune amitié.

Dans la *citta dolente* [32] des vieilles filles, il s'en rencontre beaucoup, surtout en France, dont la vie est un sacrifice noblement offert tous les jours à de nobles sentiments. Les unes demeurent fièrement fidèles à un cœur que la mort leur a trop promptement ravi : martyres de l'amour, elles trouvent le secret d'être femmes par l'âme. Les autres obéissent à un orgueil de famille, qui, chaque jour, déchoit à notre honte, et se dévouent à la fortune d'un frère, ou à des neveux orphelins : celles-là se font mères en restant vierges. Ces vieilles filles atteignent au plus haut héroïsme de leur sexe, en consacrant tous les sentiments féminins au culte du malheur. Elles idéalisent la figure de la femme, en renonçant aux récompenses de sa destinée et n'en acceptant que les peines. Elles vivent alors entourées de la splendeur de leur dévouement, et les hommes inclinent respectueusement la tête devant leurs traits flétris. Mademoiselle de Sombreuil [33] n'a été ni femme ni fille; elle fut et sera toujours une vivante poésie. Mademoiselle Salomon appartenait à ces créatures héroïques. Son dévouement était religieusement sublime, en ce qu'il devait être sans gloire, après avoir été une souffrance de tous les jours. Belle, jeune, elle fut aimée, elle aima; son prétendu perdit la raison. Pendant cinq années, elle s'était, avec le courage de l'amour, consacrée au bonheur mécanique de ce malheureux, de qui elle avait si bien épousé la folie qu'elle ne le croyait point fou. C'était, du reste, une personne simple de manières, franche en son langage, et dont le visage pâle ne manquait pas de physionomie, malgré la régularité de ses traits. Elle ne parlait jamais des événements de sa vie. Seulement, parfois, les tressaillements soudains qui lui échappaient en entendant le récit d'une aventure affreuse, ou triste, révélaient en elle les belles qualités que développent les grandes douleurs. Elle était venue habiter Tours après avoir perdu le compagnon de sa vie. Elle ne pouvait y être appréciée à sa juste valeur, et passait pour une *bonne personne*. Elle faisait beaucoup de bien, et s'attachait, par goût, aux êtres faibles. A ce titre, le pauvre vicaire lui avait inspiré naturellement un profond intérêt.

Mademoiselle de Villenoix, qui allait à la ville dès le matin, y emmena Birotteau, le mit sur le quai de la Cathédrale, et le laissa s'acheminant vers le Cloître où il avait grand désir d'arriver pour sauver au moins le canonicat du naufrage, et veiller à l'enlèvement de son mobilier. Il ne sonna pas sans éprouver de violentes palpitations de cœur, à la porte de cette maison où il avait l'habitude de venir depuis quatorze ans, qu'il avait habitée, et d'où il devait s'exiler à jamais, après avoir rêvé d'y mourir en paix, à l'imitation de son ami Chapeloud. Marianne parut surprise de voir le vicaire. Il lui dit qu'il venait parler à l'abbé Troubert, et se dirigea vers le rez-de-chaussée où demeurait le chanoine; mais Marianne lui cria :

— L'abbé Troubert n'est plus là, monsieur le vicaire, il est dans votre ancien logement.

Ces mots causèrent un affreux saisissement au vicaire, qui comprit enfin le caractère de Troubert, et la profondeur d'une vengeance si lentement calculée, en le trouvant établi dans la bibliothèque de Chapeloud, assis dans le beau fauteuil gothique de Chapeloud, couchant sans doute dans le lit de Chapeloud, jouissant des meubles de Chapeloud, logé au cœur de Chapeloud, annulant le testament de Chapeloud, et déshéritant enfin l'ami de ce Chapeloud, qui, pendant si longtemps, l'avait parqué chez mademoiselle Gamard, en lui interdisant tout avancement et lui fermant les salons de Tours. Par quel coup de baguette magique cette métamorphose avait-elle eu lieu? Tout cela n'appartenait-il donc plus à Birotteau? Certes, en voyant l'air sardonique avec lequel Troubert contemplait cette bibliothèque, le pauvre Birotteau jugea que le futur vicaire-général était sûr de posséder toujours la dépouille de ceux qu'il avait si cruellement haïs, Chapeloud comme un ennemi, et Birotteau, parce qu'en lui se retrouvait encore

Chapeloud. Mille idées se levèrent, à cet aspect, dans le cœur du bonhomme et le plongèrent dans une sorte de songe. Il resta immobile et comme fasciné par l'œil de Troubert, qui le regardait fixement.

— Je ne pense pas, monsieur, dit enfin Birotteau, que vous vouliez me priver des choses qui m'appartiennent. Si mademoiselle Gamard a pu être impatiente de vous mieux loger, elle doit se montrer cependant assez juste pour me laisser le temps de reconnaître mes livres et d'enlever mes meubles.

— Monsieur, dit froidement l'abbé Troubert en ne laissant paraître sur son visage aucune marque d'émotion, mademoiselle Gamard m'a instruit hier de votre départ, dont la cause m'est encore inconnue. Si elle m'a installé ici, ce fut par nécessité. Monsieur l'abbé Poirel a pris mon appartement. J'ignore si les choses qui sont dans ce logement appartiennent ou non à mademoiselle; mais, si elles sont à vous, vous connaissez sa bonne foi : la sainteté de sa vie est une garantie de sa probité. Quant à moi, vous n'ignorez pas la simplicité de mes mœurs. J'ai couché pendant quinze années dans une chambre nue sans faire attention à l'humidité, qui m'a tué à la longue. Cependant, si vous vouliez habiter de nouveau cet appartement, je vous le céderais volontiers.

En entendant ces mots terribles, Birotteau oublia l'affaire du canonicat, il descendit avec la promptitude d'un jeune homme pour chercher mademoiselle Gamard, et la rencontra au bas de l'escalier, sur le large palier dallé qui unissait les deux corps de logis.

— Mademoiselle, dit-il en la saluant et sans

faire attention ni au sourire aigrement moqueur qu'elle avait sur les lèvres ni à la flamme extraordinaire qui donnait à ses yeux la clarté de ceux des tigres, je ne m'explique pas comment vous n'avez pas attendu que j'aie enlevé mes meubles, pour...

— Quoi! lui dit-elle en l'interrompant, est-ce que tous vos effets n'auraient pas été remis chez madame de Listomère?

— Mais, mon mobilier?

— Vous n'avez donc pas lu votre acte? dit la vieille fille d'un ton qu'il faudrait pouvoir écrire musicalement pour faire comprendre combien la haine sut mettre de nuances dans l'accentuation de chaque mot.

Et mademoiselle Gamard parut grandir, et ses yeux brillèrent encore, et son visage s'épanouit, et toute sa personne frissonna de plaisir. L'abbé Troubert ouvrit une fenêtre pour lire plus distinctement dans un volume in-folio. Birotteau resta comme foudroyé. Mademoiselle Gamard lui cornait aux oreilles, d'une voix aussi claire que le son d'une trompette, les phrases suivantes : — N'est-il pas convenu, au cas où vous sortiriez de chez moi, que votre mobilier m'appartiendrait, pour m'indemniser de la différence qui existait entre la quotité de votre pension et celle du respectable abbé Chapeloud? Or, monsieur l'abbé Poirel ayant été nommé chanoine...

En entendant ces derniers mots, Birotteau s'inclina faiblement, comme pour prendre congé de la vieille fille; puis il sortit précipitamment. Il avait peur, en restant plus longtemps, de tomber en défaillance et de donner ainsi un trop grand triomphe à de si implacables ennemis. Marchant comme un homme ivre, il gagna la maison de madame de Listomère, où il trouva dans une salle basse son linge, ses vêtements et ses papiers contenus dans une malle. A l'aspect des débris de son mobilier, le malheureux prêtre s'assit, et se cacha le visage dans ses mains pour dérober aux gens la vue de ses pleurs. L'abbé Poirel était chanoine! Lui, Birotteau, se voyait sans asile, sans fortune et sans mobilier! Heureusement, mademoiselle Salomon vint à passer en voiture. Le concierge de la maison, qui comprit le désespoir du pauvre homme, fit un signe au cocher. Puis, après quelques mots échangés entre la vieille fille et le concierge, le vicaire se laissa conduire à demi mort près de sa fidèle amie, à laquelle il ne put dire que des mots sans suite. Mademoiselle Salomon, effrayée du dérangement momentané d'une tête déjà si faible, l'emmena sur-le-champ à l'Alouette, en attribuant ce commencement d'aliénation mentale à l'effet qu'avait dû produire sur lui la nomination de l'abbé Poirel. Elle ignorait les conventions du prêtre avec mademoiselle Gamard, par l'excellente raison qu'il en ignorait lui-même l'étendue. Et comme il est dans la nature que le comique se trouve mêlé parfois aux choses les plus pathétiques, les étranges réponses de Birotteau firent presque sourire mademoiselle Salomon.

— Chapeloud avait raison, disait-il. C'est un monstre!

— Qui? demandait-elle.

— Chapeloud. Il m'a tout pris!

— Poirel, donc?

— Non, Troubert.

Enfin, ils arrivèrent à l'Alouette, où les amis

du prêtre lui prodiguèrent des soins si empressés, que, vers le soir, ils le calmèrent, et purent obtenir de lui le récit de ce qui s'était passé pendant la matinée. Le flegmatique propriétaire demanda naturellement à voir l'acte qui, depuis la veille, lui paraissait contenir le mot de l'énigme. Birotteau tira le fatal papier timbré de sa poche, le tendit à monsieur de Bourbonne, qui le lut rapidement, et arriva bientôt à une clause ainsi conçue : « *Comme il se trouve une différence de huit cents francs par an entre la pension que payait feu monsieur Chapeloud et celle pour laquelle ladite Sophie Gamard consent à prendre chez elle, aux conditions ci-dessus stipulées, ledit François Birotteau; attendu que le soussigné François Birotteau reconnaît surabondamment être hors d'état de donner pendant plusieurs années le prix payé par les pensionnaires de la demoiselle Gamard, et notamment par l'abbé Troubert; enfin, eu égard à diverses avances faites par ladite Sophie Gamard soussignée, ledit Birotteau s'engage à lui laisser à titre d'indemnité le mobilier dont il se trouvera possesseur à son décès, ou lorsque, par quelque cause que ce puisse être, il viendrait à quitter volontairement, et à quelque époque que ce soit, les lieux à lui présentement loués, et à ne plus profiter des avantages stipulés dans les engagements pris par mademoiselle Gamard envers lui, ci-dessus...* »

— Tudieu, quelle grosse! s'écria le propriétaire, et de quelles griffes est armée ladite Sophie Gamard!

Le pauvre Birotteau, n'imaginant dans sa cervelle d'enfant aucune cause qui pût le séparer un jour de mademoiselle Gamard, comptait mourir chez elle. Il n'avait aucun souvenir de cette clause, dont les termes ne furent pas même discutés jadis, tant elle lui avait semblé juste, lorsque, dans son désir d'appartenir à la vieille fille, lui aurait signé tous les parchemins qu'on lui aurait présentés. Cette innocence était si respectable, et la conduite de mademoiselle Gamard si atroce; le sort de ce pauvre sexagénaire avait quelque chose de si déplorable, et sa faiblesse le rendait si touchant, que, dans un premier moment d'indignation, madame de Listomère s'écria : — Je suis cause de la signature de l'acte qui vous a ruiné, je dois vous rendre le bonheur dont je vous ai privé.

— Mais, dit le vieux gentilhomme, l'acte constitue un dol, et il y a matière à procès...

— Eh! bien, Birotteau plaidera. S'il perd à Tours, il gagnera à Orléans. S'il perd à Orléans, il gagnera à Paris, s'écria le baron de Listomère.

— S'il veut plaider, reprit froidement monsieur de Bourbonne, je lui conseille de se démettre d'abord de son vicariat.

— Nous consulterons des avocats, reprit madame de Listomère, et nous plaiderons s'il faut plaider. Mais cette affaire est trop honteuse pour mademoiselle Gamard, et peut devenir trop nuisible à l'abbé Troubert, pour que nous n'obtenions pas quelque transaction.

Après mûre délibération, chacun promit son assistance à l'abbé Birotteau dans la lutte qui allait s'engager entre lui et tous les adhérents de ses antagonistes. Un sûr pressentiment, un instinct provincial indéfinissable forçait chacun à unir les deux noms de Gamard et de Troubert. Mais aucun de ceux qui se trouvaient alors chez madame de Listomère, excepté le vieux malin, n'avait une idée bien exacte de l'importance d'un semblable combat. Monsieur de Bourbonne attira dans un coin le pauvre abbé.

— Des quatorze personnes qui sont ici, lui dit-il à voix basse, il n'y en aura pas une pour vous dans quinze jours. Si vous avez besoin d'appeler quelqu'un à votre secours, vous ne trouverez peut-être alors que moi d'assez hardi pour oser prendre votre défense, parce que je connais la province, les hommes, les choses, et, mieux encore, les intérêts! Mais tous vos amis, quoique pleins de bonnes intentions, vous mettent dans un mauvais chemin d'où vous ne pourrez vous tirer. Ecoutez mon conseil. Si vous voulez vivre en paix, quittez le vicariat de Saint-Gatien, quittez Tours. Ne dites pas où vous irez, mais allez chercher quelque cure éloignée où Troubert ne puisse pas vous rencontrer.

— Abandonner Tours? s'écria le vicaire avec un effroi indescriptible.

C'était pour lui une sorte de mort. N'était-ce pas briser toutes les racines par lesquelles il s'était planté dans le monde? Les célibataires remplacent les sentiments par des habitudes. Lorsqu'à ce système moral, qui les fait moins vivre que traverser la vie, se joint un caractère faible, les choses extérieures prennent sur eux un empire étonnant. Aussi Birotteau était-il devenu semblable à quelque végétal : le transplanter, c'était en risquer l'innocente fructification. De même que, pour vivre, un arbre doit retrouver à toute heure les mêmes sucs, et toujours avoir ses chevelus dans le même terrain, Birotteau devait toujours trotter dans Saint-Gatien; toujours piétiner dans l'endroit du Mail où il se promenait habituellement, sans cesse parcourir les rues par lesquelles il passait, et continuer d'aller dans les trois salons où il jouait, pendant chaque soir, au whist ou au trictrac.

— Ah! je n'y pensais pas, répondit M. de Bourbonne en regardant le prêtre avec une espèce de pitié.

Tout le monde sut bientôt, dans la ville de Tours, que madame la baronne de Listomère, veuve d'un lieutenant général, recueillait l'abbé Birotteau, vicaire de Saint-Gatien. Ce fait, que beaucoup de gens révoquaient en doute, trancha nettement toutes les questions, et dessina les partis, surtout lorsque mademoiselle Salomon osa, la première, parler de dol et de procès. Avec la vanité subtile qui distingue les vieilles filles et le fanatisme de personnalité qui les caractérise, mademoiselle Gamard se trouva fortement blessée du parti que prenait madame de Listomère. La baronne était une femme de haut rang, élégante dans ses mœurs, et dont le bon goût, les manières polies, la piété, ne pouvaient être contestés. Elle donnait, en recueillant Birotteau, le démenti le plus formel à toutes les assertions de mademoiselle Gamard, en censurait indirectement la conduite, et semblait sanctionner les plaintes du vicaire contre son ancienne hôtesse.

Il est nécessaire, pour l'intelligence de cette histoire, d'expliquer ici tout ce que le discernement et l'esprit d'analyse avec lesquels les vieilles femmes se rendent compte des actions d'autrui prêtaient de force à mademoiselle Gamard, et quelles étaient les ressources de son parti. Accompagnée du silencieux abbé Troubert, elle allait passer ses soirées dans quatre ou cinq maisons où se réunissaient une douzaine de personnes toutes liées entre elles par les mêmes goûts, et par l'analogie de leur situation. C'était un ou deux vieillards qui épousaient les passions et les caquetages de leurs servantes; cinq ou six vieilles filles qui passaient toute leur journée à tamiser les paroles, à scruter les démarches de leurs voisins et des gens placés au-dessus ou au-dessous d'elles dans la société; puis, enfin, plusieurs femmes âgées, exclusivement occupées à distiller les médisances, à tenir un registre exact de toutes les fortunes, ou à contrôler les actions des autres : elles pronostiquaient les mariages et blâmaient la conduite de leurs amies aussi aigrement que celle de leurs ennemies. Ces personnes, logées toutes dans la ville de manière à y figurer les vaisseaux capillaires d'une plante, aspiraient, avec la soif d'une feuille pour la rosée, les nouvelles, les secrets de chaque ménage, les pompaient et les transmettaient machinalement à l'abbé Troubert, comme les feuilles communiquent à la tige la fraîcheur qu'elles ont absorbée. Donc, pendant chaque soirée de la semaine, excitées par ce besoin d'émotion qui se retrouve chez tous les individus, ces bonnes dévotes dressaient un bilan exact de la situation de la ville, avec une sagacité digne du conseil des Dix, et faisaient la police, armées de cette espèce d'espionnage à coup sûr que créent les passions. Puis, quand elles avaient deviné la raison secrète d'un événement, leur amour-propre les portait à s'approprier la sagesse de leur sanhédrin, pour donner le ton du bavardage dans leurs zones respectives. Cette congrégation oisive et agissante, invisible et voyant tout, muette et parlant sans cesse, possédait alors une influence que sa nullité rendait en apparence peu nuisible, mais qui cependant devenait terrible quand elle était animée par un intérêt majeur. Or, il y avait bien longtemps qu'il ne s'était présenté dans la sphère de leurs existences un événement aussi grave et aussi généralement important pour chacune d'elles que l'était la lutte de Birotteau, soutenu par madame de Listomère, contre l'abbé Troubert et mademoiselle Gamard. En effet, les trois salons de mesdames de Listomère, Merlin de La Blottière et de Villenoix étant considérés comme ennemis par ceux où allait mademoiselle Gamard, il y avait au fond de cette querelle l'esprit de corps et toutes ses vanités. C'était le combat du peuple et du sénat romain dans une taupinière, ou une tempête dans un verre d'eau, comme l'a dit Montesquieu en parlant de la république de Saint-Marin dont les charges publiques ne duraient qu'un jour, tant la tyrannie y était facile à saisir [34]. Mais cette tempête développait néanmoins dans les âmes autant de passions qu'il en aurait fallu pour diriger les plus grands intérêts sociaux. N'est-ce pas une erreur de croire que le temps ne soit rapide que pour les cœurs en proie aux vastes projets qui troublent la vie et la font bouillonner. Les heures de l'abbé Troubert coulaient aussi animées, s'enfuyaient chargées de pensées tout aussi soucieuses, étaient ridées par des désespoirs et des espérances aussi profonds que pouvaient l'être les heures cruelles de l'ambitieux, du joueur et de l'amant. Dieu seul est dans le secret de l'énergie que nous coûtent les triomphes occultement remportés sur les hommes, sur les choses et sur nous-mêmes. Si nous ne savons pas toujours où nous allons, nous connaissons bien les fatigues du voyage. Seulement, s'il est permis à l'historien de quitter le drame qu'il raconte pour prendre pendant un moment le rôle des critiques, s'il vous convie à jeter un coup d'œil sur les existences de ces vieilles filles et des deux abbés, afin d'y chercher la cause du malheur qui les viciait dans leur essence, il vous sera peut-être démontré qu'il est nécessaire à l'homme d'éprouver certaines passions pour développer en lui des qualités qui donnent à sa vie de la noblesse, en étendent le cercle, et assoupissent l'égoïsme naturel à toutes les créatures.

Madame de Listomère revint en ville sans savoir que, depuis cinq ou six jours, plusieurs de ses amis étaient obligés de réfuter une opinion, accréditée sur elle, dont elle aurait ri si elle l'eût connue, et qui supposait à son affection pour son neveu des causes presque criminelles. Elle mena l'abbé Birotteau chez son avocat, à qui le procès ne parut pas chose facile. Les amis du vicaire, animés par le sentiment que donne la justice d'une bonne cause, ou paresseux pour un procès qui ne leur était pas personnel, avaient remis le commencement de l'instance au jour où ils reviendraient à Tours. Les amis de mademoiselle Gamard purent donc prendre les devants, et surent raconter l'affaire peu favorablement pour l'abbé Birotteau. Donc l'homme de loi, dont la clientèle se composait exclusivement des gens pieux de la ville, étonna beaucoup madame de Listomère en lui conseillant de ne pas s'embarquer dans un semblable procès, et il termina la conférence en disant : que, d'ailleurs, il ne s'en chargerait pas, parce que, aux termes de l'acte, mademoiselle Gamard avait raison en

Droit; qu'en Equité, c'est-à-dire en dehors de la justice, l'abbé Birotteau paraîtrait, aux yeux du tribunal et à ceux des honnêtes gens, manquer au caractère de paix, de conciliation, et à la mansuétude qu'on lui avait supposés jusqu'alors; que mademoiselle Gamard, connue pour une personne douce et facile à vivre, avait obligé Birotteau en lui prêtant l'argent nécessaire pour payer les droits successifs auxquels avait donné lieu le testament de Chapeloud, sans lui en demander de reçu; que Birotteau n'était pas d'âge et de caractère à signer un acte sans savoir ce qu'il contenait, ni sans en connaître l'importance; et que s'il avait quitté mademoiselle Gamard après deux ans d'habitation, quand son ami Chapeloud était resté chez elle pendant douze ans, et Troubert pendant quinze ans, ce ne pouvait être qu'en vue d'un projet à lui connu; que le procès serait donc jugé comme un acte d'ingratitude, etc. Après avoir laissé Birotteau marcher en avant vers l'escalier, l'avoué prit madame de Listomère à part, en la reconduisant, et l'engagea, au nom de son repos, à ne pas se mêler de cette affaire.

Cependant, le soir, le pauvre vicaire, qui se tourmentait autant qu'un condamné à mort dans le cabanon de Bicêtre quand il y attend le résultat de son pourvoi en cassation, ne put s'empêcher d'apprendre à ses amis le résultat de sa visite, au moment où, avant l'heure de faire les parties, le cercle se formait devant la cheminée de madame de Listomère.

— Excepté l'avoué des Libéraux, je ne connais, à Tours, aucun homme de chicane qui voulût se charger de ce procès sans avoir l'intention de vous le faire perdre, s'écria monsieur de Bourbonne, et je ne vous conseille pas de vous y embarquer.

— Eh! bien, c'est une infamie, dit le lieutenant de vaisseau. Moi, je conduirai l'abbé chez cet avoué.

— Allez-y lorsqu'il fera nuit, dit monsieur de Bourbonne en l'interrompant.

— Et pourquoi?

— Je viens d'apprendre que l'abbé Troubert est nommé vicaire-général, à la place de celui qui est mort avant-hier.

— Je me moque bien de l'abbé Troubert!

Malheureusement le baron de Listomère, homme de trente-six ans, ne vit pas le signe que lui fit monsieur de Bourbonne, pour lui recommander de peser ses paroles, en lui montrant un conseiller de préfecture, ami de Troubert. Le lieutenant de vaisseau ajouta donc : — Si monsieur l'abbé Troubert est un fripon...

— Oh! dit monsieur de Bourbonne en l'interrompant, pourquoi mettre l'abbé Troubert dans une affaire à laquelle il est complètement étranger?...

— Mais, reprit le baron, ne jouit-il pas des meubles de l'abbé Birotteau? Je me souviens d'être allé chez Chapeloud, et d'y avoir vu deux tableaux de prix. Supposez qu'ils valent dix mille francs?... Croyez-vous que monsieur Birotteau ait eu l'intention de donner, pour deux ans d'habitation chez cette Gamard, dix mille francs, quand déjà la bibliothèque et les meubles valent à peu près cette somme?

L'abbé Birotteau ouvrit de grands yeux en apprenant qu'il avait possédé un capital si énorme.

Et le baron, poursuivant avec chaleur, ajouta :

— Par Dieu! monsieur Salmon, l'ancien expert du Musée de Paris, est venu voir ici sa belle-mère. Je vais y aller ce soir même, avec l'abbé Birotteau, pour le prier d'estimer les tableaux. De là je le mènerai chez l'avoué.

Deux jours après cette conversation, le procès avait pris de la consistance. L'avoué des Libéraux, devenu celui de Birotteau, jetait beaucoup de défaveur sur la cause du vicaire. Les gens opposés au gouvernement, et ceux qui étaient connus pour ne pas aimer les prêtres ou la religion, deux choses que beaucoup de gens confondent, s'emparèrent de cette affaire, et toute la ville en parla. L'ancien expert du Musée avait estimé onze mille francs la *Vierge* du Valentin et le *Christ* de Lebrun, morceaux d'une beauté capitale. Quant à la bibliothèque et aux meubles gothiques, le goût dominant qui croissait de jour en jour à Paris pour ces sortes de choses leur donnait momentanément une valeur de douze mille francs. Enfin, l'expert, vérification faite, évalua le mobilier entier à dix mille écus. Or, il était évident que, Birotteau n'ayant pas entendu donner à mademoiselle Gamard cette somme énorme pour le peu d'argent qu'il pouvait lui devoir en vertu de la soulte stipulée, il y avait, judiciairement parlant, lieu à réformer leurs conventions; autrement, la vieille fille eût été coupable d'un dol volontaire. L'avoué des Libéraux entama donc l'affaire en lançant un exploit introductif d'instance à mademoiselle Gamard. Quoique très acerbe, cette pièce, fortifiée par des citations d'arrêts souverains et corroborée par quelques articles du Code, n'en était pas moins un chef-d'œuvre de logique judiciaire, et condamnait si évidemment la vieille fille, que trente ou quarante copies en furent méchamment distribuées dans la ville par l'Opposition.

Quelques jours après le commencement des hostilités entre la vieille fille et Birotteau, le baron de Listomère, qui espérait être compris, en qualité de capitaine de corvette, dans la première promotion, annoncée depuis quelque temps au Ministère de la Marine, reçut une lettre par laquelle un de ses amis lui annonçait qu'il était question dans les bureaux de le mettre hors du cadre d'activité. Etrangement surpris de cette nouvelle, il partit immédiatement pour Paris, et vint à la première soirée du ministre, qui en parut fort étonné lui-même, et se prit à rire en apprenant les craintes dont lui fit part le baron de Listomère. Le lendemain, nonobstant la parole du ministre, le baron consulta les Bureaux. Par une indiscrétion que certains chefs commettent assez ordinairement pour leurs amis, un secrétaire lui montra un travail tout préparé, mais que la maladie d'un directeur avait empêché jusqu'alors d'être soumis au ministre, et qui confirmait la fatale nouvelle. Aussitôt le baron de Listomère alla chez un de ses oncles, lequel, en sa qualité de député, pouvait voir immédiatement le ministre à la Chambre, et il le pria de sonder les dispositions de Son Excellence, car il s'agissait pour lui de la perte de son avenir. Aussi attendit-il avec la plus vive anxiété, dans la voiture de son oncle, la fin de la séance. Le député sortit bien avant la clôture, et dit à son neveu, pendant le chemin qu'il fit en se rendant à son hôtel : — Comment, diable! vas-tu te mêler de faire la guerre aux prêtres? Le ministre a commencé par m'apprendre que tu t'étais mis à la tête des Libéraux à Tours! Tu as des opinions détestables, tu ne suis pas la ligne du gouvernement, etc. Ses phrases étaient aussi entortillées que s'il parlait encore à la Chambre. Alors, je lui ai dit : — Ah! çà, entendons-nous! Son Excellence a fini par m'avouer que tu étais mal avec la Grande-Aumônerie. Bref, en demandant quelques renseignements à mes collègues, j'ai su que tu parlais fort légèrement d'un certain abbé Troubert, simple Vicaire-Général, mais le personnage le plus important de la province où il représente la Congrégation [35]. J'ai répondu de corps pour corps au ministre. Monsieur mon neveu, si tu veux faire ton chemin, ne te crée aucune inimitié sacerdotale. Va vite à Tours, fais-y la paix avec ce diable de Vicaire-Général. Apprends que les vicaires-généraux sont des hommes avec lesquels il faut toujours vivre en paix. Morbleu! lorsque nous travaillons tous à rétablir la religion, il est stupide à un lieutenant de vaisseau, qui veut être capitaine, de déconsidérer les prêtres. Si tu ne te raccommodes pas avec l'abbé Troubert, ne compte plus sur moi : je te renierai. Le ministre des Affaires Ecclésiastiques [36] m'a parlé tout à l'heure de cet homme comme d'un futur évêque. Si Troubert prenait notre famille en haine, il pourrait m'empêcher d'être compris dans la prochaine fournée de pairs. Comprends-tu?

Ces paroles expliquèrent au lieutenant de vaisseau les secrètes occupations de Troubert, de qui Birotteau disait niaisement : — Je ne sais pas à quoi lui sert de passer les nuits.

La position du chanoine au milieu du sénat femelle qui faisait si subtilement la police de la province et sa capacité personnelle l'avaient fait choisir par la Congrégation, entre tous les ecclésiastiques de la ville, pour être le proconsul inconnu de la Touraine. Archevêque, général, préfet, grands et petits étaient sous son occulte domination. Le baron de Listomère eut bientôt pris son parti.

— Je ne veux pas, dit-il à son oncle, recevoir une seconde bordée ecclésiastique dans mes *œuvres-vives*.

Trois jours après cette conférence diplomatique entre l'oncle et le neveu, le marin, subitement revenu par la malle-poste à Tours, révélait à sa tante, le soir même de son arrivée, les dangers que couraient les plus chères espérances de la famille de Listomère, s'ils s'obstinaient l'un et l'autre à soutenir *cet imbécile de Birotteau*. Le baron avait retenu monsieur de Bourbonne au moment où le vieux gentilhomme prenait sa canne et son chapeau pour s'en aller après la partie de whist. Les lumières du vieux malin étaient indispensables pour éclairer les écueils dans lesquels se trouvaient engagés les Listomère, et le vieux malin n'avait prématurément cherché sa canne et son chapeau que pour se faire dire à l'oreille : — Restez, nous avons à causer.

Le prompt retour du baron, son air de contentement, en désaccord avec la gravité peinte en certains moments sur sa figure, avaient accusé vaguement à monsieur de Bourbonne quelques échecs reçus par le lieutenant dans sa croisière contre Gamard et Troubert. Il ne marqua point de surprise en entendant le baron proclamer le secret pouvoir du vicaire-général congréganiste.

— Je le savais, dit-il.

— Hé! bien, s'écria la baronne, pourquoi ne pas nous avoir avertis?

— Madame, répondit-il vivement, oubliez que j'ai deviné l'invisible influence de ce prêtre, et j'oublierai que vous la connaissez également. Si nous ne nous gardions pas le secret, nous passerions pour ses complices : nous serions redoutés et haïs. Imitez-moi : feignez d'être une dupe; mais sachez bien où vous mettez les pieds. Je vous en avais assez dit, vous ne me compreniez point, et je ne voulais pas me compromettre.

— Comment devons-nous maintenant nous y prendre? dit le baron.

Abandonner Birotteau n'était pas une question, et ce fut une première condition sous-entendue par les trois conseillers.

— Battre en retraite avec les honneurs de la guerre a toujours été le chef-d'œuvre des plus habiles généraux, répondit monsieur de Bourbonne. Pliez devant Troubert : si sa haine est moins forte que sa vanité, vous vous en ferez un allié; mais, si vous pliez trop, il vous marchera sur le ventre; car

Abîme tout plutôt, c'est l'esprit de l'Eglise,

a dit Boileau [37]. Faites croire que vous quittez le service, vous lui échappez, monsieur le baron. Renvoyez le vicaire, madame, vous donnerez gain de cause à la Gamard. Demandez chez l'archevêque à l'abbé Troubert s'il sait le whist, il vous dira *oui*. Priez-le de venir faire une partie dans ce salon, où il veut être reçu; certes, il y viendra. Vous êtes femme, sachez mettre ce prêtre dans vos intérêts. Quand le baron sera capitaine de vaisseau, son oncle pair de France,

Troubert évêque, vous pourrez faire Birotteau chanoine tout à votre aise. Jusque-là pliez; mais pliez avec grâce et en menaçant. Votre famille peut prêter à Troubert autant d'appui qu'il vous en donnera; vous vous entendrez à merveille. D'ailleurs, marchez la sonde en main, marin!

— Ce pauvre Birotteau! dit la baronne.

— Oh! entamez-le promptement, répliqua le propriétaire en s'en allant. Si quelque libéral adroit s'emparait de cette tête vide, il vous causerait des chagrins. Après tout, les tribunaux prononceraient en sa faveur, et Troubert doit avoir peur du jugement. Il peut encore vous pardonner d'avoir entamé le combat; mais, après une défaite, il serait implacable. J'ai dit.

Il fit claquer sa tabatière, alla mettre ses doubles souliers, et partit.

Le lendemain matin, après le déjeuner, la baronne resta seule avec le vicaire, et lui dit, non sans un visible embarras : — Mon cher monsieur Birotteau, vous allez trouver mes demandes bien injustes et bien inconséquentes; mais il faut, pour vous et pour nous, d'abord éteindre votre procès contre mademoiselle Gamard en vous désistant de vos prétentions, puis quitter ma maison. En entendant ces mots, le pauvre prêtre pâlit. — Je suis, reprit-elle, la cause innocente de vos malheurs, et sais que sans mon neveu vous n'eussiez pas intenté le procès qui maintenant fait votre chagrin et le nôtre. Mais écoutez!

Ele lui déroula succinctement l'immense étendue de cette affaire et lui expliqua la gravité de ses suites. Ses méditations lui avaient fait deviner pendant la nuit les antécédents probables de la vie de Troubert : elle put alors, sans se tromper, démontrer à Birotteau la trame dans laquelle l'avait enveloppé cette vengeance si habilement ourdie, lui révéler la haute capacité, le pouvoir de son ennemi en lui en dévoilant la haine, en lui en apprenant les causes, en le lui montrant couché durant douze années devant Chapeloud, et dévorant Chapeloud, et persécutant encore Chapeloud dans son ami. L'innocent Birotteau joignit ses mains comme pour prier et pleura de chagrin à l'aspect d'horreurs humaines que son âme pure n'avait jamais soupçonnées. Aussi effrayé que s'il se fût trouvé sur le bord d'un abîme, il écoutait, les yeux fixes et humides, mais sans exprimer aucune idée, le discours de sa bienfaitrice, qui lui dit en terminant : — Je sais tout ce qu'il y a de mal à vous abandonner; mais, mon cher abbé, les devoirs de famille passent avant ceux de l'amitié. Cédez, comme je le fais, à cet orage, je vous en prouverai toute ma reconnaissance. Je ne vous parle pas de vos intérêts, je m'en charge. Vous serez hors de toute inquiétude pour votre existence. Par l'entremise de Bourbonne, qui saura sauver les apparences, je ferai en sorte que rien ne vous manque. Mon ami, donnez-moi le droit de vous trahir. Je resterai votre amie, tout en me conformant aux maximes du monde. Décidez.

Le pauvre abbé stupéfait s'écria : — Chapeloud avait donc raison en disant que, si Troubert pouvait venir le tirer par les pieds dans la tombe, il le ferait! Il couche dans le lit de Chapeloud.

— Il ne s'agit pas de se lamenter, dit madame de Listomère, nous avons peu de temps à nous. Voyons!

Birotteau avait trop de bonté pour ne pas obéir, dans les grandes crises, au dévouement irréfléchi du premier moment. Mais, d'ailleurs, sa vie n'était déjà plus qu'une agonie. Il dit, en jetant à sa protectrice un regard désespérant qui la navra : — Je me confie à vous. Je ne suis plus qu'un *bourrier* de la rue!

Ce mot tourangeau n'a pas d'autre équivalent possible que le mot brin de paille. Mais il y a de jolis petits brins de paille, jaunes, polis, rayonnants, qui font le bonheur des enfants; tandis que le bourrier est le brin de paille décoloré, boueux, roulé dans les ruisseaux, chassé par la tempête, tordu par les pieds du passant.

— Mais, madame, je ne voudrais pas laisser à l'abbé Troubert le portrait de Chapeloud; il a été fait pour moi, il m'appartient, obtenez qu'il me soit rendu, j'abandonnerai tout le reste.

— Hé! bien, dit madame de Listomère, j'irai chez mademoiselle Gamard. Ces mots furent dits d'un ton qui révéla l'effort extraordinaire que faisait la baronne de Listomère en s'abaissant à flatter l'orgueil de la vieille fille. — Et, ajouta-t-elle, je tâcherai de tout arranger. A peine osé-je l'espérer. Allez voir monsieur de Bourbonne, qu'il minute votre désistement en bonne forme, apportez-m'en l'acte bien en règle; puis, avec le secours de monseigneur l'archevêque, peut-être pourrons-nous en finir.

Birotteau sortit épouvanté. Troubert avait pris à ses yeux les dimensions d'une pyramide d'Egypte. Les mains de cet homme étaient à Paris et ses coudes dans le cloître Saint-Gatien.

— Lui, se dit-il, empêcher monsieur le marquis de Listomère de devenir pair de France?...

Et peut-être, avec le secours de monseigneur l'archevêque, poura-t-on en finir!

En présence de si grands intérêts, Birotteau se trouvait comme un ciron : il se faisait justice.

La nouvelle du déménagement de Birotteau fut d'autant plus étonnante, que la cause en était impénétrable. Madame de Listomère disait que, son neveu voulant se marier et quitter le service, elle avait besoin, pour agrandir son appartement, de celui du vicaire. Personne ne connaissait encore le désistement de Birotteau. Ainsi les instructions de monsieur de Bourbonne étaient sagement exécutées. Ces deux nouvelles, en parvenant aux oreilles du grand-vicaire, devaient flatter son amour-propre en lui apprenant que, si elle ne capitulait pas, la famille de Listomère restait au moins neutre, et reconnaissait tacitement le pouvoir occulte de la Congrégation : le reconnaître, n'était-ce pas s'y soumettre? Mais le procès demeurait tout entier *sub judice*. N'était-ce pas à la fois plier et menacer?

Les Listomère avaient donc pris dans cette lutte une attitude exactement semblable à celle du grand-vicaire : ils se tenaient en dehors et pouvaient tout diriger. Mais un événement grave survint et rendit encore plus difficile la réussite des desseins médités par monsieur de Bourbonne et par les Listomère pour apaiser le parti Gamard et Troubert. La veille, mademoiselle Gamard avait pris du froid en sortant de la cathédrale, s'était mise au lit et passait pour être dangereusement malade. Toute la ville retentissait de plaintes excitées par une fausse commisération. « La sensibilité de mademoiselle Gamard n'avait pu résister au scandale de ce procès. Malgré son bon droit, elle allait mourir de chagrin. Birotteau tuait sa bienfaitrice... » Telle était la substance des phrases jetées en avant par les tuyaux capillaires du grand conciliabule femelle, et complaisamment répétées par la ville de Tours.

Madame de Listomère eut la honte d'être venue chez la vieille fille sans recueillir le fruit de sa visite. Elle demanda fort poliment à parler à monsieur le vicaire-général. Flatté peut-être de recevoir dans la bibliothèque de Chapeloud, et au coin de cette cheminée ornée des deux fameux tableaux contestés, une femme par laquelle il avait été méconnu, Troubert fit attendre la baronne un moment; puis il consentit à lui donner audience. Jamais courtisan ni diplomate ne mirent dans la discussion de leurs intérêts particuliers, ou dans la conduite d'une négociation nationale, plus d'habileté, de dissimulation, de profondeur que n'en déployèrent la baronne et l'abbé dans le moment où ils se trouvèrent tous les deux en scène.

Semblable au parrain qui, dans le moyen âge, armait le champion et en fortifiait la valeur par d'utiles conseils, au moment où il entrait en lice, le vieux malin avait dit à la baronne : — N'oubliez pas votre rôle, vous êtes conciliatrice et non partie intéressée. Troubert est également un médiateur. Pesez vos mots! étudiez les inflexions de la voix du vicaire-général. S'il se caresse le menton, vous l'aurez séduit.

Quelques dessinateurs se sont amusés à représenter en caricature le contraste fréquent qui existe entre *ce que l'on dit* et *ce que l'on pense* [38]. Ici, pour bien saisir l'intérêt du duel de paroles qui eut lieu entre le prêtre et la grande dame, il est nécessaire de dévoiler les pensées qu'ils cachèrent mutuellement sous des phrases en apparence insignifiantes. Madame de Listomère commença par témoigner le chagrin que lui causait le procès de Birotteau, puis elle parla du désir qu'elle avait de voir terminer cette affaire à la satisfaction des deux parties.

— Le mal est fait, madame, dit l'abbé d'une voix grave, la vertueuse mademoiselle Gamard se meurt. *(Je ne m'intéresse pas plus à cette sotte fille qu'au prêtre Jean* [39], pensait-il; *mais je voudrais bien vous mettre sa mort sur le dos, et vous en inquiéter la conscience, si vous êtes assez niais pour en prendre du souci.)*

— En apprenant sa maladie, monsieur, lui répondit la baronne, j'ai exigé de monsieur le vicaire un désistement que j'apportais à cette sainte fille. *(Je te devine, rusé coquin!* pensait-elle; *mais nous voilà mis à l'abri de tes calomnies. Quant à toi, si tu prends le désistement, tu t'enferreras, tu avoueras ainsi ta complicité.)*

Il se fit un moment de silence.

— Les affaires temporelles de mademoiselle Gamard ne me concernent pas, dit enfin le prêtre en abaissant ses larges paupières sur ses yeux d'aigle pour voiler ses émotions. *(Oh! oh! vous ne me compromettrez pas! Mais, Dieu soit loué! les damnés avocats ne plaideront pas une affaire qui pouvait me salir. Que veulent donc les Listomère, pour se faire ainsi mes serviteurs?)*

— Monsieur, répondit la baronne, les affaires de monsieur Birotteau me sont aussi étrangères que vous le sont les intérêts de mademoiselle Gamard; mais malheureusement la religion peut souffrir de leurs débats, et je ne vois en vous qu'un médiateur, là où moi-même j'agis en conciliatrice... *(Nous ne nous abuserons ni l'un ni l'autre, monsieur Troubert,* pensait-elle. *Sentez-vous le tour épigrammatique de cette réponse?)*

— La religion souffrir, madame! dit le grand-vicaire. La religion est trop haut située pour que les hommes puissent y porter atteinte. (*La religion, c'est moi,* pensait-il.) — Dieu nous jugera sans erreur, madame, ajouta-t-il, je ne reconnais que son tribunal.

— Hé! bien, monsieur, répondit-elle, tâchons d'accorder les jugements des hommes avec les jugements de Dieu. *(Oui, la religion, c'est toi.)*

L'abbé Troubert changea de ton : — Monsieur votre neveu n'est-il pas allé à Paris? *(Vous avez eu là de mes nouvelles,* pensait-il. *Je puis vous écraser, vous qui m'avez méprisé. Vous venez capituler.)*

— Oui, monsieur, je vous remercie de l'intérêt que vous prenez à lui. Il retourne ce soir à Paris, il est mandé par le ministre, qui est parfait pour nous, et voudrait ne pas lui voir quitter le service. *(Jésuite, tu ne nous écraseras pas,* pensait-elle, *et ta plaisanterie est comprise.)* Un moment de silence. — Je ne trouve pas sa conduite convenable dans cette affaire, reprit-elle, mais il faut pardonner à un marin de ne pas se connaître en Droit. *(Faisons alliance,* pensait-elle. *Nous ne gagnerons rien à guerroyer.)*

Un léger sourire de l'abbé se perdit dans les plis de son visage. — Il nous aura rendu le service de nous apprendre la valeur de ces deux peintures, dit-il en regardant les tableaux, elles seront un bel ornement pour la chapelle de la Vierge. *(Vous m'avez lancé une épigramme,* pensait-il; *en voici deux, nous sommes quittes, madame.)*

— Si vous les donniez à Saint-Gatien, je vous demanderais de me laisser offrir à l'église des cadres dignes du lieu et de l'œuvre. (*Je voudrais bien te faire avouer que tu convoitais les meubles de Birotteau,* pensait-elle.)

— Elles ne m'appartiennent pas, dit le prêtre en se tenant toujours sur ses gardes.

— Mais voici, dit madame de Listomère, un acte qui éteint toute discussion, et les rend à mademoiselle Gamard. Elle posa le désistement sur la table. *(Voyez, monsieur,* pensait-elle, *combien j'ai de confiance en vous.)* — Il est digne de vous, monsieur, ajouta-t-elle, digne de votre beau caractère, de réconcilier deux chrétiens; quoique je prenne maintenant peu d'intérêt à monsieur Birotteau...

— Mais il est votre pensionnaire, dit-il en l'interrompant.

— Non, monsieur, il n'est plus chez moi. *(La pairie de mon beau-frère et le grade de mon neveu me font faire bien des lâchetés,* pensait-elle.)

L'abbé demeura impassible, mais son attitude calme était l'indice des émotions les plus violentes. Monsieur de Bourbonne avait seul deviné le secret de cette paix apparente. Le prêtre triomphait!

— Pourquoi vous êtes-vous donc chargée de son désistement? demanda-t-il, excité par un sentiment analogue à celui qui pousse une femme à se faire répéter des compliments.

— Je n'ai pu me défendre d'un mouvement de compassion. Birotteau, dont le caractère faible doit vous être connu, m'a suppliée de voir mademoiselle Gamard, afin d'obtenir, pour prix de sa renonciation à...

L'abbé fronça ses sourcils.

— ... A des *droits* reconnus par des avocats distingués, le portrait...

Le prêtre regarda madame de Listomère.

— ... Le portrait de Chapeloud, dit-elle en continuant. Je vous laisse le juge de sa prétention... *(Tu serais condamné, si tu voulais plaider,* pensait-elle.)

L'accent que prit la baronne pour prononcer les mots *avocats distingués* fit voir au prêtre qu'elle connaissait le fort et le faible de l'ennemi. Madame de Listomère montra tant de talent à ce connaisseur émérite dans le cours de cette conversation qui se maintint longtemps sur ce ton, que l'abbé descendit chez mademoiselle Gamard pour aller chercher sa réponse à la transaction proposée.

Troubert revint bientôt.

— Madame, voici les paroles de la pauvre mourante : « *Monsieur l'abbé Chapeloud m'a témoigné trop d'amitié,* m'a-t-elle dit, *pour que je me sépare de son portrait.* » Quant à moi, reprit-il, s'il m'appartenait, je ne le céderais à personne. J'ai porté des sentiments trop constants au cher défunt pour ne pas me croire le droit de disputer son image à tout le monde.

— Monsieur, ne *nous brouillons* pas pour une mauvaise peinture. *(Je m'en moque autant que vous vous en moquez vous-même,* pensait-elle.) — Gardez-la, nous en ferons faire une copie. Je m'applaudis d'avoir assoupi ce triste et déplorable procès, et j'y aurai personnellement gagné le plaisir de vous connaître. J'ai entendu parler de votre talent au whist. Vous pardonnerez à une femme d'être curieuse, dit-elle en souriant. Si vous vouliez venir jouer quelquefois chez moi, vous ne pouvez pas douter de l'accueil que vous y recevriez.

Troubert se caressa le menton. *(Il est pris! Bourbonne avait raison,* pensait-elle, *il a sa dose de vanité.)*

En effet, le grand vicaire éprouvait en ce moment la sensation délicieuse contre laquelle Mirabeau ne savait pas se défendre, quand, aux jours de sa puissance, il voyait ouvrir devant sa voiture la porte cochère d'un hôtel autrefois fermé pour lui.

— Madame, répondit-il, j'ai de trop grandes occupations pour aller dans le monde; mais, pour vous, que ne ferait-on pas? *(La vieille fille va crever, j'entamerai les Listomère, et les servirai s'ils me servent!* pensait-il. *Il vaut mieux les avoir pour amis que pour ennemis.)*

Madame de Listomère retourna chez elle, espérant que l'archevêque consommerait une œuvre de paix si heureusement commencée. Mais Birotteau ne devait pas même profiter de son désistement. Madame de Listomère apprit, le lendemain, la mort de mademoiselle Gamard. Le testament de la vieille fille ouvert, personne ne fut surpris en apprenant qu'elle avait fait l'abbé Troubert son légataire universel. Sa fortune fut estimée à cent mille écus. Le vicaire-général envoya deux billets d'invitation pour le service et le convoi de son amie chez madame de Listomère : l'un pour elle, l'autre pour son neveu.

— Il faut y aller, dit-elle.

— Ça ne veut pas dire autre chose! s'écria monsieur de Bourbonne. C'est une épreuve par laquelle monseigneur Troubert veut vous juger. Baron, allez jusqu'au cimetière, ajouta-t-il en se tournant vers le lieutenant de vaisseau, qui, pour son malheur, n'avait pas quitté Tours.

Le service eut lieu et fut d'une grande magnificence ecclésiastique. Une seule personne y pleura. Ce fut Birotteau, qui, seul dans une chapelle écartée, et sans être vu, se crut coupable de cette mort, et pria sincèrement pour l'âme de la défunte, en déplorant avec amertume de n'avoir pas obtenu d'elle le pardon de ses torts. L'abbé Troubert accompagna le corps de son amie jusqu'à la fosse où elle devait être enterrée. Arrivé sur le bord, il prononça un discours où, grâce à son talent, le tableau de la vie étroite menée par la testatrice prit des proportions monumentales. Les assistants remarquèrent ces paroles dans la péroraison :

« Cette vie pleine de jours acquis à Dieu et à sa religion, cette vie que décorent tant de belles actions faites dans le silence, tant de vertus modestes et ignorées, fut brisée par une douleur que nous appellerions imméritée, si, au bord de l'éternité, nous pouvions oublier que toutes nos afflictions nous sont envoyées par Dieu. Les nombreux amis de cette sainte fille, connaissant la noblesse et la candeur de son âme, prévoyaient qu'elle pouvait tout supporter, hormis des soupçons qui flétrissaient sa vie entière. Aussi, peut-être la Providence l'a-t-elle emmenée au sein de Dieu pour l'enlever à nos misères. Heureux ceux qui peuvent reposer, ici-bas, en paix avec eux-mêmes, comme Sophie repose maintenant au séjour des bienheureux dans sa robe d'innocence! »

— Quand il eut achevé ce pompeux discours,

reprit monsieur de Bourbonne, qui raconta les circonstances de l'enterrement à madame de Listomère au moment où, les parties finies et les portes fermées, ils furent seuls avec le baron, figurez-vous, si cela est possible, ce Louis XI en soutane, donnant ainsi le dernier coup de goupillon chargé d'eau bénite. Monsieur de Bourbonne prit la pincette et imita si bien le geste de l'abbé Troubert, que le baron et sa tante ne purent s'empêcher de sourire. — Là seulement, reprit le vieux propriétaire, il s'est démenti. Jusqu'alors, sa contenance avait été parfaite; mais il lui a sans doute été impossible, en calfeutrant pour toujours cette vieille fille qu'il méprisait souverainement et haïssait peut-être autant qu'il a détesté Chapeloud, de ne pas laisser percer sa joie dans un geste.

Le lendemain matin, mademoiselle Salomon vint déjeuner chez madame de Listomère, et, en arrivant, lui dit tout émue : — Notre pauvre abbé Birotteau a reçu tout à l'heure un coup affreux, qui annonce les calculs les plus étudiés de la haine. Il est nommé curé de Saint-Symphorien.

Saint-Symphorien est un faubourg de Tours, situé au delà du pont. Ce pont, un des plus beaux monuments de l'architecture française, a dix-neuf cents pieds de long, et les deux places qui le terminent à chaque bout sont absolument pareilles.

— Comprenez-vous? reprit-elle après une pause et tout étonnée de la froideur que marquait madame de Listomère en apprenant cette nouvelle. L'abbé Birotteau sera là comme à cent lieues de Tours, de ses amis, de tout. N'est-ce pas un exil d'autant plus affreux, qu'il est arraché à une ville que ses yeux verront tous les jours et où il ne pourra plus guère venir? Lui qui, depuis ses malheurs, peut à peine marcher, serait obligé de faire une lieue pour nous voir. En ce moment, le malheureux est au lit, il a la fièvre. Le presbytère de Saint-Symphorien est froid, humide, et la paroisse n'est pas assez riche pour le réparer. Le pauvre vieillard va donc se trouver enterré dans un véritable sépulcre. Quelle affreuse combinaison!

Maintenant, il nous suffira peut-être, pour achever cette histoire, de rapporter simplement quelques événements, et d'esquisser un dernier tableau.

Cinq mois après, le Vicaire-Général fut nommé Evêque. Madame de Listomère était morte et laissait quinze cents francs de rente par testament à l'abbé Birotteau. Le jour où le testament de la baronne fut connu, monseigneur Hyacinthe, Evêque de Troyes, était sur le point de quitter la ville de Tours pour aller résider dans son diocèse; mais il retarda son départ. Furieux d'avoir été joué par une femme à laquelle il avait donné la main tandis qu'elle tendait secrètement la sienne à un homme qu'il regardait comme son ennemi, Troubert menaça de nouveau l'avenir du baron et la pairie du marquis de Listomère. Il dit en pleine assemblée, dans le salon de l'archevêque, un de ces mots ecclésiastiques, gros de vengeance et pleins de mielleuse mansuétude. L'ambitieux marin vint voir ce prêtre implacable, qui lui dicta sans doute de dures conditions; car la conduite du baron attesta le plus entier dévouement aux volontés du terrible congréganiste. Le nouvel évêque rendit, par un acte authentique, la maison de mademoiselle Gamard au Chapitre de la cathédrale, il donna la bibliothèque et les livres de Chapeloud au petit séminaire, il dédia les deux tableaux contestés à la chapelle de la Vierge; mais il garda le portrait de Chapeloud. Personne ne s'expliqua cet abandon presque total de la succession de mademoiselle Gamard. Monsieur de Bourbonne supposa que l'évêque en conservait secrètement la partie liquide, afin d'être à même de tenir avec honneur son rang à Paris, s'il était porté au banc des Evêques dans la chambre haute. Enfin, la veille du départ de monseigneur Troubert, le *vieux malin* finit par deviner le dernier calcul que cachait cette action, coup de grâce donné par la plus persistante de toutes les vengeances à la plus faible de toutes les victimes. Le legs de madame de Listomère à Birotteau fut attaqué par le baron de Listomère sous prétexte de captation! Quelques jours après l'exploit introductif d'instance, le baron fut nommé capitaine de vaisseau. Par une mesure disciplinaire, le curé de Saint-Symphorien était interdit. Les supérieurs ecclésiastiques jugeaient le procès par avance. L'assassin de feu Sophie Gamard était donc un fripon! Si monseigneur Troubert avait conservé la succession de la vieille fille, il eût été difficile de faire censurer Birotteau.

Au moment où monseigneur Hyacinthe, Evêque de Troyes, venait en chaise de poste, le long du quai Saint-Symphorien, pour se rendre à Paris, le pauvre abbé Birotteau avait été mis dans un fauteuil, au soleil, au-dessus d'une terrasse. Ce pauvre prêtre, frappé par son Archevêque, était pâle et maigre. Le chagrin, empreint dans tous les traits, décomposait entièrement ce visage, qui jadis était si doucement gai. La maladie jetait sur ces yeux, naïvement animés autrefois par les plaisirs de la bonne chère et dénués d'idées pesantes, un voile qui simulait une pensée. Ce n'était plus que le squelette du Birotteau qui roulait, un an auparavant, si vide mais si content, à travers le Cloître. L'Evêque lança sur sa victime un regard de mépris et de pitié; puis, il consentit à l'oublier, et passa.

Nul doute que Troubert n'eût été, en d'autres temps, Hildebrandt ou Alexandre VI. Aujourd'hui, l'Eglise n'est plus une puissance politique, et n'absorbe plus les forces des gens solitaires. Le célibat offre donc alors ce vice capital que, faisant converger les qualités de l'homme sur une seule passion, l'égoïsme, il rend les célibataires ou nuisibles ou inutiles. Nous vivons à une époque où le défaut des gouvernements est d'avoir moins fait la Société pour l'Homme, que l'Homme pour la Société [40]. Il existe un combat perpétuel entre l'individu contre le système qui veut l'exploiter et qu'il tâche d'exploiter à son profit; tandis que jadis l'homme, réellement plus libre, se montrait plus généreux pour la chose publique.

Le cercle au milieu duquel s'agitent les hommes s'est insensiblement élargi : l'âme qui peut en embrasser la synthèse ne sera jamais qu'une magnifique exception; car, habituellement, en morale comme en physique, le mouvement perd en intensité ce qu'il gagne en étendue. La Société ne doit pas se baser sur des exceptions. D'abord, l'homme fut purement et simplement père, et son cœur battit chaudement, concentré dans le rayon de sa famille. Plus tard, il vécut pour un clan ou pour une petite république : de là les grands dévouements historiques de la Grèce ou de Rome. Puis il fut l'homme d'une caste ou d'une religion pour les grandeurs de laquelle il se montra souvent sublime; mais, là, le champ de ses intérêts s'augmenta de toutes les régions intellectuelles. Aujourd'hui, sa vie est attachée à celle d'une immense patrie; bientôt, sa famille sera, dit-on, le monde entier. Ce cosmopolitisme moral, espoir de la Rome chrétienne, ne serait-il pas une sublime erreur? Il est si naturel de croire à la réalisation d'une noble chimère, à la fraternité des hommes. Mais, hélas! la machine humaine n'a pas de si divines proportions. Les âmes assez vastes pour épouser une sentimentalité réservée aux grands hommes ne seront jamais celles ni des simples citoyens, ni des pères de famille. Certains physiologistes pensent que, lorsque le cerveau s'agrandit ainsi, le cœur doit se resserrer. Erreur! L'égoïsme apparent des hommes qui portent une science, une nation, ou des lois dans leur sein, n'est-il pas la plus noble des passions, et, en quelque sorte, la maternité des masses? Pour enfanter des peuples neufs ou pour produire des idées nouvelles, ne doivent-ils pas unir dans leurs puissantes têtes les mamelles de la femme à la force de Dieu? L'histoire des Innocent III, des Pierre-le-Grand et de tous les meneurs de siècle ou de nation prouverait au besoin, dans un ordre très élevé, cette immense pensée que Troubert représentait au fond du cloître Saint-Gatien.

Saint-Firmin, avril 1832.

Pierrette

A MADEMOISELLE ANNA DE HANSKA[41]

Chère enfant, vous la joie de toute une maison, vous dont la pèlerine blanche ou rose voltige en été dans les massifs de Wierzchownia, comme un feu follet que votre mère et votre père suivent d'un œil attendri, comment vais-je vous dédier une histoire pleine de mélancolie? Ne faut-il pas vous parler des malheurs qu'une jeune fille adorée comme vous l'êtes ne connaîtra jamais, car vos jolies mains pourront un jour les consoler? Il est si difficile, Anna, de vous trouver, dans l'histoire de nos mœurs, une aventure digne de passer sous vos yeux, que l'auteur n'avait pas à choisir; mais peut-être apprendrez-vous combien vous êtes heureuse en lisant celle que vous envoie

Votre vieil ami,

DE BALZAC.

En octobre 1827, à l'aube, un jeune homme âgé d'environ seize ans, et dont la mise annonçait ce que la phraséologie moderne appelle si insolemment un prolétaire [42], s'arrêta sur une petite place qui se trouve dans le bas Provins. A cette heure, il put examiner sans être observé les différentes maisons situées sur cette place qui forme un carré long. Les moulins assis sur les rivières de Provins allaient déjà. Leur bruit, répété par les échos de la haute ville, en harmonie avec l'air vif, avec les pimpantes clartés du matin, accusait la profondeur du silence, qui permettait d'entendre les ferrailles d'une diligence, à une lieue, sur la grande route. Les deux plus longues lignes de maisons, séparées par un couvert de tilleuls, offrent des constructions naïves où se révèle l'existence paisible et définie des bourgeois. En cet endroit, nulle trace de commerce. A peine y voyait-on alors les luxueuses portes cochères des gens riches! s'il y en avait, elles tournaient rarement sur leurs gonds, excepté celle de monsieur Martener [43], un médecin obligé d'avoir son cabriolet et de s'en servir. Quelques façades étaient ornées d'un cordon de vigne, d'autres de rosiers à haute tige qui montaient jusqu'au premier étage, où leurs fleurs parfumaient les croisées de leurs grosses touffes clairsemées. Un bout de cette place arrive presque à la grande rue de la basse ville. L'autre bout est barré par une rue parallèle à cette grande rue et dont les jardins s'étendent sur une des deux rivières qui arrosent la vallée de Provins [44].

Dans ce bout, le plus paisible de la place, le jeune ouvrier reconnut la maison qu'on lui avait indiquée : une façade en pierre blanche, rayée de lignes creuses pour figurer des assises, où les fenêtres à maigres balcons de fer décorés de rosaces peintes en jaune sont fermées de persiennes grises. Au-dessus de cette façade, élevée d'un rez-de-chaussée et d'un premier étage, trois lucarnes de mansarde percent un toit couvert en ardoises, sur un des pignons duquel tourne une girouette neuve. Cette moderne girouette représente un chasseur en position de tirer un lièvre. On monte à la porte bâtarde par trois marches en pierre. D'un côté de la porte, un bout de tuyau de plomb crache les eaux ménagères au-dessus d'une petite rigole, et annonce la cuisine; de l'autre, deux fenêtres soigneusement closes par des volets gris où des cœurs découpés laissent passer un peu de jour lui parurent être celles de la salle à manger. Dans l'élévation rachetée par les trois marches et au-dessous de chaque fenêtre, se voient les soupiraux des caves, clos par de petites portes en tôle peinte, percées de trous prétentieusement découpés. Tout alors était neuf. Dans cette maison restaurée et dont le luxe encore frais contrastait avec le vieil extérieur de toutes les autres, un observateur eût sur-le-champ deviné les idées mesquines et le parfait contentement du petit commerçant retiré. Le jeune homme regarda ces détails avec une expression de plaisir mélangée de tristesse : ses yeux allaient de la cuisine aux mansardes par un mouvement qui dénotait une délibération. Les lueurs roses du soleil signalèrent sur une des fenêtres du grenier un rideau de calicot qui manquait aux autres lucarnes. La physionomie du jeune homme devint alors entièrement gaie, il se recula de quelques pas, s'adossa contre un tilleul et chanta sur le ton traînant particulier aux gens de l'Ouest cette romance bretonne publiée par Bruguière, un compositeur à qui nous devons de charmantes mélodies [45]. En Bretagne, les jeunes gens des villages viennent dire ce chant aux mariés le jour de leurs noces.

Nous v'nons vous souhaiter bonheur en mariage,
A m'sieur votre époux
Aussi ben comm'à vous.

On vient de vous lier, madam' la mariée,
Avec un lien d'or
Qui n' délie qu'à la mort.

Vous n'irez plus au bal, à nos jeux d'assemblée;
Vous gard'rez la maison
Tandis que nous irons.

Avez-vous ben compris comme il vous fallait être
Fidèle à vot' époux :
Faut l'aimer comme vous.

Recevez ce bouquet que ma main vous présente.
Hélas ! vos vains honneurs
Pass'ront comme ces fleurs.

Cette musique nationale, aussi délicieuse que celle adaptée par Chateaubriand à *Ma sœur, te souvient-il encore*[46], chantée au milieu d'une petite ville de la Brie champenoise, devait être pour une Bretonne le sujet d'impérieux souvenirs, tant elle peint fidèlement les mœurs, la bonhomie, les sites de ce vieux et noble pays. Il y règne je ne sais quelle mélancolie causée par l'aspect de la vie réelle qui touche profondément. Ce pouvoir de réveiller un monde de choses graves, douces et tristes par un rhythme[47] familier et souvent gai, n'est-il pas le caractère de ces chants populaires qui sont les superstitions de la musique, si l'on veut accepter le mot superstition comme signifiant tout ce qui reste après la ruine des peuples et surnage à leurs révolutions. En achevant le premier couplet, l'ouvrier, qui ne cessait de regarder le rideau de la mansarde, n'y vit aucun mouvement. Pendant qu'il chantait le second, le calicot s'agita. Quand ces mots : Recevez ce bouquet, furent dits, apparut la figure d'une jeune fille[48]. Une main blanche ouvrit avec précaution la croisée, et la jeune fille salua par un signe de tête le voyageur au moment où il finissait la pensée mélancolique exprimée par ces deux vers si simples :

> Hélas! vos vains honneurs
> Pass'ront comme ces fleurs.

L'ouvrier montra soudain, en la tirant de dessous sa veste, une fleur d'un jaune d'or très commune en Bretagne, et sans doute trouvée dans les champs de la Brie, où elle est rare, la fleur de l'ajonc.

— Est-ce donc vous, Brigaut? dit à voix basse la jeune fille.

— Oui, Pierrette, oui. Je suis à Paris, je fais mon tour de France; mais je suis capable de m'établir ici, puisque vous y êtes.

En ce moment, une espagnolette grogna dans la chambre du premier étage, au-dessous de celle de Pierrette. La Bretonne manifesta la plus vive crainte et dit à Brigaut : — Sauvez-vous! L'ouvrier sauta comme une grenouille effrayée vers le tournant qu'un moulin fait faire à cette rue qui va déboucher dans la grande rue, l'artère de la basse ville; mais, malgré sa prestesse, ses souliers ferrés, en retentissant sur le petit pavé de Provins, produisirent un son facile à distinguer dans la musique du moulin, et que put entendre la personne qui ouvrait la fenêtre.

Cette personne était une femme. Aucun homme ne s'arrache aux douceurs du sommeil matinal pour écouter un troubadour en veste, une fille seule se réveille à un chant d'amour. Aussi était-ce une fille, et une vieille fille. Quand elle eut déployé ses persiennes par un geste de chauve-souris, elle regarda dans toutes les directions et n'entendit que vaguement les pas de Brigaut qui s'enfuyait. Y a-t-il rien de plus horrible à voir que la matinale apparition d'une vieille fille laide à sa fenêtre? De tous les spectacles grotesques qui font la joie des voyageurs quand ils traversent les petites villes, n'est-ce pas le plus déplaisant? il est trop triste, trop repoussant pour qu'on en rie. Cette vieille fille, à l'oreille si alerte, se présentait dépouillée des artifices en tout genre qu'elle employait pour s'embellir : elle n'avait ni son tour de faux cheveux ni sa collerette. Elle portait cet affreux petit sac en taffetas noir avec lequel les vieilles femmes s'enveloppent l'occiput, et qui dépassait son bonnet de nuit relevé par les mouvements du sommeil. Ce désordre donnait à cette tête l'air menaçant que les peintres prêtent aux sorcières. Les tempes, les oreilles et la nuque, assez peu cachées, laissaient voir leur caractère aride et sec; leurs rides âpres se recommandaient par des tons rouges peu agréables à l'œil, et que faisait encore ressortir la couleur quasi blanche de la camisole nouée au cou par des cordons vrillés. Les bâillements de cette camisole entrouverte montraient une poitrine comparable à celle d'une vieille paysanne peu soucieuse de sa laideur. Le bras décharné faisait l'effet d'un bâton sur lequel on aurait mis une étoffe. Vue à sa croisée, cette demoiselle paraissait grande à cause de la force et de l'étendue de son visage, qui rappelait l'ampleur inouïe de certaines figures suisses. Sa physionomie, où les traits péchaient par un défaut d'ensemble, avait pour principal caractère une sécheresse dans les lignes, une aigreur dans les tons, une insensibilité dans le fond qui eût saisi de dégoût un physionomiste. Ces expressions alors visibles se modifiaient habituellement par une sorte de sourire commercial, par une bêtise bourgeoise qui jouait si bien la bonhomie, que les personnes avec lesquelles vivait cette demoiselle pouvaient très bien la prendre pour une bonne personne. Elle possédait cette maison par indivis avec son frère. Le frère dormait si tranquillement dans sa chambre, que l'orchestre de l'Opéra ne l'eût pas éveillé, et cependant le diapason de cet orchestre est célèbre! La vieille demoiselle avança la tête hors de la fenêtre, leva vers la mansarde ses petits yeux d'un bleu pâle et froid, aux cils courts et plantés dans un bord presque toujours enflé; elle essaya de voir Pierrette; mais, après avoir reconnu l'inutilité de sa manœuvre, elle rentra dans sa chambre par un mouvement semblable à celui d'une tortue qui cache sa tête après l'avoir sortie de sa carapace. Les persiennes se fermèrent, et le silence de la place ne fut plus troublé que par les paysans qui arrivaient ou par des personnes matinales. Quand il y a une vieille fille dans une maison, les chiens de garde sont inutiles : il ne s'y passe pas le moindre événement qu'elle ne le voie, ne le commente et n'en tire toutes les conséquences possibles. Aussi, cette circonstance allait-elle donner carrière à de graves suppositions, ouvrir un de ces drames obscurs qui se passent en famille et qui, pour demeurer secrets, n'en sont pas moins terribles, si vous permettez toutefois d'appliquer le mot de drame à cette scène d'intérieur.

Pierrette ne se recoucha pas. Pour elle, l'arrivée de Brigaut était un événement immense. Pendant la nuit, cet Eden des malheureux, elle échappait aux ennuis, aux tracasseries qu'elle avait à supporter durant la journée. Semblable au héros de je ne sais quelle ballade allemande ou russe, son sommeil lui paraissait être une vie heureuse, et le jour était un mauvais rêve. Après trois années, elle venait d'avoir pour la première fois un réveil agréable. Les souvenirs de son enfance avaient mélodieusement chanté leurs poésies dans son âme. Le premier couplet, elle l'avait entendu en rêve, le second l'avait fait lever en sursaut, au troisième elle avait douté : les malheureux sont de l'école de saint Thomas.

Au quatrième couplet, arrivée en chemise et nu-pieds à sa croisée, elle avait reconnu Brigaut, son ami d'enfance. Ah! c'était bien cette veste carrée à petites basques brusquement coupées et dont les poches ballottent à la chute des reins, la veste de drap bleu classique en Bretagne, le gilet de rouennerie grossière, la chemise de toile fermée par un cœur d'or, le grand col roulé, les boucles d'oreilles, les gros souliers, le pantalon de toile bleue écrue, inégalement déteinte par longueurs de fil, enfin toutes ces choses humbles et fortes qui constituent le costume d'un pauvre Breton. Les gros boutons en corne blanche du gilet et de la veste firent battre le cœur de Pierrette. A la vue du bouquet d'ajonc, ses yeux se mouillèrent de larmes, puis une horrible terreur lui comprima dans l'âme les fleurs de son souvenir un moment épanouies. Elle pensa que sa cousine avait pu l'entendre se levant et marchant à sa croisée, elle devina la vieille fille et fit à Brigaut ce signe de frayeur auquel le pauvre Breton s'était empressé d'obéir sans y rien comprendre. Cette soumission instinctive ne peint-elle pas une de ces affections innocentes et absolues comme il y en a, de siècle en siècle, sur cette terre, où elles fleurissent comme l'aloès à l'*Isola bella*[49], deux ou trois fois en cent ans? Qui eût vu Brigaut se sauvant aurait admiré l'héroïsme le plus naïf du plus naïf sentiment. Jacques Brigaut était digne de Pierrette Lorrain, qui finissait sa quatorzième année : deux enfants! Pierrette ne put s'empêcher de pleurer en le regardant lever le pied avec l'effroi que son geste lui avait communiqué. Puis elle revint s'asseoir sur un méchant fauteuil, en face d'une petite table au-dessus de laquelle se trouvait un miroir. Elle s'y accouda, se mit la tête dans les mains et resta là pensive pendant une heure, occupée à se remémorer le Marais, le bourg de Pen-Hoël [50], les périlleux voyages entrepris sur un étang dans un bateau détaché pour elle d'un vieux saule par le petit Jacques, puis les vieilles figures de sa grand'mère, de son grand-père, la tête souffrante de sa mère et la belle physionomie du major Brigaut, enfin toute une enfance sans soucis! Ce fut encore un rêve : des joies lumineuses sur un fond grisâtre. Elle avait ses beaux cheveux cendrés en désordre sous un petit bonnet chiffonné pendant son sommeil, un petit bonnet en percale et à ruches qu'elle s'était fait elle-même. De chaque côté des tempes, il passait des boucles échappées de leurs papillotes en papier gris. Derrière la tête, une grosse natte aplatie pendait déroulée. La blancheur excessive de sa figure trahissait une de ces horribles maladies de jeune fille à laquelle la médecine a donné le nom gracieux de *chlorose* [51], et qui prive le corps de ses couleurs naturelles, qui trouble l'appétit et annonce de grands désordres dans l'organisme. Ce ton de cire existait dans toute la carnation. Le cou et les épaules expliquaient, par leur pâleur d'herbe étiolée, la maigreur des bras jetés en avant et croisés. Les pieds de Pierrette paraissaient amollis, amoindris par la maladie. Sa chemise ne tombait qu'à mi-jambe et laissait voir des nerfs fatigués, des veines bleuâtres, une carnation appauvrie. Le froid qui l'atteignit lui rendit les lèvres d'un beau violet. Le triste sourire qui tira les coins de sa bouche assez délicate montra des dents d'un ivoire fin et d'une forme menue, de jolies dents transparentes qui s'accordaient avec ses oreilles fines, avec son nez un peu pointu mais élégant, avec la coupe de son visage qui, malgré sa parfaite rondeur, était mignonne. Toute l'animation de ce charmant visage se trouvait dans des yeux dont l'iris, couleur tabac d'Espagne et mélangé de points noirs, brillait par des reflets d'or autour d'une prunelle profonde et vive. Pierrette avait dû être gaie, elle était triste. Sa gaieté perdue existait encore dans la vivacité des contours de l'œil, dans la grâce ingénue de son front et dans les méplats de son menton court. Ses longs cils se dessinaient comme des pinceaux sur ses pommettes altérées par la souffrance. Le blanc, prodigué outre mesure, rendait d'ailleurs les lignes et les détails de la physionomie très purs. L'oreille était un petit chef-d'œuvre de sculpture : vous eussiez dit du marbre. Pierrette souffrait de bien des manières. Aussi peut-être voulez-vous son histoire? la voici.

La mère de Pierrette était une demoiselle Auffray de Provins, sœur consanguine de madame Rogron, mère des possesseurs actuels de cette maison.

Marié d'abord à dix-huit ans, monsieur Auffray avait contracté vers soixante-neuf ans un second mariage. De son premier lit, était issue une fille unique assez laide et mariée dès l'âge de seize ans à un aubergiste de Provins nommé Rogron.

De son second lit, le bonhomme Auffray eut encore une fille, mais charmante. Ainsi, par un effet assez bizarre, il y eut une énorme différence d'âge entre les deux filles de monsieur Auffray : celle du premier lit avait cinquante ans quand celle du second naissait. Lorsque son vieux père lui donnait une sœur, madame Rogron avait deux enfants majeurs.

A dix-huit ans, la fille du vieillard amoureux fut mariée selon son inclination à un officier breton nommé Lorrain, capitaine dans la Garde impériale. L'amour rend souvent ambitieux. Le capitaine, qui voulut devenir promptement colonel, passa dans la Ligne. Pendant que le chef de bataillon et sa femme, assez heureux de la pension à eux faite par monsieur et madame Auffray, brillaient à Paris ou couraient en Allemagne, au gré des batailles et des paix impériales, le vieil Auffray, ancien épicier de Provins, mourut à quatre-vingt-huit ans sans avoir eu le temps de faire aucune disposition testamentaire [52]. La succession du bonhomme fut si bien manœuvrée par l'ancien aubergiste et par sa femme, qu'ils en absorbèrent la plus grande partie, et ne laissèrent à la veuve du bonhomme Auffray que la maison du défunt sur la petite place et quelques arpents de terre. Cette veuve, mère de la petite madame Lorrain, n'avait à la mort de son mari que trente-huit ans. Comme beaucoup de veuves, elle eut l'idée malsaine de se remarier. Elle vendit à sa belle-fille, la vieille madame Rogron, les terres et la maison qu'elle avait gagnées en vertu de son contrat de mariage, afin de pouvoir épouser un jeune médecin nommé Néraud, qui lui dévora sa fortune. Elle mourut de chagrin et dans la misère deux ans après.

La part qui aurait pu revenir à madame Lorrain dans la succession Auffray disparut donc en grande partie, et se réduisit à environ huit mille francs. Le major Lorrain mourut sur le champ d'honneur à Montereau [53], laissant sa veuve chargée, à vingt et un ans, d'une petite fille de quatorze mois, sans autre fortune que la pension à laquelle elle avait droit et la succession à venir de monsieur et madame Lorrain, détaillants à Pen-Hoël, bourg vendéen situé dans le pays appelé le Marais. Ces Lorrain, père et mère de l'officier mort, grand-père et grand'-mère paternels de Pierrette Lorrain, vendaient le bois nécessaire aux constructions, des ardoises, des tuiles, des faîtières, des tuyaux, etc. Leur commerce, soit incapacité, soit malheur, allait mal et leur fournissait à peine de quoi vivre. La faillite de la célèbre maison Collinet de Nantes, causée par les événements de 1814, qui produisirent une baisse subite dans les denrées coloniales, venait de leur enlever vingt-quatre mille francs qu'ils y avaient déposés. Aussi leur belle-fille fut-elle bien reçue. La veuve du major apportait une pension de huit cents francs, somme énorme à Pen-Hoël. Les huit mille francs que son beau-frère et sa sœur Rogron lui envoyèrent après mille formalités entraînées par l'éloignement, elle les confia aux Lorrain, en prenant toutefois une hypothèque sur une petite maison qu'ils possédaient à Nantes, louée cent écus, et qui valait à peine dix mille francs.

Madame Lorrain la jeune mourut trois ans après le second et fatal mariage de sa mère, en 1819, presque en même temps qu'elle. L'enfant du vieil Auffray et de sa jeune épouse était frêle, petite et malingre : l'air humide du Marais lui fut contraire. La famille de son mari lui persuada pour la garder que, dans aucun autre endroit du monde, elle ne trouverait un pays plus sain ni plus agréable que le Marais, témoin des exploits de Charette. Elle fut si bien dorelotée [54], soignée, cajolée, que cette mort fit le plus grand honneur aux Lorrain. Quelques personnes prétendent que Brigaut, un ancien Vendéen, un de ces hommes de fer qui avaient servi sous Charette, sous Mercier, sous le marquis de Montauran et sous le baron du Guénic dans les guerres contre la République [55], était pour beaucoup dans la résignation de madame Lorrain la jeune. S'il en fut ainsi, certes ce serait d'une âme excessivement aimante et dévouée. Tout Pen-Hoël voyait d'ailleurs Brigaut, nommé respectueusement *le major*, grade qu'il avait eu dans les armées catholiques, passant ses journées et ses soirées dans la salle auprès de la veuve du major impérial. Vers les derniers temps, le curé de Pen-Hoël s'était permis quelques représentations à la vieille dame Lorrain : il l'avait priée de décider sa belle-fille à épouser Brigaut, en promettant de faire nommer le major juge de paix du canton de Pen-Hoël par la protection du vicomte de Kergarouët. La mort de la pauvre jeune femme rendit la proposition inutile. Pierrette resta chez ses grands-parents, qui lui devaient quatre cents francs d'intérêt par an, naturellement appliqués à son entretien. Ces vieilles gens, de plus en plus impropres au commerce, eurent un concurrent actif et ingénieux contre lequel ils disaient des injures sans rien tenter pour se défendre. Le major, leur conseil et leur ami, mourut six mois après son amie, peut-être de douleur et peut-être de ses blessures; il en avait reçu vingt-sept. En bon commerçant, le mauvais voisin voulut ruiner ses adversaires afin d'éteindre toute concurrence. Il fit prêter de l'argent aux Lorrain sur leur signature, en prévoyant qu'ils ne pourraient rembourser, et les força dans leurs vieux jours à déposer leur bilan. L'hypothèque de Pierrette fut primée par l'hypothèque légale de sa grand' mère, qui s'en tint à ses droits pour conserver un morceau de pain à son mari. La maison de Nantes fut vendue neuf mille cinq cents francs, et il y eut pour quinze cents francs de frais. Les huit mille francs restants revinrent à madame Lorrain, qui les plaça sur hypothèque afin de pouvoir vivre à Nantes dans une espèce de béguinage semblable à celui de Sainte-Périne de Paris, et nommé Saint-Jacques [56], où ces deux vieillards eurent le vivre et le couvert moyennant une modique pension. Dans l'impossibilité de garder avec eux leur petite-fille ruinée, les vieux Lorrain se souvinrent de son oncle et de sa tante Rogron, auxquels ils écrivirent. Les Rogron de Provins étaient morts. La lettre des Lorrain aux Rogron semblait donc devoir être perdue. Mais, si quelque chose ici-bas peut suppléer la Providence, n'est-ce pas la Poste aux lettres? L'esprit de la Poste, incomparablement au-dessus de l'esprit public, qui ne rapporte pas d'ailleurs autant, dépasse en invention l'esprit des plus habiles romanciers. Quand la Poste possède une lettre, valant pour elle de trois à dix sous, sans trouver immédiatement celui ou celle à qui elle doit la remettre, elle déploie une sollicitude financière dont l'analogue ne se rencontre que chez les créanciers les plus intrépides. La Poste va, vient, furette dans les 86 départements [57]. Les difficultés surexcitent le génie des employés, qui souvent sont des gens de lettres, et qui se mettent alors à la recherche de l'Inconnu avec l'ardeur des mathématiciens du Bureau des Longitudes : ils fouillent tout le royaume. A la moindre lueur d'espérance, les bureaux de Paris se remettent en mouvement. Souvent il vous arrive de rester stupéfait en reconnaissant les gribouillages qui zèbrent le dos et le ventre de la lettre, glorieuses attestations de la persistance administrative avec laquelle la Poste s'est remuée. Si un homme entreprenait ce que la Poste vient d'accomplir, il aurait perdu dix mille francs en voyages, en temps, en argent, pour recouvrer douze sous. La Poste a décidément encore plus d'esprit qu'elle n'en porte. La lettre des Lorrain, adressée à monsieur Rogron de Provins, décédé depuis une année, fut envoyée par la Poste à monsieur Rogron, son fils, mercier, rue Saint-Denis, à Paris. En ceci éclate l'esprit de la Poste. Un héritier est toujours plus ou moins tourmenté de savoir s'il a bien tout ramassé d'une succession, s'il n'a pas oublié des créances ou des guenilles. Le Fisc devine tout, même les caractères. Une lettre adressée au vieux Rogron de Provins mort devait piquer la curiosité de Rogron fils, à Paris, ou de mademoiselle Rogron, sa sœur, ses héritiers. Aussi le Fisc eut-il ses soixante centimes.

Les Rogron, vers lesquels les vieux Lorrain, au désespoir de se séparer de leur petite-fille, tendaient des mains suppliantes, devaient donc être les arbitres de la destinée de Pierrette Lorrain. Il est alors indispensable d'expliquer leurs antécédents et leur caractère.

Le père Rogron, cet aubergiste de Provins à qui le vieil Auffray avait donné la fille de son premier lit, était un personnage à figure enflammée, à nez veineux, et sur les joues duquel Bacchus avait appliqué ses pampres rougis et bulbeux. Quoique gros, court et ventripotent, à jambes grasses et à mains épaisses, il était doué de la finesse des aubergistes de Suisse, auxquels il ressemblait. Sa figure représentait vaguement un vaste vignoble grêlé. Certes, il n'était pas beau, mais sa femme lui ressemblait. Jamais couple ne fut mieux assorti. Rogron aimait la bonne chère et à se faire servir par de jolies filles. Il appartenait à la secte des égoïstes dont l'allure est brutale, qui s'adonnent à leurs vices et font leurs volontés à la face d'Israël. Avide, intéressé, peu délicat, obligé de pourvoir à ses fantaisies, il mangea ses gains jusqu'au jour où les dents lui manquèrent. L'avarice resta. Sur ses vieux jours, il vendit son auberge, ramassa, comme on l'a vu, presque toute la succession de son beau-père, et se retira dans la petite maison de la place, achetée pour un morceau de pain à la veuve du père Auffray, la grand'mère de Pierrette. Rogron et sa femme possédaient environ deux mille francs de rente, provenant de la location de vingt-sept pièces de terre situées autour de Provins, et les intérêts du prix de leur auberge, vendue vingt mille francs. La maison du bonhomme Auffray, quoique en fort mauvais état, fut habitée telle quelle par ces anciens aubergistes, qui se gardèrent, comme de la peste, d'y toucher : les vieux rats aiment les lézardes et les ruines. L'ancien aubergiste, qui prit goût au jardinage, employa ses économies à l'augmentation du jardin; il le poussa jusqu'au bord de la rivière, il en fit un carré long, encaissé entre deux murailles et terminé par un empierrement où la nature aquatique, abandonnée à elle-même, déployait les richesses de sa Flore. Au début de leur mariage, ces Rogron avaient eu, de deux en deux ans, une fille et un fils : tout dégénère, leurs enfants furent affreux. Mis en nourrice à la campagne et à bas prix, ces malheureux enfants revinrent avec l'horrible éducation du village, ayant crié longtemps et souvent après le sein de leur nourrice, qui allait aux champs, et qui, pendant ce temps, les enfermait dans une de ces chambres noires, humides et basses, qui servent d'habitation au paysan français. A ce métier, les traits de ces enfants grossirent, leur voix s'altéra; ils flattèrent médiocrement l'amour-propre de la mère, qui tenta de les corriger de leurs mauvaises habitudes par une rigueur que celle du père convertissait en tendresse. On les laissa courailler dans les cours, écuries et dépendances de l'auberge, ou trotter par la ville; on les fouettait quelquefois; quelquefois on les envoyait chez leur grand-père Auffray, qui les aimait très peu. Cette injustice fut une des raisons qui encouragèrent les Rogron à se faire une large part dans la succession de ce *vieux scélérat*. Cependant le père Rogron mit son fils à l'Ecole, il lui acheta un homme, un de ses charretiers, afin de le sauver de la Réquisition. Dès que sa fille Sylvie eut treize ans, il la dirigea sur Paris en qualité d'apprentie dans une maison de commerce. Deux ans après, il expédia son fils Jérôme-Denis par la même voie. Quand ses amis, ses compères les rouliers ou ses habitués lui demandaient ce qu'il comptait faire de ses enfants, le père Rogron expliquait son système avec une brièveté qui avait, sur celui de la plupart des pères, le mérite de la franchise.

— Quand ils seront en âge de me comprendre, je leur donnerai un coup de pied, vous savez où? en leur disant : « Va faire fortune! » répondait-il en buvant ou s'essuyant les lèvres du revers de sa main. Puis il regardait son interlocuteur en clignant les yeux d'un air fin : — Hé! hé! ils ne sont pas plus bêtes que moi, ajoutait-il. Mon père m'a donné trois coups de pied, je ne leur en donnerai qu'un; il m'a mis un louis dans la main, je leur en mettrai dix : ils seront donc plus heureux que moi. Voilà la bonne manière. Eh! bien, après moi, ce qui restera, restera; les notaires sauront bien le leur trouver. Ce serait drôle de se gêner pour ses enfants!... Les miens me doivent la vie, je les ai nourris, je ne leur demande rien; ils ne sont pas quittes, eh! voisin? J'ai commencé par être charretier, et ça ne m'a pas empêché d'épouser la fille à ce vieux scélérat de père Auffray!

Sylvie Rogron fut envoyée, à cent écus de pension, en apprentissage rue Saint-Denis, chez des négociants nés à Provins. Deux ans après, elle était au pair : si elle ne gagnait rien, ses parents ne payaient plus rien pour son logis et sa nourriture. Voilà ce qu'on appelle *être au pair,* rue Saint-Denis. Deux ans après, pendant lesquels sa mère lui envoya cent francs pour son entretien, Sylvie eut cent écus d'appointements. Ainsi, dès l'âge de dix-neuf ans, mademoiselle Sylvie Rogron obtint son indépendance. A vingt ans, elle était la seconde demoiselle de la maison Julliard, marchand de soie en botte au Ver-Chinois, rue Saint-Denis. L'histoire de la sœur fut celle du frère. Le petit Jérôme-Denis Rogron entra chez un des plus forts marchands merciers de la rue Saint-Denis, la maison Guépin, aux Trois-Quenouilles. Si à vingt et un ans Sylvie était première demoiselle à mille francs d'appointements, Jérôme-Denis, mieux servi par les circonstances, se trouvait à dix-huit ans premier commis à douze cents francs, chez les Guépin, autres Provinois. Le frère et la sœur se voyaient tous les dimanches et les jours de fête; ils les passaient en divertissements économiques, ils dînaient hors Paris, ils allaient voir Saint-Cloud, Meudon, Belleville, Vincennes. Vers la fin de l'année 1815, ils réunirent leurs capitaux amassés à la sueur de leur front, environ vingt mille francs, et achetèrent de madame Guenée le célèbre fonds de la Sœur-de-Famille, une des plus fortes maisons de détail en mercerie. La sœur tint la caisse, le comptoir et les écritures. Le frère fut à la fois le maître et le premier commis, comme Sylvie fut pendant quelque temps sa propre première demoiselle.

En 1821, après cinq ans d'exploitation, la concurrence devint si vive et si animée dans la mercerie, que le frère et la sœur avaient à peine pu solder leur fonds et soutenir sa vieille réputation. Quoique Sylvie Rogron n'eût alors que quarante ans, sa laideur, ses travaux constants et un certain air rechigné que lui donnait la disposition de ses traits, autant que les soucis, la faisaient ressembler à une femme de cinquante ans. A trente-huit ans, Jérôme-Denis Rogron offrait la physionomie la plus niaise que jamais un comptoir ait présentée à des chalands. Son front écrasé, déprimé par la fatigue, était marqué de trois sillons arides. Ses petits cheveux gris, coupés ras, exprimaient l'indéfinissable stupidité des animaux à sang froid. Le regard de ses yeux bleuâtres ne jetait ni flamme ni pensée. Sa figure ronde et plate n'excitait aucune sympathie et n'amenait même pas le rire sur les lèvres de ceux qui se livrent à l'examen des Variétés du Parisien : elle attristait. Enfin s'il était, comme son père, gros et court, ses formes, dénuées du brutal embonpoint de l'aubergiste, accusaient dans les moindres détails un affaissement ridicule. La coloration excessive de son père était remplacée chez lui par la flasque lividité particulière aux gens qui vivent dans des arrière-boutiques sans air, dans des cabanes grillées appelées Caisses, toujours pliant et dépliant du fil, payant ou recevant, harcelant des commis ou répétant les mêmes choses aux chalands. Le peu d'esprit du frère et de la sœur avait été entièrement absorbé par l'entente de leur commerce, par le Doit et Avoir, par la connaissance des lois spéciales et des usages de la place de Paris. Le fil, les aiguilles, les rubans, les épingles, les boutons, les fournitures de tailleur, enfin l'immense quantité d'articles qui composent la mercerie parisienne, avaient employé leur mémoire. Les lettres à écrire et à répondre, les factures, les inventaires avaient pris toute leur capacité. En dehors de leur partie, ils ne savaient absolument rien, ils ignoraient même Paris. Pour eux, Paris était quelque chose d'étalé autour de la rue Saint-Denis. Leur caractère étroit avait eu pour champ leur boutique. Ils savaient admirablement tracasser leurs commis, leurs demoiselles, et les trouver en faute. Leur bonheur consistait à voir toutes les mains agitées comme des pattes de souris sur les comptoirs, maniant la marchandise ou occupées à replier les articles. Quand ils entendaient sept ou huit voix de demoiselles et de jeunes gens déglubant [58] les phrases consacrées par lesquelles les commis répondent aux observations des acheteurs, la journée était belle, il faisait beau! Quand le bleu de l'éther avivait Paris, quand les Parisiens se promenaient en ne s'occupant que de la mercerie qu'ils portaient : — Mauvais temps pour la vente! disait l'imbécile patron. La grande science qui rendait Rogron l'objet de l'admiration des apprentis était son art de ficeler, déficeler, reficeler et confectionner un paquet. Rogron pouvait faire un paquet et regarder ce qui se passait dans la rue ou surveiller son magasin dans toute sa profondeur, il avait tout vu quand, en le présentant à la pratique, il disait : — Voilà, madame; ne vous faut-il *rien d'autre?* Sans sa sœur, ce crétin eût été ruiné. Sylvie avait du bon sens et le génie de la vente. Elle dirigeait son frère dans ses achats en fabrique et l'envoyait sans pitié jusqu'au fond de la France pour y trouver un sou de bénéfice sur un article. La finesse que possède plus ou moins toute femme n'étant pas au service de son cœur, elle l'avait portée dans la spéculation. Un fonds à payer! cette pensée était le piston qui faisait jouer cette machine et lui communiquait une épouvantable activité. Rogron était resté premier commis, il ne comprenait pas l'ensemble de ses affaires : l'intérêt personnel, le plus grand véhicule de l'esprit, ne lui avait pas fait faire un pas. Il restait souvent ébahi quand sa sœur ordonnait de vendre un article à perte, en prévoyant la fin de sa mode; et plus tard il admirait niaisement sa sœur Sylvie. Il ne raisonnait ni bien ni mal, il était incapable de raisonnement; mais il avait la raison de se subordonner à sa sœur, et il se subordonnait par une considération prise en dehors du commerce : — Elle est mon aînée, disait-il. Peut-être une vie constamment solitaire, réduite à la satisfaction des besoins, dénuée d'argent et de plaisirs pendant la jeunesse, expliquerait-elle aux physiologistes et aux penseurs la brute expression de ce visage, la faiblesse de cerveau, l'attitude niaise de ce mercier. Sa sœur l'avait constamment empêché de se marier, en craignant peut-être de perdre son influence dans la maison, en voyant une cause de dépense et de ruine dans une femme infailliblement plus jeune et sans aucun doute moins laide qu'elle. La bêtise a deux manières d'être : elle se tait ou elle parle. La bêtise muette est supportable, mais la bêtise de Rogron était parleuse. Ce détaillant avait pris l'habitude de gourmander ses commis, de leur expliquer les minuties du commerce de la mercerie en demi-gros, en les ornant des plates plaisanteries qui constituent le *bagout* des boutiques. Ce mot, qui désignait autrefois l'esprit de répartie stéréotypée, a été détrôné par le mot soldatesque de *blague*. Rogron forcément écouté par un petit monde domestique, Rogron content de lui-même, avait fini par se faire une phraséologie à lui. Ce bavard se croyait orateur. La nécessité d'expliquer aux chalands ce qu'ils veulent, de sonder leurs désirs, de leur donner envie de ce qu'ils ne veulent pas, délie la langue du détaillant. Ce petit commerçant finit par avoir la faculté de débiter des phrases où les mots ne présentent aucune idée et qui ont du succès. Enfin, il explique aux chalands des procédés peu connus : de là, lui vient je ne sais quelle supériorité momentanée sur sa pratique; mais une fois sorti des mille et une explications que nécessitent ses mille et un articles, il est, relativement à la pensée, comme un poisson sur la paille et au soleil. Rogron et Sylvie, ces deux mécaniques subrepticement baptisées, n'avaient, ni en germe ni en action, les sentiments qui donnent au cœur sa vie propre. Aussi ces deux natures étaient-elles excessivement filandreuses et sèches, endurcies par le travail, par les privations, par le souvenir de leurs douleurs pendant un long et rude apprentissage. Ni l'un ni l'autre, ils ne plaignaient aucun malheur. Ils étaient non pas implacables, mais intraitables à l'égard des gens embarrassés. Pour eux, la vertu, l'honneur, la loyauté, tous les sentiments humains consistaient à payer régulièrement ses billets. Tracassiers, sans âme et d'une économie sordide, le frère et la sœur jouissaient d'une horrible réputation dans le commerce de la rue Saint-Denis. Sans leurs relations avec Provins, où ils allaient trois fois par an, aux époques où ils pouvaient fermer leur boutique pendant deux ou trois jours, ils eussent manqué de commis et de filles de boutique. Mais le père Rogron expédiait à ses enfants tous les malheureux voués au commerce par leurs parents, il faisait pour eux la traite des apprentis et des apprenties dans Provins, où il vantait par vanité la fortune de ses enfants. Chacun, appâté par la perspective de savoir sa fille ou son fils bien instruit et bien surveillé, par la chance de le voir succédant un jour aux *fils Rogron*, envoyait l'enfant qui le gênait au logis, dans une maison tenue par ces deux célibataires. Mais dès que l'apprenti et l'apprentie à cent écus de pension trouvaient moyen de quitter cette galère, ils s'enfuyaient avec un bonheur qui accroissait la terrible célébrité des Rogron. L'infatigable aubergiste leur découvrait toujours de nouvelles victimes. Depuis l'âge de quinze ans, Sylvie Rogron, habituée à se grimer pour la vente, avait deux masques : la physionomie aimable de la vendeuse, et la physionomie naturelle aux vieilles filles ratatinées. Sa physionomie acquise était d'une mimique merveilleuse : en elle tout souriait, sa voix devenue douce et pateline jetait un charme commercial à la pratique. Sa vraie figure était celle qui s'est montrée entre les deux persiennes entrebâillées; elle eût fait fuir le plus déterminé des Cosaques de 1815 [59], qui cependant aimaient toute espèce de Françaises.

Quand la lettre des Lorrain arriva, les Rogron, en deuil de leur père, avaient hérité de la maison à peu près volée à la grand'mère de Pierrette, puis des terres acquises par l'ancien aubergiste; enfin de certains capitaux provenus de prêts usuraires hypothéqués sur des acquisitions faites par des paysans que le vieil ivrogne espérait exproprier. Leur inventaire annuel venait d'être terminé. Le fonds de la Sœur-de-Famille était payé. Les Rogron possédaient environ soixante mille francs de marchandises en magasin, une quarantaine de mille francs en caisse ou dans le portefeuille, et la valeur de leur fonds. Assis sur la banquette en velours d'Utrecht vert rayé de bandes unies, et plaquée dans une niche carrée derrière le comptoir, en face duquel se trouvait un comptoir semblable pour leur première demoiselle, le frère et la sœur se consultaient sur leurs intentions. Tout marchand aspire à la bourgeoisie. En réalisant leur fonds de commerce, le frère et la sœur devaient avoir environ cent cinquante mille francs, sans comprendre la succession paternelle. En plaçant sur le Grand-Livre les capitaux disponibles, chacun d'eux aurait trois ou quatre mille livres de rente, même en destinant à la restauration de la maison paternelle la valeur de leur fonds, qui leur serait payé sans doute à terme. Ils pouvaient donc aller vivre ensemble à Provins dans une maison à eux. Leur première demoiselle était la fille d'un riche fermier de Donnemarie [60], chargé de neuf enfants; il avait dû les pourvoir chacun d'un état, car sa fortune, divisée en neuf parts, était peu de chose pour chacun d'eux. En cinq années, ce fermier avait perdu sept de ses enfants; cette première demoiselle était donc devenue un être si intéressant, que Rogron avait tenté, mais inutilement, d'en faire sa femme. Cette demoiselle manifestait pour son patron une aversion qui déconcertait toute manœuvre. D'ailleurs, mademoiselle Sylvie s'y prêtait peu, s'opposait même au mariage de son frère, et voulait faire leur successeur d'une fille si rusée. Elle ajournait le mariage de Rogron après leur établissement à Provins.

Personne, parmi les passants, ne peut comprendre le mobile des existences cryptogamiques de certains boutiquiers; on les regarde, on se demande : — De quoi? pourquoi vivent-ils? que deviennent-ils? d'où viennent-ils? on se perd dans les riens en voulant se les expliquer. Pour découvrir le peu de poésie qui germe dans ces têtes et vivifie ces existences, il est nécessaire de les creuser; mais on a bientôt trouvé le tuf sur lequel tout repose. Le boutiquier parisien se nourrit d'une espérance plus ou moins réalisable et sans laquelle il périrait évidemment : celui-ci rêve de bâtir ou d'administrer un Théâtre, celui-là tend aux honneurs de la Mairie; tel a sa maison de campagne à trois lieues de Paris, un soi-disant parc où il plante des statues en plâtre colorié, où il dispose des jets d'eau qui ressemblent à un bout de fil et où il dépense des sommes folles; tel autre rêve les commandements supérieurs de la garde nationale [61]. Provins, ce paradis terrestre, excitait chez les deux merciers le fanatisme que toutes les jolies villes de France inspirent à leurs habitants. Disons-le à la gloire de la Champagne : cet amour est légitime. Provins, une des plus charmantes villes de France, rivalise avec le Frangistan [62] et la vallée de Cachemire : non seulement elle contient la poésie de Saadi [63], l'Homère de la Perse, mais encore elle offre des vertus pharmaceutiques à la Science médicale. Des Croisés [64] rapportèrent les roses de Jéricho dans cette délicieuse vallée, où, par hasard, elles prirent des qualités nouvelles, sans rien perdre de leurs couleurs. Provins n'est pas seulement la Perse française, elle pourrait encore être Bade, Aix, Bath : elle a des eaux! Voici le paysage revu d'année en année, qui, de temps en temps, apparaissait aux deux merciers sur le pavé boueux de la rue Saint-Denis. Après avoir traversé les plaines grises qui se trouvent entre la Ferté-Gaucher et Provins, vrai désert, mais productif, un désert de froment, vous parvenez à une colline. Tout à coup vous voyez à vos pieds une ville arrosée par deux rivières : au bas du rocher s'étale une vallée verte, pleine de lignes heureuses, d'horizons fuyants. Si vous venez de Paris, vous prenez Provins en long, vous avez cette éternelle grande route de France, qui passe au bas de la côte en la tranchant, et douée de son aveugle, de ses mendiants, lesquels vous accompagnent de leurs voix lamentables quand vous vous avisez d'examiner ce pittoresque pays inattendu. Si vous venez de Troyes, vous entrez par le pays plat. Le château, la vieille ville et ses anciens remparts sont étagés sur la colline. La jeune ville s'étale en bas. Il y a le haut et le bas Provins : d'abord, une ville aérée, à rues rapides, à beaux aspects, environnée de chemins creux, ravinés, meublés de noyers, et qui criblent de leurs vastes ornières la vive arête de la colline; ville silencieuse, proprette, solennelle, dominée par les ruines imposantes du château; puis une ville à moulins, arrosée par la Voulzie et le Durtain, deux rivières de Brie, menues, lentes et profondes; une ville d'auberges, de commerce, de bourgeois retirés, sillonnée par les diligences, par les calèches et le roulage. Ces deux villes ou cette ville, avec ses souvenirs historiques, la mélancolie de ses ruines, la gaieté de sa vallée, ses délicieuses ravines pleines de haies échevelées et de fleurs, sa rivière crénelée de jardins, excite si bien l'amour de ses enfants, qu'ils se conduisent comme les Auvergnats, les Savoyards et les Français : s'ils sortent de Provins pour aller chercher fortune, ils y reviennent toujours. Le proverbe : Mourir au gîte, fait pour les lapins et les gens fidèles, semble être la devise des Provinois. Aussi les deux Rogron ne pensaient-ils qu'à leur cher Provins! En vendant du fil, le frère revoyait la haute ville. En entassant des papiers chargés de boutons, il contemplait la vallée. En roulant ou déroulant du padoux [65], il suivait le cours brillant des rivières. En regardant ses casiers, il remontait les chemins creux où jadis il fuyait la colère de son père pour venir y manger des noix, y gober des mûrons. La petite place de Provins occupait surtout sa pensée : il songeait à embellir sa maison, il rêvait à la façade qu'il y voulait reconstruire, aux chambres, au salon, à la salle de billard, à la salle à manger et au jardin potager dont il faisait un jardin anglais avec boulingrins, grottes, jets d'eau, statues, etc. Les chambres où dormaient le frère et la sœur au deuxième de la maison à trois croisées et à six étages, haute et jaune comme il y en a tant rue Saint-Denis, étaient sans autre mobilier que le strict nécessaire; mais personne, à Paris, ne possédait un plus riche mobilier que ce mercier. Quand il allait par la ville, il restait dans l'attitude des teriakis [66], regardant les beaux meubles exposés, examinant les draperies dont il emplissait sa maison. Au retour, il disait à sa sœur : — J'ai vu dans telle boutique tel meuble de salon qui nous irait bien! Le lendemain, il en achetait un autre, et toujours! Il regorgeait le mois courant les meubles du mois dernier [67]. Le budget n'aurait pas payé ses remaniements d'architecture : il voulait tout, et donnait toujours la préférence aux dernières inventions. Quand il contemplait les balcons des maisons nouvellement construites, quand il étudiait les timides essais de l'ornementation extérieure, il trouvait les moulures, les sculptures, les dessins déplacés. — Ah! se disait-il, ces belles choses feraient bien mieux à Provins que là! Lorsqu'il ruminait son déjeuner sur le pas de sa porte, adossé à sa devanture, l'œil hébété, le mercier voyait une maison fantastique dorée par le soleil de son rêve, il se promenait dans son jardin, il y écoutait son jet d'eau retombant en perles brillantes sur une table ronde en pierre de liais. Il jouait à son billard, il plantait des fleurs! Si sa sœur était la plume à la main, réfléchissant et oubliant de gronder les commis, elle se contemplait recevant les bourgeois de Provins, elle se mirait, ornée de bonnets merveilleux, dans les glaces de son salon. Le frère et la sœur commençaient à trouver l'atmosphère de la rue Saint-Denis malsaine; et l'odeur des boues de la Halle leur faisait désirer le parfum des roses de Provins. Ils avaient à la fois une nostalgie et une monomanie contrariées par la nécessité de vendre leurs derniers bouts de fil, leurs bobines de soie et leurs boutons. La terre promise de la vallée de Provins attirait d'autant plus ces Hébreux, qu'ils avaient réellement souffert pendant longtemps et traversé, haletants, les déserts sablonneux de la Mercerie.

La lettre des Lorrain vint au milieu d'une méditation inspirée par ce bel avenir. Les merciers connaissaient à peine leur cousine Pierrette Lorrain. L'affaire de la succession Auffray, traitée depuis longtemps par le vieil aubergiste, avait eu lieu pendant leur établissement, et Rogron causait très peu sur ses capitaux. Envoyés de bonne heure à Paris, le frère et la sœur se souvenaient à peine de leur tante Lorrain. Une heure de discussions généalogiques leur fut nécessaire pour se remémorer leur tante, fille du second lit de leur grand-père Auffray, sœur consanguine de leur mère. Ils retrouvèrent la mère de madame Lorrain dans madame Néraud, morte de chagrin. Ils jugèrent alors que le second mariage de leur grand-père avait été pour eux une chose funeste; son résultat était le partage de la succession Auffray entre les deux lits. Ils avaient d'ailleurs entendu quelques récriminations de leur père, toujours un peu goguenard et aubergiste. Les deux merciers examinèrent la lettre des Lorrain à travers ces souvenirs peu favorables à la cause de Pierrette. Se charger d'une orpheline, d'une fille, d'une cousine qui, malgré tout, serait leur héritière au cas où ni l'un ni l'autre ne se marierait, il y avait là matière à discussion. La question fut étudiée sous toutes ses faces. D'abord ils n'avaient jamais vu Pierrette. Puis ce serait un ennui que d'avoir une jeune fille à garder. Ne prendraient-ils pas des obligations avec elle? il serait impossible de la renvoyer, si elle ne leur convenait pas; enfin ne faudrait-il pas la marier? Et si Rogron trouvait chaussure à son pied parmi les héritières de Provins, ne valait-il pas mieux réserver toute leur fortune pour ses enfants? Selon Sylvie, une chaussure au pied de son frère était une fille bête, riche et laide, qui se laisserait gouverner par elle. Les deux marchands se décidèrent à refuser. Sylvie se chargea de la réponse. Le courant des affaires fut assez considérable pour retarder cette lettre, qui ne semblait pas urgente, et à laquelle la vieille fille ne pensa plus dès que leur première demoiselle consentit à traiter du fonds de la Sœur-de-Famille. Sylvie Rogron et son frère partirent pour Provins quatre ans avant le jour où la venue de Brigaut allait jeter tant d'intérêt dans la vie de Pierrette. Mais les œuvres de ces deux personnes en province exigent une explication aussi nécessaire que celle sur leur existence à Paris, car Provins ne devait pas être moins funeste à Pierrette que les antécédents commerciaux de ses cousins.

Quand le petit négociant venu de province à Paris retourne de Paris en province, il y rapporte toujours quelques idées; puis il les perd dans les habitudes de la vie de province où il s'enfonce, et où ses velléités de rénovation s'abîment. De là, ces petits changements lents, successifs, par lesquels Paris finit par égratigner la surface des villes départementales, et qui marquent essentiellement la transition de l'ex-boutiquier au provincial renforcé. Cette transition constitue une véritable maladie. Aucun détaillant ne passe impunément de son bavardage continuel au silence, et de son activité parisienne à l'immobilité provinciale. Quand ces braves gens ont gagné quelque fortune, ils en dépensent une certaine partie à leur passion longtemps couvée, et y déversent les dernières oscillations d'un mouvement qui ne saurait s'arrêter à volonté. Ceux qui n'ont pas caressé d'idée fixe voyagent, ou se jettent dans les occupations politiques de la municipalité. Ceux-ci vont à la chasse ou pêchent, tracassent leurs fermiers ou leurs locataires. Ceux-là deviennent usuriers comme le père Rogron, ou actionnaires comme tant d'inconnus. Le thème du frère et de la sœur, vous le connaissez : ils avaient à satisfaire leur royale fantaisie de manier la truelle[68], à se construire leur charmante maison. Cette idée fixe valut à la place du bas Provins la façade que venait d'examiner Brigaut, les distributions intérieures de cette maison et son luxueux mobilier. L'entrepreneur ne mit pas un clou sans consulter les Rogron, sans leur faire signer les dessins et les devis, sans leur expliquer longuement, en détail, la nature de l'objet en discussion, où il se fabriquait et ses différents prix. Quant aux choses extraordinaires, elles avaient été employées chez monsieur Tiphaine, ou chez madame Julliard la jeune, ou chez monsieur Garceland, le maire. Une similitude quelconque avec un des riches bourgeois de Provins finissait toujours le combat à l'avantage de l'entrepreneur.

— Du moment où monsieur Garceland a cela chez lui, mettez! disait mademoiselle Rogron. Cela doit être bien, il a bon goût.

— Sylvie, il nous propose des oves dans la corniche du corridor?

— Vous appelez cela des oves?

— Oui, mademoiselle.

— Et pourquoi? quel singulier nom! je n'en ai jamais entendu parler.

— Mais vous en avez vu!

— Oui.

— Savez-vous le latin?

— Non.

— Hé! bien, cela veut dire œufs, les oves sont des œufs.

— Comme vous êtes drôles, vous autres architectes! s'écriait Rogron. C'est sans doute pour cela que vous ne donnez pas vos coquilles!

— Peindrons-nous le corridor? disait l'entrepreneur.

— Ma foi, non, s'écriait Sylvie; encore cinq-cents francs!

— Oh! le salon et l'escalier sont trop jolis pour ne pas décorer le corridor, disait l'entrepreneur. La petite madame Lesourd a fait peindre le sien, l'année dernière.

— Cependant son mari, comme procureur du roi, peut ne pas rester à Provins.

— Oh! il sera quelque jour président du Tribunal, disait l'entrepreneur.

— Hé! bien, et que faites-vous donc alors de monsieur Tiphaine?

— Monsieur Tiphaine, il a une jolie femme, je ne suis pas embarrassé de lui : monsieur Tiphaine ira à Paris.

— Peindrons-nous le corridor?

— Oui, les Lesourd verront du moins que nous les valons bien! disait Rogron.

La première année de l'établissement des Rogron à Provins fut entièrement occupée par ces délibérations, par le plaisir de voir travailler les ouvriers, par les étonnements et les enseignements de tout genre qui en résultaient, et par les tentatives que firent le frère et la sœur pour se lier avec les principales familles de Provins.

Les Rogron n'étaient jamais allés dans aucun monde, ils n'étaient pas sortis de leur boutique; ils ne connaissaient absolument personne à Paris, ils avaient soif des plaisirs de la société. A leur retour, les émigrés retrouvèrent d'abord monsieur et madame Julliard, du Ver-Chinois, avec leurs enfants et petits-enfants; puis la famille des Guépin, ou mieux le clan des Guépin, dont le petit-fils tenait encore les Trois-Quenouilles; enfin madame Guénée, qui leur avait vendu la Sœur-de-Famille, et dont les trois filles étaient mariées à Provins. Ces trois grandes races, les Julliard, les Guépin et les Guénée, s'étendaient dans la ville comme du chiendent sur une pelouse. Le maire, monsieur Garceland, était gendre de monsieur Guépin. Le curé, monsieur l'abbé Péroux, était le propre frère de madame Julliard, qui était une Péroux. Le président du Tribunal, monsieur Tiphaine, était le frère de madame Guénée, qui signe : née Tiphaine.

La reine de la ville était la belle madame Tiphaine la jeune, la fille unique de madame Roguin, la riche femme d'un ancien notaire de Paris, de qui l'on ne parlait jamais. Délicate, jolie et spirituelle, mariée en province exprès par sa mère, qui ne la voulait point près d'elle, et l'avait tirée de son pensionnat quelques jours avant son mariage, Mélanie Roguin se considérait comme en exil à Provins, et s'y conduisait admirablement bien. Richement dotée, elle avait encore de belles espérances. Quant à monsieur Tiphaine, son vieux père avait fait à sa fille aînée, madame Guénée, de tels avancements d'hoirie, qu'une terre de huit mille livres de rente, située à cinq lieues de Provins, devait revenir au Président. Ainsi les Tiphaine, mariés avec vingt mille livres de rente, sans compter la place ni la maison du Président, devaient un jour réunir vingt autres mille livres de rente. — Ils n'étaient pas malheureux, disait-on. La grande, la seule affaire de la belle madame Tiphaine était de faire nommer monsieur Tiphaine député. Le député deviendrait Juge à Paris; et du Tribunal elle se promettait de le faire monter promptement à la Cour royale. Aussi ménageait-elle tous les amours-propres, s'efforçait-elle de plaire. Mais, chose plus difficile! elle y réussissait. Deux fois par semaine, elle recevait toute la bourgeoisie de Provins dans sa belle maison de la ville haute. Cette jeune femme de vingt-deux ans n'avait point encore fait un seul pas de clerc sur le terrain glissant où elle s'était placée. Elle satisfaisait tous les amours-propres, caressait les dadas de chacun : grave avec les gens graves, jeune fille avec les jeunes filles, essentiellement mère avec les mères, gaie avec les jeunes femmes et disposée à les servir, gracieuse pour tous; enfin une perle, un trésor, l'orgueil de Provins. Elle n'en avait pas dit encore un mot, mais tous les électeurs de Provins attendaient que leur cher président eût l'âge requis pour le nommer. Chacun d'eux, sûr de ses talents, en faisait son homme, son protecteur. Ah! monsieur Tiphaine arriverait, il serait Garde des Sceaux, il s'occuperait de Provins!

Voici par quels moyens l'heureuse madame Tiphaine était parvenue à régner sur la petite ville de Provins. Madame Guénée, sœur de monsieur Tiphaine, après avoir marié sa première fille à monsieur Lesourd, procureur du roi, la seconde à monsieur Martener le médecin, la troisième à monsieur Auffray le notaire, avait épousé en secondes noces monsieur Galardon, le receveur des contributions. Mesdames Lesourd, Martener, Auffray et leur mère, madame Galardon, virent dans le Président Tiphaine l'homme le plus riche et le plus capable de la famille. Le procureur du roi, neveu par alliance de monsieur Tiphaine, avait tout intérêt à pousser son oncle à Paris pour devenir Président à Provins. Aussi ces quatre dames (madame Galardon adorait son frère) formèrent-elles une cour à madame Tiphaine, de qui elles prenaient les avis et les conseils en toute chose. Monsieur Julliard fils aîné, qui avait épousé la fille unique d'un riche fermier, se prit d'une belle passion, subite, secrète et désintéressée, pour la Présidente, cet ange descendu des cieux parisiens. La rusée Mélanie, incapable de s'embarrasser d'un Julliard, très capable de le maintenir à l'état d'Amadis [69] et d'exploiter sa sottise, lui donna le conseil d'entreprendre un journal auquel elle servît d'Egérie. Depuis deux ans, Julliard, doublé de sa passion romantique, avait donc entrepris une feuille et une diligence publiques pour Provins. Le journal, appelé LA RUCHE, *journal de Provins* [70], contenait des articles littéraires, archéologiques et médicaux faits en famille. Les Annonces de l'arrondissement payaient les frais. Les abonnés, au nombre de deux cents, étaient le bénéfice. Il y paraissait des stances mélancoliques, incompréhensibles en Brie, et adressées A ELLE!!! [71] avec ces trois points. Ainsi le jeune ménage Julliard, qui chantait les mérites de madame Tiphaine, avait réuni le clan des Julliard à celui des Guénée. Dès lors, le salon du Président était naturellement devenu le premier de la ville. Le peu d'aristocratie qui se trouve à Provins forme un seul salon dans la ville haute, chez la vieille comtesse de Bréautey.

Pendant les six premiers mois de leur transplantation, favorisés par leurs anciennes relations avec les Julliard, les Guépin, les Guénée, et après s'être appuyés de leur parenté avec monsieur Auffray le notaire, arrière-petit-neveu de leur grand-père, les Rogron furent reçus d'abord par madame Julliard la mère et par madame Galardon; puis ils arrivèrent avec assez de difficultés dans le salon de la belle madame Tiphaine. Chacun voulut étudier les Rogron avant de les admettre. Il était difficile de ne pas accueillir des commerçants de la rue Saint-Denis, nés à Provins et revenant y manger leurs revenus. Néanmoins, le but de toute société sera toujours d'amalgamer des gens de fortune, d'éducation, de mœurs, de connaissances et de caractères semblables. Or, les Guépin, les Guénée et les Julliard étaient des personnes plus haut placées, plus anciennes de bourgeoisie que les Rogron, fils d'un aubergiste usurier qui avait eu quelques reproches à se faire jadis et sur sa conduite privée et relativement à la succession Auffray. Le notaire Auffray, le gendre de madame Galardon, née Tiphaine, savait à quoi s'en tenir : les affaires s'étaient arrangées chez son prédécesseur. Ces anciens négociants, revenus depuis douze ans, s'étaient mis au niveau de l'instruction, du savoir-vivre et des façons de cette société, à laquelle madame Tiphaine imprimait un certain cachet d'élégance, un certain vernis parisien; tout y était homogène : on s'y comprenait, chacun savait s'y tenir et y parler de manière à être agréable à tous. Ils connaissaient tous leurs caractères et s'étaient habitués les uns aux autres. Une fois reçus chez monsieur Garceland le maire, les Rogron se flattèrent d'être en peu de temps au mieux avec la meilleure société de la ville. Sylvie apprit alors à jouer le boston. Rogron, incapable de jouer à aucun jeu, tournait ses pouces et avalait ses phrases, une fois qu'il avait parlé de sa maison; mais ses phrases étaient comme une médecine : elles paraissaient le tourmenter beaucoup, il se levait, il avait l'air de vouloir parler, il était intimidé, se rasseyait et avait de comiques convulsions dans les lèvres. Sylvie développa naïvement son caractère au jeu. Tracassière, geignant toujours quand elle perdait, d'une joie insolente quand elle gagnait, processive, taquine, elle impatienta ses adversaires, ses partenaires, et devint le fléau de la société. Dévorés d'une envie niaise et franche, Rogron et sa sœur eurent la prétention de jouer un rôle dans une ville sur laquelle douze familles étendaient un filet à mailles serrées, où tous les intérêts, tous les amours-propres formaient comme un parquet sur lequel de nouveaux venus devaient se bien tenir pour n'y rien heurter ou pour n'y pas glisser. En supposant que la restauration de leur maison coûtât trente mille francs, le frère et la sœur réunissaient dix mille livres de rente. Ils se crurent très riches, assommèrent cette société de leur luxe futur, et laissèrent prendre la mesure de leur petitesse, de leur ignorance crasse, de leur sotte jalousie. Le soir où ils furent présentés à la belle madame Tiphaine, qui déjà les avait observés chez madame Garceland, chez sa belle-sœur Galardon et chez madame Julliard la mère, la reine de la ville dit confidentiellement à Julliard fils, qui resta, quelques instants après tout le monde, en tête-à-tête avec elle et le Président : — Vous êtes donc tous bien coiffés de ces Rogron?

— Moi, dit l'Amadis de Provins, ils ennuient ma mère, ils excèdent ma femme; et quand mademoiselle Sylvie a été mise en apprentissage, il y a trente ans, chez mon père, il ne pouvait déjà pas la supporter.

— Mais j'ai fort envie, dit la jolie Présidente en mettant son petit pied sur la barre de son garde-cendres, de faire comprendre que mon salon n'est pas une auberge.

Julliard leva les yeux au plafond comme pour dire : — Mon Dieu, combien d'esprit! quelle finesse!

— Je veux que ma société soit choisie; et si j'admettais des Rogron, certes elle ne le serait pas.

— Ils sont sans cœur, sans esprit ni manières, dit le Président. Quand, après avoir vendu du fil pendant vingt ans, comme l'a fait ma sœur, par exemple...

— Mon ami, votre sœur ne serait déplacée dans aucun salon, dit en parenthèse madame Tiphaine.

— Si l'on a la bêtise de demeurer encore mercier, dit le Président en continuant, si l'on ne se décrasse pas, si l'on prend les comtes de Champagne pour des mémoires de vin fourni, comme ces Rogron l'ont fait ce soir, on doit rester chez soi.

— Ils sont puants, dit Julliard. Il semble qu'il n'y ait qu'une maison dans Provins. Ils veulent nous écraser tous. Après tout, à peine ont-ils de quoi vivre.

— S'il n'y avait que le frère, reprit madame Tiphaine, on le souffrirait, il n'est pas gênant. En lui donnant un casse-tête chinois, il resterait dans un coin bien tranquillement. Il en aurait pour tout un hiver à trouver une combinaison. Mais mademoiselle Sylvie, quelle voix d'hyène enrhumée! quelles pattes de homard! Ne dites rien de ceci, Julliard.

Quand Julliard fut parti, la petite femme dit à son mari : — Mon ami, j'ai déjà bien assez des indigènes que je suis obligée de recevoir, ces deux de plus me feraient mourir; et, si tu le permets, nous nous en priverons.

— Tu es bien la maîtresse chez toi, dit le Président; mais nous nous ferons des ennemis. Les Rogron se jetteront dans l'Opposition, qui jusqu'à présent n'a pas encore de consistance à Provins. Ce Rogron hante déjà le baron Gouraud et l'avocat Vinet.

— Hé! dit en souriant Mélanie, ils te rendront alors service. Là où il n'y a pas d'ennemis, il n'y a pas de triomphes. Une conspiration libérale, une association illégale, une lutte quelconque te mettraient en évidence.

Le Président regarda sa jeune femme avec une sorte d'admiration craintive.

Le lendemain chacun se dit à l'oreille chez madame Garceland que les Rogron n'avaient pas réussi chez madame Tiphaine, dont le mot sur l'auberge eut un immense succès. Madame Tiphaine fut un mois à rendre sa visite à mademoiselle Sylvie. Cette insolence est très remarquée en province. Sylvie eut au boston, chez madame Tiphaine, avec la respectable madame Julliard la mère, une scène désagréable à propos d'une Misère [72] superbe que son ancienne patronne lui fit perdre, disait-elle, méchamment et à dessein. Jamais Sylvie, qui aimait à jouer de mauvais tours aux autres, ne concevait qu'on lui rendît la pareille. Madame Tiphaine donna l'exemple de composer les parties avant l'arrivée des Rogron, en sorte que Sylvie fut réduite à errer de table en table en regardant jouer les autres, qui la regardaient en dessous d'un air narquois. Chez madame Julliard la mère, on se mit à jouer le whist, jeu que ne savait pas Sylvie. La vieille fille finit par comprendre sa mise hors la loi, sans en comprendre les raisons. Elle se crut l'objet de la jalousie de tout ce monde. Les Rogron ne furent bientôt plus priés chez personne; mais ils persistèrent à passer leurs soirées en ville. Les gens spirituels se moquèrent d'eux, sans fiel, doucement, en leur faisant dire de grosses balourdises sur les oves de leur maison, sur une certaine cave à liqueurs qui n'avait pas sa pareille à Provins. Cependant la maison des Rogron s'acheva. Naturellement ils donnèrent quelques somptueux dîners [73], autant pour rendre les politesses reçues que pour exhiber leur luxe. On vint seulement par curiosité. Le premier dîner fut offert aux principaux personnages, à monsieur et madame Tiphaine, chez lesquels les Rogron n'avaient cependant pas mangé une seule fois; à monsieur et madame Julliard père et fils, mère et belle-fille; monsieur Lesourd, monsieur le curé, monsieur et madame Galardon. Ce fut un de ces dîners de province où l'on tient la table depuis cinq heures jusqu'à neuf heures. Madame Tiphaine importait à Provins les grandes façons de Paris, où les gens comme il faut quittent le salon après le café pris. Elle avait soirée chez elle, et voulut s'évader mais les Rogron suivirent le ménage jusque dans la rue, et, quand ils revinrent, stupéfaits de n'avoir pu retenir monsieur le Président et madame la Présidente, les autres convives leur expliquèrent le bon goût de madame Tiphaine en l'imitant avec une célérité cruelle en province.

— Ils ne verront pas notre salon allumé! dit Sylvie, et la lumière est son fard.

Les Rogron avaient voulu ménager une surprise à leurs hôtes. Personne n'avait été admis à voir cette maison devenue célèbre. Aussi tous les habitués du salon de madame Tiphaine attendaient-ils avec impatience son arrêt sur les merveilles du palais Rogron.

— Eh! bien, lui dit la petite madame Martener, vous avez vu le Louvre, racontez-nous-en bien tout?

— Mais tout, ce sera comme le dîner, pas grand'chose.

— Comment est-ce?

— Eh! bien, cette porte bâtarde de laquelle nous avons dû nécessairement admirer les croisillons en fonte dorée que vous connaissez, dit madame Tiphaine, donne entrée sur un long corridor qui partage assez inégalement la maison, puisqu'à droite il n'y a qu'une fenêtre sur la rue, tandis qu'il s'en trouve deux à gauche. Du côté du jardin, ce couloir est terminé par la porte vitrée du perron, qui descend sur une pelouse, pelouse ornée d'un socle où s'élève le plâtre de Spartacus, peint en bronze. Derrière la cuisine, l'entrepreneur a ménagé sous la cage de l'escalier une petite chambre aux provisions, de laquelle on ne nous a pas fait grâce. Cet escalier, entièrement peint en marbre portor [74], consiste en une rampe évidée tournant sur elle-même comme celles qui, dans les cafés, mènent du rez-de-chaussée aux cabinets de l'entresol. Ce colifichet en bois de noyer, d'une légèreté dangereuse, à balustrade ornée de cuivre, nous a été donné pour une des sept nouvelles merveilles du monde. La porte des caves est dessous. De l'autre côté du couloir, sur la rue, se trouve la salle à manger, qui communique par une porte à deux battants avec un salon d'égale dimension, dont les fenêtres offrent la vue du jardin.

— Ainsi, point d'antichambre? dit madame Auffray.

— L'antichambre est sans doute ce long couloir où l'on est entre deux airs, répondit madame

Tiphaine. Nous avons eu la pensée éminemment nationale, libérale, constitutionnelle et patriotique de n'employer que des bois de France, reprit-elle. Ainsi, dans la salle à manger, le parquet est en bois de noyer et façonné en point de Hongrie [75]. Les buffets, la table et les chaises sont également en noyer. Aux fenêtres, des rideaux en calicot blanc encadrés de bandes rouges, attachés par de vulgaires embrasses rouges sur des patères exagérées, à rosaces découpées, dorées au mat et dont le champignon ressort sur un fond rougeâtre. Ces rideaux magnifiques glissent sur des bâtons terminés par des palmettes extravagantes, où les fixent des griffes de lion en cuivre estampé, disposées en haut de chaque pli. Au-dessus d'un des buffets, on voit un cadran de café suspendu par une espèce de serviette en bronze doré, une de ces idées qui plaisent singulièrement aux Rogron. Ils ont voulu me faire admirer cette trouvaille; je n'ai rien trouvé de mieux à leur dire que, si jamais on a dû mettre une serviette autour d'un cadran, c'était bien dans une salle à manger. Il y a sur ce buffet deux grandes lampes semblables à celles qui parent le comptoir des célèbres restaurants. Au-dessus de l'autre se trouve un baromètre excessivement orné, qui paraît devoir jouer un grand rôle dans leur existence : le Rogron le regarde comme il regarderait sa prétendue. Entre les deux fenêtres, l'ordonnateur du logis a placé un poêle en faïence blanche dans une niche horriblement riche. Sur les murs brille un magnifique papier rouge et or, comme il s'en trouve dans ces mêmes restaurants, et que le Rogron y a sans doute choisi sur place. Le dîner nous a été servi dans un service de porcelaine blanc et or, avec son dessert bleu barbeau à fleurs vertes; mais on nous a ouvert un des buffets pour nous faire voir un autre service en terre de pipe pour tous les jours. En face de chaque buffet, une grande armoire contient le linge. Tout cela est verni, propre, neuf, plein de tons criards. J'admettrais encore cette salle à manger : elle a son caractère; quelque désagréable qu'il soit, il peint très bien celui des maîtres de la maison; mais il n'y a pas moyen de tenir à cinq de ces gravures noires contre lesquelles le Ministère de l'Intérieur devrait présenter une loi, et qui représentent Poniatowski sautant dans l'Elster [76], la Défense de la barrière de Clichy, Napoléon pointant lui-même un canon, et les deux Mazeppa [77], toutes encadrées dans des cadres dorés dont le vulgaire modèle convient à ces gravures, capables de faire prendre les succès en haine! Oh! combien j'aime mieux les pastels de madame Julliard, qui représentent des fruits, ces excellents pastels faits sous Louis XV, et qui sont en harmonie avec cette bonne vieille salle à manger, à boiseries grises et un peu vermoulues, mais qui certes ont le caractère de la province, et vont avec la grosse argenterie de famille, avec la porcelaine antique et nos habitudes. La province est la province : elle est ridicule quand elle veut singer Paris. Vous me direz peut-être : Vous êtes orfèvre, monsieur Josse [78]; mais je préfère le vieux salon que voici, de monsieur Tiphaine le père, avec ses gros rideaux de lampasse [79] vert et blanc, avec sa cheminée Louis XV, ses trumeaux contournés, ses vieilles glaces à perles et ses vénérables tables à jouer; mes vases de vieux Sèvres, en vieux bleu, montés en vieux cuivre;

ma pendule à fleurs impossibles, mon lustre rococo, et mon meuble en tapisserie, à toutes les splendeurs de leur salon.

— Comment est-il? dit monsieur Martener, très heureux de l'éloge que la belle Parisienne venait de faire adroitement de la province.

— Quant au salon, il est d'un beau rouge, le rouge de mademoiselle Sylvie quand elle se fâche de perdre une Misère!

— Le rouge-Sylvie, dit le Président, dont le mot resta dans le vocabulaire de Provins.

— Les rideaux des fenêtres?... rouges! les meubles?... rouges! la cheminée?... marbre rouge portor! les candélabres et la pendule?... marbre rouge portor, montés en bronze d'un dessin commun, lourd; des culs-de-lampe romains soutenus par des branches à feuillages grecs. Du haut de la pendule, vous êtes regardés à la manière des Rogron, d'un air niais, par ce gros lion bon enfant, appelé lion d'ornement, et qui nuira pendant longtemps aux vrais lions. Ce lion roule sous une de ses pattes une grosse boule, un détail de mœurs du lion d'ornement; il passe sa vie à tenir une grosse boule noire, absolument comme un Député de la Gauche [80]. Peut-être est-ce un mythe constitutionnel. Le cadran de cette pendule est bizarrement travaillé. La glace de la cheminée offre cet encadrement à pâtes appliquées, d'un effet mesquin, vulgaire quoique nouveau. Mais le génie du tapissier éclate dans les plis rayonnants d'une étoffe rouge qui partent d'une patère mise au centre du devant de cheminée, un poème romantique composé tout exprès pour les Rogron, qui s'extasient en vous le montrant. Au milieu du plafond pend un lustre soigneusement enveloppé dans un suaire de percaline verte, et avec raison : il est du plus mauvais goût; le bronze, d'un ton aigre, a pour ornements des filets plus détestables en or bruni. Dessous, une table à thé, ronde, à marbre plus que jamais portor, offre un plateau moiré métallique où reluisent des tasses en porcelaine peinte, quelles peintures! et groupées autour d'un sucrier en cristal taillé si crânement, que nos petites filles ouvriront de grands yeux en admirant et les cercles de cuivre doré qui le bordent, et ces côtes tailladées comme un pourpoint du moyen âge, et la pince à prendre le sucre, de laquelle on ne se servira probablement jamais. Ce salon a pour tenture un papier rouge qui joue le velours, encadré par panneaux dans des baguettes de cuivre agrafées aux quatre coins par des palmettes énormes. Chaque panneau est surorné d'une lithochromie [81] encadrée dans des cadres surchargés de festons en pâte qui simulent nos belles sculptures en bois. Le meuble, en casimir et en racine d'orme, se compose classiquement de deux canapés, deux bergères, six fauteuils et six chaises. La console est embellie d'un vase en albâtre dit à la Médicis, mis sous verre, et de cette magnifique cave à liqueurs si célèbre. Nous avons été suffisamment prévenus *qu'il n'en existe pas une seconde à Provins!* Chaque embrasure de fenêtre, où sont drapés de magnifiques rideaux en soie rouge doublés de rideaux en tulle, contient une table à jouer. Le tapis est d'Aubusson. Les Rogron n'ont pas manqué de mettre la main sur ce fond rouge à rosaces fleuries, le plus vulgaire des dessins communs. Ce salon n'a pas l'air d'être habité : vous n'y voyez ni livres ni gravures, ni ces menus objets qui meublent les tables, dit-elle en regardant sa table chargée d'objets à la mode, d'albums, des jolies choses qu'on lui donnait. Il n'y a ni fleurs ni aucun de ces riens qui se renouvellent. C'est froid et sec comme mademoiselle Sylvie. Buffon a raison, le style est l'homme, et certes les salons ont un style!

La belle madame Tiphaine continua sa description épigrammatique. D'après cet échantillon, chacun se figura facilement l'appartement que la sœur et le frère occupaient au premier étage, et qu'ils montrèrent à leurs hôtes; mais personne ne saurait inventer les sottes recherches auxquelles le spirituel entrepreneur avait entraîné les Rogron : les moulures des portes, les volets intérieurs façonnés, les pâtes d'ornement dans les corniches, les jolies peintures, les mains en cuivre doré, les sonnettes, les intérieurs de cheminée à systèmes fumivores, les inventions pour éviter l'humidité, les tableaux de marqueterie figurés par la peinture dans l'escalier, la vitrerie, la serrurerie superfines; enfin, tous ces colifichets qui renchérissent une construction et qui plaisent aux bourgeois, avaient été prodigués outre mesure.

Personne ne voulut aller aux soirées des Rogron, dont les prétentions avortèrent. Les raisons de refus ne manquaient pas : tous les jours étaient acquis à madame Garceland, à madame Galardon, aux dames Julliard, à madame Tiphaine, au sous-préfet, etc. Pour se faire une société, les Rogron crurent qu'il suffirait de donner à dîner : ils eurent des jeunes gens assez moqueurs et les dîneurs qui se trouvent dans tous les pays du monde; mais les personnes graves cessèrent toutes de les voir. Effrayée par la perte sèche de quarante mille francs engloutis sans profit dans la maison, qu'elle appelait sa chère maison, Sylvie voulut regagner cette somme par des économies. Elle renonça donc promptement à des dîners qui coûtaient trente à quarante francs, sans les vins, et qui ne réalisaient point son espérance d'avoir une société, création aussi difficile en province qu'à Paris. Sylvie renvoya sa cuisinière et prit une fille de campagne pour les gros ouvrages. Elle fit sa cuisine elle-même *pour son plaisir.*

Quatorze mois après leur arrivée, le frère et la sœur tombèrent donc dans une vie solitaire et sans occupation. Son bannissement du monde avait engendré dans le cœur de Sylvie une haine effroyable contre les Tiphaine, les Julliard, les Auffray, les Garceland, enfin contre la société de Provins, qu'elle nommait *la clique*, et avec laquelle ses rapports devinrent excessivement froids. Elle aurait bien voulu leur opposer une seconde société; mais la bourgeoisie inférieure était entièrement composée de petits commerçants, libres seulement les dimanches et les jours de fête; ou de gens tarés comme l'avocat Vinet et le médecin Néraud, des bonapartistes inadmissibles comme le colonel baron Gouraud, avec lesquels Rogron se lia, d'ailleurs, très inconsidérément, et contre lesquels la haute bourgeoisie avait essayé vainement de le mettre en garde. Le frère et la sœur furent donc obligés de rester au coin de leur poêle, dans leur salle à manger, en se remémorant leurs affaires, les figures de leurs pratiques, et autres choses aussi agréables. Le second hiver ne se termina pas sans que l'ennui pesât sur eux effroyablement. Ils avaient mille peines à employer le temps de leur journée. En allant se coucher le soir, ils disaient : — Encore une de passée! Ils traînassaient le matin en se levant, restaient au lit, s'habillaient lentement. Rogron se faisait lui-même la barbe tous les jours, il s'examinait la figure, il entretenait sa sœur des changements qu'il croyait y apercevoir; il avait des discussions avec la servante sur la température de son eau chaude; il allait au jardin, regardait si les fleurs avaient poussé; il s'aventurait au bord de l'eau, où il avait fait construire un kiosque; il observait la menuiserie de sa maison : avait-elle joué? le tassement avait-il fendillé quelque tableau? les peintures se soutenaient-elles? Il revenait parler de ses craintes sur une poule malade, ou sur un endroit où l'humidité laissait subsister des taches, à sa sœur qui faisait l'affairée en mettant le couvert, en tracassant la servante. Le baromètre était le meuble le plus utile à Rogron : il le consultait sans cause, il le tapait familièrement comme un ami, puis il disait : « Il fait vilain! » Sa sœur lui répondait : « Bah! il fait le temps de la saison. » Si quelqu'un venait le voir, il vantait l'excellence de cet instrument. Le déjeuner prenait encore un peu de temps. Avec quelle lenteur ces deux êtres mastiquaient chaque bouchée? Aussi leur digestion était-elle parfaite, ils n'avaient pas à craindre de cancer à l'estomac. Ils gagnaient midi par la lecture de la *Ruche* et du *Constitutionnel* [82]. L'abonnement du journal parisien était supporté par un tiers avec l'avocat Vinet et le colonel Gouraud. Rogron allait porter lui-même les journaux au colonel, qui logeait sur la place, dans la maison de monsieur Martener, et dont les longs récits lui faisaient un plaisir énorme. Aussi Rogron se demandait-il en quoi le colonel était dangereux. Il eut la sottise de lui parler de l'ostracisme prononcé contre lui, de lui rapporter les dires de la Clique. Dieu sait comme le colonel, aussi redoutable au pistolet qu'à l'épée, et qui ne craignait personne, arrangea la Tiphaine et son Julliard, et les ministériels de la haute ville, gens vendus à l'Etranger, capables de tout pour avoir des places, lisant aux Elections les noms à leur fantaisie sur les bulletins, etc. Vers deux heures, Rogron entreprenait une petite promenade. Il était bien heureux quand un boutiquier sur le pas de sa porte l'arrêtait en lui disant : — Comment va, père Rogron? Il causait et demandait des nouvelles de la ville, il écoutait et colportait les commérages, les petits bruits de Provins. Il montait jusqu'à la haute ville et allait dans les chemins creux, selon le temps. Parfois, il rencontrait des vieillards en promenade comme lui. Ces rencontres étaient d'heureux événements. Il se trouvait à Provins des gens désabusés de la vie parisienne, des savants modestes vivant avec leur livres. Jugez de l'attitude de Rogron en écoutant un Juge-suppléant nommé Desfondrilles, plus archéologue que magistrat, disant à l'homme instruit, le vieux monsieur Martener le père, en lui montrant la vallée : — Expliquez-moi pourquoi les oisifs de l'Europe vont à Spa plutôt qu'à Provins, quand les Eaux de Provins ont une supériorité reconnue par la médecine française, une action, une martialité dignes des propriétés médicales de nos roses?

— Que voulez-vous! répliquait l'homme instruit, c'est un de ces caprices du Caprice, inexplicable comme lui. Le vin de Bordeaux était inconnu il y a cent ans : le maréchal de Richelieu, l'une des plus grandes figures du dernier siècle, l'Alcibiade français, est nommé gouverneur de la Guyenne; il avait la poitrine délabrée, et l'univers sait pourquoi [83] ! le vin du pays le restaure, le rétablit. Bordeaux acquiert alors cent millions de rente, et le maréchal recule le territoire de Bordeaux jusqu'à Angoulême, jusqu'à Cahors, enfin à quarante lieues à la ronde! Qui sait où s'arrêtent les vignobles de Bordeaux? Et le maréchal n'a pas de statue équestre à Bordeaux!

— Ah! s'il arrive un événement de ce genre à Provins, dans un siècle ou dans un autre, on y verra, je l'espère, reprenait alors monsieur Desfondrilles, soit sur la petite place de la basse ville, soit au château, dans la ville haute, quelque bas-relief en marbre blanc représentant la tête de monsieur Opoix, le restaurateur des Eaux minérales de Provins [84] !

— Mon cher monsieur, peut-être la réhabilitation de Provins est-elle impossible, disait le vieux monsieur Martener le père. Cette ville a fait faillite.

Ici, Rogron ouvrait de grands yeux et s'écriait : — Comment?

— Elle a jadis été une capitale qui luttait victorieusement avec Paris au douzième siècle, quand les comtes de Champagne y avaient leur cour, comme le roi René tenait la sienne en Provence, répondait l'homme instruit. En ce temps la civilisation, la joie, la poésie, l'élégance, les femmes, enfin toutes les splendeurs sociales n'étaient pas exclusivement à Paris. Les villes se relèvent aussi difficilement que les maisons de commerce de leur ruine [85] : il ne nous reste de Provins que le parfum de notre gloire historique, celui de nos roses, et une sous-préfecture.

— Ah! que serait la France si elle avait conservé toutes ses capitales féodales! disait Desfondrilles. Les sous-préfets peuvent-ils remplacer la race poétique, galante et guerrière des Thibault [86], qui avaient fait de Provins ce que Ferrare était en Italie, ce que fut Weymar en Allemagne et ce que voudrait être aujourd'hui Munich?

— Provins a été une capitale? s'écriait Rogron.

— D'où venez-vous donc? répondait l'archéologue Desfondrilles.

Le Juge-suppléant frappait alors de sa canne le sol de la ville haute, et s'écriait : — Mais ne savez-vous donc pas que toute cette partie de Provins est bâtie sur des cryptes?

— Cryptes!

— Hé! bien, oui, des cryptes d'une hauteur et d'une étendue inexplicables. C'est comme des nefs de cathédrale, il y a des piliers.

— Monsieur fait un grand ouvrage archéologique dans lequel il compte expliquer ces singulières constructions, disait le vieux Martener, qui voyait le juge enfourchant son dada.

Rogron revenait enchanté de savoir sa maison construite dans la vallée. Les cryptes de Provins employèrent cinq à six journées en explorations, et défrayèrent pendant plusieurs soirées la conversation des deux célibataires. Rogron apprenait toujours ainsi quelque chose sur le vieux Provins, sur les alliances des familles, ou de vieilles nouvelles politiques qu'il renarrait à sa sœur. Aussi disait-il cent fois dans sa promenade et souvent plusieurs fois à la même personne : — Hé ! bien, que dit-on ? — Hé ! bien, qu'y a-t-il de neuf? Revenu dans sa maison, il se jetait sur un canapé du salon en homme harassé de fatigue, mais éreinté seulement de son propre poids. Il arrivait à l'heure du dîner en allant vingt fois du salon à la cuisine, examinant l'heure, ouvrant et fermant les portes. Tant que le frère et la sœur eurent des soirées en ville, ils atteignirent à leur coucher; mais quand ils furent réduits à leur intérieur, la soirée fut un désert à traverser. Quelquefois les personnes qui revenaient chez elles sur la petite place, après avoir passé la soirée en ville, entendaient des cris chez les Rogron, comme si le frère assassinait la sœur : on reconnut les horribles bâillements d'un mercier aux abois. Ces deux mécaniques n'avaient rien à broyer entre leurs rouages rouillés, elles criaient. Le frère parla de se marier, mais en désespoir de cause. Il se sentait vieilli, fatigué : une femme l'effrayait. Sylvie, qui comprit la nécessité d'avoir un tiers au logis, se souvint alors de leur pauvre cousine, de laquelle personne ne leur avait demandé de nouvelles, car à Provins chacun croyait la petite madame Lorrain et sa fille mortes toutes deux. Sylvie Rogron ne perdait rien, elle était bien trop vieille fille pour égarer quoi que ce soit! elle eut l'air d'avoir retrouvé la lettre des Lorrain afin de parler tout naturellement de Pierrette à son frère, qui fut presque heureux de la possibilité d'avoir une petite fille au logis. Sylvie écrivit moitié commercialement moitié affectueusement aux vieux Lorrain, en rejetant le retard de sa réponse sur la liquidation des affaires, sur sa transplantation à Provins et sur son établissement. Elle parut désireuse de prendre sa cousine avec elle, en donnant à entendre que Pierrette devait un jour avoir un héritage de douze mille livres de rente, si monsieur Rogron ne se mariait pas. Il faudrait avoir été, comme Nabuchodonosor, quelque peu bête sauvage et enfermé dans une cage du Jardin des Plantes, sans autre proie que la viande de boucherie apportée par le gardien, ou négociant retiré sans commis à tracasser, pour savoir avec quelle impatience le frère et la sœur attendirent leur cousine Lorrain. Aussi, trois jours après que la lettre fut partie, le frère et la sœur se demandaient-ils déjà quand leur cousine arriverait. Sylvie aperçut dans sa prétendue bienfaisance envers sa cousine pauvre un moyen de faire revenir la société de Provins sur son compte. Elle alla chez madame Tiphaine, qui les avait frappés de sa réprobation et qui voulait créer à Provins une première société, comme à Genève, y tambouriner l'arrivée de leur cousine Pierrette, la fille du colonel Lorrain, en déplorant ses malheurs, et se posant en femme heureuse d'avoir une belle et jeune héritière à offrir au monde.

— Vous l'avez découverte bien tard, répondit ironiquement madame Tiphaine, qui trônait sur un sofa au coin de son feu.

Par quelques mots dits à voix basse pendant une donne de cartes, madame Garceland rappela l'histoire de la succession du vieil Auffray. Le notaire expliqua les iniquités de l'aubergiste.

— Où est-elle, cette pauvre petite? demanda poliment le Président Tiphaine.

— En Bretagne, dit Rogron.

— Mais la Bretagne est grande, fit observer monsieur Lesourd, le Procureur du roi.

— Son grand-père et sa grand'mère Lorrain nous ont écrit... Quand donc, ma bonne? fit Rogron.

Sylvie, occupée à demander à madame Garceland où elle avait acheté l'étoffe de sa robe, ne prévit pas l'effet de sa réponse et dit : —Avant la vente de notre fonds.

— Et vous avez répondu il y a trois jours, mademoiselle! s'écria le notaire.

Sylvie devint rouge comme les charbons les plus ardents du feu.

— Nous avons écrit à l'établissement Saint-Jacques, reprit Rogron.

— Il s'y trouve en effet une espèce d'hospice pour les vieillards, dit un juge qui avait été suppléant à Nantes; mais elle ne peut pas être là, car on n'y reçoit que des gens qui ont passé soixante ans.

— Elle y est avec sa grand'mère Lorrain, dit Rogron.

— Elle avait une petite fortune, les huit mille francs que votre père... non, je veux dire votre grand-père lui avait laissés, dit le notaire, qui fit exprès de se tromper.

— Ah! s'écria Rogron d'un air bête sans comprendre cette épigramme.

— Vous ne connaissez donc ni la fortune ni la situation de votre cousine germaine? demanda le président.

— Si monsieur l'avait connue, il ne la laisserait pas dans une maison qui n'est qu'un hôpital honnête, dit sévèrement le juge. Je me souviens maintenant d'avoir vu vendre à Nantes, par expropriation, une maison appartenant à monsieur et madame Lorrain, et mademoiselle Lorrain a perdu sa créance, car j'étais commissaire de l'Ordre.

Le notaire parla du colonel Lorrain, qui, s'il vivait, serait bien étonné de savoir sa fille dans un établissement comme celui de Saint-Jacques. Les Rogron firent alors leur retraite en se disant que le monde était bien méchant. Sylvie comprit le peu de succès que sa nouvelle avait obtenu : elle s'était perdue dans l'esprit de chacun, il lui était dès lors interdit de frayer avec la haute société de Provins. A compter de ce jour, les Rogron ne cachèrent plus leur haine contre les grandes familles bourgeoises de Provins et leurs adhérents. Le frère dit alors à la sœur toutes les chansons libérales que le colonel Gouraud et l'avocat Vinet lui avaient serinées sur les Tiphaine, les Guénée, les Garceland, les Guépin et les Julliard.

— Dis donc, Sylvie, mais je ne vois pas pourquoi madame Tiphaine renie le commerce de la rue Saint-Denis, le plus beau de son nez en est fait. Madame Roguin, sa mère, est la cousine des Guillaume du Chat-qui-pelote, et qui ont cédé leur fonds à Joseph Lebas, leur gendre. Son père est ce notaire, ce Roguin qui a manqué en 1819 et ruiné la maison Birotteau. Ainsi la fortune de madame Tiphaine est du bien volé, car qu'est-ce qu'une femme de notaire qui tire son épingle du jeu et laisse faire à son mari une banqueroute frauduleuse? C'est du propre! Ah! je vois : elle a marié sa fille à Provins, rapport à ses relations avec le banquier du Tillet. Et ces gens-là font les fiers; mais... Enfin voilà le monde.

Le jour où Denis Rogron et sa sœur Sylvie se mirent à déblatérer contre la Clique, ils devinrent, sans le savoir, des personnages et furent en voie d'avoir une société : leur salon allait devenir le centre d'intérêts qui cherchaient un théâtre. Ici l'ex-mercier prit des proportions historiques et politiques; car il donna, toujours sans le savoir, de la force et de l'unité aux éléments jusqu'alors flottants du parti libéral à Provins. Voici comment. Les débuts des Rogron furent curieusement observés par le colonel Gouraud et par l'avocat Vinet, que leur isolement et leurs idées avaient rapprochés. Ces deux hommes professaient le même patriotisme par les mêmes raisons : ils voulaient devenir des personnages. Mais, s'ils étaient disposés à se faire chefs, ils manquaient de soldats. Les libéraux de Provins se composaient d'un vieux soldat devenu limonadier; d'un aubergiste; de monsieur Cournant, notaire, compétiteur de monsieur Auffray; du médecin Néraud, l'antagoniste de monsieur Martener; de quelques gens indépendants, de fermiers épars dans l'arrondissement et d'acquéreurs de biens nationaux. Le colonel et l'avocat, heureux d'attirer à eux un imbécile dont la fortune pouvait aider leurs manœuvres, qui souscrirait à leurs souscriptions, qui, dans certains cas, attacherait le grelot, et dont la maison servirait d'Hôtel-de-Ville au parti, profitèrent de l'inimitié des Rogron contre les aristocrates de la ville. Le colonel, l'avocat et Rogron avaient un léger lien dans leur abonnement commun au *Constitutionnel,* il ne devait pas être difficile au colonel Gouraud de faire un libéral de l'ex-mercier, quoique Rogron sût si peu de chose en politique, qu'il ne connaissait pas les exploits du sergent Mercier : il le prenait pour un confrère [87]. La prochaine arrivée de Pierrette hâta de faire éclore les pensées cupides inspirées par l'ignorance et par la sottise des deux célibataires. En voyant toute chance d'établissement perdue pour Sylvie dans la société Tiphaine, le colonel eut une arrière-pensée. Les vieux militaires ont contemplé tant d'horreurs dans tant de pays, tant de cadavres nus grimaçant sur tant de champs de bataille, qu'ils ne s'effrayent plus d'aucune physionomie, et Gouraud coucha en joue la fortune de la vieille fille. Ce colonel, gros homme court, portait d'énormes boucles à ses oreilles, cependant déjà garnies d'une énorme touffe de poils. Ses favoris épars et grisonnants s'appelaient en 1799 des nageoires. Sa bonne grosse figure rougeaude était un peu tannée, comme celles de tous les échappés de la Bérésina. Son gros ventre pointu décrivait en dessous cet angle droit qui caractérise le vieil officier de cavalerie. Gouraud avait commandé le deuxième hussards. Ses moustaches grises cachaient une énorme bouche *blagueuse*, s'il est permis d'employer ce mot soldatesque, le seul qui puisse peindre ce gouffre : il n'avait pas mangé, mais dévoré! Un coup de sabre avait tronqué son nez. Sa parole y gagnait d'être devenue sourde et profondément nasillarde, comme celle attribuée aux capucins. Ses petites mains, courtes et larges, étaient bien de celles qui font dire aux femmes : — Vous avez les mains d'un fameux mauvais sujet. Ses jambes paraissaient grêles sous son torse. Dans ce gros corps agile s'agitait un esprit délié, la plus complète expérience des choses de la vie, cachée sous l'insouciance apparente des militaires, et un mépris entier des conventions sociales. Le colonel Gouraud avait la croix d'officier de la Légion-d'Honneur et deux mille quatre cents francs de retraite, en tout mille écus de pension pour fortune.

L'avocat, long et maigre, avait ses opinions libérales pour tout talent, et pour seul revenu les produits assez minces de son cabinet. A Provins, les avoués plaident eux-mêmes leurs causes. A raison de ses opinions, le Tribunal écoutait d'ailleurs peu favorablement maître Vinet. Aussi les fermiers les plus libéraux, en cas de procès, prenaient-ils, préférablement à l'avocat Vinet, un avoué qui avait la confiance du Tribunal. Cet homme avait suborné, disait-on, aux environs de Coulommiers, une fille riche, et forcé les parents à la lui donner. Sa femme appartenait aux Chargebœuf, vieille famille noble de la Brie dont le nom vient de l'exploit d'un écuyer à l'expédition de saint Louis en Egypte [88]. Elle avait encouru la disgrâce de ses père et mère, qui s'arrangeaient, au su de Vinet, de manière à laisser toute leur fortune à leur fils aîné, sans doute à la charge d'en remettre une partie aux enfants de sa sœur. Ainsi la première tentative ambitieuse de cet homme avait manqué. Bientôt poursuivi par la misère, et honteux de ne pouvoir donner à sa femme des dehors convenables, l'avocat avait fait de vains efforts pour entrer dans la carrière du Ministère public; mais la branche riche de la famille Chargebœuf refusa de l'appuyer. En gens moraux, ces royalistes désapprouvaient un mariage forcé; d'ailleurs leur prétendu parent s'appelait Vinet : comment protéger un roturier? L'avocat fut donc éconduit de branche en branche quand il voulut se servir de sa femme auprès de ses parents. Madame Vinet ne trouva d'intérêt que chez une Chargebœuf, pauvre veuve chargée d'une fille, et qui toutes deux vivaient à Troyes. Aussi Vinet se souvint-il un jour de l'accueil fait par cette Chargebœuf à sa femme. Repoussé par le monde entier, plein de haine contre la famille de sa femme, contre le gouvernement qui lui refusait une place, contre la société de Provins qui ne voulait pas l'admettre, Vinet accepta sa misère. Son fiel s'accrut et lui donna de l'énergie pour résister. Il devint libéral en devinant que sa fortune était liée au triomphe de l'Opposition, et végéta dans une mauvaise petite maison de la ville haute, d'où sa femme sortait peu. Cette jeune fille promise à de meilleures destinées, était absolument seule dans son ménage avec un enfant. Il est des misères noblement acceptées et gaiement supportées; mais Vinet, rongé d'ambition, se sentant en faute envers une jeune fille séduite, cachait une sombre rage : sa conscience s'élargit et admit tous les moyens pour y parvenir. Son jeune visage s'altéra. Quelques personnes étaient parfois effrayées au Tribunal en voyant sa figure vipérine à tête plate, à bouche fendue, ses yeux éclatants à travers des lunettes; en entendant sa petite voix aigre, persistante, et qui attaquait les nerfs. Son teint brouillé, plein de teintes maladives, jaunes et vertes par places, annonçait son ambition rentrée, ses continuels mécomptes et ses misères cachées. Il savait ergoter, parler; il ne manquait ni de trait ni d'images; il était instruit, retors. Accoutumé à tout concevoir par son désir de parvenir, il pouvait devenir un homme politique. Un homme qui ne recule devant rien, pourvu que tout soit légal, est bien fort: la force de Vinet venait de là. Ce futur athlète des débats parlementaires, un de ceux qui devaient proclamer la royauté de la maison d'Orléans, eut une horrible influence sur le sort de Pierrette. Pour le moment, il voulait se procurer une arme en fondant un journal à Provins. Après avoir étudié de loin, le colonel aidant, les deux célibataires, l'avocat avait fini par compter sur Rogron. Cette fois il comptait avec son hôte, et sa misère devait cesser, après sept années douloureuses où plus d'un jour sans pain avait crié chez lui. Le jour où Gouraud annonça, sur la petite place, à Vinet que les Rogron rompaient avec l'aristocratie bourgeoise et ministérielle de la ville haute, l'avocat lui pressa le flanc d'un coup de coude significatif.

— Une femme ou une autre, belle ou laide, vous est bien indifférente, dit-il; vous devriez épouser mademoiselle Rogron, et nous pourrions alors organiser quelque chose ici...

— J'y pensais, mais ils font venir la fille du pauvre colonel Lorrain, leur héritière, dit le colonel.

— Vous vous ferez donner leur fortune par testament. Ah! vous auriez une maison bien montée.

— D'ailleurs, cette petite, hé! bien, nous la verrons, dit le colonel d'un air goguenard et profondément scélérat qui montrait à un homme de la trempe de Vinet combien une petite fille était peu de chose aux yeux de ce soudard.

Depuis l'entrée de ses parents dans l'espèce d'hospice où ils achevaient tristement leur vie, Pierrette, jeune et fière, souffrait si horriblement d'y vivre par charité, qu'elle fut heureuse de se savoir des parents riches. En apprenant son départ, Brigaut, le fils du major, son camarade d'enfance, devenu garçon menuisier à Nantes, vint lui offrir la somme nécessaire pour faire le voyage en voiture. soixante francs, tout le trésor de ses pourboires d'apprenti péniblement amassés, accepté par Pierrette avec la sublime indifférence des amitiés vraies, et qui révèle que, dans un cas semblable, elle se fût offensée d'un remerciement. Brigaut était accouru tous les dimanches à Saint-Jacques, y jouer avec Pierrette et la consoler. Le vigoureux ouvrier avait déjà fait le délicieux apprentissage de la protection entière et dévouée due à l'objet involontairement choisi de nos affections. Déjà plus d'une fois Pierrette et lui, le dimanche, assis dans un coin du jardin, avaient brodé sur le voile de l'avenir leurs projets enfantins : l'apprenti menuisier, à cheval sur son rabot, courait le monde, y faisait fortune pour Pierrette qui l'attendait. Vers le mois d'octobre de l'année 1824, époque à laquelle s'achevait sa onzième année, Pierrette fut donc confiée par les deux vieillards et par le jeune ouvrier, tous horriblement mélancoliques, au conducteur de la diligence de Nantes à Paris, avec prière de la mettre à Paris dans la diligence de Provins et de bien veiller sur elle. Pauvre Brigaut! il courut comme un chien en suivant la diligence et regardant sa chère Pierrette tant qu'il le put. Malgré les signes de la petite Bretonne, il courut pendant une lieue en dehors de la ville; et, quand il fut épuisé, ses yeux jetèrent un dernier regard mouillé de larmes à Pierrette, qui pleura quand elle ne le vit plus. Pierrette mit la tête à la portière et retrouva son ami planté sur ses deux jambes, regardant fuir la lourde voiture. Les Lorrain et Brigaut ignoraient si bien la vie, que la Bretonne n'avait plus un sou en arrivant à Paris. Le conducteur, à qui l'enfant parlait de ses parents riches, paya pour elle la dépense de l'hôtel, à Paris, se fit rembourser par le conducteur de la voiture de Troyes en le chargeant de remettre Pierrette dans sa famille et d'y suivre le remboursement, absolument comme pour une caisse de roulage. Quatre jours après son départ de Nantes, vers neuf heures, un lundi, un bon gros vieux conducteur des Messageries royales prit Pierrette par la main, et, pendant qu'on déchargeait, dans la Grand'rue, les articles et les voyageurs destinés au bureau de Provins, il la mena, sans autre bagage que deux robes, deux paires de bas et deux chemises, chez mademoiselle Rogron dont la maison lui fut indiquée par le directeur du bureau.

— Bonjour, mademoiselle et la compagnie, dit le conducteur, je vous amène une cousine à vous, que voici : elle est, ma foi, bien gentille. Vous avez quarante-sept francs à me donner. Quoique votre petite n'en ait pas lourd avec elle, signez ma feuille.

Mademoiselle Sylvie et son frère se livrèrent à leur joie et à leur étonnement.

— Pardon, dit le conducteur, ma voiture attend, signez ma feuille, donnez-moi quarante-sept francs soixante centimes... et ce que vous voudrez pour le conducteur de Nantes et pour moi, qui avons eu soin de la petite comme de notre propre enfant. Nous avons avancé son coucher, sa nourriture, sa place de Provins et quelques petites choses.

— Quarante-sept francs douze sous!... dit Sylvie.

— N'allez-vous pas marchander? s'écria le conducteur.

— Mais la facture? dit Rogron.

— La facture? voyez la feuille.

— Quand tu feras tes narrés, paye donc! dit Sylvie à son frère, tu vois bien qu'il n'y a qu'à payer.

Rogron alla chercher quarante-sept francs douze sous.

— Et nous n'avons rien pour nous, mon camarade et moi? dit le conducteur.

Sylvie tira quarante sous des profondeurs de son vieux sac en velours où foisonnaient ses clefs.

— Merci! gardez, dit le conducteur. Nous aimons mieux avoir eu soin de la petite pour elle-même. Il prit sa feuille et sortit en disant à la grosse servante : — En voilà une baraque! Il y a pourtant des crocodiles comme ça autre part qu'en Egypte!

— Ces gens-là sont bien grossiers, dit Sylvie, qui entendit le propos.

— Dame, ils ont eu soin de la petite! répondit Adèle en mettant ses poings sur ses hanches.

— Nous ne sommes pas destinés à vivre avec lui, dit Rogron.

— Où que vous la coucherez? dit la servante.

Telle fut l'arrivée et la réception de Pierrette Lorrain chez son cousin et sa cousine, qui la regardaient d'un air hébété, chez lesquels elle fut jetée comme un paquet, sans aucune transition entre la déplorable chambre où elle vivait à Saint-Jacques auprès de ses grands-parents et la salle à manger de ses cousins, qui lui parut être celle d'un palais. Elle y était interdite et honteuse. Pour tout autre que ces ex-merciers, la petite Bretonne eût été adorable dans sa jupe de bure bleue grossière, avec son tablier de percale rose, ses gros souliers, ses bas bleus, son fichu blanc, les mains rouges enveloppées de mitaines en tricot de laine rouge, bordées de blanc, que le conducteur lui avait achetées. Vraiment! son petit bonnet breton qu'on lui avait blanchi à Paris (il s'était fripé dans le trajet de Nantes) faisait comme une auréole à son gai visage. Ce bonnet national, en fine batiste, garni d'une dentelle raide et plissée par grands tuyaux aplatis, mériterait une description, tant il est coquet et simple. La lumière tamisée par la toile et la dentelle produit une pénombre, un demi-jour doux sur le teint; il lui donne cette grâce virginale que cherchent les peintres sur leurs palettes, et que Léopold Robert a su trouver pour la figure raphaélique de la femme qui tient un enfant dans le tableau des Moissonneurs [89]. Sous ce cadre festonné de lumière brillait une figure blanche et rose, naïve, animée par la santé la plus vigoureuse. La chaleur de la salle y amena le sang qui borda de feu les deux mignonnes oreilles, les lèvres, le bout du nez si fin, et qui, par opposition, fit paraître le teint vivace plus blanc encore.

— Eh! bien, tu ne nous dis rien? dit Sylvie. Je suis ta cousine Rogron, et voilà ton cousin.

— Veux-tu manger? lui demanda Rogron.

— Quand es-tu partie de Nantes? demanda Sylvie.

— Elle est muette, dit Rogron.

— Pauvre petite, elle n'est guère nippée, s'écria la grosse Adèle en ouvrant le paquet fait avec un mouchoir au vieux Lorrain.

— Embrasse donc ton cousin, dit Sylvie.

Pierrette embrassa Rogron.

— Embrasse donc ta cousine, dit Rogron.

Pierrette embrassa Sylvie.

— Elle est ahurie par le voyage, cette petite; elle a peut-être besoin de dormir, dit Adèle.

Pierrette éprouva soudain pour ses deux parents une invincible répulsion, sentiment que personne encore ne lui avait inspiré. Sylvie et sa servante allèrent coucher la petite Bretonne dans celle des chambres au second étage où Brigaut avait vu le rideau de calicot blanc. Il s'y trouvait un lit de pensionnaire à flèche peinte en bleu d'où pendait un rideau en calicot, une commode en noyer sans dessus de marbre, une petite table en noyer, un miroir, une vulgaire table de nuit sans porte et trois méchantes chaises. Les murs, mansardés sur le devant, étaient tendus d'un mauvais papier bleu semé de fleurs noires. Le carreau, mis en couleur et frotté, glaçait les pieds. Il n'y avait pas d'autre tapis qu'une maigre descente de lit en lisières. La cheminée, en marbre commun, était ornée d'une glace, de deux chandeliers en cuivre doré, d'une vulgaire coupe d'albâtre où buvaient deux pigeons pour figurer les anses et que Sylvie avait à Paris dans sa chambre.

— Seras-tu bien là, ma petite? lui dit sa cousine.

— Oh! c'est bien beau, répondit l'enfant de sa voix argentine.

— Elle n'est pas difficile, dit la grosse Briarde en murmurant. Ne faut-il pas lui bassiner son lit? demanda-t-elle.

— Oui, dit Sylvie, les draps peuvent être humides.

Adèle apporta l'un de ses serre-tête en apportant la bassinoire, et Pierrette, qui jusqu'alors avait couché dans des draps de grosse toile bretonne, fut surprise de la finesse et de la douceur des draps de coton. Quand la petite fut installée et couchée, Adèle, en descendant, ne put s'empêcher de s'écrier : — Son butin ne vaut pas trois francs, mademoiselle.

Depuis l'adoption de son système économique, Sylvie faisait rester dans la salle à manger sa servante, afin qu'il n'y eût qu'une lumière et qu'un seul feu. Mais quand le colonel Gouraud et Vinet venaient, Adèle se retirait dans sa cuisine. L'arrivée de Pierrette anima le reste de la soirée.

— Il faudra dès demain lui faire un trousseau, dit Sylvie, elle n'a rien de rien.

— Elle n'a que les gros souliers qu'elle a aux pieds et qui pèsent une livre, dit Adèle.

— Dans ce pays-là, c'est comme ça, dit Rogron.

— Comme elle regardait sa chambre, qui n'est déjà pas si belle pour être celle d'une cousine à vous, mademoiselle!

— C'est bon, taisez-vous, dit Sylvie, vous voyez bien qu'elle en est enchantée.

— Mon Dieu, quelles chemises! ça doit lui gratter la peau; mais rien de ça ne peut servir, dit Adèle en vidant le paquet de Pierrette.

Maître, maîtresse et servante furent occupés jusqu'à dix heures à décider en quelle percale et de quel prix les chemises, combien de paires de bas, en quelle étoffe, en quel nombre les jupons de dessous, et à supputer le prix de la garde-robe de Pierrette.

— Tu n'en seras pas quitte à moins de trois cents francs, dit à sa sœur Rogron, qui retenait le prix de chaque chose et les additionnait de mémoire par suite de sa vieille habitude.

— Trois cents francs? s'écria Sylvie.

— Oui, trois cents francs! calcule.

Le frère et la sœur recommencèrent et trouvèrent trois cents francs sans les façons.

— Trois cents francs d'un seul coup de filet! dit Sylvie en se couchant sur l'idée assez ingénieusement exprimée par cette expression proverbiale.

Pierrette était un de ces enfants de l'amour que l'amour a doués de sa tendresse, de sa vivacité, de sa gaieté, de sa noblesse, de son dévouement; rien n'avait encore altéré ni froissé son cœur, d'une délicatesse presque sauvage, et l'accueil de ses deux parents le comprima douloureusement. Si, pour elle, la Bretagne avait été pleine de misère, elle avait été pleine d'affection. Si les vieux Lorrain furent les commerçants les plus inhabiles, ils étaient les gens les plus aimants, les plus francs, les plus caressants du monde, comme tous les gens sans calcul. A Pen-Hoël, leur petite-fille n'avait pas eu d'autre éducation que celle de la nature. Pierrette allait à sa guise en bateau sur les étangs, elle courait par le bourg et par les champs en compagnie de Jacques Brigaut, son camarade, absolument comme Paul et Virginie. Fêtés, caressés tous deux par tout le monde, libres comme l'air, ils couraient après les mille joies de l'enfance : en été, ils allaient voir pêcher, ils prenaient des insectes, cueillaient des bouquets et jardinaient; en hiver, ils faisaient des glissoires, ils fabriquaient de joyeux palais, des bonshommes ou des boules de neige avec lesquelles ils se battaient. Toujours les bienvenus, ils recueillaient partout des sourires. Quand vint le temps d'apprendre, les désastres arrivèrent. Sans ressources après la mort de son père, Jacques fut mis par ses parents en apprentissage chez un menuisier, nourri par charité, comme plus tard Pierrette le fut à Saint-Jacques. Mais, jusque dans cet hospice particulier, la gentille Pierrette avait encore été choyée, caressée et protégée par tout le monde. Cette petite, accoutumée à tant d'affection, ne retrouvait pas chez ces parents tant désirés, chez ces parents si riches, cet air, cette parole, ces regards, ces façons que tout le monde, même les étrangers et les conducteurs de diligence, avait eus pour elle. Aussi son étonnement, déjà grand, fut-il compliqué par le changement de l'atmosphère morale où elle entrait. Le cœur a subitement froid ou chaud, comme le corps. Sans savoir pourquoi, la pauvre enfant eut envie de pleurer : elle était fatiguée, elle dormit. Habituée à se lever de bonne heure, comme tous les enfants élevés à la campagne, Pierrette s'éveilla le lendemain deux heures avant la cuisinière. Elle s'habilla, piétina dans sa chambre au-dessus de sa cousine, regarda la petite place, essaya de descendre, fut stupéfaite de la beauté de l'escalier; elle l'examina dans ses détails, les patères, les cuivres, les ornements, les peintures, etc. Puis elle descendit, elle ne put ouvrir la porte du jardin, remonta, redescendit quand Adèle fut éveillée, et sauta dans le jardin; elle en prit possession, elle courut jusqu'à la rivière, s'ébahit du kiosque, entra dans le kiosque; elle eut à voir et à s'étonner de ce qu'elle voyait jusqu'au lever de sa cousine Sylvie. Pendant le déjeuner, sa cousine lui dit :

– C'est donc toi, mon petit chou, qui trottais dès le jour dans l'escalier, et qui faisais ce tapage? Tu m'as si bien réveillée, que je n'ai pas pu me rendormir. Il faudra être bien sage, bien gentille, et t'amuser sans bruit. Ton cousin n'aime pas le bruit.

— Tu prendras garde aussi à tes pieds, dit Rogron. Tu es entrée avec tes souliers crottés dans le kiosque, et tu y as laissé tes pas écrits sur le parquet. Ta cousine aime bien la propreté. Une grande fille comme toi doit être propre. Tu n'étais donc pas propre en Bretagne? Mais c'est vrai, quand j'y allais acheter du fil, ça faisait pitié de les voir, ces sauvages-là! En tout cas, elle a bon appétit, dit Rogron en regardant sa sœur, on dirait qu'elle n'a pas mangé depuis trois jours.

Ainsi, dès le premier moment, Pierrette fut blessée par les observations de sa cousine et de son cousin, blessée sans savoir pourquoi. Sa droite et franche nature, jusqu'alors abandonnée à elle-même, ignorait la réflexion. Incapable de trouver en quoi péchaient son cousin et sa cousine, elle devait être lentement éclairée par ses souffrances. Après le déjeuner, sa cousine et son cousin, heureux de l'étonnement de Pierrette et pressés d'en jouir, lui montrèrent leur beau salon pour lui apprendre à en respecter les somptuosités. Par suite de leur isolement, et poussés par cette nécessité morale de s'intéresser à quelque chose, les célibataires sont conduits à remplacer les affections naturelles par des affections factices, à aimer des chiens, des chats, des serins, leur servante ou leur directeur. Ainsi Rogron et Sylvie étaient arrivés à un amour immodéré pour leur mobilier et pour leur maison, qui leur avaient coûté si cher. Sylvie avait fini, le matin, par aider Adèle en trouvant qu'elle ne savait pas nettoyer les meubles, les brosser et les maintenir dans leur neuf. Ce nettoyage fut bientôt une occupation pour elle. Aussi, loin de perdre de leur valeur, les meubles gagnaient-ils! S'en servir sans les user, sans les tacher, sans égratigner les bois, sans effacer le vernis, tel était le problème. Cette occupation devint bientôt une manie de vieille fille. Sylvie eut dans une armoire des chiffons de laine, de la cire, du vernis, des brosses, elle apprit à les manier aussi bien qu'un ébéniste; elle avait ses plumeaux, ses serviettes à essuyer; enfin elle frottait sans courir aucune chance de se blesser, elle était si forte! Le regard de son œil bleu, froid et rigide comme de l'acier, se glissait jusque sous les meubles à tout moment; aussi eussiez-vous plus facilement trouvé dans son cœur une corde sensible qu'un *mouton* sous une bergère.

Après ce qui s'était dit chez madame Tiphaine, il fut impossible à Sylvie de reculer devant les trois cents francs. Pendant la première semaine, Sylvie fut donc entièrement occupée, et Pierrette incessamment distraite, par les robes à commander, à essayer, par les chemises, les jupons de dessous à tailler, à faire coudre par des ouvrières à la journée. Pierrette ne savait pas coudre.

— Elle a été joliment élevée! dit Rogron. Tu ne sais donc rien faire, ma petite biche?

Pierrette, qui ne savait qu'aimer, fit pour toute réponse un joli geste de petite fille.

— A quoi passais-tu donc le temps en Bretagne? lui demanda Rogron.

— Je jouais, répondit-elle naïvement. Tout le monde jouait avec moi. Ma grand'mère et grand-papa, chacun me racontait des histoires. Ah! l'on m'aimait bien.

— Ah! répondait Rogron. Ainsi *tu faisais du plus aisé.*

Pierrette ne comprit pas cette plaisanterie de la rue Saint-Denis, elle ouvrit de grands yeux.

— Elle est sotte comme un panier, dit Sylvie à mademoiselle Borain, la plus habile ouvrière de Provins.

— C'est si jeune! dit l'ouvrière en regardant Pierrette, dont le petit museau fin était tendu vers elle d'un air rusé.

Pierrette préférait les ouvrières à ses deux parents; elle était coquette pour elles, elle les regardait travaillant, elle leur disait ces jolis mots, les fleurs de l'enfance que comprimaient déjà Rogron et Sylvie par la peur, car ils aimaient à imprimer aux subordonnés une terreur salutaire. Les ouvrières étaient enchantées de Pierrette. Cependant, le trousseau ne se complétait pas sans de terribles interjections.

— Cette petite fille va nous coûter les yeux de la tête! disait Sylvie à son frère.

— Tiens-toi donc, ma petite! Que diable, c'est pour toi, ce n'est pas pour moi, disait-elle à Pierrette quand on lui prenait mesure de quelque ajustement.

— Laisse donc travailler mademoiselle Borain, ce n'est pas toi qui payeras sa journée! disait-elle en lui voyant demander quelque chose à la première ouvrière.

— Mademoiselle, disait mademoiselle Borain, faut-il coudre ceci en points arrière?

— Oui, faites solidement, je n'ai pas envie de recommencer un pareil trousseau tous les jours.

Il en fut de la cousine comme de la maison.

Pierrette dut être mise aussi bien que la petite de madame Garceland. Elle eut des brodequins à la mode, en peau bronzée, comme en avait la petite Tiphaine. Elle eut des bas de coton très fins, un corset de la meilleure faiseuse, une robe de reps bleu, une jolie pèlerine doublée de taffetas blanc, toujours pour lutter avec la petite de madame Julliard la jeune. Aussi le dessous fut-il en harmonie avec le dessus, tant Sylvie avait peur de l'examen et du coup d'œil des mères de famille. Pierrette eut de jolies chemises en madapolam. Mademoiselle Borain dit que les petites de madame la sous-préfète portaient des pantalons en percale, brodés et garnis, le dernier genre enfin. Pierrette eut des pantalons à manchettes. On lui commanda une charmante capote de velours bleu doublée de satin blanc, semblable à celle de la petite Martener. Pierrette fut ainsi la plus délicieuse petite fille de tout Provins. Le dimanche, à l'église, au sortir de la messe, toutes les dames l'embrassèrent. Mesdames Tiphaine, Garceland, Galardon, Auffray, Lesourd, Martener, Guépin, Julliard, raffolèrent de la charmante Bretonne. Cette émeute flatta l'amour-propre de la vieille Sylvie, qui dans sa bienfaisance voyait moins Pierrette qu'un triomphe de vanité. Cependant Sylvie devait finir par s'offenser des succès de sa cousine, et voici comment : on lui demanda Pierrette; et, toujours pour triompher de ces dames, elle accorda Pierrette. On venait chercher Pierrette, qui fit des parties de jeu, des dînettes avec les petites filles de ces dames. Pierrette réussit infiniment mieux que les Rogron. Mademoiselle Sylvie se choqua de voir Pierrette demandée chez les autres sans que les autres vinssent trouver Pierrette. La naïve enfant ne dissimula point les plaisirs qu'elle goûtait chez mesdames Tiphaine, Martener, Galardon, Julliard, Lesourd, Auffray, Garceland, dont les amitiés contrastaient étrangement avec les tracasseries de sa cousine et de son cousin. Une mère eût été très heureuse du bonheur de son enfant, mais les Rogron avaient pris Pierrette pour eux et non pour elle : leurs sentiments, loin d'être paternels, étaient entachés d'égoïsme et d'une sorte d'exploitation commerciale.

Le beau trousseau, les belles robes des dimanches et les robes de tous les jours commencèrent le malheur de Pierrette. Comme tous les enfants libres de leurs amusements et habitués à suivre les inspirations de leur fantaisie, elle usait effroyablement vite ses souliers, ses brodequins, ses robes, et surtout ses pantalons à manchettes. Une mère, en réprimandant son enfant, ne pense qu'à lui; sa parole est douce, elle ne la grossit que poussée à bout et quand l'enfant a des torts; mais, dans la grande question des habillements, les écus des deux cousins étaient la première raison : il s'agissait d'eux et non de Pierrette. Les enfants ont le flairer [90] de la race canine pour les torts de ceux qui les gouvernent : ils sentent admirablement s'ils sont aimés ou tolérés. Les cœurs purs sont plus choqués par les nuances que par les contrastes : un enfant ne comprend pas encore le mal, mais il sait quand on froisse le sentiment du beau que la nature a mis en lui. Les conseils que s'attirait Pierrette sur la tenue que doivent avoir les jeunes filles bien élevées, sur la modestie et sur l'économie, étaient le corollaire de ce thème principal : *Pierrette nous ruine.* Ces gronderies, qui eurent un funeste résultat pour Pierrette, ramenèrent les deux célibataires vers l'ancienne ornière commerciale d'où leur établissement à Provins les avait divertis, et où leur nature allait s'épanouir et fleurir. Habitués à régenter, à faire des observations, à commander, à reprendre vertement leurs commis, Rogron et sa sœur périssaient faute de victimes. Les petits esprits ont besoin de despotisme pour le jeu de leurs nerfs, comme les grandes âmes ont soif d'égalité pour l'action du cœur. Or les êtres étroits s'étendent aussi bien par la persécution que par la bienfaisance; ils peuvent s'attester leur puissance par un empire ou cruel ou charitable sur autrui, mais ils vont du côté où les pousse leur tempérament. Ajoutez le véhicule de l'intérêt, et vous aurez l'énigme de la plupart des choses sociales. Dès lors, Pierrette devint extrêmement nécessaire à l'existence de ses cousins. Depuis son arrivée, les Rogron avaient été très occupés par le trousseau, puis retenus par le neuf de la commensalité. Toute chose nouvelle, un sentiment et même une domination, a ses plis à prendre. Sylvie commença par dire à Pierrette *ma petite,* elle quitta *ma petite* pour *Pierrette* tout court. Les réprimandes, d'abord aigres-douces, devinrent vives et dures. Dès qu'ils entrèrent dans cette voie, le frère et la sœur y firent de rapides progrès : ils ne s'ennuyaient plus! Ce ne fut pas le complot d'êtres méchants et cruels, ce fut l'instinct d'une tyrannie imbécile. Le frère et la sœur se crurent utiles à Pierrette, comme jadis ils se croyaient utiles à leurs apprentis. Pierrette, dont la sensibilité vraie, noble, excessive, était l'antipode de la sécheresse des Rogron, avait les reproches en horreur; elle était atteinte si vivement que deux larmes mouillaient aussitôt ses beaux yeux purs. Elle eut beaucoup à combattre avant de réprimer son adorable vivacité qui plaisait tant au dehors, elle la déployait chez les mères de ses petites amies; mais au logis, vers la fin du premier mois, elle commençait à demeurer passive, et Rogron lui demanda si elle était malade. A cette étrange interrogation, elle bondit au bout du jardin pour y pleurer au bord de la rivière, où ses larmes tombèrent comme un jour elle devait tomber elle-même dans le torrent social. Un jour, malgré ses soins, l'enfant fit un accroc à sa belle robe de reps chez madame Tiphaine, où elle était allée jouer par une belle journée. Elle fondit en pleurs aussitôt, en prévoyant la cruelle réprimande qui l'attendait au logis. Questionnée, il lui échappa quelques paroles sur sa terrible cousine, au milieu de ses larmes. La belle madame Tiphaine avait du reps pareil, elle remplaça le lez [91] elle-même. Mademoiselle Rogron apprit le tour que, suivant son expression, lui avait joué cette satanée petite fille. Dès ce moment, elle ne voulut plus donner Pierrette à *ces dames*.

La nouvelle vie qu'allait mener Pierrette à Provins devait se scinder en trois phases bien distinctes. La première, celle où elle eut une espèce de bonheur mélangé par les caresses froides des deux célibataires et par des gronderies, ardentes pour elle, dura trois mois. La défense d'aller voir ses petites amies, appuyée sur la nécessité de commencer à apprendre tout ce que devait savoir une jeune fille bien élevée, termina la première phase de la vie de Pierrette à Provins, le seul temps où l'existence lui parut supportable.

Ces mouvements intérieurs produits chez les Rogron par le séjour de Pierrette furent étudiés par Vinet et par le colonel avec la précaution de renards se proposant d'entrer dans un poulailler, et inquiets d'y voir un être nouveau. Tous deux venaient de loin en loin pour ne pas effaroucher mademoiselle Sylvie, ils causaient avec Rogron sous divers prétextes, et s'impatronisaient avec une réserve et des façons que le grand Tartufe eût admirées [92]. Le colonel et l'avocat passèrent la soirée chez les Rogron, le jour même où Sylvie avait refusé de donner Pierrette à la belle madame Tiphaine en termes très amers. En apprenant ce refus, le colonel et l'avocat se regardèrent en gens à qui Provins était connu.

— Elle a positivement voulu vous faire une sottise, dit l'avocat. Il y a longtemps que nous avons prévenu Rogron de ce qui vous est arrivé. Il n'y a rien de bon à gagner avec ces gens-là.

— Qu'attendre du parti antinational [93]? s'écria le colonel en refrisant ses moustaches et interrompant l'avocat. Si nous avions cherché à vous détourner d'eux, vous auriez pensé que nous avions des motifs de haine pour vous parler ainsi. Mais pourquoi, mademoiselle, si vous aimez à faire votre petite partie, ne joueriez-vous pas le boston, le soir, chez vous? Est-il donc impossible de remplacer des crétins comme ces Julliard? Vinet et moi nous savons le boston, nous finirons par trouver un quatrième. Vinet peut vous présenter sa femme, elle est gentille, et, de plus, c'est une Chargebœuf. Vous ne ferez pas comme ces guenons de la haute ville, vous ne demanderez pas des toilettes de duchesse à une bonne petite femme de ménage que l'infamie de sa famille oblige à tout faire chez elle, et qui unit le courage d'un lion à la douceur d'un agneau.

Sylvie Rogron montra ses longues dents jaunes en souriant au colonel, qui soutint très bien ce phénomène horrible et prit même un air flatteur.

— Si nous ne sommes que quatre, le boston n'aura pas lieu tous les soirs, répondit-elle.

— Que voulez-vous que fasse un vieux grognard comme moi, qui n'ai plus qu'à manger mes pensions? L'avocat est toujours libre le soir. D'ailleurs vous aurez du monde, je vous en promets, ajouta-t-il d'un air mystérieux.

— Il suffirait, dit Vinet, de se poser franchement contre les ministériels de Provins et de leur tenir tête; vous verriez combien l'on vous aimerait dans Provins, vous auriez bien du monde pour vous. Vous feriez enrager les Tiphaine en leur opposant votre salon. Eh! bien, nous rirons des autres, si les autres rient de nous. La Clique ne se gêne d'ailleurs guère à votre égard!

— Comment? dit Sylvie.

En province, il existe plus d'une soupape par laquelle les commérages s'échappent d'une société dans l'autre. Vinet avait su tous les propos tenus sur les Rogron dans les salons d'où les deux merciers étaient définitivement bannis. Le juge-suppléant, l'archéologue Desfondrilles, n'était d'aucun parti. Ce juge, comme quelques autres personnes indépendantes, racontait tout ce qu'il entendait dire par suite des habitudes de la province, et Vinet avait fait son profit dc ces bavardages. Ce malicieux avocat envenima les plaisanteries de madame Tiphaine en les répétant. En révélant les mystifications auxquelles Rogron et Sylvie s'étaient prêtés, il alluma la colère et réveilla l'esprit de vengeance chez ces deux natures sèches qui voulaient un aliment pour leurs petites passions.

Quelques jours après, Vinet amena sa femme, personne bien élevée, timide, ni laide ni jolie, très douce et sentant vivement son malheur. Madame Vinet était blonde, un peu fatiguée par les soins de son pauvre ménage, et très simplement mise. Aucune femme ne pouvait plaire davantage à Sylvie. Madame Vinet supporta les airs de Sylvie et plia sous elle en femme accoutumée à plier. Il y avait sur son front bombé, sur ses joues de rose du Bengale, dans son regard lent et tendre, les traces de ces méditations profondes, de cette pensée perspicace que les femmes habituées à souffrir ensevelissent dans un silence absolu. L'influence du colonel, qui déployait pour Sylvie des grâces courtisanesques arrachées en apparence à sa brusquerie militaire, et celle de l'adroit Vinet atteignirent bientôt Pierrette. Renfermée au logis ou ne sortant plus qu'en compagnie de sa vieille cousine, Pierrette, ce joli écureuil, fut à tout moment atteinte par : — Ne touche pas à cela, Pierrette! et par ces sermons continuels sur la manière de se tenir. Pierrette se courbait la poitrine et tendait le dos, sa cousine la voulait droite comme elle qui ressemblait à un soldat présentant les armes à son colonel; elle lui appliquait parfois de petites tapes dans le dos pour la redresser. La libre et joyeuse fille du Marais apprit à réprimer ses mouvements, à imiter un automate.

Un soir, qui marqua le commencement de la seconde période, Pierrette, que les trois habitués n'avaient pas vue au salon pendant la soirée, vint embrasser ses parents et saluer la compagnie avant de s'aller coucher. Sylvie avança froidement sa joue à cette charmante enfant, comme pour se débarrasser de son baiser. Le geste fut si cruellement significatif, que les larmes de Pierrette jaillirent.

— T'es-tu piquée, ma petite Pierrette? lui dit l'atroce Vinet.

— Qu'avez-vous donc? lui demanda sévèrement Sylvie.

— Rien, dit la pauvre enfant en allant embrasser son cousin.

— Rien? reprit Sylvie. On ne pleure pas sans raison.

— Qu'avez-vous, ma petite belle? lui dit madame Vinet.

— Ma cousine riche ne me traite pas si bien que ma pauvre grand'mère!

— Votre grand'mère vous a pris votre fortune, dit Sylvie, et votre cousine vous laissera la sienne.

Le colonel et l'avocat se regardèrent à la dérobée.

— J'aime mieux être volée et aimée, dit Pierrette.

— Eh! bien, l'on vous renverra d'où vous venez.

— Mais qu'a-t-elle donc fait, cette chère petite? dit madame Vinet.

Vinet jeta sur sa femme ce terrible regard, fixe et froid, des gens qui exercent une domination absolue. La pauvre ilote, incessamment punie de n'avoir pas eu la seule chose qu'on voulût d'elle, une fortune, reprit ses cartes.

— Ce qu'elle a fait? s'écria Sylvie en relevant la tête par un mouvement si brusque que les giroflées jaunes de son bonnet s'agitèrent. Elle ne sait quoi s'inventer pour nous contrarier : elle a ouvert ma montre pour en connaître le mécanisme, elle a touché la roue et a cassé le grand ressort. Mademoiselle n'écoute rien. Je suis toute la journée à lui recommander de prendre garde à tout, et c'est comme si je parlais à cette lampe.

Pierrette, honteuse d'être réprimandée en présence des étrangers, sortit tout doucement.

— Je me demande comment dompter la turbulence de cette enfant, dit Rogron.

— Mais elle est assez âgée pour aller en pension, dit madame Vinet.

Un nouveau regard de Vinet imposa silence à sa femme, à laquelle il s'était bien gardé de confier ses plans et ceux du colonel sur les deux célibataires.

— Voilà ce que c'est que de se charger des enfants d'autrui! s'écria le colonel. Vous pouviez encore en avoir à vous, vous ou votre frère; pourquoi ne vous mariez-vous pas l'un ou l'autre?

Sylvie regarda très agréablement le colonel : elle rencontrait pour la première fois de sa vie un homme à qui l'idée qu'elle aurait pu se marier ne paraissait pas absurde.

— Mais madame Vinet a raison, s'écria Rogron, ça ferait tenir Pierrette tranquille. Un maître ne coûtera pas grand'chose!

Le mot du colonel préoccupait tellement Sylvie qu'elle ne répondit pas à Rogron.

— Si vous vouliez faire seulement le cautionnement du journal d'opposition dont nous parlions, vous trouveriez un maître pour votre petite cousine dans l'éditeur responsable; nous prendrions ce pauvre maître d'école, victime des envahissements du clergé. Ma femme a raison : Pierrette est un diamant brut qu'il faut polir, dit Vinet à Rogron.

— Je croyais que vous étiez baron, dit Sylvie au colonel durant une donne et après une longue pause pendant laquelle chaque joueur resta pensif.

— Oui; mais, nommé en 1814 après la bataille de Nangis [94], où mon régiment a fait des miracles, ai-je eu l'argent et les protections nécessaires pour me mettre en règle à la chancellerie? Il en sera de la baronnie comme du grade de général que j'ai eu en 1815, il faut une révolution pour me les rendre [95].

— Si vous pouviez garantir le cautionnement par une hypothèque, répondit enfin Rogron, je pourrais le faire.

— Mais cela peut s'arranger avec Cournant, répliqua Vinet. Le journal amènera le triomphe du colonel et rendrait votre salon plus puissant que celui des Tiphaine et consorts.

— Comment cela? dit Sylvie.

Au moment où, pendant que sa femme donnait les cartes, l'avocat expliquait l'importance que Rogron, le colonel et lui, Vinet, acquerraient par la publication d'une feuille indépendante pour l'arrondissement de Provins, Pierrette fondait en larmes; son cœur et son intelligence étaient d'accord : elle trouvait sa cousine beaucoup plus en faute qu'elle. L'enfant du Marais comprenait instinctivement combien la Charité, la Bienfaisance doivent être absolues. Elle haïssait ses belles robes et tout ce qui se faisait pour elle. On lui vendait les bienfaits trop cher. Elle pleurait de dépit d'avoir donné prise sur elle, et prenait la résolution de se conduire de façon à réduire ses parents au silence, pauvre enfant! Elle pensait alors combien Brigaut avait été grand en lui donnant ses économies. Elle croyait son malheur au comble et ne savait pas qu'en ce moment il se décidait au salon une nouvelle infortune pour elle. En effet quelques jours après Pierrette eut un maître d'écriture. Elle dut apprendre à lire, à écrire et à compter. L'éducation de Pierrette produisit d'énormes dégâts dans la maison des Rogron. Ce fut l'encre sur les tables, sur les meubles, sur les vêtements; puis les cahiers d'écriture, les plumes égarées partout, la poudre sur les étoffes, les livres déchirés, écornés, pendant qu'elle apprenait ses leçons. On lui parlait déjà, et dans quels termes! de la nécessité de gagner son pain, de n'être à charge à personne. En écoutant ces horribles avis, Pierrette sentait une douleur dans sa gorge : il s'y faisait une contraction violente, son cœur battait à coups précipités. Elle était obligée de retenir ses pleurs, car on lui demandait compte de ses larmes comme d'une offense envers la bonté de ses magnanimes parents. Rogron avait trouvé la vie qui lui était propre : il grondait Pierrette comme autrefois ses commis; il allait la chercher au milieu de ses jeux pour la contraindre à étudier, il lui faisait répéter ses leçons, il était le féroce maître d'étude de cette pauvre enfant. Sylvie de son côté regardait comme un devoir d'apprendre à Pierrette le peu qu'elle savait des ouvrages de femme. Ni Rogron ni sa sœur n'avaient de douceur dans le caractère. Ces esprits étroits, qui d'ailleurs éprouvaient un plaisir réel à taquiner cette pauvre petite, passèrent insensiblement de la douceur à la plus excessive sévérité. Leur sévérité fut amenée par la prétendue mauvaise volonté de cette enfant, qui, commencée trop tard, avait l'entendement dur. Ses maîtres ignoraient l'art de donner aux leçons une forme appropriée à l'intelligence de l'élève, ce qui marque la différence de l'éducation particulière à l'éducation publique. Aussi la faute était-elle bien moins celle de Pierrette que celle de ses parents. Elle mit donc un temps infini pour apprendre les éléments. Pour un rien, elle était appelée bête et stupide, sotte et maladroite. Pierrette, incessamment maltraitée en paroles, ne rencontra chez ses deux parents que des regards froids. Elle prit l'attitude hébétée des brebis : elle n'osa plus rien faire en voyant ses actions mal jugées, mal accueillies, mal interprétées. En toute chose elle attendit le bon plaisir, les ordres de sa cousine, garda ses pensées pour elle, et se renferma dans une obéissance passive. Ses brillantes couleurs commencèrent à s'éteindre [96]. Elle se plaignit parfois de souffrir. Quand sa cousine lui demanda : — Où? la pauvre petite, qui ressentait des douleurs générales, répondit : — Partout.

— A-t-on jamais vu souffrir partout? Si vous souffriez partout, vous seriez déjà morte! répondit Sylvie.

— On souffre à la poitrine, disait Rogron l'épilogueur, on a mal aux dents, à la tête, aux pieds, au ventre; mais on n'a jamais vu avoir mal partout! Qu'est-ce que c'est que cela, partout? Avoir mal partout, c'est n'avoir mal *nune* part. Sais-tu ce que tu fais? tu parles pour ne rien dire.

Pierrette finit par se taire, en voyant ses naïves observations de jeune fille, les fleurs de son esprit naissant, accueillies par des lieux communs que son bon sens lui signalait comme ridicules.

— Tu te plains, et tu as un appétit de moine! lui disait Rogron.

La seule personne qui ne blessât point cette chère fleur si délicate était la grosse servante Adèle. Adèle allait bassiner le lit de cette petite fille, mais en cachette depuis le soir où, surprise à donner cette douceur à la jeune héritière de ses maîtres, elle fut grondée par Sylvie.

— Il faut élever les enfants à la dure, on leur fait ainsi des tempéraments forts. Est-ce que nous nous en sommes plus mal portés, mon frère et moi? dit Sylvie. Vous feriez de Pierrette une *picheline*, mot du vocabulaire Rogron [97] pour peindre les gens souffreteux et pleurards.

Les expressions caressantes de cette ange [98] étaient reçues comme des grimaces. Les roses d'affection qui s'élevaient si fraîches, si gracieuses dans cette jeune âme, et qui voulaient s'épanouir au dehors, étaient impitoyablement écrasées. Pierrette recevait les coups les plus durs aux endroits tendres de son cœur. Si elle essayait d'adoucir ces deux féroces natures par des chatteries, elle était accusée de se livrer à sa tendresse par intérêt.

— Dis-moi tout de suite ce que tu veux?

s'écriait brutalement Rogron, tu ne me câlines certes pas pour rien.

Ni la sœur ni le frère n'admettaient l'affection, et Pierrette était tout affection. Le colonel Gouraud, jaloux de plaire à mademoiselle Rogron, lui donnait raison en tout ce qui concernait Pierrette. Vinet appuyait également les deux parents en tout ce qu'ils disaient contre Pierrette; il attribuait tous les prétendus méfaits de cette ange à l'entêtement du caractère breton, et prétendait qu'aucune puissance, aucune volonté n'en venait à bout. Rogron et sa sœur étaient adulés avec une finesse excessive par ces deux courtisans, qui avaient fini par obtenir de Rogron le cautionnement du journal *le Courrier de Provins* [99], et de Sylvie cinq mille francs d'actions. Le colonel et l'avocat se mirent en campagne. Ils placèrent cent actions de cinq cents francs parmi les électeurs propriétaires de biens nationaux, à qui les journaux libéraux faisaient concevoir des craintes; parmi les fermiers et parmi les gens dits indépendants. Ils finirent même par étendre leurs ramifications dans le Département, et au delà dans quelques Communes limitrophes. Chaque actionnaire fut naturellement abonné. Puis les annonces judiciaires et autres se divisèrent entre *la Ruche* et *le Courrier*. Le premier numéro du journal fit un pompeux éloge de Rogron. Rogron était présenté comme le Laffitte de Provins. Quand l'esprit public eut une direction, il fut facile de voir que les prochaines élections seraient vivement disputées. La belle madame Tiphaine fut au désespoir.

— J'ai, disait-elle en lisant un article dirigé contre elle et contre Julliard, j'ai malheureusement oublié qu'il y a toujours un fripon non loin d'une dupe, et que la sottise attire toujours un homme d'esprit de l'espèce des Renards.

Dès que le journal flamba dans un rayon de vingt lieues, Vinet eut un habit neuf, des bottes, un gilet et un pantalon décents. Il arbora le fameux chapeau gris des Libéraux et laissa voir son linge. Sa femme prit une servante et parut mise comme devait l'être la femme d'un homme influent; elle eut de jolis bonnets. Par calcul, Vinet fut reconnaissant. L'avocat et son ami Cournant, le notaire des Libéraux et l'antagoniste d'Auffray, devinrent les conseils des Rogron, auxquels ils rendirent deux grands services. Les baux faits par Rogron père en 1815, dans des circonstances malheureuses allaient expirer. L'horticulture et les cultures maraîchères avaient pris d'énormes développements autour de Provins. L'avocat et le notaire se mirent en mesure de procurer aux Rogron une augmentation de quatorze cents francs dans leurs revenus par les nouvelles locations. Vinet gagna deux procès relatifs à des plantations d'arbres contre deux Communes, et dans lesquels il s'agissait de cinq cents peupliers. L'argent des peupliers, celui des économies des Rogron, qui depuis trois ans plaçaient annuellement six mille francs à gros intérêts, fut employé très habilement à l'achat de plusieurs enclaves. Enfin Vinet entreprit et mit à fin l'expropriation de quelques-uns des paysans à qui Rogron père avait prêté son argent, et qui s'étaient tués à cultiver et amender leurs terres pour pouvoir payer, mais vainement. L'échec porté par la construction de la maison au capital des Rogron fut donc largement réparé. Leurs biens, situés autour de Provins[100], choisis par leur père comme savent choisir les aubergistes, divisés par petites cultures dont la plus considérable n'était pas de cinq arpents, loués à des gens extrêmement solvables, presque tous possesseurs de quelques morceaux de terre, et avec hypothèque pour sûreté des fermages, rapportèrent à la Saint-Martin de novembre 1826 cinq mille francs. Les impôts étaient à la charge des fermiers, et il n'y avait aucun bâtiment à réparer ou à assurer contre l'incendie. Le frère et la sœur possédaient chacun quatre mille six cents francs en cinq pour cent, et, comme cette valeur dépassait le pair, l'avocat les prêcha pour en opérer le remplacement en terres, leur promettant, à l'aide du notaire, de ne pas leur faire perdre un liard d'intérêt au change.

A la fin de cette seconde période, la vie fut si dure pour Pierrette, l'indifférence des habitués de la maison et la sottise grondeuse, le défaut d'affection de ses parents devinrent si corrosifs, elle sentit si bien souffler sur elle le froid humide de la tombe, qu'elle médita le projet hardi de s'en aller à pied, sans argent, en Bretagne, y retrouver sa grand'mère et son grand-père Lorrain. Deux événements l'en empêchèrent. Le bonhomme Lorrain mourut, Rogron fut nommé tuteur de sa cousine par un Conseil de Famille tenu à Provins. Si la grand'mère eût succombé la première, il est à croire que Rogron, conseillé par Vinet, eût redemandé les huit mille francs de Pierrette, et réduit le grand-père à l'indigence.

— Mais vous pouvez hériter de Pierrette, lui dit Vinet avec un affreux sourire. On ne sait ni qui vit ni qui meurt!

Eclairé par ce mot, Rogron ne laissa en repos la veuve Lorrain, débitrice de sa petite-fille, qu'après lui avoir fait assurer à Pierrette la nue propriété des huit mille francs par une donation entre vifs dont les frais furent payés par lui.

Pierrette fut étrangement saisie par ce deuil. Au moment où elle recevait ce coup horrible, il fut question de lui faire faire sa première communion : autre événement dont les obligations retinrent Pierrette à Provins. Cette cérémonie nécessaire et si simple allait amener de grands changements chez les Rogron. Sylvie apprit que monsieur le curé Péroux instruisait les petites Julliard, Lesourd, Garceland et autres. Elle se piqua d'honneur, et voulut avoir pour Pierrette le propre vicaire de l'abbé Péroux, monsieur Habert, un homme qui passait pour appartenir à la Congrégation [101], très zélé pour les intérêts de l'Eglise, très redouté dans Provins, et qui cachait une grande ambition sous une sévérité de principes absolue. La sœur de ce prêtre, une fille d'environ trente ans, tenait une pension de demoiselles dans la ville. Le frère et la sœur se ressemblaient : tous deux maigres, jaunes, à cheveux noirs, atrabilaires. En Bretonne bercée dans les pratiques et la poésie du catholicisme, Pierrette ouvrit son cœur et ses oreilles à la parole de ce prêtre imposant. Les souffrances disposent à la dévotion, et presque toutes les jeunes filles, poussées par une tendresse instinctive, inclinent au mysticisme, le côté profond de la religion. Le prêtre sema donc le grain de l'Evangile et les dogmes de l'Eglise dans un terrain excellent. Il changea complètement les dispositions de Pierrette. Pierrette aima Jésus-

Christ présenté dans la Communion aux jeunes filles comme un céleste fiancé; ses souffrances physiques et morales eurent un sens, elle fut instruite à voir en toute chose le doigt de Dieu. Son âme, si cruellement frappée dans cette maison sans qu'elle pût accuser ses parents, se réfugia dans cette sphère où montent tous les malheureux, soutenus sur les ailes des trois Vertus théologales. Elle abandonna donc ses idées de fuite. Sylvie, étonnée de la métamorphose opérée en Pierrette par monsieur Habert, fut prise de curiosité. Dès lors, tout en préparant Pierrette à faire sa première communion, monsieur Habert conquit à Dieu l'âme, jusqu'alors égarée, de mademoiselle Sylvie. Sylvie tomba dans la dévotion. Denis Rogron, sur lequel le prétendu jésuite ne put mordre, car alors l'esprit de S. M. Libérale feu le Constitutionnel Ier [102] était plus fort sur certains niais que l'esprit de l'Eglise, Denis resta fidèle au colonel Gouraud, à Vinet et au libéralisme.

Mademoiselle Rogron fit naturellement la connaisance de mademoiselle Habert, avec laquelle elle sympathisa parfaitement. Ces deux filles s'aimèrent comme deux sœurs qui s'aiment. Mademoiselle Habert offrit de prendre Pierrette chez elle, et d'éviter à Sylvie les ennuis et les embarras d'une éducation; mais le frère et la sœur répondirent que l'absence de Pierrette leur ferait un trop grand vide à la maison. L'attachement des Rogron à leur petite cousine parut excessif. En voyant l'entrée de mademoiselle Habert dans la place, le colonel Gouraud et l'avocat Vinet prêtèrent à l'ambitieux vicaire, dans l'intérêt de sa sœur, le plan matrimonial formé par le colonel.

— Votre sœur veut vous marier, dit l'avocat à l'ex-mercier.

— A l'encontre de qui? fit Rogron.

— Avec cette vieille sibylle d'institutrice, s'écria le vieux colonel en caressant ses moustaches grises.

— Elle ne m'en a rien dit, répondit naïvement Rogron.

Une fille absolue comme l'était Sylvie devait faire des progrès dans la voie du salut. L'influence du prêtre allait grandir dans cette maison, appuyée par Sylvie qui disposait de son frère. Les deux libéraux, qui s'effrayèrent justement, comprirent que si le prêtre avait résolu de marier sa sœur avec Rogron, union infiniment plus sortable que celle de Sylvie avec le colonel, il pousserait Sylvie aux pratiques les plus violentes de la religion, et ferait mettre Pierrette au couvent. Ils pouvaient donc perdre le prix de dix-huit mois d'efforts, de lâchetés et de flatteries. Ils furent saisis d'une effroyable et sourde haine contre le prêtre et sa sœur; et, néanmoins, ils sentirent la nécessité, pour les suivre pied à pied, de bien vivre avec eux. Monsieur et mademoiselle Habert, qui savaient le whist et le boston, vinrent tous les soirs. L'assiduité des uns excita l'assiduité des autres. L'avocat et le colonel se sentirent en tête des adversaires aussi forts qu'eux, pressentiment que partagèrent monsieur et mademoiselle Habert. Cette situation respective était déjà un combat. De même que le colonel faisait goûter à Sylvie les douceurs inespérées d'une recherche en mariage, car elle avait fini par voir un homme digne d'elle dans Gouraud, de même mademoiselle Habert enveloppa l'ex-mercier de la ouate de ses attentions, de ses paroles et de ses regards. Aucun des deux partis ne pouvait se dire ce grand mot de haute politique : Partageons? Chacun voulait sa proie. D'ailleurs, les deux fins renards de l'Opposition provinoise, Opposition qui grandissait, eurent le tort de se croire plus forts que le Sacerdoce : ils firent feu les premiers. Vinet, dont la reconnaissance fut réveillée par les doigts crochus de l'intérêt personnel, alla chercher mademoiselle de Chargebœuf et sa mère. Ces deux femmes possédaient environ deux mille livres de rente, et vivaient péniblement à Troyes. Mademoiselle Bathilde de Chargebœuf était une de ces magnifiques créatures qui croient aux mariages par amour et changent d'opinion vers leur vingt-cinquième année en se trouvant toujours filles. Vinet sut persuader à madame de Chargebœuf de joindre ses deux mille francs avec les mille écus qu'il gagnait depuis l'établissement du journal, et de venir vivre en famille à Provins, où Bathilde épouserait, dit-il, un imbécile nommé Rogron, et pourrait, spirituelle comme elle était, rivaliser avec la belle madame Tiphaine. L'accession de madame et de mademoiselle de Chargebœuf au ménage et aux idées de Vinet donna la plus grande consistance au parti libéral. Cette jonction consterna l'aristocratie de Provins et le parti des Tiphaine. Madame de Bréautey, désespérée de voir deux femmes nobles ainsi égarées, les pria de venir chez elle. Elle gémit des fautes commises par les Royalistes, et devint furieuse contre ceux de Troyes en apprenant la situation de la mère et de la fille.

— Comment! il ne s'est pas trouvé quelque vieux gentilhomme campagnard pour épouser cette chère petite, faite pour devenir une châtelaine? disait-elle. Ils l'ont laissée monter en graine, et elle va se jeter à la tête d'un Rogron.

Elle remua tout le Département sans pouvoir y trouver un seul gentilhomme capable d'épouser une fille dont la mère n'avait que deux mille livres de rente. Le parti des Tiphaine et le Sous-préfet se mirent aussi, mais trop tard, à la recherche de cet inconnu. Madame de Bréautey porta de terribles accusations contre l'égoïsme qui dévorait la France, fruit du matérialisme et de l'empire accordé par les lois à l'argent : la noblesse n'était plus rien! la beauté plus rien! Des Rogron, des Vinet livraient combat au roi de France!

Bathilde de Chargebœuf n'avait pas seulement sur sa rivale l'avantage incontestable de la beauté, mais encore celui de la toilette. Elle était d'une blancheur éclatante. A vingt-cinq ans, ses épaules entièrement développées, ses belles formes avaient une plénitude exquise. La rondeur de son cou, la pureté de ses attaches, la richesse de sa chevelure d'un blond élégant, la grâce de son sourire, la forme distinguée de sa tête, le port et la coupe de sa figure, ses beaux yeux bien placés sous un front bien taillé, ses mouvements nobles et de bonne compagnie, et sa taille encore svelte, tout en elle s'harmoniait [103]. Elle avait une belle main et le pied étroit. Sa santé lui donnait peut-être l'air d'une belle fille d'auberge, « — mais ce ne devait pas être un défaut aux yeux d'un Rogron » dit la belle madame Tiphaine. Mademoiselle de Chargebœuf parut la première fois assez simplement mise. Sa robe de mérinos brun festonnée d'une broderie verte était décolletée; mais un fichu de tulle bien tendu par des cordons intérieurs, couvrait ses épaules, son dos et le corsage en s'entr'ouvrant néanmoins par devant, quoique le fichu fût fermé par une *sévigné*. Sous ce délicat réseau, les beautés de Bathilde étaient encore plus coquettes, plus séduisantes. Elle ôta son chapeau de velours et son châle en arrivant, et montra ses jolies oreilles ornées de pendeloques en or. Elle avait une petite jeannette en velours qui brillait sur son cou comme l'anneau noir que la fantasque nature met à la queue d'un angora blanc. Elle savait toutes les malices des filles à marier : agiter ses mains en relevant des boucles qui ne se sont pas dérangées, faire voir ses poignets en priant Rogron de lui rattacher une manchette; ce à quoi le malheureux ébloui se refusait brutalement, cachant ainsi ses émotions sous une fausse indifférence. La timidité du seul amour que ce mercier devait éprouver dans sa vie eut toutes les allures de la haine. Sylvie autant que Céleste Habert s'y méprirent, mais non l'avocat, l'homme supérieur de cette société stupide, et qui n'avait que le prêtre pour adversaire, car le colonel fut longtemps son allié.

De son côté, le colonel se conduisit dès lors envers Sylvie comme Bathilde envers Rogron. Il mit du linge blanc tous les soirs, il eut des cols de velours sur lesquels se détachait bien sa martiale figure relevée par les deux bouts du col blanc de sa chemise; il adopta le gilet de piqué blanc et se fit faire une redingote neuve en drap bleu, où brillait sa rosette rouge, le tout sous prétexte de faire honneur à la belle Bathilde. Il ne fuma plus passé deux heures. Ses cheveux grisonnants furent rabattus en ondes sur son crâne à ton d'ocre. Il prit enfin l'extérieur et l'attitude d'un chef de parti, d'un homme qui se disposait à mener les ennemis de la France, les Bourbons enfin, tambour battant.

Le satanique avocat et le rusé colonel jouèrent à monsieur et à mademoiselle Habert un tour encore plus cruel que la présentation de la belle mademoiselle de Chargebœuf, jugée par le parti libéral et chez les Bréautey comme dix fois plus belle que la belle madame Tiphaine. Ces deux grands politiques de petite ville firent croire de proche en proche que monsieur Habert entrait dans toutes leurs idées. Provins parla bientôt de lui comme d'un prêtre libéral. Mandé promptement à l'évêché, monsieur Habert fut forcé de renoncer à ses soirées chez les Rogron [104]; mais sa sœur y alla toujours. Le salon Rogron fut dès lors constitué et devint une puissance.

Aussi vers le milieu de cette année, les intrigues politiques ne furent-elles pas moins vives dans le salon des Rogron que les intrigues matrimoniales. Si les intérêts sourds, enfouis dans les cœurs, se livrèrent des combats acharnés, la lutte publique eut une fatale célébrité. Chacun sait que le ministère Villèle fut renversé par les élections de 1826 [105]. Au collège de Provins, Vinet, candidat libéral, à qui monsieur Cournant avait procuré le cens par l'acquisition d'un domaine dont le prix restait dû, faillit l'emporter sur monsieur Tiphaine. Le Président n'eut que deux voix de majorité. A mesdames Vinet et de Chargebœuf, à Vinet, au colonel se joignirent quelquefois monsieur Cournant et sa femme; puis le médecin Néraud, un homme dont la jeunesse avait été bien orageuse, mais qui voyait sérieusement la vie; il s'était adonné, disait-on, à l'étude, et avait, à entendre les libéraux, beaucoup plus de moyens que monsieur Martener. Les Rogron ne comprenaient pas plus leur triomphe qu'ils n'avaient compris leur ostracisme.

La belle Bathilde de Chargebœuf, à qui Vinet montra Pierrette comme son ennemie, était horriblement dédaigneuse pour elle. L'intérêt général exigeait l'abaissement de cette pauvre victime. Madame Vinet ne pouvait rien pour cette enfant broyée entre des intérêts implacables qu'elle avait fini par comprendre. Sans le vouloir impérieux de son mari, elle ne serait pas venue chez les Rogron, elle y souffrait trop de voir maltraiter cette jolie petite créature qui se serrait près d'elle en devinant une protection secrète et qui lui demandait de lui apprendre tel ou tel point, de lui enseigner une broderie. Pierrette montrait ainsi que, traitée doucement, elle comprenait et réussissait à merveille. Madame Vinet n'était plus utile, elle ne vint plus. Sylvie, qui caressait encore l'idée du mariage, vit enfin dans Pierrette un obstacle : Pierrette avait près de quatorze ans; sa blancheur maladive, dont les symptômes étaient négligés par cette ignorante vieille fille, la rendait ravissante. Sylvie conçut alors la belle idée de compenser les dépenses que lui causait Pierrette en en faisant une servante. Vinet, comme ayant-cause des Chargebœuf, mademoiselle Habert, Gouraud, tous les habitués influents engagèrent Sylvie à renvoyer la grosse Adèle. Pierrette ne ferait-elle pas la cuisine et ne soignerait-elle pas la maison? Quand il y aurait trop d'ouvrage, elle serait quitte pour prendre la femme de ménage du colonel, une personne très entendue et l'un des cordons bleus de Provins. Pierrette devait savoir faire la cuisine, frotter, dit le sinistre avocat, balayer, tenir une maison propre, aller au marché, apprendre le prix des choses. La pauvre petite, dont le dévouement égalait la générosité, s'offrit elle-même, heureuse d'acquitter ainsi le pain si dur qu'elle mangeait dans cette maison. Adèle fut renvoyée. Pierrette perdit ainsi la seule personne qui l'eût peut-être protégée. Malgré sa force, elle fut dès ce moment accablée physiquement et moralement. Ces deux célibataires eurent pour elle bien moins d'égards que pour une domestique, elle leur appartenait! Aussi fut-elle grondée pour des riens, pour un peu de poussière oubliée sur le marbre de la cheminée ou sur un globe de verre. Ces objets de luxe qu'elle avait tant admirés lui devinrent odieux. Malgré son désir de bien faire, son inexorable cousine trouvait toujours à reprendre dans ce qu'elle avait fait. En deux ans, Pierrette ne reçut pas un compliment, n'entendit pas une parole affectueuse. Le bonheur pour elle était de ne pas être grondée. Elle supportait avec une patience angélique les humeurs noires de ces deux célibataires à qui les sentiments doux étaient entièrement inconnus, et qui tous les jours lui faisaient sentir sa dépendance. Cette vie où la jeune fille se trouvait, entre ces deux merciers, comme pressée entre les deux lèvres d'un étau, augmenta sa maladie. Elle éprouva des troubles intérieurs si violents, des chagrins secrets si subits dans leurs explosions, que ses développements furent irrémédiablement contrariés. Pierrette arriva donc lentement, par des douleurs épouvantables, mais cachées, à l'état où la vit son ami d'enfance en la saluant, sur la petite place, de sa romance bretonne.

Avant d'entrer dans le drame domestique que la venue de Brigaut détermina dans la maison

Rogron, il est nécessaire, pour ne pas l'interrompre, d'expliquer l'établissement du Breton à Provins, car il fut en quelque sorte un personnage muet de cette scène. En se sauvant, Brigaut fut non seulement effrayé du geste de Pierrette, mais encore du changement de sa jeune amie : à peine l'eût-il reconnue, sans la voix, les yeux et les gestes qui lui rappelèrent sa petite camarade si vive, si gaie et néanmoins si tendre. Quand il fut loin de la maison, ses jambes tremblèrent sous lui; il eut chaud dans le dos! Il avait vu l'ombre de Pierrette et non Pierrette. Il grimpa dans la haute ville, pensif, inquiet, jusqu'à ce qu'il eût trouvé un endroit d'où il pouvait apercevoir la place et la maison de Pierrette; il la contempla douloureusement, perdu dans des pensées infinies, comme un malheur dans lequel on entre sans savoir où il s'arrête. Pierrette souffrait, elle n'était pas heureuse, elle regrettait la Bretagne! qu'avait-elle? Toutes ces questions passèrent et repassèrent dans le cœur de Brigaut en le déchirant, et lui révélèrent à lui-même l'étendue de son affection pour sa petite sœur d'adoption. Il est extrêmement rare que les passions entre enfants de sexes différents subsistent. Le charmant roman de Paul et Virginie, pas plus que celui de Pierrette et de Brigaut, ne tranchent la question que soulève ce fait moral, si étrange. L'histoire moderne n'offre que l'illustre exception de la sublime marquise de Pescaire et de son mari[106] : destinés l'un à l'autre par leurs parents dès l'âge de quatorze ans, ils s'adorèrent et se marièrent; leur union donna le spectacle au seizième siècle d'un amour conjugal infini, sans nuages. Devenue veuve à trente-quatre ans, la marquise, belle, spirituelle, universellement adorée, refusa des rois, et s'enterra dans un couvent, où elle ne vit, n'entendit plus que les religieuses. Cet amour si complet se développa soudain dans le cœur du pauvre ouvrier breton. Pierrette et lui s'étaient si souvent protégés l'un l'autre, il avait été si content de lui apporter l'argent de son voyage, il avait failli mourir pour avoir suivi la diligence, et Pierrette n'en avait rien su! Ce souvenir avait souvent réchauffé les heures froides de sa pénible vie durant ces trois années. Il s'était perfectionné pour Pierrette, il avait appris son état pour Pierrette, il était venu pour Pierrette à Paris en se proposant d'y faire fortune pour elle. Après y avoir passé quinze jours, il n'avait pas tenu à l'idée de la voir, il avait marché depuis le samedi soir jusqu'à ce lundi matin; il comptait retourner à Paris, mais la touchante apparition de sa petite amie le clouait à Provins. Un admirable magnétisme encore contesté, malgré tant de preuves, agissait sur lui à son insu : des larmes lui roulaient dans les yeux pendant que des larmes obscurcissaient ceux de Pierrette. Si, pour elle, il était la Bretagne et la plus heureuse enfance; pour lui, Pierrette était la vie! A seize ans, Brigaut ne savait encore ni dessiner ni profiler une corniche, il ignorait bien des choses; mais, à ses pièces, il avait gagné quatre à cinq francs par jour. Il pouvait donc vivre à Provins, il y serait à portée de Pierrette, il achèverait d'apprendre son état en choisissant pour maître le meilleur menuisier de la ville, et veillerait sur Pierrette. En un moment le parti de Brigaut fut pris. L'ouvrier courut à Paris, fit ses comptes, y reprit son livret, son bagage et ses outils. Trois jours après, il était compagnon chez monsieur Frappier, le premier menuisier de Provins. Les ouvriers actifs, rangés, ennemis du bruit et du cabaret, sont assez rares pour que les maîtres tiennent à un jeune homme comme Brigaut. Pour terminer l'histoire du Breton sur ce point, au bout d'une quinzaine il devint maître compagnon, fut logé, nourri chez Frappier, qui lui montra le calcul et le dessin linéaire. Ce menuisier demeure dans la Grand'rue à une centaine de pas de la petite place longue au bout de laquelle était la maison des Rogron. Brigaut enterra son amour dans son cœur et ne commit pas la moindre indiscrétion. Il se fit conter par madame Frappier l'histoire des Rogron; elle lui dit la manière dont s'y était pris le vieil aubergiste pour avoir la succession du bonhomme Auffray. Brigaut eut des renseignements sur le caractère du mercier Rogron et de sa sœur. Il surprit Pierrette au marché le matin avec sa cousine, et frissonna de lui voir au bras un panier plein de provisions. Il alla revoir Pierrette le dimanche à l'église, où la Bretonne se montrait dans ses atours. Là, pour la première fois, Brigaut vit que Pierrette était mademoiselle Lorrain. Pierrette aperçut son ami, mais elle lui fit un signe mystérieux pour l'engager à demeurer bien caché. Il y eut un monde de choses dans ce geste, comme dans celui par lequel, quinze jours auparavant, elle l'avait engagé à se sauver. Quelle fortune ne devait-il pas faire en dix ans pour pouvoir épouser sa petite amie d'enfance, à qui les Rogron devaient laisser une maison, cent arpents de terre et douze mille livres de rente, sans compter leurs économies! Le persévérant Breton ne voulut pas tenter fortune sans avoir acquis les connaissances qui lui manquaient. S'instruire à Paris ou s'instruire à Provins, tant qu'il ne s'agissait que de théorie, il préféra rester près de Pierrette, à laquelle d'ailleurs il voulait expliquer et ses projets et l'espèce de protection sur laquelle elle pouvait compter. Enfin il ne voulait pas la quitter sans avoir pénétré le mystère de cette pâleur qui atteignait déjà la vie dans l'organe qu'elle déserte en dernier, les yeux; sans savoir d'où venaient ces souffrances qui lui donnaient l'air d'une fille courbée sous la faux de la mort, et près de tomber. Ces deux signes touchants, qui ne démentaient pas leur amitié, mais qui recommandaient la plus grande réserve, jetèrent la terreur dans l'âme du Breton. Evidemment Pierrette lui commandait de l'attendre, et de ne pas chercher à la voir; autrement il y avait danger, péril pour elle. En sortant de l'église, elle put lui lancer un regard, et Brigaut vit les yeux de Pierrette pleins de larmes. Le Breton aurait trouvé la quadrature du cercle avant de deviner ce qui s'était passé dans la maison des Rogron, depuis son arrivée.

Ce ne fut pas sans de vives appréhensions que Pierrette descendit de sa chambre le matin où Brigaut avait surgi dans son rêve matinal comme un autre rêve. Pour se lever, pour ouvrir la fenêtre, mademoiselle Rogron avait dû entendre ce chant et ces paroles assez compromettantes aux oreilles d'une vieille fille; mais Pierrette ignorait les faits qui rendaient sa cousine si alerte. Sylvie avait de puissantes raisons pour se lever et pour accourir à sa fenêtre. Depuis environ huit jours, d'étranges événements secrets, de cruels sentiments agitaient les principaux personnages du salon Rogron. Ces événements inconnus, cachés soigneusement de part et d'autre, allaient retomber comme une froide avalanche sur Pierrette. Ce monde de choses mystérieuses, et qu'il faudrait peut-être nommer les immondices du cœur humain, gisent à la base des plus grandes révolutions politiques, sociales ou domestiques; mais, en les disant, peut-être est-il extrêmement utile d'expliquer que leur traduction algébrique, quoique vraie, est infidèle sous le rapport de la forme. Ces calculs profonds ne parlent pas aussi brutalement que l'histoire les exprime. Vouloir rendre les circonlocutions, les précautions oratoires, les longues conversations où l'esprit obscurcit à dessein la lumière qu'il y porte, où la parole mielleuse délaye le venin de certaines intentions, ce serait tenter un livre aussi long que le magnifique poème appelé *Clarisse Harlowe*. Mademoiselle Habert et mademoiselle Sylvie avaient une égale envie de se marier; mais l'une était de dix ans moins âgée que l'autre, et les probabilités permettaient à Céleste Habert de penser que ses enfants auraient toute la fortune des Rogron. Sylvie arrivait à quarante-deux ans, âge auquel le mariage peut offrir des dangers. En se confiant leurs idées pour se demander l'une à l'autre une approbation, Céleste Habert, mise en œuvre par l'abbé vindicatif, avait éclairé Sylvie sur les prétendus périls de sa position. Le colonel, homme violent, d'une santé militaire, gros garçon de quarante-cinq ans, devait pratiquer la morale de tous les contes de fées : *Ils furent heureux et eurent beaucoup d'enfants*. Ce bonheur fit trembler Sylvie, elle eut peur de mourir, idée qui ravage de fond en comble les célibataires. Mais le ministère Martignac, cette seconde victoire de la Chambre qui renversa le ministère Villèle, était nommé [107]. Le parti Vinet marchait la tête haute dans Provins. Vinet, maintenant le premier avocat de la Brie, *gagnait tout ce qu'il voulait,* selon un mot populaire. Vinet était un personnage. Les libéraux prophétisaient son avènement, il serait certainement Député, procureur-général. Quant au colonel, il deviendrait maire de Provins. Ah! régner comme régnait madame Garceland, être la femme du maire, Sylvie ne tint pas contre cette espérance, elle voulut consulter un médecin, quoiqu'une consultation pût la couvrir de ridicule. Ces deux filles, l'une victorieuse de l'autre et sûre de la mener en laisse, inventèrent un de ces traquenards que les femmes conseillées par un prêtre savent si bien apprêter. Consulter monsieur Néraud, le médecin des libéraux, l'antagoniste de monsieur Martener, était une faute. Céleste Habert offrit à Sylvie de la cacher dans son cabinet de toilette, et de consulter pour elle-même, sur ce chapitre, monsieur Martener, le médecin de son pensionnat. Complice ou non de Céleste, Martener répondit à sa cliente que le danger existait déjà, quoique faible, chez une fille de trente ans. — Mais votre constitution, lui dit-il en terminant, vous permet de ne rien craindre.

— Et pour une femme de quarante ans passés? dit mademoiselle Céleste Habert.

— Une femme de quarante ans, mariée et qui a eu des enfants, n'a rien à redouter.

— Mais une fille sage, très sage, comme mademoiselle Rogron, par exemple?

— Sage! il n'y a plus de doute, dit monsieur Martener. Un accouchement heureux est alors un de ces miracles que Dieu se permet, mais rarement.

— Et pourquoi? dit Céleste Habert.

Le médecin répondit par une description pathologique effrayante; il expliqua comment l'élasticité donnée par la nature dans la jeunesse aux muscles, aux os, n'existait plus à un certain âge, surtout chez les femmes que leur profession avait rendues sédentaires pendant longtemps, comme mademoiselle Rogron.

— Ainsi, passé quarante ans, une fille vertueuse ne doit plus se marier?

— Ou attendre, répondit le médecin; mais alors ce n'est plus le mariage, c'est une association d'intérêts : autrement, que serait-ce?

Enfin il résulta de cet entretien, clairement, sérieusement, scientifiquement et raisonnablement, que, passé quarante ans, une fille vertueuse ne devait pas trop se marier. Quand monsieur Martener fut parti, mademoiselle Céleste Habert trouva mademoiselle Rogron verte et jaune, les pupilles dilatées, enfin dans un état effrayant [108].

— Vous aimez donc bien le colonel? lui dit-elle.

— J'espérais encore, répondit la vieille fille.

— Eh! bien, attendez! s'écria jésuitiquement mademoiselle Habert, qui savait bien que le temps ferait justice du colonel.

Cependant la moralité de ce mariage était douteuse. Sylvie alla sonder sa conscience au fond du confessionnal. Le sévère directeur expliqua les opinions de l'Eglise, qui ne voit dans le mariage que la propagation de l'humanité, qui réprouve les secondes noces et flétrit les passions sans but social. Les perplexités de Sylvie Rogron furent extrêmes. Ces combats intérieurs donnèrent une force étrange à sa passion et lui prêtèrent l'inexplicable attrait que depuis Eve les choses défendues offrent aux femmes. Le trouble de mademoiselle Rogron ne put échapper à l'œil clairvoyant de l'avocat.

Un soir, après la partie, Vinet s'approcha de sa chère amie Sylvie, la prit par la main, et alla s'asseoir avec elle sur un des canapés.

— Vous avez quelque chose? lui dit-il à l'oreille.

Elle inclina tristement la tête. L'avocat laissa partir Rogron, resta seul avec la vieille fille et lui tira les vers du cœur.

— Bien joué, l'abbé! mais tu as joué pour moi, s'écria-t-il en lui-même, après avoir entendu toutes les consultations secrètes faites par Sylvie, et dont la dernière était la plus effrayante.

Ce rusé renard judiciaire fut plus terrible encore que le médecin dans ses explications; il conseilla le mariage, mais dans une dizaine d'années seulement, pour plus de sécurité. L'avocat jura que toute la fortune des Rogron appartiendrait à Bathilde. Il se frotta les mains, son museau s'affina, tout en courant après madame et mademoiselle de Chargebœuf, qu'il avait laissées en route avec leur domestique armée d'une lanterne. L'influence qu'exerçait monsieur Habert, médecin de l'âme, Vinet, le médecin de la bourse, la contre-balançait parfaitement. Rogron était fort peu dévot; ainsi l'Homme d'Eglise et l'Homme de Loi, ces deux robes noires se trouvaient manche à manche. En apprenant la victoire remportée par mademoiselle Habert, qui croyait épouser Rogron, sur Sylvie hésitant entre la peur de mourir et la joie d'être baronne, l'avocat aperçut la possibilité de faire disparaître le colonel du champ de bataille. Il connaissait assez

Rogron pour trouver un moyen de le marier avec la belle Bathilde. Rogron n'avait pu résister aux attaques de mademoiselle de Chargebœuf. Vinet savait que la première fois que Rogron serait seul avec Bathilde et lui, leur mariage serait décidé. Rogron en était venu au point d'attacher les yeux sur mademoiselle Habert, tant il avait peur de regarder Bathilde. Vinet venait de voir à quel point Sylvie aimait le colonel. Il comprit l'étendue d'une pareille passion chez une vieille fille, également rongée de dévotion; et il eut bientôt trouvé le moyen de perdre à la fois Pierrette et le colonel, espérant être débarrassé de l'un par l'autre.

Le lendemain matin, après l'audience, il rencontra, selon leur habitude quotidienne, le colonel en promenade avec Rogron.

Quand ces trois hommes allaient ensemble, leur réunion faisait toujours causer la ville. Ce triumvirat, en horreur au sous-préfet, à la magistrature, au parti des Tiphaine, était un tribunat dont les libéraux de Provins tiraient vanité. Vinet rédigeait le *Courrier* à lui seul, il était la tête du parti; le colonel, gérant responsable du journal, était le bras; Rogron était le nerf avec son argent, il était censé le lien entre le Comité-directeur de Provins et le Comité-directeur de Paris. A écouter les Tiphaine, ces trois hommes étaient toujours à machiner quelque chose contre le Gouvernement, tandis que les libéraux les admiraient comme les défenseurs du peuple. Quand l'avocat vit Rogron revenant vers la place, ramené au logis par l'heure du dîner, il empêcha le colonel, en lui prenant le bras, d'accompagner l'ex-mercier.

— Eh! bien, colonel, lui dit-il, je vais vous

ôter un grand poids de dessus les épaules; vous épouserez mieux que Sylvie : en vous y prenant bien, vous pouvez épouser dans deux ans la petite Pierrette Lorrain.

Et il lui raconta les effets de la manœuvre du jésuite.

— Quelle botte secrète, et comme elle est tirée de longueur! dit le colonel.

— Colonel, reprit gravement Vinet, Pierrette est une charmante créature, vous pouvez être heureux le reste de vos jours, et vous avez une si belle santé que ce mariage n'aura pas pour vous les inconvénients habituels des unions disproportionnées; mais ne croyez pas facile cet échange d'un sort affreux contre un sort agréable. Faire passer votre amante à l'état de confidente est une opération aussi périlleuse que, dans votre métier, le passage d'une rivière sous le feu de l'ennemi. Fin comme un colonel de cavalerie que vous êtes, vous étudierez la position et vous manœuvrerez avec la supériorité que nous avons eue jusqu'à présent et qui nous a valu notre situation actuelle. Si je suis Procureur-Général un jour, vous pouvez commander le Département. Ah! si vous aviez été électeur! nous serions plus avancés, j'eusse acheté les deux voix de ces deux employés en les désintéressant de la perte de leurs places, et nous aurions eu la majorité. Je siégerais auprès des Dupin, des Casimir Périer [109], et...

Le colonel avait pensé depuis longtemps à Pierrette, mais il cachait cette pensée avec une profonde dissimulation; aussi sa brutalité envers Pierrette n'était-elle qu'apparente. L'enfant ne s'expliquait pas pourquoi le prétendu camarade de son père la traitait si mal, quand il lui passait la main sous le menton et lui faisait une caresse paternelle en la rencontrant seule. Depuis la confidence de Vinet relativement à la terreur que le mariage causait à mademoiselle Sylvie, Gouraud avait cherché les occasions de trouver Pierrette seule, et le rude colonel était alors doux comme un chat : il lui disait combien Lorrain était brave, et quel malheur pour elle qu'il fût mort!

Quelques jours avant l'arrivée de Brigaut, Sylvie avait surpris Gouraud et Pierrette. La jalousie était donc entrée dans ce cœur avec une violence monastique. La jalousie, passion éminemment crédule, soupçonneuse, est celle où la fantaisie a le plus d'action; mais elle ne donne pas d'esprit, elle en ôte; et, chez Sylvie, cette passion devait amener d'étranges idées. Sylvie imagina que l'homme qui venait de prononcer ce mot *madame la mariée* à Pierrette était le colonel. En attribuant ce rendez-vous au colonel, Sylvie croyait avoir raison, car, depuis une semaine, les manières de Gouraud lui semblaient changées. Cet homme était le seul qui, dans la solitude où elle avait vécu, se fût occupé d'elle, elle l'observait donc de tous ses yeux, de tout son entendement; et à force de se livrer à des espérances, tour à tour florissantes ou détruites, elle en avait fait une chose d'une si grande étendue, qu'elle y éprouvait les effets d'un mirage moral. Selon une belle expression vulgaire, à force de regarder, elle n'y voyait souvent plus rien. Elle repoussait et combattait victorieusement et tour à tour la supposition de cette rivalité chimérique. Elle faisait un parallèle entre elle et Pierrette : elle avait quarante ans et des cheveux gris; Pierrette était une petite fille délicieuse de blancheur, avec des yeux d'une tendresse à réchauffer un cœur mort. Elle avait entendu dire que les hommes de cinquante ans aimaient les petites filles dans le genre de Pierrette. Avant que le colonel se rangeât et fréquentât la maison Rogron, Sylvie avait écouté dans le salon Tiphaine d'étranges choses sur Gouraud et sur ses mœurs. Les vieilles filles ont en amour les idées platoniques exagérées que professent les jeunes filles de vingt ans, elles ont conservé des doctrines absolues comme tous ceux qui n'ont pas expérimenté la vie, éprouvé combien les forces majeures sociales modifient, écornent et font faillir ces belles et nobles idées. Pour Sylvie, être trompée par ce colonel était une pensée qui lui martelait la cervelle. Depuis ce temps que tout célibataire oisif passe au lit entre son réveil et son lever, la vieille fille s'était donc occupée d'elle, de Pierrette et de la romance qui l'avait réveillée par le mot de mariage. En fille sotte, au lieu de regarder l'amoureux entre ses persiennes, elle avait ouvert sa fenêtre sans penser que Pierrette l'entendrait. Si elle avait eu le vulgaire esprit de l'espion, elle aurait vu Brigaut, et le drame fatal alors commencé n'aurait pas eu lieu.

Pierrette, malgré sa faiblesse, ôta les barres de bois qui maintenaient les volets de la cuisine, les ouvrit et les accrocha, puis elle alla ouvrir également la porte du corridor donnant sur le jardin. Elle prit les différents balais nécessaires à balayer le tapis, la salle à manger, le corridor, les escaliers, enfin pour tout nettoyer, avec un soin, une exactitude qu'aucune servante, fût-elle hollandaise, ne mettrait à son ouvrage :

elle haïssait tant les réprimandes! Pour elle, le bonheur consistait à voir les petits yeux bleus, pâles et froids de sa cousine, non pas satisfaits, ils ne le paraissaient jamais, mais seulement calmes, après qu'elle avait jeté partout son regard de propriétaire, ce regard inexplicable qui voit ce qui échappe aux yeux les plus observateurs. Pierrette avait déjà la peau moite quand elle revint à la cuisine y tout mettre en ordre, allumer les fourneaux afin de pouvoir porter du feu chez son cousin et sa cousine en leur apportant à chacun de l'eau chaude pour leur toilette, elle qui n'en avait pas pour la sienne! Elle mit le couvert pour le déjeuner et chauffa le poêle de la salle. Pour ces différents services, elle allait quelquefois à la cave chercher de petits fagots, et quittait un lieu frais pour un lieu chaud, un lieu chaud pour un lieu froid et humide. Ces transitions subites, accomplies avec l'entraînement de la jeunesse, souvent pour éviter un mot dur, pour obéir à un ordre, causaient des aggravations sans remède dans l'état de sa santé. Pierrette ne se savait pas malade. Cependant, elle commençait à souffrir; elle avait des appétits étranges, elle les cachait; elle aimait les salades crues et les dévorait en secret. L'innocente enfant ignorait complètement que sa situation constituait une maladie grave et voulait les plus grandes précautions. Avant l'arrivée de Brigaut, si ce Néraud, qui pouvait se reprocher la mort de la grand'mère, eût révélé ce danger mortel à la petite-fille, Pierrette eût souri : elle trouvait trop d'amertume à la vie pour ne pas sourire à la mort. Mais depuis quelques instants, elle qui joignait à ses souffrances corporelles les souffrance de la nostalgie bretonne, maladie morale si connue que les colonels y ont égard pour les Bretons qui se trouvent dans leurs régiments, elle aimait Provins! La vue de cette fleur d'or, ce chant, la présence de son ami d'enfance, l'avaient ranimée, comme une plante depuis longtemps sans eau reverdit après une longue pluie. Elle voulait vivre, elle croyait ne pas avoir souffert! Elle se glissa timidement chez sa cousine, y fit le feu, y laissa la bouilloire, échangea quelques paroles, alla réveiller son tuteur, et descendit prendre le lait, le pain et toutes les provisions que les fournisseurs apportaient. Elle resta pendant quelque temps sur le seuil de la porte, espérant que Brigaut aurait l'esprit de revenir; mais Brigaut était déjà sur la route de Paris. Elle avait arrangé la salle, elle était occupée à la cuisine, quand elle entendit sa cousine descendant l'escalier. Mademoiselle Sylvie Rogron apparut dans sa robe de chambre de taffetas couleur carmélite, un bonnet de tulle orné de coques sur sa tête, son tour de faux cheveux assez mal mis, sa camisole par-dessus sa robe, les pieds dans ses pantoufles traînantes. Elle passa tout en revue, et vint trouver sa cousine qui l'attendait pour savoir de quoi se composait le déjeuner.

— Ah! vous voilà donc, mademoiselle l'amoureuse? dit Sylvie à Pierrette d'un ton moitié gai, moitié railleur.

— Plaît-il, ma cousine?

— Vous êtes entrée chez moi comme une sournoise et vous en êtes sortie de même; vous deviez cependant bien savoir que j'avais à vous parler.

— Moi...

— Vous avez eu ce matin une sérénade, ni plus ni moins qu'une princesse.

— Une sérénade? s'écria Pierrette.

— Une sérénade? reprit Sylvie en l'imitant. Et vous avez un amant.

— Ma cousine, qu'est-ce qu'un amant?

Sylvie évita de répondre et lui dit : — Osez dire, mademoiselle, qu'il n'est pas venu sous nos fenêtres un homme vous parler mariage!

La persécution avait appris à Pierrette les ruses nécessaires aux esclaves, elle répondit hardiment : — Je ne sais pas ce que vous voulez dire.

— Mon chien? dit aigrement la vieille fille.

— Ma cousine, reprit humblement Pierrette.

— Vous ne vous êtes pas levée non plus, et vous n'êtes pas allée non plus nu-pieds à votre fenêtre, ce qui vous vaudra quelque bonne maladie. Attrape! Ce sera bien fait pour vous. Et vous n'avez peut-être pas parlé à votre amoureux?

— Non, ma cousine.

— Je vous connaissais bien des défauts, mais je ne vous savais pas celui de mentir. Pensez-y bien, mademoiselle! il faut nous dire et nous expliquer, à votre cousin et à moi, la scène de ce matin, sans quoi votre tuteur verra à prendre des mesures rigoureuses.

La vieille fille, dévorée de jalousie et de curiosité, procédait par intimidation. Pierrette fit comme les gens qui souffrent au delà de leurs forces, elle garda le silence. Ce silence est, pour tous les êtres attaqués, le seul moyen de triompher : il lasse les charges cosaques des envieux, les sauvages escarmouches des ennemis; il donne une victoire écrasante et complète. Quoi de plus complet que le silence? Il est absolu, n'est-ce pas une des manières d'être de l'infini? Sylvie examina Pierrette à la dérobée. L'enfant rougissait, mais sa rougeur, au lieu d'être générale, se divisait par plaques inégales aux pommettes, par taches ardentes, et d'un ton significatif. En voyant ces symptômes de maladie, une mère eût aussitôt changé de ton, elle aurait pris cette enfant sur ses genoux, elle l'eût questionnée, elle aurait déjà depuis longtemps admiré mille preuves de la complète, de la sublime innocence de Pierrette, elle aurait deviné sa maladie et compris que les humeurs et le sang détournés de leur voie se jetaient sur les poumons, après avoir troublé les fonctions digestives. Ces taches éloquentes lui eussent appris l'imminence d'un danger mortel. Mais une vieille fille chez qui les sentiments que nourrit la famille n'avaient jamais été réveillés, à qui les besoins de l'enfance, les précautions voulues par l'adolescence étaient inconnus, ne pouvait avoir aucune des indulgences et des compatissances inspirées par les mille événements de la vie ménagère conjugale. Les souffrances de la misère, au lieu de lui attendrir le cœur, y avaient fait des calus.

— Elle rougit, elle est en faute! se dit Sylvie. Le silence de Pierrette fut donc interprété dans le plus mauvais sens.

— Pierrette, dit-elle, avant que votre cousin ne descende, nous allons causer. Venez, dit-elle d'un ton plus doux. Fermez la porte de la rue. Si quelqu'un vient, on sonnera, nous entendrons bien.

Malgré le brouillard humide qui s'élevait au-dessus de la rivière, Sylvie emmena Pierrette par l'allée sablée qui serpentait à travers les gazons jusqu'au bord de la terrasse en rochers rocaillés, quai pittoresque, meublé d'iris et de plantes d'eau. La vieille cousine changea de système; elle voulut essayer de prendre Pierrette par la douceur. L'hyène allait se faire chatte.

— Pierrette, lui dit-elle, vous n'êtes plus un enfant, vous allez bientôt mettre le pied dans votre quinzième année, et il n'y aurait rien d'étonnant à ce que vous eussiez un amant.

— Mais, ma cousine, dit Pierrette en levant les yeux avec une douceur angélique vers le visage aigre et froid de sa cousine qui avait pris son air de vendeuse, qu'est-ce qu'un amant?

Il fut impossible à Sylvie de définir avec justesse et décence un amant à la pupille de son frère. Au lieu de voir dans cette question l'effet d'une adorable innocence, elle y vit de la fausseté.

— Un amant, Pierrette, est un homme qui nous aime et qui veut nous épouser.

— Ah! dit Pierrette. Quand on est d'accord en Bretagne, nous appelons alors ce jeune homme un prétendu!

— Hé! bien, songez qu'en avouant vos sentiments pour un homme, il n'y a pas le moindre mal, ma petite. Le mal est dans le secret. Avez-vous plu, par hasard, à quelqu'un des hommes qui viennent ici?

— Je ne le crois pas.

— Vous n'en aimez aucun?

— Aucun!

— Bien sûr?

— Bien sûr.

— Regardez-moi, Pierrette?

Pierrette regarda sa cousine.

— Un homme vous a cependant appelée sur la place ce matin?

Pierrette baissa les yeux.

— Vous êtes allée à votre fenêtre, vous l'avez ouverte et vous avez parlé!

— Non, ma cousine, j'ai voulu savoir quel temps il faisait, et j'ai vu sur la place un paysan.

— Pierrette, depuis votre première communion, vous avez beaucoup gagné, vous êtes obéissante et pieuse, vous aimez vos parents et Dieu; je suis contente de vous, je ne vous le disais point pour ne pas enfler votre orgueil...

Cette horrible fille prenait l'abattement, la soumission, le silence de la misère pour des vertus! Une des plus douces choses qui puissent consoler les Souffrants, les Martyrs, les Artistes au fort de la Passion divine que leur imposent l'Envie et la Haine, est de trouver l'éloge là où ils ont toujours trouvé la censure et la mauvaise foi. Pierrette leva donc sur sa cousine des yeux attendris et se sentit près de lui pardonner toutes les douleurs qu'elle lui avait faites.

— Mais si tout cela n'est qu'hypocrisie, si je dois voir en vous un serpent que j'aurai réchauffé dans mon sein, vous seriez une infâme, une horrible créature!

— Je ne crois pas avoir de reproches à me faire, dit Pierrette en éprouvant une horrible contraction au cœur par le passage subit de cette louange inespérée au terrible accent de l'hyène [110].

— Vous savez qu'un mensonge est un péché mortel?

— Oui, ma cousine.

— Hé! bien, vous êtes devant Dieu! dit la

vieille fille en lui montrant par un geste solennel les jardins et le ciel, jurez-moi que vous ne connaissiez pas ce paysan.

— Je ne jurerai pas, dit Pierrette.

— Ah! ce n'était pas un paysan, petite vipère! Pierrette se sauva comme une biche effrayée à travers le jardin, épouvantée de cette question morale. Sa cousine l'appela d'une voix terrible.

— On sonne, répondit-elle.

— Ah! quelle petite sournoise! se dit Sylvie, elle a l'esprit retors, et maintenant je suis sûre que cette petite couleuvre entortille le colonel. Elle nous a entendus dire qu'il était baron. Etre baronne! petite sotte! Oh! je me débarrasserai d'elle en la mettant en apprentissage, et tôt.

Sylvie resta si bien perdue dans ses pensées, qu'elle ne vit pas son frère descendant l'allée et regardant les désastres produits par la gelée sur ses dalhias [111].

— Eh! bien, Sylvie, à quoi penses-tu donc là? J'ai cru que tu regardais des poissons! quelquefois il y en a qui sautent hors de l'eau.

— Non, dit-elle.

— Eh! bien, comment as-tu dormi? Et il se mit à lui raconter ses rêves de la nuit. Ne me trouves-tu pas le teint *mâchuré?* Autre mot du vocabulaire Rogron.

Depuis que Rogron aimait, ne profanons pas ce mot, désirait mademoiselle de Chargebœuf, il s'inquiétait beaucoup de son air et de lui-même. Pierrette descendit en ce moment le perron, et annonça de loin que le déjeuner était prêt. En voyant sa cousine, le teint de Sylvie se plaqua de vert et jaunit : toute sa bile se mit en mouvement. Elle regarda le corridor, et trouva que Pierrette aurait dû l'avoir frotté.

— Je frotterai si vous le voulez, répondit cet ange, en ignorant le danger auquel ce travail expose une jeune fille.

La salle à manger était irréprochablement arrangée. Sylvie s'assit et affecta pendant tout le déjeuner d'avoir besoin de choses auxquelles elle n'aurait pas songé dans un état calme et qu'elle demanda pour faire lever Pierrette en saisissant le moment où la pauvre petite se remettait à manger. Mais une tracasserie ne suffisait pas, elle cherchait un sujet de reproche, et elle se colérait intérieurement de n'en pas trouver. S'il y avait eu des œufs frais, elle aurait eu certes à se plaindre de la cuisson du sien. Elle répondait à peine aux sottes questions de son frère, et cependant elle ne regardait que lui. Ses yeux évitaient Pierrette. Pierrette était éminemment sensible à ce manège. Pierrette apporta le café de sa cousine comme celui de son cousin, dans un grand gobelet d'argent où elle faisait chauffer le lait mélangé de crème au bain-marie. Le frère et la sœur y mêlaient eux-mêmes le café noir fait par Sylvie, en doses convenables. Quand elle eut minutieusement préparé sa jouissance, elle aperçut une légère poussière de café; elle la saisit avec affectation dans le tourbillon jaune, la regarda, se pencha pour la mieux voir. L'orage éclata.

— Qu'est-ce que tu as? dit Rogron.

— J'ai... que mademoiselle a mis de la cendre dans mon café. Comme c'est agréable de prendre du café à la cendre?... Hé! ce n'est pas étonnant : on ne fait jamais bien deux choses à la fois. Elle pensait bien au café! Un merle aurait pu voler par sa cuisine, elle n'y aurait pas pris garde ce matin! comment aurait-elle pu voir voler la cendre? Et puis le café de sa cousine! Ah! cela lui est bien égal.

Elle parla sur ce ton pendant qu'elle mettait sur le bord de l'assiette la poudre de café passée à travers le filtre, et quelques grains de sucre qui ne fondaient pas.

— Mais, ma cousine, c'est du café, dit Pierrette.

— Ah! c'est moi qui mens? s'écria Sylvie en regardant Pierrette et la foudroyant par une effroyable lueur que son œil dégageait en colère.

Ces organisations que la passion n'a point ravagées ont à leur service une grande abondance de fluide vital. Ce phénomène de l'excessive clarté de l'œil dans les moments de colère s'était d'autant mieux établi chez mademoiselle Rogron, que jadis, dans sa boutique, elle avait eu lieu d'user de la puissance de son regard, en ouvrant démesurément ses yeux, toujours pour imprimer une terreur salutaire à ses inférieurs.

— Je vous conseille de me donner des démentis, reprit-elle, vous qui mériteriez de sortir de table et d'aller manger seule à la cuisine.

— Qu'avez-vous donc toutes deux? s'écria Rogron. Vous êtes comme des *crins*, ce matin.

— Mademoiselle sait ce que j'ai contre elle. Je lui laisse le temps de prendre une décision avant de t'en parler, car j'aurai pour elle plus de bontés qu'elle n'en mérite!

Pierrette regardait sur la place, à travers les vitres, afin d'éviter de voir les yeux de sa cousine qui l'effrayaient.

— Elle n'a pas plus l'air de m'écouter que si je parlais à ce sucrier! Elle a cependant l'oreille fine, elle cause du haut d'une maison et répond à quelqu'un qui se trouve en bas... Elle est d'une perversité, ta pupille! d'une perversité sans nom, et tu ne dois t'attendre à rien de bon d'elle, entends-tu, Rogron?

— Qu'a-t-elle fait de si grave? demanda le frère à la sœur.

— A son âge! c'est commencer de bonne heure, s'écria la vieille fille enragée.

Pierrette se leva pour desservir afin d'avoir une contenance, elle ne savait comment se tenir. Quoique ce langage ne fût pas nouveau pour elle, elle n'avait jamais pu s'y habituer. La colère de sa cousine lui faisait croire à quelque crime. Elle se demanda quelle serait sa fureur si elle savait l'escapade de Brigaut. Peut-être lui ôterait-on Brigaut. Elle eut à la fois les mille pensées de l'esclave, si rapides, si profondes, et résolut d'opposer un silence absolu sur un fait où sa conscience ne lui signalait rien de mauvais. Elle eut à entendre des paroles si dures, si âpres, des suppositions si blessantes, qu'en entrant dans la cuisine elle fut prise d'une contraction à l'estomac et d'un vomissement affreux. Elle n'osa se plaindre, elle n'était pas sûre d'obtenir des soins. Elle revint pâle, blême, dit qu'elle ne se trouvait pas bien, et monta se coucher en se tenant de marche en marche à la rampe, et croyant l'heure de sa mort arrivée. — Pauvre Brigaut! se disait-elle.

— Elle est malade! dit Rogron.

— Elle, malade! Mais c'est des *giries* [112]*!* répondit à haute voix Sylvie et de manière à être entendue. Elle n'était pas malade ce matin, va!

Ce dernier coup atterra Pierrette, qui se coucha dans ses larmes en demandant à Dieu de la retirer de ce monde.

Depuis environ un mois, Rogron n'avait plus à porter le *Constitutionnel* chez Gouraud; le colonel venait obséquieusement chercher le journal, faire la conversation, et emmenait Rogron quand le temps était beau. Sûre de voir le colonel et de pouvoir le questionner, Sylvie s'habilla coquettement. La vieille fille croyait être coquette en mettant une robe verte et un petit châle de cachemire jaune à bordure rouge, un chapeau blanc à maigres plumes grises. Vers l'heure où le colonel devait arriver, Sylvie stationna dans le salon avec son frère, qu'elle avait contraint à rester en pantoufles et en robe de chambre.

— Il fait beau, colonel? dit Rogron en entendant le pas pesant de Gouraud; mais je ne suis pas habillé, ma sœur voulait peut-être sortir, elle m'a fait garder la maison, attendez-moi.

Rogron laissa Sylvie seule avec le colonel.

— Où voulez-vous donc aller? vous voilà mise comme une divinité, demanda Gouraud qui remarquait un certain air solennel sur l'ample visage grêlé de la vieille fille.

— Je voulais sortir; mais comme la petite n'est pas bien, je reste.

— Qu'a-t-elle donc?

— Je ne sais, elle a demandé à se coucher. La prudence, pour ne pas dire la méfiance, de Gouraud était incessamment éveillée par les résultats de son alliance avec Vinet. Evidemment la plus belle part était celle de l'avocat. L'avocat rédigeait le journal, il y régnait en maître, il en appliquait les revenus à sa rédaction; tandis que le colonel, éditeur responsable, y gagnait peu de chose. Vinet et Cournant avaient rendu d'énormes services aux Rogron, le colonel en retraite ne pouvait rien pour eux. Qui serait député? Vinet. Qui était le grand électeur? Vinet. Qui consultait-on? Vinet! Enfin il connaissait pour le moins aussi bien que Vinet l'étendue et la profondeur de la passion allumée chez Rogron par la belle Bathilde de Chargebœuf. Cette passion devenait insensée, comme toutes les dernières passions des hommes. La voix de Bathilde faisait tressaillir le célibataire. Absorbé par ses désirs, Rogron les cachait, il n'osait espérer une pareille alliance. Pour sonder le mercier, le colonel s'était avisé de lui dire qu'il allait demander la main de Bathilde; Rogron avait pâli de se voir un rival si redoutable, il était devenu froid pour Gouraud et presque haineux. Ainsi Vinet régnait de toute manière au logis, tandis que lui, colonel, ne s'y rattachait que par les liens hypothétiques d'une affection menteuse de sa part, et qui chez Sylvie ne s'était pas encore déclarée. Quand l'avocat lui avait révélé la manœuvre du prêtre en lui conseillant de rompre avec Sylvie et de se retourner vers Pierrette, Vinet avait flatté le penchant de Gouraud; mais en analysant le sens intime de cette ouverture, en examinant bien le terrain autour de lui, le colonel crut apercevoir chez son allié l'espoir de le brouiller avec Sylvie et de profiter de la peur de la vieille fille pour faire tomber toute la fortune des Rogron dans les mains de mademoiselle de Chargebœuf. Aussi quand Rogron l'eut laissé seul avec Sylvie, la perspicacité du colonel s'empara-t-elle des légers indices qui trahissaient une pensée inquiète chez Sylvie. Il aperçut en elle le plan formé de se trouver sous les armes et pendant un moment seule avec lui. Le colonel, qui déjà soupçonnait véhémentement Vinet de lui jouer quelque mauvais tour, attribua cette conférence à quelque secrète insinuation de ce singe judiciaire; il se mit en garde comme quand il faisait une reconnaissance en pays ennemi, tenant l'œil sur la campagne, attentif au moindre bruit, l'esprit tendu, la main sur ses armes. Le colonel avait le défaut de ne jamais croire un seul mot de ce que disaient les femmes; et quand la vieille fille mit Pierrette sur le tapis et la lui dit couchée à midi, le colonel pensa que Sylvie l'avait simplement mise en pénitence dans sa chambre et par jalousie.

— Elle devient très gentille, cette petite, dit-il d'un air dégagé.

— Elle sera jolie, répondit mademoiselle Rogron.

— Vous devriez maintenant l'envoyer à Paris dans un magasin, ajouta le colonel. Elle y ferait fortune. On veut de très jolies filles aujourd'hui chez les modistes.

— Est-ce bien là votre avis? demanda Sylvie d'une voix troublée.

— Bon! j'y suis, pensa le colonel. Vinet aura conseillé de nous marier un jour, Pierrette et moi, pour me perdre dans l'esprit de cette vieille sorcière. — Mais, dit-il à haute voix, qu'en voulez-vous faire? Ne voyez-vous pas une fille d'une incomparable beauté, Bathilde de Chargebœuf, une fille noble, bien apparentée, réduite à coiffer sainte Catherine : personne n'en veut. Pierrette n'a rien, elle ne se marierait jamais. Croyez-vous que la jeunesse et la beauté puissent être quelque chose pour moi, par exemple; moi qui, capitaine de cavalerie dans la Garde Impériale, dès que l'Empereur a eu sa

Garde, ai mis mes bottes dans toutes les capitales et connu les plus jolies femmes de ces mêmes capitales? La jeunesse et la beauté, c'est diablement commun et sot!... ne m'en parlez plus. A quarante-huit ans, dit-il en se vieillissant, quand on a subi la déroute de Moscou, quand on a fait la terrible campagne de France, on a les reins un peu cassés; je suis un vieux bonhomme. Une femme comme vous me soignerait, me dorloterait; et sa fortune, jointe à mes pauvres mille écus de pension, me donnerait pour mes vieux jours un bien-être convenable, et je la préférerais mille fois à une mijaurée qui me causerait bien des désagréments, qui aurait trente ans et des passions quand j'aurais soixante ans et des rhumatismes. A mon âge, on calcule. Tenez, entre nous soit dit, je ne voudrais pas avoir d'enfants si je me mariais.

Le visage de Sylvie avait été clair pour le colonel pendant cette tirade, et son exclamation acheva de convaincre le colonel de la perfidie de Vinet.

— Ainsi, dit-elle, vous n'aimez pas Pierrette!

— Ah çà! êtes-vous folle, ma chère Sylvie? s'écria le colonel. Est-ce quand on n'a plus de dents qu'on essaie de casser des noisettes? Dieu merci, je suis dans mon bon sens et je me connais.

Sylvie ne voulut pas se mettre alors en jeu, elle se crut très fine en faisant parler son frère.

— Mon frère, dit-elle, avait eu l'idée de vous marier.

— Mais votre frère ne saurait avoir une idée si incongrue. Il y a quelques jours, pour savoir son secret, je lui ai dit que j'aimais Bathilde, il est devenu blanc comme votre collerette.

— Il aime Bathilde, dit Sylvie.

— Comme un fou! Et certes Bathilde n'en veut qu'à son argent (Attrape, Vinet! pensa le colonel). Comment alors aurait-il parlé de Pierrette? Non, Sylvie, dit-il en lui prenant la main et la lui serrant d'une certaine façon, puisque vous m'avez mis sur ce chapitre... (Il se rapprocha de Sylvie.) Eh! bien... (il lui baisa la main, il était colonel de cavalerie, il avait donné des preuves de courage), sachez-le, je ne veux pas avoir d'autre femme que vous. Quoique ce mariage ait l'air d'un mariage de convenance, de mon côté, je me sens de l'affection pour vous.

— Mais c'est moi qui *voulais* vous marier à Pierrette. Et si je lui donnais ma fortune... Hein! colonel?

— Mais je ne veux pas être malheureux dans mon intérieur, et dans dix ans y voir un jeune freluquet, comme Julliard, tournant autour de ma femme, et lui adressant des vers dans le journal. Je suis un peu trop homme sur ce point! Je ne ferai jamais un mariage disproportionné sous le rapport de l'âge.

— Eh! bien, colonel, nous causerons de tout cela sérieusement, dit Sylvie en lui jetant un regard qu'elle crut plein d'amour et qui ressemblait assez à celui d'une ogresse. Ses lèvres froides et d'un violet cru se tirèrent sur ses dents jaunes, et elle croyait sourire.

— Me voilà, dit Rogron en emmenant le colonel qui salua courtoisement la vieille fille.

Gouraud résolut de presser son mariage avec Sylvie et de devenir ainsi maître au logis, en se promettant de se débarrasser, par l'influence qu'il acquerrait sur Sylvie pendant la lune de miel, de Bathilde et de Céleste Habert. Aussi pendant cette promenade dit-il à Rogron qu'il s'était amusé de lui l'autre jour : il n'avait aucune prétention sur le cœur de Bathilde, il n'était pas assez riche pour épouser une femme sans dot; puis il lui confia son projet, il avait choisi sa sœur depuis longtemps, à cause de ses bonnes qualités, il aspirait enfin à l'honneur de devenir son beau-frère.

— Ah! colonel! ah! baron! s'il ne faut que mon consentement, ce sera fait dans les délais voulus par la loi, s'écria Rogron heureux de se voir débarrassé de ce terrible rival.

Sylvie passa toute sa matinée dans son appartement à examiner s'il y avait place pour un ménage. Elle résolut de bâtir pour son frère un second étage, et de faire arranger convenablement le premier pour elle et son mari; mais elle se promit aussi, selon la fantaisie de toute vieille fille, de soumettre le colonel à quelques épreuves pour juger de son cœur et de ses mœurs, avant de se décider. Elle conservait des doutes et voulait être sûre que Pierrette n'avait aucune accointance avec le colonel.

Pierrette descendit à l'heure du dîner pour mettre le couvert. Sylvie avait été obligée de faire la cuisine, et avait taché sa robe en s'écriant : — Maudite Pierrette! Il était évident que, si Pierrette avait préparé le dîner, Sylvie n'eût pas attrapé cette tache de graisse sur sa robe de soie.

— Vous voilà, la belle picheline? Vous êtes comme le chien du maréchal, que le bruit des casseroles réveille et qui dort sous la forge! Ah! vous voulez qu'on vous croie malade, petite menteuse!

Cette idée : Vous ne m'avez pas avoué la vérité

sur ce qui s'est passé ce matin sur la place, donc vous mentez dans tout ce que vous dites, fut comme un marteau avec lequel Sylvie allait frapper sans relâche sur le cœur et sur la tête de Pierrette.

Au grand étonnement de Pierrette, Sylvie l'envoya s'habiller pour la soirée, après le dîner. L'imagination la plus alerte est encore au-dessous de l'activité que donne le soupçon à l'esprit d'une vieille fille. Dans ce cas, la vieille fille l'emporte sur les politiques, les avoués et les notaires, sur les escompteurs et les avares. Sylvie se promit de consulter Vinet, après avoir tout examiné autour d'elle. Elle voulut avoir Pierrette auprès d'elle afin de savoir par la contenance de la petite si le colonel avait dit vrai. Mesdames de Chargebœuf vinrent les premières. D'après le conseil de son cousin Vinet, Bathilde avait redoublé d'élégance. Elle était vêtue d'une délicieuse robe bleue en velours de coton, toujours le fichu clair, des grappes de raisin en grenat et or aux oreilles, les cheveux en *ringleet* [113], la jeannette astucieuse, de petits souliers en satin noir, des bas de soie gris, et des gants de Suède; puis des airs de reine et des coquetteries de jeune fille à prendre tous les Rogron de la rivière. La mère, calme et digne, conservait comme sa fille une certaine impertinence aristocratique avec laquelle ces deux femmes sauvaient tout et où perçait l'esprit de leur caste. Bathilde était douée d'un esprit supérieur que Vinet seul avait su deviner après deux mois de séjour des dames de Chargebœuf chez lui. Quand il eut mesuré la profondeur de cette fille froissée par l'inutilité de sa jeunesse et de sa beauté, éclairée par le mépris que lui inspiraient les hommes d'une époque où l'argent était leur seule idole, Vinet surpris s'écria :

— Si c'était vous que j'eusse épousée, Bathilde, je serais aujourd'hui en passe d'être Garde des Sceaux. Je me serais appelé Vinet de Chargebœuf, et je siégerais à droite!

Bathilde ne portait dans son désir de mariage aucune idée vulgaire, elle ne se mariait pas pour être mère, elle ne se mariait pas pour avoir un mari, elle se mariait pour être libre, pour avoir un éditeur responsable, pour s'appeler madame et pouvoir agir comme agissent les hommes. Rogron était un nom pour elle, elle comptait faire quelque chose de cet imbécile, un Député votant dont elle serait l'âme; elle avait à se venger de sa famille qui ne s'était point occupée d'une fille pauvre. Vinet avait beaucoup étendu, fortifié ses idées en les admirant et les approuvant.

— Chère cousine, lui disait-il en lui expliquant quelle influence avaient les femmes et lui montrant la sphère d'action qui leur était propre, croyez-vous que Tiphaine, un homme de la dernière médiocrité, arrive par lui-même au Tribunal de Première Instance à Paris? Mais c'est madame Tiphaine qui l'a fait nommer Député, c'est elle qui le pousse à Paris. Sa mère, madame Roguin, est une fine commère qui fait ce qu'elle veut du fameux banquier du Tillet, l'un des compères de Nucingen, tous deux liés avec les Keller, et ces trois maisons rendent des services ou au gouvernement ou à ses hommes les plus dévoués, les Bureaux sont au mieux avec ces loups-cerviers de la Banque, et ces gens-là connaissent tout Paris. Il n'y a pas de raison pour que Tiphaine n'arrive pas à être

Président de quelque Cour Royale. Epousez Rogron, nous en ferons un Député de Provins quand j'aurai conquis pour moi un autre collège de Seine-et-Marne. Vous aurez alors une Recette Générale, une de ces places où Rogron n'aura qu'à signer. Nous serons de l'Opposition si elle triomphe, mais si les Bourbons restent, ah! comme nous inclinerons tout doucement vers le Centre! D'ailleurs, Rogron ne vivra pas éternellement, et vous épouserez un homme titré plus tard. Enfin, soyez dans une belle position, et les Chargebœuf nous serviront. Votre misère comme la mienne vous aura donné sans doute la mesure de ce que valent les hommes : il faut se servir d'eux comme on se sert des chevaux de poste. Un homme ou une femme nous amène de telle à telle étape.

Vinet avait fait de Bathilde une petite Catherine de Médicis. Il laissait sa femme au logis heureuse avec ses deux enfants, et il accompagnait toujours mesdames de Chargebœuf chez les Rogron. Il arriva dans toute sa gloire de tribun champenois. Il avait alors de jolies besicles à branches d'or, un gilet de soie, une cravate blanche, un pantalon noir, des bottes fines et un habit noir fait à Paris, une montre d'or, une chaîne. Au lieu de l'ancien Vinet pâle et maigre, hargneux et sombre, il montrait dans le Vinet actuel une tenue d'homme politique; il marchait, sûr de sa fortune, avec la sécurité particulière à l'homme du Palais qui connaît les cavernes du Droit. Sa petite tête rusée était si bien peignée, son menton bien rasé lui donnait un air si mignard, quoique froid, qu'il paraissait agréable dans le genre de Robespierre [114]. Certes, il pouvait être un délicieux

Procureur-Général à l'éloquence élastique, dangereuse et meurtrière, ou un orateur d'une finesse à la Benjamin Constant [115]. L'aigreur et la haine qui l'animaient naguère avaient tourné en une douceur perfide. Le poison s'était changé en médecine.

— Bonjour, ma chère, comment allez-vous? dit madame de Chargebœuf à Sylvie.

Bathilde alla droit à la cheminée, ôta son chapeau, se mira dans la glace et mit son joli pied sur la barre du garde-cendre pour le montrer à Rogron.

— Qu'avez-vous donc, monsieur? lui dit-elle en le regardant, vous ne me saluez pas? Ah! bien, on mettra pour vous des robes de velours...

Elle coupa Pierrette pour aller porter sur un fauteuil son chapeau que la petite fille lui prit des mains et qu'elle lui laissa prendre comme si la Bretonne était une femme de chambre. Les hommes passent pour être bien féroces, et les tigres aussi; mais ni les tigres, ni les vipères, ni les diplomates, ni les gens de justice, ni les bourreaux, ni les rois ne peuvent, dans leurs plus grandes atrocités, approcher des cruautés douces, des douceurs empoisonnées, des mépris sauvages des demoiselles entre elles quand les unes se croient supérieures aux autres en naissance, en fortune, en grâce, et qu'il s'agit de mariage, de préséance, enfin des mille rivalités de femme. Le : Merci, mademoiselle, que dit Bathilde à Pierrette était un poème en douze chants.

Elle s'appelait Bathilde et l'autre Pierrette. Elle était une Chargebœuf, l'autre une Lorrain! Pierrette était petite et souffrante, Bathilde était grande et pleine de vie! Pierrette était nourrie par charité, Bathilde et sa mère avaient leur indépendance! Pierrette portait une robe de stoff [116] à guimpe, Bathilde faisait onduler le velours bleu de la sienne! Bathilde avait les plus riches épaules du département, un bras de reine; Pierrette avait des omoplates et des bras maigres! Pierrette était Cendrillon, Bathilde était la fée! Bathilde allait se marier, Pierrette allait mourir fille! Bathilde était adorée, Pierrette n'était aimée de personne! Bathilde avait une ravissante coiffure, elle avait du goût; Pierrette cachait ses cheveux sous un petit bonnet et ne connaissait rien à la mode! Epilogue : Bathilde était tout, Pierrette n'était rien. La fière Bretonne comprenait bien cet horrible poème.

— Bonjour, ma petite, lui dit madame de Chargebœuf du haut de sa grandeur et avec l'accent que lui donnait son nez pincé du bout.

Vinet mit le comble à ces sortes d'injures en regardant Pierrette et disant : — Oh! oh! oh! sur trois tons. Que nous sommes belle, Pierrette, ce soir!

— Belle, dit la pauvre enfant, ce n'est pas à moi, mais à votre cousine qu'il faut adresser ce mot.

— Oh! ma cousine l'est toujours, répondit l'avocat. N'est-ce pas, père Rogron? dit-il en se tournant vers le maître du logis et lui frappant dans la main.

— Oui, répondit Rogron.

— Pourquoi le faire parler contre sa pensée? Il ne m'a jamais trouvée de son goût, reprit Bathilde en se tenant devant Rogron. N'est-il pas vrai? Regardez-moi.

Rogron la contempla des pieds à la tête, et

ferma doucement les yeux comme un chat à qui l'on gratte le crâne.

— Vous êtes trop belle, dit-il, trop dangereuse à voir.

— Pourquoi?

Rogron regarda les tisons et garda le silence. En ce moment mademoiselle Habert entra suivie du colonel. Céleste Habert, devenue l'ennemi commun, ne comptait que Sylvie pour elle; mais chacun lui témoignait d'autant plus d'égards, de politesse et d'aimables attentions que chacun la sapait, en sorte qu'elle était entre ces preuves d'intérêt et la défiance que son frère éveillait en elle. Le vicaire, quoique loin du théâtre de la guerre, y devinait tout. Aussi, quand il comprit que les espérances de sa sœur étaient mortes, devint-il un des plus terribles antagonistes des Rogron. Chacun se peindra mademoiselle Habert sur-le-champ, quand on saura que, si elle n'avait pas été maîtresse et archimaîtresse de pension, elle aurait toujours eu l'air d'être une institutrice. Les institutrices ont une manière à elles de mettre leurs bonnets. De même que les vieilles Anglaises ont acquis le monopole des turbans, les institutrices ont le monopole de ces bonnets; la carcasse y domine les fleurs, les fleurs en sont plus qu'artificielles; longtemps gardé dans les armoires, ce bonnet est toujours neuf et toujours vieux, même le premier jour. Ces filles font consister leur honneur à imiter les mannequins des peintres; elles sont assises sur leurs hanches et non sur leurs chaises. Quand on leur parle, elles tournent en bloc sur leur buste au lieu de ne tourner que leur tête; et, quand leurs robes crient, on est tenté de croire que les ressorts de ces espèces de mécanismes sont dérangés. Mademoiselle Habert, l'idéal de ce genre, avait l'œil sévère, la bouche grimée, et sous son menton rayé de rides les brides de son bonnet, flasques et flétries, allaient et venaient au gré de ses mouvements. Elle avait un petit agrément dans deux signes un peu forts, un peu bruns, ornés de poils qu'elle laissait croître comme des clématites échevelées. Enfin elle prenait du tabac et le prenait sans grâce. On se mit au travail du boston. Sylvie eut en face d'elle mademoiselle Habert, et le colonel fut mis à côté, devant madame de Chargebœuf. Bathilde resta près de sa mère et de Rogron. Sylvie plaça Pierrette entre elle et le colonel. Rogron déploya l'autre table, au cas où messieurs Néraud, Cournant et sa femme viendraient. Vinet et Bathilde savaient jouer le whist [117], que jouaient monsieur et madame Cournant. Depuis que ces dames de Chargebœuf, comme disaient les gens de Provins, venaient chez les Rogron, les deux lampes brillaient sur la cheminée entre les candélabres et la pendule, et les tables étaient éclairées en bougies à quarante sous la livre, payées d'ailleurs par le prix des cartes.

— Eh ! bien, Pierrette, prends donc ton ouvrage, ma fille, dit Sylvie à sa cousine avec une perfide douceur en la voyant regarder le jeu du colonel.

Elle affectait de toujours très bien traiter Pierrette en public. Cette infâme tromperie irritait la loyale Bretonne et lui faisait mépriser sa cousine. Pierrette prit sa broderie; mais, en tirant ses points, elle continuait à regarder dans le jeu de Gouraud. Gouraud n'avait pas l'air de savoir qu'il y eût une petite fille à côté de lui. Sylvie l'observait et commençait à trouver cette indifférence excessivement suspecte. Il y eut un moment de la soirée où la vieille fille entreprit une grande Misère en cœur, le panier était plein de fiches et contenait en outre vingt-sept sous. Les Cournant et Néraud étaient venus. Le vieux Juge-suppléant, Desfondrilles, à qui le Ministère de la Justice trouvait la capacité d'un juge en le chargeant des fonctions de Juge-d'Instruction, mais qui n'avait jamais assez de talent dès qu'il s'agissait d'être juge en pied, et qui, depuis deux mois, abandonnait le parti des Tiphaine et se tournait vers le parti Vinet, se tenait devant la cheminée, le dos au feu, les basques de son habit relevées. Il regardait ce magnifique salon où brillait mademoiselle de Chargebœuf, car il semblait que cette décoration rouge eût été faite exprès pour rehausser les beautés de cette magnifique personne. Le silence régnait, Pierrette regardait jouer la Misère, et l'attention de Sylvie avait été détournée par l'intérêt du coup.

— Jouez là, dit Pierrette au colonel en lui indiquant cœur.

Le colonel entame une séquence de cœur; les cœurs étaient entre Sylvie et lui; le colonel atteint l'as, quoiqu'il fût gardé chez Sylvie par cinq petites cartes.

— Le coup n'est pas loyal, Pierrette a vu mon jeu, et le colonel s'est laissé conseiller par elle.

— Mais, mademoiselle, dit Céleste, le jeu du colonel était de continuer cœur, puisqu'il vous en trouvait!

Cette phrase fit sourire monsieur Desfondrilles, homme fin et qui avait fini par s'amuser de tous les intérêts en jeu dans Provins, où il jouait le rôle de Rigaudin de *la Maison en loterie* de Picard [118].

— C'est le jeu du colonel, dit Cournant sans savoir de quoi il s'agissait.

Sylvie jeta sur mademoiselle Habert un de ces regards de vieille fille à vieille fille, atroce et doucereux.

— Pierrette, vous avez vu mon jeu, dit Sylvie en fixant ses yeux sur sa cousine.

— Non, ma cousine.

— Je vous regardais tous, dit le juge archéologue, je puis certifier que la petite n'a vu que le colonel.

— Bah! les petites filles, dit Gouraud épouvanté, savent joliment couler leurs yeux en douceur.

— Ah! fit Sylvie.

— Oui, reprit Gouraud, elle a pu voir dans votre jeu pour vous jouer une malice. N'est-ce pas, ma petite belle?

— Non, dit la loyale Bretonne, j'en suis incapable, et je me serais dans ce cas intéressée au jeu de ma cousine.

— Vous savez bien que vous êtes une menteuse, et de plus une petite sotte, dit Sylvie Comment peut-on, depuis ce qui s'est passé ce matin, ajouter la moindre foi à vos paroles? Vous êtes une...

Pierrette ne laissa pas sa cousine achever en sa présence ce qu'elle allait dire. En devinant un torrent d'injures, elle se leva, sortit sans lumière et monta chez elle. Sylvie devint pâle de rage et dit entre ses dents : — Elle me le payera.

— Payez-vous la Misère? dit madame de Chargebœuf.

En ce moment la pauvre Pierrette se cogna le front à la porte du corridor que le juge avait laissée ouverte.

— Bon, c'est bien fait ! s'écria Sylvie.

— Que lui arrive-t-il? demanda Desfondrilles.

— Rien qu'elle ne mérite, répondit Sylvie.

— Elle a reçu quelque mauvais coup, dit mademoiselle Habert.

Sylvie essaya de ne pas payer sa Misère en se levant pour aller voir ce qu'avait fait Pierrette, mais madame de Chargebœuf l'arrêta.

— Payez-nous d'abord, lui dit-elle en riant, car vous ne vous souviendriez plus de rien en revenant.

Cette proposition, fondée sur la mauvaise foi que l'ex-mercière mettait dans ses dettes de jeu ou dans ses chicanes, obtint l'assentiment général. Sylvie se rassit, ne pensa plus à Pierrette, et cette indifférence n'étonna personne. Pendant toute la soirée, Sylvie eut une préoccupation constante. Quand le boston fut fini, vers neuf heures et demie, elle se plongea dans une bergère au coin de sa cheminée et ne se leva que pour les salutations et les adieux. Le colonel la mettait à la torture, elle ne savait plus que penser de lui.

— Les hommes sont si faux! dit-elle en s'endormant.

Pierrette s'était donné un coup affreux dans le champ de la porte qu'elle avait heurtée avec sa tête à la hauteur de l'oreille, à l'endroit où les jeunes filles séparent de leurs cheveux cette portion qu'elles mettent en papillotes. Le lendemain, il s'y trouva de fortes ecchymoses.

— Dieu vous a punie, lui dit sa cousine le lendemain au déjeuner, vous m'avez désobéi, vous avez manqué au respect que vous me devez en ne m'écoutant pas et en vous en allant au milieu de ma phrase, vous n'avez que ce que vous méritez.

— Cependant, dit Rogron, il faudrait y mettre une compresse d'eau et de sel.

— Bah ! ce ne sera rien, mon cousin, dit Pierrette.

La pauvre enfant en était arrivée à trouver une preuve d'intérêt dans l'observation de son tuteur.

La semaine s'acheva comme elle avait commencé, dans des tourments continuels. Sylvie devint ingénieuse et poussa les raffinements de sa tyrannie jusqu'aux recherches les plus sauvages. Les Illinois, les Chérokées, les Mohicans auraient pu s'instruire avec elle. Pierrette n'osa pas se plaindre des souffrances vagues, des douleurs qu'elle sentit à la tête. La source du mécontentement de sa cousine était la non-révélation relativement à Brigaut, et, par un entêtement breton, Pierrette s'obstinait à garder un silence très explicable. Chacun comprendra maintenant quel fut le regard que l'enfant jeta sur Brigaut, qu'elle crut perdu pour elle, s'il était découvert, et que, par instinct, elle voulait avoir près d'elle, heureuse de le savoir à Provins. Quelle joie pour elle d'apercevoir Brigaut ! L'aspect de son camarade d'enfance était comparable au regard que jette un exilé de loin sur sa patrie, au regard du martyr sur le ciel où ses yeux, armés d'une seconde vue, ont la puissance de pénétrer pendant les ardeurs du supplice. Le dernier regard de Pierrette avait été si parfaitement compris par le fils du major, que, tout en rabotant ses planches, en ouvrant son compas, prenant ses mesures et ajustant ses bois, il se creusait la cervelle pour pouvoir correspondre avec Pierrette. Brigaut finit par arriver à cette machination d'une excessive simplicité. A une certaine heure de la nuit, Pierrette déroulerait une ficelle au bout de laquelle il attacherait une lettre. Au milieu des souffrances horribles que causait à Pierrette sa double maladie, un dépôt qui se formait à sa tête et le dérangement de sa constitution, elle était soutenue par la pensée de correspondre avec Brigaut. Un même désir agitait ces deux cœurs; séparés, ils s'entendaient! A chaque coup reçu dans le cœur, à chaque élancement de la tête, Pierrette se disait : — Brigaut est ici! Et alors elle souffrait sans se plaindre.

Au premier marché qui suivit leur première rencontre à l'église, Brigaut guetta sa petite amie. Quoiqu'il la vît tremblant [119] et pâle comme une feuille de novembre près de quitter son rameau, sans perdre la tête, il marchanda des fruits à la marchande avec laquelle la terrible Sylvie marchandait sa provision. Brigaut put glisser un billet à Pierrette, et Brigaut le glissa naturellement en plaisantant la marchande et avec l'aplomb d'un roué, comme s'il n'avait jamais fait que ce métier, tant il mit de sang-froid à son action, malgré le sang chaud qui sifflait à ses oreilles et qui sortait bouillonnant de son cœur en lui brisant les veines et les artères. Il eut la résolution d'un vieux forçat au dehors, et au dedans les tremblements de l'innocence, absolument comme certaines mères dans leurs crises mortelles où elles sont prises entre deux dangers, entre deux précipices. Pierrette eut les vertiges de Brigaut, elle serra le papier dans la poche de son tablier. Les plaques de ses pommettes passèrent au rouge cerise des feux violents. Ces deux enfants éprouvèrent de part et d'autre, à leur insu, des sensations à défrayer dix amours vulgaires. Ce moment leur laissa dans l'âme une source vive d'émotions. Sylvie, qui ne connaissait pas l'accent breton, ne pouvait voir un amoureux dans Brigaut, et Pierrette revint au logis avec son trésor.

Les lettres de ces deux pauvres enfants devaient servir de pièces dans un horrible débat judiciaire; car sans ces fatales circonstances, elles n'eussent jamais été connues. Voici donc ce que Pierrette lut le soir dans sa chambre :

« Ma chère Pierrette, à minuit, à l'heure où » chacun dort, mais où je veillerai pour toi, je » serai toutes les nuits au bas de la fenêtre de » la cuisine. Tu peux descendre par ta croisée » une ficelle assez longue pour qu'elle arrive » jusqu'à moi, ce qui ne fera pas de bruit, et tu » y attacheras ce que tu auras à m'écrire. Je te » répondrai par le même moyen. J'ai su qu'*ils* » t'avaient appris à lire et à écrire, ces misé» rables parents qui te devaient faire tant de » bien et qui te font tant de mal! Toi, Pierrette, » fille d'un colonel mort pour la France, réduite » par ces monstres à faire leur cuisine?... Voilà » donc où sont allées tes jolies couleurs et ta » belle santé! Qu'est devenue ma Pierrette? » qu'en ont-ils fait? Je vois bien que tu n'es pas » à ton aise. Oh! Pierrette, retournons en Bre» tagne. Je puis gagner de quoi te donner tout ce » qui te manque : tu pourras avoir trois francs » par jour; car j'en gagne de quatre à cinq, et » trente sous me suffisent. Ah! Pierrette, comme » j'ai prié le bon Dieu pour toi depuis que je

» t'ai revue! Je lui ai dit de me donner toutes
» tes souffrances et de te départir tous les plai-
» sirs. Que fais-tu donc avec eux, qu'ils te
» gardent? Ta grand'mère est plus qu'eux. Ces
» Rogron sont venimeux, ils t'ont ôté ta gaieté.
» Tu ne marches plus à Provins comme tu te
» mouvais en Bretagne. Retournons en Bretagne!
» Enfin je suis là pour te servir, pour faire tes
» commandements, et tu me diras ce que tu
» veux. Si tu as besoin d'argent, j'ai à nous
» soixante écus, et j'aurai la douleur de te les
» envoyer par la ficelle au lieu de baiser avec
» respect tes chères mains en les y mettant. Ah!
» voilà bien du temps, ma pauvre Pierrette, que
» le bleu du ciel s'est brouillé pour moi. Je n'ai
» pas eu deux heures de plaisir depuis que je t'ai
» mise dans cette diligence de malheur; et quand
» je t'ai revue comme une ombre, cette sorcière
» de parente a troublé notre heur. Enfin nous
» aurons la consolation tous les dimanches de
» prier Dieu ensemble, il nous écoutera peut-
» être mieux. Sans adieu, ma chère Pierrette, et
» à cette nuit. »

Cette lettre émut tellement Pierrette, qu'elle demeura plus d'une heure à la relire et à la regarder; mais elle pensa non sans douleur qu'elle n'avait rien pour écrire. Elle entreprit donc le difficile voyage de sa mansarde à la salle à manger, où elle pouvait trouver de l'encre, une plume, du papier, et put l'accomplir sans avoir réveillé sa terrible cousine. Quelques instants avant minuit elle avait écrit cette lettre, qui fut également citée au procès :

« Mon ami, oh! oui, mon ami, car il n'y a que
» toi, Jacques, et ma grand'mère qui m'aimiez.

» Que Dieu me le pardonne, mais vous êtes aussi
» les deux seules personnes que j'aime l'une
» comme l'autre, ni plus ni moins. J'étais trop
» petite pour avoir pu connnaître ma petite
» maman; mais toi, Jacques, et ma grand'mère,
» mon grand-père aussi, Dieu lui donne le Ciel!
» car il a bien souffert de sa ruine, qui a été la
» mienne, enfin vous deux qui êtes restés, je
» vous aime autant que je suis malheureuse!
» Aussi, pour connaître combien je vous aime
» faudrait-il que vous sachiez combien je souffre;
» et je ne le désire pas, cela vous ferait trop de
» peine. On me parle comme nous ne parlons pas
» aux chiens! on me traite comme la dernière
» des dernières! et j'ai beau m'examiner comme
» si j'étais devant Dieu, je ne me trouve pas de
» fautes envers eux. Avant que tu me chantes le
» chant des mariées, je reconnaissais la bonté de
» Dieu dans mes douleurs; car, comme je le
» priais de me retirer de ce monde, et que je me
» sentais bien malade, je me disais : Dieu
» m'entend! Mais, Brigaut, puisque te voilà, je
» veux nous en aller en Bretagne retrouver ma
» grand'maman qui m'aime, quoiqu'ils m'aient
» dit qu'elle m'avait volé huit mille francs. Est-ce
» que je puis posséder huit mille francs, Brigaut?
» S'ils sont à moi, peux-tu les avoir? Mais c'est
» des mensonges; si nous avions huit mille
» francs, ma grand'mère ne serait pas à Saint-
» Jacques. Je n'ai pas voulu troubler ses der-
» niers jours, à cette bonne sainte femme, par le
» récit de mes tourments : elle serait pour en
» mourir. Ah! si elle savait qu'on fait laver la
» vaisselle à sa petite-fille, elle qui me disait :
» Laisse ça, ma mignonne, quand dans ses
» malheurs je voulais l'aider; laisse, laisse, mon

» mignon, tu gâterais tes jolies menottes. Ah!
» bien, j'ai les ongles propres, va! La plupart du
» temps, je ne puis porter le panier aux provi-
» sions, qui me scie le bras en revenant du
» marché. Cependant je ne crois pas que mon
» cousin et ma cousine soient méchants; mais
» c'est leur idée de toujours gronder, et il paraît
» que je ne puis pas les quitter. Mon cousin est
» mon tuteur. Un jour que j'ai voulu m'enfuir
» par trop de mal, et que je le leur ai dit, ma
» cousine Sylvie m'a répondu que la gendarmerie
» irait après moi, que la loi était pour mon
» tuteur, et j'ai bien compris que les cousins ne
» remplaçaient pas plus notre père ou notre
» mère que les saints ne remplacent le bon Dieu.
» Que veux-tu, mon pauvre Jacques, que je
» fasse de ton argent? Garde-le pour notre
» voyage. Oh! comme je pensais à toi et à Pen-
» Hoël et au grand étang! C'est là que nous avons
» mangé notre pain blanc en premier, car il me
» semble que je vais à mal. Je suis bien malade,
» Jacques! J'ai dans la tête des douleurs à crier,
» et dans les os, dans le dos, puis je ne sais quoi
» aux reins qui me tue, et je n'ai d'appétit que
» pour de vilaines choses, des racines, des
» feuilles; enfin j'aime à sentir l'odeur des pa-
» piers imprimés. Il y a des moments où je pleu-
» rerais si j'étais seule, car on ne me laisse rien
» faire à ma guise, et je n'ai même pas la permis-
» sion de pleurer. Il faut me cacher pour offrir
» mes larmes à celui de qui nous tenons ces
» grâces que nous nommons nos afflictions.
» N'est-ce pas lui qui t'a donné la bonne pensée
» de venir chanter sous mes fenêtres le chant des
» mariées? Ah! Jacques, ma cousine, qui t'a
» entendu, m'a dit que j'avais un amant. Si tu

» veux être mon amant, aime-moi bien; je te pro-
» mets de t'aimer toujours comme par le passé
» et d'être ta fidèle servante.

» Pierrette LORRAIN. »

« Tu m'aimeras toujours, n'est-ce pas? »

La Bretonne avait pris dans la cuisine une croûte de pain où elle fit un trou pour mettre la lettre et donner de l'aplomb à son fil. A minuit, après avoir ouvert sa fenêtre avec des précautions excessives, elle descendit sa lettre et le pain, qui ne pouvait faire aucun bruit en heurtant le mur ou les persiennes. Elle sentit le fil tiré par Brigaut qui le cassa, puis s'éloigna lentement à pas de loup. Quand il fut au milieu de la place, elle put le voir indistinctement à la clarté des étoiles; mais lui la contemplait dans la zone lumineuse de la lumière projetée par la chandelle. Ces deux enfants demeurèrent ainsi pendant une heure, Pierrette lui faisant signe de s'en aller, lui partant, elle restant, et lui venant reprendre son poste, et Pierrette lui commandant de nouveau de quitter la place. Ce manège eut lieu plusieurs fois, jusqu'à ce que la petite fermât sa fenêtre, se couchât et soufflât sa lumière. Une fois au lit, elle s'endormit heureuse, quoique souffrante : elle avait la lettre de Brigaut sous son chevet. Elle dormit comme dorment les persécutés, d'un sommeil embelli par les anges, ce sommeil aux atmosphères d'or et d'outre-mer, pleines d'arabesques divines entrevues et rendues par Raphaël.

La nature morale avait tant d'empire sur cette délicate nature physique, que le lendemain Pierrette se leva joyeuse et légère comme une alouette, radieuse et gaie. Un pareil changement ne pouvait échapper à l'œil de sa cousine, qui, cette fois, au lieu de la gronder, se mit à l'observer avec l'attention d'une pie. D'où lui vient tant de bonheur? fut une pensée de jalousie et non de tyrannie. Si le colonel n'eût pas occupé Sylvie, elle aurait dit à Pierrette, comme autrefois : — Pierrette, vous êtes bien turbulente ou bien insouciante de ce que l'on vous dit! La vieille fille résolut d'espionner Pierrette comme les vieilles filles savent espionner. Cette journée fut sombre et muette comme le moment qui précède un orage.

— Vous ne souffrez donc plus, mademoiselle? dit Sylvie au dîner. Quand je te disais qu'elle fait tout cela pour nous tourmenter! s'écria-t-elle en s'adressant à son frère, sans attendre la réponse de Pierrette.

— Au contraire, ma cousine, j'ai comme la fièvre...

— La fièvre de quoi? Vous êtes gaie comme pinson. Vous avez peut-être revu quelqu'un?

Pierrette frissonna et baissa les yeux sur son assiette.

— Tartufe! s'écria Sylvie. A quatorze ans! déjà! quelles dispositions! Mais vous serez donc une malheureuse?

— Je ne sais pas ce que vous voulez dire, reprit Pierrette en levant ses beaux yeux bruns lumineux sur sa cousine.

— Aujourd'hui, dit-elle, vous resterez dans la salle à manger avec une chandelle, à travailler. Vous êtes de trop au salon, et je ne veux pas que vous regardiez dans mon jeu pour conseiller vos favoris.

Pierrette ne sourcilla pas.

— Dissimulée! s'écria Sylvie en sortant.

Rogron, qui ne comprenait rien aux paroles de sa sœur, dit à Pierrette : — Qu'avez-vous donc ensemble? Tâche de plaire à ta cousine, Pierrette; elle est bien indulgente, bien douce, et, si tu lui donnes de l'humeur, assurément tu dois avoir tort. Pourquoi vous chamaillez-vous? Moi, j'aime à vivre tranquille. Regarde mademoiselle Bathilde, tu devrais te modeler sur elle.

Pierrette pouvait tout supporter, Brigaut viendrait sans doute à minuit lui apporter une réponse, et cette espérance était le viatique de sa journée. Mais elle usait ses dernières forces! Elle ne dormit pas, elle resta debout, écoutant sonner les heures aux pendules et craignant de faire du bruit. Enfin minuit sonna, elle ouvrit doucement sa fenêtre, et cette fois elle usa d'une corde qu'elle s'était procurée en attachant plusieurs bouts de ficelle les uns aux autres. Elle avait entendu les pas de Brigaut; et, quand elle eut retiré sa corde, elle lut la lettre suivante, qui la combla de joie :

« Ma chère Pierrette, si tu souffres tant, il ne » faut pas te fatiguer à m'attendre. Tu m'entendras bien crier comme criaient les *Chuins* (les » Chouans). Heureusement mon père m'a appris » à imiter leur cri. Donc, je crierai trois fois, tu » sauras alors que je suis là et qu'il faut me » tendre la corde; mais je ne viendrai pas avant » quelques jours. J'espère t'annoncer une bonne » nouvelle. Oh! Pierrette, mourir! mais, Pierrette, y penses-tu? Tout mon cœur a tremblé; » je me suis cru mort moi-même à cette idée. » Non, ma Pierrette, tu ne mourras pas, tu vivras » heureuse et tu seras bientôt délivrée de tes per-

» sécuteurs. Si je ne réussissais pas dans ce que
» j'entreprends pour te sauver, j'irais parler à la
» Justice, et je dirais à la face du ciel et de la
» terre comment te traitent d'indignes parents.
» Je suis certain que tu n'as plus que quelques
» jours à souffrir : prends patience, Pierrette!
» Brigaut veille sur toi comme au temps où nous
» allions glisser sur l'étang et que je t'ai retirée
» du grand trou où nous avons manqué périr
» ensemble. Adieu, ma chère Pierrette, dans quel-
» ques jours nous serons heureux, si Dieu le
» veut. Hélas! je n'ose te dire la seule chose qui
» s'opposerait à notre réunion. Mais Dieu nous
» aime! Dans quelques jours, je pourrai donc
» voir ma chère Pierrette en liberté, sans soucis,
» sans qu'on m'empêche de te regarder, car j'ai
» bien faim de te voir, ô Pierrette! Pierrette qui
» daignes m'aimer et me le dire. Oui, Pierrette,
» je serai ton amant, mais quand j'aurai gagné
» la fortune que tu mérites, et jusque-là je ne
» veux être pour toi qu'un dévoué serviteur de
» la vie duquel tu peux disposer. Adieu.

» Jacques BRIGAUT. »

Voici ce que le fils du major ne disait pas à Pierrette. Brigaut avait écrit la lettre suivante à madame Lorrain, à Nantes :

« Madame Lorrain, votre petite-fille va mou-
» rir, accablée de mauvais traitements, si vous
» ne venez pas la réclamer; j'ai eu de la peine à
» la reconnaître, et, pour vous mettre à même de
» juger les choses, je vous joins à la présente la
» lettre que j'ai reçue de Pierrette. Vous passez
» ici pour avoir la fortune de votre petite-fille, et
» vous devez vous justifier de cette accusation.

» Enfin, si vous le pouvez, venez vite, nous pou-
» vons encore être heureux, et plus tard vous
» trouveriez Pierrette morte.

» Je suis avec respect votre dévoué serviteur.

» Jacques BRIGAUT.

» Chez monsieur Frappier, menuisier, Grand'-rue, à Provins. »

Brigaut avait peur que la grand'mère de Pierrette ne fût morte.

Quoique la lettre de celui que dans son innocence elle nommait son amant fût presque une énigme pour la Bretonne, elle y crut avec sa vierge foi. Son cœur éprouva la sensation que les voyageurs du désert ressentent en apercevant de loin les palmiers autour du puits. Dans peu de jours son malheur cesserait, Brigaut le lui disait; elle dormit sur la promesse de son ami d'enfance; et cependant, en joignant cette lettre à l'autre, elle eut une affreuse pensée affreusement exprimée.

— Pauvre Brigaut, se dit-elle, il ne sait pas dans quel trou j'ai mis les pieds.

Sylvie avait entendu Pierrette, elle avait également entendu Brigaut sous sa fenêtre, elle se leva, se précipita pour examiner la place à travers les persiennes, et vit, au clair de la lune, un homme s'éloignant vers la maison où demeurait le colonel et en face de laquelle Brigaut resta. La vieille fille ouvrit tout doucement sa porte, monta, fut stupéfaite de voir de la lumière chez Pierrette, regarda par le trou de la serrure et ne put rien voir.

— Pierrette, dit-elle, êtes-vous malade?

— Non, ma cousine, répondit Pierrette surprise.

— Pourquoi donc avez-vous de la lumière à minuit? Ouvrez. Je dois savoir ce que vous faites.

Pierrette vint ouvrir, nu-pieds, et sa cousine vit la ficelle amassée que Pierrette n'avait pas eu le soin de serrer, n'imaginant point être surprise. Sylvie sauta dessus.

— A quoi cela vous sert-il?

— A rien, ma cousine.

— A rien? dit-elle. Bon! toujours mentir. Vous n'irez pas ainsi dans le paradis. Recouchez-vous, vous avez froid.

Elle n'en demanda pas plus et se retira, laissant Pierrette frappée de terreur par cette clémence. Au lieu d'éclater, Sylvie avait soudain résolu de surprendre le colonel et Pierrette, de saisir les lettres et de confondre les deux amants qui la trompaient. Pierrette, inspirée par son danger, doubla son corset avec ses deux lettres et les recouvrit de calicot.

Là finirent les amours de Pierrette et de Brigaut.

Pierrette fut bien heureuse de la détermination de son ami, car les soupçons de sa cousine allaient être déjoués en ne trouvant plus d'aliment. En effet, Sylvie passa trois nuits sur ses jambes et trois soirées à épier l'innocent colonel, sans voir ni chez Pierrette, ni dans la maison, ni au dehors, rien qui décelât leur intelligence. Elle envoya Pierrette à confesse et prit ce moment pour tout fouiller chez cette enfant, avec l'habitude, la perspicacité des espions et des commis de barrières de Paris. Elle ne trouva rien. Sa fureur atteignit à l'apogée des sentiments humains. Si Pierrette avait été là, certes elle l'eût frappée sans pitié. Pour une fille de cette trempe, la jalousie était moins un sentiment qu'une occupation : elle vivait, elle sentait battre son cœur, elle avait des émotions jusqu'alors complètement inconnues pour elle : le moindre mouvement la tenait éveillée, elle écoutait les plus légers bruits, elle observait Pierrette avec une sombre préoccupation.

— Cette petite misérable me tuera! disait-elle.

Les sévérités de Sylvie envers sa cousine arrivèrent à la cruauté la plus raffinée et empirèrent la situation déplorable où Pierrette se trouvait. La pauvre petite avait régulièrement la fièvre, et ses douleurs à la tête devinrent intolérables. En huit jours, elle offrit aux habitués de la maison Rogron une figure de souffrance qui certes eût attendri des intérêts moins cruels; mais le médecin Néraud, conseillé peut-être par Vinet, resta plus d'une semaine sans venir. Le colonel, soupçonné par Sylvie, eut peur de faire manquer son mariage en marquant la plus légère sollicitude pour Pierrette. Bathilde expliquait le changement de cette enfant par une crise prévue, naturelle et sans danger. Enfin, un dimanche soir, où Pierrette était au salon, alors plein de monde, elle ne put résister à tant de douleurs, elle s'évanouit complètement; et le colonel, qui s'aperçut le premier de l'évanouissement, alla la prendre et la porta sur l'un des canapés.

— Elle l'a fait exprès, dit Sylvie en regardant mademoiselle Habert et ceux qui jouaient avec elle.

— Je vous assure que votre cousine est fort mal, dit le colonel.

— Elle était très bien dans vos bras, dit Sylvie au colonel avec un affreux sourire.

— Le colonel a raison, dit madame de Chargebœuf, vous devriez faire venir un médecin. Ce matin, à l'église, chacun parlait en sortant de l'état de mademoiselle Lorrain, qui est visible.

— Je meurs, dit Pierrette.

Desfondrilles appela Sylvie et lui dit de défaire la robe de sa cousine. Sylvie accourut en disant : — C'est des giries! Elle défit la robe, elle allait toucher au corset, Pierrette alors trouva des forces surhumaines, elle se redressa et s'écria : — Non! non! j'irai me coucher.

Sylvie avait tâté le corset, et sa main y avait senti les papiers. Elle laissa Pierrette se sauver, en disant à tout le monde : — Eh! bien, que dites-vous de sa maladie? ce sont des frimes! Vous ne sauriez deviner la perversité de cette enfant.

Après la soirée, elle retint Vinet, elle était furieuse, elle voulait se venger; elle fut grossière avec le colonel quand il lui fit ses adieux. Le colonel jeta sur Vinet un certain regard qui le menaçait jusque dans le ventre, et semblait y marquer la place d'une balle. Sylvie pria Vinet de rester. Quand ils furent seuls, la vieille fille lui dit : — Jamais, ni de ma vie, ni de mes jours, je n'épouserai le colonel!

— Maintenant que vous en avez pris la résolution, je puis parler. Le colonel est mon ami, mais je suis plus le vôtre que le sien : Rogron m'a rendu des services que je n'oublierai jamais. Je suis aussi bon ami qu'implacable ennemi. Certes, une fois à la Chambre, on verra jusqu'où je saurai parvenir, et Rogron sera Receveur-Général de ma façon... Eh! bien, jurez-moi de ne jamais rien répéter de notre conversation? Sylvie fit un signe affirmatif. — D'abord ce brave colonel est joueur comme les cartes.

— Ah! fit Sylvie.

— Sans les embarras où sa passion l'a mis, il eût été Maréchal de France peut-être, reprit l'avocat. Ainsi, votre fortune, il pourrait la dévorer! mais c'est un homme profond. Ne croyez pas que les époux ont ou n'ont pas d'enfants à volonté : Dieu donne les enfants, et vous savez ce qui vous arriverait. Non, si vous voulez vous marier, attendez que je sois à la Chambre, et vous pourrez épouser ce vieux Desfondrilles, qui sera Président du Tribunal. Pour vous venger, mariez votre frère à mademoiselle de Chargebœuf, je me charge d'obtenir son consentement; elle aura deux mille francs de rente et vous serez alliés aux Chargebœuf comme je le suis. Croyez-le, les Chargebœuf nous tiendront un jour pour cousins.

— Gouraud aime Pierrette, fut la réponse de Sylvie.

— Il en est bien capable, dit Vinet, et capable de l'épouser après votre mort.

— Un joli petit calcul, dit-elle.

— Je vous l'ai dit, c'est un homme rusé comme le diable! Mariez votre frère en annonçant que vous voulez rester fille pour laisser votre bien à vos neveux ou nièces, vous atteignez d'un seul coup Pierrette et Gouraud, et vous verrez quelle mine il vous fera.

— Ah! c'est vrai, s'écria la vieille fille, je les tiens. Elle ira dans un magasin et n'aura rien. Elle est sans le sou, qu'elle fasse comme nous, qu'elle travaille!

Vinet sortit après avoir fait entrer son plan

dans la tête de Sylvie, dont l'entêtement lui était connu. La vieille fille devait finir par croire que ce plan venait d'elle. Vinet trouva sur la place le colonel fumant un cigare, et qui l'attendait.

— Halte! lui dit Gouraud. Vous m'avez démoli, mais il y a dans la démolition assez de pierres pour vous enterrer.

— Colonel!

— Il n'y a pas de colonel, je vais vous mener bon train; et, d'abord, vous ne serez jamais Député...

— Colonel!

— Je dispose de dix voix, et l'élection dépend de...

— Colonel, écoutez-moi donc? N'y a-t-il que la vieille Sylvie? Je viens d'essayer de vous justifier : vous êtes atteint et convaincu d'écrire à Pierrette, elle vous a vu sortant de chez vous à minuit pour venir sous ses fenêtres...

— Bien trouvé!

— Elle va marier son frère à Bathilde, et réserver sa fortune à leurs enfants.

— Rogron en aura-t-il?

— Oui, dit Vinet. Mais je vous promets de vous trouver une jeune et agréable personne avec cent cinquante mille francs. Etes-vous fou? pouvons-nous nous brouiller? Les choses ont, malgré moi, tourné contre vous; mais vous ne me connaissez pas.

— Eh! bien, il faut se connaître, reprit le colonel. Faites-moi épouser une femme de cinquante mille écus avant les élections, sinon votre serviteur. Je n'aime pas les mauvais coucheurs, et vous avez tiré à vous toute la couverture. Bonsoir.

— Vous verrez, dit Vinet en serrant affectueusement la main au colonel.

Vers une heure du matin, les trois cris clairs et nets d'une chouette, admirablement bien imités, retentirent sur la place; Pierrette les entendit dans son sommeil fiévreux, elle se leva toute moite, ouvrit sa fenêtre, vit Brigaut, et lui jeta un peloton de soie auquel il attacha une lettre. Sylvie, agitée par les événements de la soirée et par ses irrésolutions, ne dormait pas; elle crut à la chouette.

— Ah! quel oiseau de mauvais augure. Mais, tiens! Pierrette se lève! Qu'a-t-elle?

En entendant ouvrir la fenêtre de la mansarde, Sylvie alla précipitamment à sa fenêtre, et entendit le long de ses persiennes le frôlement du papier de Brigaut. Elle serra les cordons de sa camisole et monta lestement chez Pierrette, qu'elle trouva détortillant la soie et dégageant la lettre.

— Ah! je vous y prends, s'écria la vieille fille en allant à la fenêtre et voyant Brigaut qui se sauvait à toutes jambes. Vous allez me donner cette lettre.

— Non, ma cousine, dit Pierrette qui, par une de ces immenses inspirations de la jeunesse, et soutenue par son âme, s'éleva jusqu'à la grandeur de la résistance que nous admirons dans l'histoire de quelques peuples réduits au désespoir.

— Ah! vous ne voulez pas?... s'écria Sylvie en s'avançant vers sa cousine et lui montrant un horrible masque plein de haine et grimaçant de fureur.

Pierrette se recula pour avoir le temps de mettre sa lettre dans sa main, qu'elle tint serrée par une force invincible. En voyant cette manœuvre, Sylvie empoigna dans ses pattes de homard la délicate, la blanche main de Pierrette, et voulut la lui ouvrir. Ce fut un combat terrible, un combat infâme, comme tout ce qui attente à la pensée, seul trésor que Dieu mette hors de toute puissance, et garde comme un lien secret entre les malheureux et lui. Ces deux femmes, l'une mourante et l'autre pleine de vigueur, se regardèrent fixement. Les yeux de Pierrette lançaient à son bourreau ce regard du Templier recevant dans la poitrine des coups de balancier en présence de Philippe-le-Bel, qui ne put soutenir ce rayon terrible, et quitta la place foudroyé. Sylvie, femme et jalouse, répondait à ce regard magnétique par des éclairs sinistres. Un horrible silence régnait. Les doigts serrés de la Bretonne opposaient aux tentatives de sa cousine une résistance égale à celle d'un bloc d'acier. Sylvie torturait le bras de Pierrette, elle essayait d'ouvrir les doigts; et n'obtenant rien, elle plantait inutilement ses ongles dans la chair. Enfin, la rage s'en mêlant, elle porta ce poing à ses dents pour essayer de mordre les doigts et de vaincre Pierrette par la douleur. Pierrette la défiait toujours par le terrible regard de l'innocence. La fureur de la vieille fille s'accrut à un tel point qu'elle arriva jusqu'à l'aveuglement; elle prit le bras de Pierrette et se mit à frapper le poing sur l'appui de la fenêtre, sur le marbre de la cheminée, comme quand on veut casser une noix pour en avoir le fruit.

— Au secours! au secours! cria Pierrette, on me tue!

— Ah! tu cries, et je te prends avec un amoureux au milieu de la nuit?...

Et elle frappait sans pitié.

— Au secours! cria Pierrette, qui avait le poing en sang.

En ce moment des coups furent violemment frappés à la porte. Egalement lassées, les deux cousines s'arrêtèrent.

Rogron, éveillé, inquiet, ne sachant ce dont il s'agissait, se leva, courut chez sa sœur et ne la vit pas; il eut peur, descendit, ouvrit et fut comme renversé par Brigaut, suivi d'une espèce de fantôme. En ce moment même les yeux de Sylvie aperçurent le corset de Pierrette, elle se souvint d'y avoir senti des papiers; elle sauta dessus comme un tigre sur sa proie, entortilla le corset autour de son poing et le lui montra en lui souriant comme un Iroquois sourit à son ennemi avant de le scalper.

— Ah! je meurs, dit Pierrette en tombant sur ses genoux. Qui me sauvera?

— Moi! s'écria une femme en cheveux blancs qui offrit à Pierrette un vieux visage de parchemin où brillaient deux yeux gris.

— Ah! grand'mère, tu arrives trop tard, s'écria la pauvre enfant en fondant en larmes.

Pierrette alla tomber sur son lit, abandonnée par ses forces et tuée par l'abattement qui, chez une malade, suivit une lutte si violente. Le grand fantôme desséché prit Pierrette dans ses bras comme les bonnes prennent les enfants, et sortit suivie de Brigaut sans dire un seul mot à Sylvie, à laquelle elle lança la plus majestueuse accusation par un regard tragique. L'apparition de cette auguste vieille dans son costume breton, encapuchonnée de sa coiffe, qui est une sorte de pelisse en drap noir, accompagnée du terrible Brigaut, épouvanta Sylvie : elle crut avoir vu la mort. La vieille fille descendit, entendit la porte se fermer, et se trouva nez à nez avec son frère, qui lui dit : — Ils ne t'ont donc pas tuée?

— Couche-toi, dit Sylvie. Demain matin nous verrons ce que nous devons faire.

Elle se remit au lit, défit le corset et lut les deux lettres de Brigaut, qui la confondirent. Elle s'endormit dans la plus étrange perplexité, ne se doutant pas de la terrible action à laquelle sa conduite devait donner lieu.

Les lettres envoyées par Brigaut à madame veuve Lorrain l'avaient trouvée dans une joie ineffable, et que leur lecture troubla. Cette pauvre septuagénaire mourait de chagrin de vivre sans Pierrette auprès d'elle, elle se consolait de l'avoir perdue en croyant s'être sacrifiée aux intérêts de sa petite-fille. Elle avait un de ces cœurs toujours jeunes que soutient et anime l'idée du sacrifice. Son vieux mari, dont la seule joie était cette petite-fille, avait regretté Pierrette; tous les jours il l'avait cherchée autour de lui. Ce fut une douleur de vieillard de laquelle les vieillards vivent et finissent par mourir. Chacun peut alors juger du bonheur que dut éprouver cette pauvre vieille confinée dans un hospice en apprenant une de ces actions rares, mais qui cependant arrivent encore en France. Après ses désastres, François-Joseph Collinet, chef de la maison Collinet, était parti pour l'Amérique avec ses enfants. Il avait trop de cœur pour demeurer ruiné, sans crédit, à Nantes, au milieu des malheurs que sa faillite y causait. De 1814 à 1824, ce courageux négociant, aidé par ses enfants et par son caissier, qui lui resta fidèle et lui donna les premiers fonds, avait recommencé courageusement une autre fortune. Après des travaux inouïs couronnés par le succès, il vint, vers la onzième année, se faire réhabiliter [120] à Nantes en laissant son fils aîné à la tête de sa maison transatlantique. Il trouva madame Lorrain de Pen-Hoël à Saint-Jacques, et fut témoin de la résignation avec laquelle la plus malheureuse de ses victimes y supportait sa misère.

— Dieu vous pardonne! lui dit la vieille, puisque sur le bord de ma tombe vous me donnez les moyens d'assurer le bonheur de ma petite-fille; mais moi, je ne pourrai jamais faire réhabiliter mon pauvre homme!

Monsieur Collinet apportait à sa créancière capital et intérêts au taux du commerce, environ quarante-deux mille francs. Ses autres créanciers, commerçants actifs, riches, intelligents, s'étaient soutenus; tandis que le malheur des Lorrain parut irrémédiable au vieux Collinet qui promit à la veuve de faire réhabiliter la mémoire de son mari, dès qu'il ne s'agissait que d'une quarantaine de mille francs de plus. Quand la Bourse de Nantes apprit ce trait de générosité réparatrice, on y voulut recevoir Collinet avant l'Arrêt de la Cour Royale de Rennes; mais le négociant refusa cet honneur et se soumit à la rigueur du Code de Commerce. Madame Lorrain avait donc reçu quarante-deux mille francs la veille du jour où la Poste lui apporta les lettres de Brigaut. En donnant sa quittance, son premier mot fut : — Je pourrai donc vivre avec ma Pierrette et la marier à ce pauvre Brigaut, qui fera sa fortune avec mon argent! Elle ne tenait pas en place, elle s'agitait, elle voulait partir pour Provins. Aussi, quand elle eut lu les fatales lettres, s'élança-t-elle dans la ville comme une folle, en demandant les moyens d'aller à Provins avec la rapidité de l'éclair. Elle partit par la Malle quand on lui eut expliqué la célérité gouvernementale de cette voiture. A Paris, elle avait pris la voiture de Troyes, elle venait d'arriver à onze heures et demie chez Frappier où Brigaut, à l'aspect du sombre désespoir de la vieille Bretonne, lui promit aussitôt de lui amener sa petite-fille, en lui disant en peu de mots l'état de Pierrette. Ce peu de mots effraya tellement la grand'mère, qu'elle ne put vaincre son impatience, elle courut sur la place. Quand Pierrette cria, la Bretonne eut le cœur atteint par ce cri tout aussi vivement que le fut celui de Brigaut. A eux deux, ils eussent sans doute réveillé tous les habitants, si, par crainte, Rogron ne leur eût ouvert. Ce cri d'une jeune fille aux abois donna soudain à sa grand'mère autant de force que d'épouvante, elle porta sa chère Pierrette jusque chez Frappier, dont la femme avait arrangé à la hâte la chambre de Brigaut pour la grand'mère de Pierrette. Ce fut donc dans ce pauvre logement, sur un lit à peine fait, que la malade fut déposée : elle s'y évanouit, tenant encore son poing fermé, meurtri, sanglant, les ongles enfoncés dans la chair. Brigaut, Frappier, sa femme et la vieille contemplèrent Pierrette en silence, tous en proie à un étonnement indicible.

— Pourquoi sa main est-elle en sang? fut le premier mot de la grand'mère.

Pierrette, vaincue par le sommeil qui suit les grands déploiements de force, et se sachant à l'abri de toute violence, déplia ses doigts. La lettre de Brigaut tomba comme une réponse.

— On a voulu lui prendre ma lettre, dit Brigaut en tombant à genoux et ramassant le mot qu'il avait écrit pour dire à sa petite amie de quitter tout doucement la maison des Rogron. Il baisa pieusement la main de cette martyre.

Il y eut alors quelque chose qui fit frémir les menuisiers, ce fut de voir la vieille Lorrain, ce spectre sublime, debout au chevet de son enfant. La terreur et la vengeance glissaient leurs flamboyantes expressions dans les milliers de rides qui fronçaient sa peau d'ivoire jauni. Ce front couvert de cheveux gris épars exprimait la colère divine. Elle lisait, avec cette puissance d'intuition départie aux vieillards près de la tombe, toute la vie de Pierrette, à laquelle elle avait d'ailleurs pensé pendant son voyage. Elle devina la maladie de jeune fille qui menaçait de mort son enfant chérie! Deux grosses larmes péniblement nées dans ses yeux blancs et gris auxquels les chagrins avaient arraché les cils et les sourcils, deux perles de douleur se formèrent, leur communiquèrent une épouvantable fraîcheur, grossirent et roulèrent sur les joues desséchées sans les mouiller.

— Ils me l'ont tuée, dit-elle enfin en joignant les mains.

Elle tomba sur ses genoux qui frappèrent deux coups secs sur le carreau, elle se mit à faire sans doute un vœu à sainte Anne d'Auray, la plus puissante des madones de la Bretagne.

— Un médecin de Paris! dit-elle à Brigaut. Cours-y, Brigaut, va!

Elle prit l'artisan par l'épaule et le fit marcher par un geste de commandement despotique.

— J'allais venir, mon Brigaut, je suis riche, tiens! s'écria-t-elle en le rappelant. Elle défit le cordon qui nouait les deux vestes de son casaquin sur sa poitrine, elle en tira un papier où quarante-deux billets de banque étaient enveloppés, et lui dit : — Prends ce qu'il te faut! Ramène le plus grand médecin de Paris.

— Gardez, dit Frappier, il ne pourra pas changer un billet en ce moment, j'ai de l'argent, la diligence va passer, il y trouvera bien une place; mais auparavant ne vaudrait-il pas mieux consulter monsieur Martener, qui nous indiquerait un médecin à Paris? La diligence ne vient que dans une heure, nous avons le temps.

Brigaut alla réveiller monsieur Martener. Il amena ce médecin, qui ne fut pas peu surpris de savoir mademoiselle Lorrain chez Frappier. Brigaut lui expliqua la scène qui venait d'avoir lieu chez les Rogron. Le bavardage d'un amant au désespoir éclaira ce drame domestique au médecin, sans qu'il en soupçonnât l'horreur ni l'étendue. Martener donna l'adresse du célèbre Horace Bianchon à Brigaut, qui partit avec son maître, en entendant le bruit de la diligence. Monsieur Martener s'assit, examina d'abord les ecchymoses et les blessures de la main, qui pendait en dehors du lit.

— Elle ne s'est pas fait elle-même ces blessures! dit-il.

— Non, l'horrible fille à qui j'ai eu le malheur de la confier la massacrait, dit la grand'mère. Ma pauvre Pierrette criait : Au secours! je meurs! à fendre le cœur à un bourreau.

— Mais pourquoi? dit le médecin en prenant le pouls de Pierrette. Elle est bien malade, reprit-il en approchant une lumière du lit. Ah! nous la sauverons difficilement, dit-il après avoir vu la face. Elle a dû bien souffrir, et je ne comprends pas comment on ne l'a pas soignée.

— Mon intention, dit la grand'mère, est de me plaindre à la Justice. Des gens qui m'ont demandé ma petite-fille par une lettre, en se disant riches de douze mille livres de rente, avaient-ils le droit d'en faire leur cuisinière, de lui faire faire des services au-dessus de ses forces?

— Ils n'ont donc pas voulu voir la plus visible des maladies auxquelles les jeunes filles sont parfois sujettes et qui exigeait les plus grands soins? s'écria monsieur Martener.

Pierrette fut réveillée et par la lumière que madame Frappier tenait pour bien éclairer le visage et par les horribles souffrances que la réaction morale de sa lutte lui causait à la tête.

— Ah! monsieur Martener, je suis bien mal, dit-elle de sa jolie voix.

— D'où souffrez-vous, ma petite amie? dit le médecin.

— Là, fit-elle en montrant le haut de sa tête, au-dessus de l'oreille gauche.

— Il y a un dépôt! s'écria le médecin après avoir pendant longtemps palpé la tête et questionné Pierrette sur ses souffrances. Il faut tout nous dire, mon enfant, pour que nous puissions vous guérir. Pourquoi votre main est-elle ainsi? Ce n'est pas vous qui vous êtes fait de semblables blessures.

Pierrette raconta naïvement son combat avec la cousine Sylvie.

— Faites-la causer, dit le médecin à la grand'-mère, et sachez bien tout. J'attendrai l'arrivée du médecin de Paris, et nous nous adjoindrons le chirurgien en chef de l'hôpital pour consulter : tout ceci me paraît bien grave. Je vais vous faire envoyer une potion calmante que vous donnerez à mademoiselle pour qu'elle dorme; elle a besoin de sommeil.

Restée seule avec sa petite-fille, la vieille Bretonne se fit tout révéler en usant de son ascendant sur elle, en lui apprenant qu'elle était assez riche pour eux trois, et lui promettant que Brigaut resterait avec elles. La pauvre enfant confessa son martyre en ne devinant pas à quel procès elle allait donner lieu. Les monstruosités de ces deux êtres sans affection et qui ne savaient rien de la Famille découvraient à la vieille femme des mondes de douleur aussi loin de sa pensée qu'ont pu l'être les mœurs des races sauvages de celle des premiers voyageurs qui pénétrèrent dans les savanes de l'Amérique. L'arrivée de sa grand'mère, la certitude d'être à l'avenir avec elle et riche, endormirent la pensée de Pierrette comme la potion lui endormit le corps. La vieille Bretonne veilla sa petite-fille en lui baisant le front, les cheveux et les mains, comme les saintes femmes durent baiser Jésus en le mettant au tombeau.

Dès neuf heures du matin, monsieur Martener alla chez le Président auquel il raconta la scène de nuit entre Sylvie et Pierrette, puis les tortures morales et physiques, les sévices de tout genre que les Rogron avaient déployés sur leur pupille, et les deux maladies mortelles qui s'étaient développées par suite de ces mauvais traitements. Le Président envoya chercher le notaire Auffray, l'un des parents de Pierrette dans la ligne maternelle.

En ce moment la guerre entre le parti Vinet et le parti Tiphaine était à son apogée. Les propos que les Rogron et leurs adhérents faisaient courir dans Provins sur la liaison connue de madame Roguin avec le banquier du Tillet, sur les circonstances de la banqueroute du père de madame Tiphaine, un faussaire, disait-on, atteignirent d'autant plus vivement le parti des Tiphaine que c'était de la médisance et non de la calomnie. Ces blessures allaient à fond de cœur, elles attaquaient les intérêts au vif. Ces discours, redits aux partisans des Tiphaine par les mêmes bouches qui communiquaient aux Rogron les plaisanteries de la belle madame Tiphaine et de ses amies, alimentaient les haines, désormais combinées de l'élément politique. Les irritations que causait alors en France l'esprit de parti, dont les violences furent excessives, se liaient partout, comme à Provins, à des intérêts menacés, à des individualités blessées et militantes. Chacune de ces coteries saisissait avec ardeur ce qui pouvait nuire à la coterie rivale. L'animosité des partis se mêlait autant que l'amour-propre aux moindres affaires qui souvent allaient fort loin. Une ville se passionnait pour certaines luttes et les étendait de toute la grandeur du débat politique. Ainsi le Président vit dans la cause entre Pierrette et les Rogron un moyen d'abattre, de déconsidérer, de déshonorer les maîtres de ce salon où s'élaboraient des plans contre la monarchie, où le journal de l'Opposition avait pris naissance. Le Procureur du roi fut mandé. Monsieur Lesourd, monsieur Auffray le notaire, subrogé-tuteur de Pierrette, et le Président examinèrent alors dans le plus grand secret avec monsieur Martener la marche à suivre. Monsieur Martener se chargea de dire à la grand'mère de Pierrette de venir porter plainte au subrogé-tuteur. Le subrogé-tuteur convoquerait le Conseil de Famille, et, armé de la consultation des trois médecins, demanderait d'abord la destitution du tuteur. L'affaire ainsi posée arriverait au Tribunal, et monsieur Lesourd verrait alors à porter l'affaire au criminel en provoquant une instruction. Vers midi, tout Provins était soulevé par l'étrange nouvelle de ce qui s'était passé pendant la nuit dans la maison Rogron. Les cris de Pierrette avaient été vaguement entendus sur la place, mais ils avaient peu duré; personne ne s'était levé, seulement chacun s'était demandé : — Avez-vous entendu du bruit et des cris sur les une heure? qu'était-ce? Les propos et les commentaires avaient si singulièrement grossi ce drame horrible que la foule s'amassa devant la boutique de Frappier, à qui chacun demanda des renseignements, et le brave menuisier peignit l'arrivée chez lui de la petite, le poing ensanglanté, les doigts brisés. Vers une heure après midi, la chaise de poste du docteur Bianchon, auprès de qui se trouvait Brigaut, s'arrêta devant la maison de Frappier, dont la femme alla prévenir à l'hôpital monsieur Martener et le chirurgien en chef. Ainsi les propos de la ville reçurent une sanction. Les Rogron furent accusés d'avoir maltraité leur cousine à dessein et de l'avoir mise en danger de mort. La nouvelle atteignit Vinet au Palais-de-Justice, il quitta tout et alla chez les Rogron. Rogron et sa sœur achevaient de déjeuner. Sylvie hésitait à dire à son frère sa déconvenue de la nuit, et se laissait presser de questions sans y répondre autrement que par : — Cela ne te regarde pas. Elle allait et venait de sa cuisine à la salle à manger pour éviter la discussion. Elle était seule quand Vinet apparut.

— Vous ne savez donc pas ce qui se passe? dit l'avocat.

— Non, dit Sylvie.

— Vous allez avoir un procès criminel sur le corps, à la manière dont vont les choses à propos de Pierrette.

— Un procès criminel! dit Rogron qui survint. Pourquoi? comment?

— Avant tout, s'écria l'avocat en regardant Sylvie, expliquez-moi sans détour ce qui a eu lieu cette nuit, et comme si vous étiez devant Dieu, car on parle de couper le poing de Pierrette. Sylvie devint blême et frissonna. — Il y a donc eu quelque chose? dit Vinet.

Mademoiselle Rogron raconta la scène en voulant s'excuser; mais, pressée de questions, elle avoua les faits graves de cette horrible lutte.

— Si vous lui avez seulement fracassé les doigts, vous n'irez qu'en Police Correctionnelle; mais, s'il faut lui couper la main, vous pouvez aller en Cour d'Assises : les Tiphaine feront tout pour vous mener jusque-là.

Sylvie, plus morte que vive, avoua sa jalousie, et, ce qui fut plus cruel à dire, combien ses soupçons se trouvaient erronés.

— Quel procès! dit Vinet. Vous et votre frère vous pouvez y périr, vous serez abandonnés par bien des gens, même en le gagnant. Si vous ne triomphez pas, il faudra quitter Provins.

— Oh! mon cher monsieur Vinet, vous qui êtes un si grand avocat, dit Rogron épouvanté, conseillez-nous, sauvez-nous!

L'adroit Vinet porta la terreur de ces deux

imbéciles au comble et déclara positivement que madame et mademoiselle de Chargebœuf hésiteraient à revenir chez eux. Etre abandonnés par ces dames serait une terrible condamnation. Enfin, après une heure de magnifiques manœuvres, il fut reconnu que, pour déterminer Vinet à sauver les Rogron, il devait avoir aux yeux de tout Provins un intérêt majeur à les défendre. Dans la soirée, le mariage de Rogron avec mademoiselle de Chargebœuf serait donc annoncé. Les bans seraient publiés dimanche. Le contrat se ferait immédiatement chez Cournant, et mademoiselle Rogron y paraîtrait pour, en considération de cette alliance, abandonner par une donation entre-vifs la nue propriété de ses biens à son frère. Vinet avait fait comprendre à Rogron et à sa sœur la nécessité d'avoir un contrat de mariage minuté deux ou trois jours avant cet événement, afin de compromettre madame et mademoiselle de Chargebœuf aux yeux du public et de leur donner un motif de persister à venir dans la maison Rogron.

— Signez ce contrat, et je prends sur moi l'engagement de vous tirer d'affaire, dit l'avocat. Ce sera sans doute une terrible lutte, mais je m'y mettrai tout entier, *et vous me devrez encore un fameux cierge.*

— Ah! oui, dit Rogron.

A onze heures et demie, l'avocat eut plein pouvoir et pour le contrat et pour la conduite du procès. A midi, le Président fut saisi d'un référé intenté par Vinet contre Brigaut et madame veuve Lorrain, pour avoir détourné la mineure Lorrain du domicile de son tuteur. Ainsi le hardi Vinet se posait comme agresseur et mettait Rogron dans la position d'un homme irréprochable. Aussi en parla-t-il dans ce sens au Palais. Le Président remit à quatre heures à entendre les parties. Il est inutile de dire à quel point la petite ville de Provins était soulevée par ces événements. Le Président savait qu'à trois heures la consultation des médecins serait terminée; il voulait que le subrogé-tuteur, parlant pour l'aïeule, se présentât armé de cette pièce. L'annonce du mariage de Rogron avec la belle Bathilde de Chargebœuf et des avantages que Sylvie faisait au contrat aliéna soudain deux personnes aux Rogron : mademoiselle Habert et le colonel, qui tous deux virent leurs espérances anéanties. Céleste Habert et le colonel restèrent ostensiblement attachés aux Rogron, mais pour leur nuire plus sûrement. Ainsi, dès que monsieur Martener révéla l'existence d'un dépôt à la tête de la pauvre victime des deux merciers, Céleste et le colonel parlèrent du coup que Pierrette s'était donné pendant la soirée où Sylvie l'avait contrainte à quitter le salon, et rappelèrent les cruelles et barbares exclamations de mademoiselle Rogron. Ils racontèrent les preuves d'insensibilité données par cette vieille fille envers sa pupille souffrante. Ainsi les amis de la maison admirent des torts graves en paraissant défendre Sylvie et son frère. Vinet avait prévu cet orage; mais la fortune des Rogron allait être acquise à mademoiselle de Chargebœuf, et il se promettait dans quelques semaines de lui voir habiter la jolie maison de la place et de régner avec elle sur Provins, car il méditait déjà des fusions avec les Bréautey dans l'intérêt de ses ambitions. Depuis midi jusqu'à quatre heures, toutes les femmes du parti Tiphaine, les Garceland, les

Guépin, les Julliard, Galardon, Guénée, la sous-préfète, envoyèrent savoir des nouvelles de mademoiselle Lorrain. Pierrette ignorait entièrement le tapage fait en ville à son sujet. Elle éprouvait, au milieu de ses vives souffrances, un ineffable bonheur à se trouver entre sa grand'mère et Brigaut, les objets de ses affections. Brigaut avait constamment les yeux pleins de larmes, et la grand'mère cajolait sa chère petite-fille. Dieu sait si l'aïeule fit grâce aux trois hommes de science d'aucun des détails qu'elle avait obtenus de Pierrette sur sa vie dans la maison Rogron. Horace Bianchon exprima son indignation en termes véhéments. Epouvanté d'une semblable barbarie, il exigea que les autres médecins de la ville fussent mandés, en sorte que monsieur Néraud fut présent et invité, comme ami de Rogron, à contredire, s'il y avait lieu, les terribles conclusions de la consultation, qui, malheureusement pour les Rogron, fut rédigée à l'unanimité. Néraud, qui déjà passait pour avoir fait mourir de chagrin la grand'-mère de Pierrette, était dans une fausse position de laquelle profita l'adroit Martener, enchanté d'accabler les Rogron et de compromettre en ceci monsieur Néraud, son antagoniste. Il est inutile de donner le texte de cette consultation, qui fut encore une des pièces du procès. Si les termes de la médecine de Molière étaient barbares, ceux de la médecine moderne ont l'avantage d'être si clairs que l'explication de la maladie de Pierrette, quoique naturelle et malheureusement commune, effraierait les oreilles. Cette consultation était d'ailleurs péremptoire, appuyée par un nom aussi célèbre que celui d'Horace Bianchon. Après l'audience, le Président resta sur son siège en voyant la grand'mère de Pierrette accompagnée de monsieur Auffray, de Brigaut et d'une foule nombreuse. Vinet était seul. Ce contraste frappa l'audience, qui fut grossie d'un grand nombre de curieux. Vinet, qui avait gardé sa robe, leva vers le Président sa face froide en assurant ses besicles sur ses yeux verts, puis, de sa voix grêle et persistante, il exposa que des étrangers s'étaient introduits nuitamment chez monsieur Rogron, et y avaient enlevé la mineure Lorrain. Force devait rester au tuteur, qui réclamait sa pupille. Monsieur Auffray se leva, comme subrogé-tuteur, et demanda la parole.

— Si monsieur le Président, dit-il, veut prendre communication de cette consultation émanée d'un des plus savants médecins de Paris et de tous les médecins et chirurgiens de Provins, il comprendra combien la réclamation du sieur Rogron est insensée, et quels motifs graves portaient l'aïeule de la mineure à l'enlever immédiatement à ses bourreaux. Voici le Fait : une consultation délibérée à l'unanimité par un illustre médecin de Paris mandé en toute hâte, et par tous les médecins de cette ville, attribue l'état presque mortel où se trouve la mineure aux mauvais traitements qu'elle a reçus des sieur et demoiselle Rogron. En Droit, le Conseil de Famille sera convoqué dans le plus bref délai, et consulté sur la question de savoir si le tuteur doit être destitué de sa tutelle. Nous demandons que la mineure ne rentre pas au domicile de son tuteur et soit confiée au membre de la famille qu'il plaira à monsieur le Président de désigner.

Vinet voulut répliquer en disant que la

consultation devait lui être communiquée, afin de la contredire.

— Non pas à la partie de Vinet, dit sévèrement le Président, mais peut-être à monsieur le Procureur du Roi. La cause est entendue.

Le Président écrivit au bas de la requête l'ordonnance suivante :

« Attendu que, d'une consultation délibérée à l'unanimité par les médecins de cette ville et par le docteur Bianchon, docteur de la Faculté de médecine de Paris, il résulte que la mineure Lorrain, réclamée par Rogron, son tuteur, est dans un état de maladie extrêmement grave, amené par de mauvais traitements et des sévices exercés sur elle au domicile du tuteur et par sa sœur,

» Nous, Président du Tribunal de Première Instance de Provins,

» Statuant sur la requête, ordonnons que, jusqu'à la délibération du Conseil de Famille, qui, suivant la déclaration du subrogé-tuteur, sera convoqué, la mineure ne réintégrera pas le domicile pupillaire et sera transférée dans la maison du subrogé-tuteur;

» Subsidiairement, attendu l'état où se trouve la mineure et les traces de violence qui, d'après la consultation des médecins, existent sur sa personne, commettons le médecin en chef et le chirurgien en chef de l'hôpital de Provins pour la visiter; et, dans le cas où les sévices seraient constants, faisons toute réserve de l'action du Ministère Public, et ce, sans préjudice de la voie civile prise par Auffray, subrogé-tuteur. »

Cette terrible ordonnance fut prononcée par le président Tiphaine à haute et intelligible voix.

— Pourquoi pas les galères tout de suite? dit

Vinet. Et tout ce bruit pour une petite fille qui entretenait une intrigue avec un garçon menuisier! Si l'affaire marche ainsi, s'écria-t-il insolemment, nous demanderons d'autres juges pour cause de suspicion légitime.

Vinet quitta le Palais et alla chez les principaux organes de son parti expliquer la situation de Rogron qui n'avait jamais donné une chiquenaude à sa cousine, et dans qui le Tribunal voyait, dit-il, moins le tuteur de Pierrette que le grand électeur de Provins.

A l'entendre, les Tiphaine faisaient grand bruit de rien. La montagne accoucherait d'une souris. Sylvie, fille éminemment sage et religieuse, avait découvert une intrigue entre la pupille de son frère et un petit ouvrier menuisier, un Breton nommé Brigaut. Ce drôle savait très bien que la petite fille allait avoir une fortune de sa grand'mère, il voulait la suborner (Vinet osait parler de subornation!). Mademoiselle Rogron, qui tenait des lettres où éclatait la perversité de cette petite fille, n'était pas aussi blâmable que les Tiphaine voulaient le faire croire. Au cas où elle se serait permis une violence pour obtenir une lettre, ce qu'il expliquait d'ailleurs par l'irritation que l'entêtement breton avait causée à Sylvie, en quoi Rogron était-il répréhensible?

L'avocat fit alors de ce procès une affaire de parti et sut lui donner une couleur politique. Aussi, dès cette soirée, y eut-il des divergences dans l'opinion publique.

— Qui n'entend qu'une cloche n'a qu'un son, disaient les gens sages. Avez-vous écouté Vinet? Vinet explique très bien les choses.

La maison de Frappier avait été jugée inhabitable pour Pierrette, à cause des douleurs que le bruit y causerait à la tête. Le transport de là chez le subrogé-tuteur était aussi nécessaire médicalement que judiciairement. Ce transport se fit avec des précautions inouïes et calculées pour produire un grand effet. Pierrette fut mise sur un brancard avec force matelas, portée par deux hommes, accompagnée d'une Sœur Grise [121] qui avait à la main un flacon d'éther, suivie de sa grand'mère, de Brigaut, de madame Auffray et de sa femme de chambre. Il y eut du monde aux fenêtres et sur les portes pour voir passer ce cortège. Certes l'état dans lequel était Pierrette, sa blancheur de mourante, tout donnait d'immenses avantages au parti contraire aux Rogron. Les Auffray tinrent à prouver à toute la ville combien le Président avait eu raison de rendre son ordonnance. Pierrette et sa grand'mère furent installées au second étage de la maison de monsieur Auffray. Le notaire et sa femme leur prodiguèrent les soins de l'hospitalité la plus large, ils y mirent du faste. Pierrette eut sa grand'mère pour garde-malade, et monsieur Martener vint la visiter avec le chirurgien le soir même.

Dès cette soirée, les exagérations commencèrent donc de part et d'autre. Le salon des Rogron fut plein. Vinet avait travaillé le parti libéral à ce sujet. Les deux dames de Chargebœuf dînèrent chez les Rogron, car le contrat devait y être signé le soir. Dans la matinée, Vinet avait fait afficher les bans à la mairie. Il traita de misère l'affaire relative à Pierrette. Si le Tribunal de Provins y portait de la passion, la Cour Royale saurait apprécier les faits, disait-il, et les Auffray regarderaient à deux fois avant de se jeter dans un pareil procès. L'alliance de Rogron avec les Chargebœuf fut une considération énorme aux yeux d'un certain monde. Chez eux, les Rogron étaient blancs comme neige, et Pierrette était une petite fille excessivement perverse, un serpent réchauffé dans leur sein. Dans le salon de madame Tiphaine, on se vengeait des horribles médisances que le parti Vinet avait dites depuis deux ans : les Rogron étaient des monstres, et le tuteur irait en Cour d'Assises. Sur la place, Pierrette se portait à merveille; dans la haute ville, elle mourrait infailliblement; chez Rogron, elle avait des égratignures au poignet; chez madame Tiphaine, elle avait les doigts brisés, on allait lui en couper un. Le lendemain, *le Courrier de Provins* contenait un article extrêmement adroit, bien écrit, un chef-d'œuvre d'insinuations mêlées de considérations judiciaires, et qui mettait déjà Rogron hors de cause. *La Ruche*, qui d'abord paraissait deux jours après, ne pouvait répondre sans tomber dans la diffamation; mais on y répliqua que, dans une affaire semblable, le mieux était de laisser son cours à la Justice.

Le Conseil de Famille fut composé par le Juge de Paix du canton de Provins, président légal, premièrement de Rogron et des deux messieurs Auffray, les plus proches parents; puis de monsieur Ciprey, neveu de la grand'mère maternelle de Pierrette. Il leur adjoignit monsieur Habert, le confesseur de Pierrette, et le colonel Gouraud, qui s'était toujours donné pour un camarade du major Lorrain. On applaudit beaucoup à l'impartialité du Juge de Paix, qui comprenait dans le Conseil de Famille monsieur Habert et le colonel Gouraud, que tout Provins croyait très amis des Rogron. Dans la circonstance grave où se trouvait Rogron, il demanda l'assistance de maître Vinet au Conseil de Famille. Par cette manœuvre, évidemment conseillée par Vinet, Rogron obtint que le Conseil de Famille ne s'assemblerait que vers la fin du mois de décembre. A cette époque, le Président et sa femme furent établis à Paris, chez madame Roguin, à cause de la convocation des Chambres. Ainsi le parti ministériel se trouva sans son chef. Vinet avait déjà sourdement pratiqué le bonhomme Desfondrilles, le juge d'instruction, au cas où l'affaire prendrait le caractère correctionnel ou criminel que le Président avait essayé de lui donner. Vinet plaida l'affaire pendant trois heures devant le Conseil de Famille : il y établit une intrigue entre Brigaut et Pierrette, afin de justifier les sévérités de mademoiselle Rogron; il démontra combien le tuteur avait agi naturellement en laissant sa pupille sous le gouvernement d'une femme; il appuya sur la non-participation de son client à la manière dont l'éducation de Pierrette était entendue par Sylvie. Malgré les efforts de Vinet, le Conseil fut à l'unanimité d'avis de retirer la tutelle à Rogron. On désigna pour tuteur monsieur Auffray, et monsieur Ciprey pour subrogé-tuteur. Le Conseil de Famille entendit Adèle, la servante, qui chargea ses anciens maîtres; mademoiselle Habert, qui raconta les propos cruels tenus par mademoiselle Rogron dans la soirée où Pierrette s'était donné le furieux coup entendu par tout le monde, et l'observation faite sur la santé de Pierrette par madame de Chargebœuf. Brigaut produisit la lettre qu'il avait reçue de Pierrette et qui prouvait leur mutuelle innocence. Il fut démontré que l'état déplorable dans lequel se trouvait la mineure venait d'un défaut de soin du tuteur, responsable de tout ce qui concernait sa pupille. La maladie de Pierrette avait frappé tout le monde, et même les personnes de la ville étrangères à la famille. L'accusation de sévices fut donc maintenue contre Rogron. L'affaire allait devenir publique.

Conseillé par Vinet, Rogron se rendit opposant à l'homologation de la délibération du Conseil de Famille par le Tribunal. Le Ministère Public intervint, attendu la gravité croissante de l'état pathologique où se trouvait Pierrette Lorrain. Ce procès curieux, quoique promptement mis au rôle, ne vint en ordre utile que vers le mois de mars 1828.

Le mariage de Rogron avec mademoiselle de Chargebœuf s'était alors célébré. Sylvie habitait le deuxième étage de sa maison, où des dispositions avaient été faites pour la loger ainsi que madame de Chargebœuf, car le premier étage fut entièrement affecté à madame Rogron. La belle madame Rogron succéda dès lors à la belle madame Tiphaine. L'influence de ce mariage fut énorme. On ne vint plus dans le salon de mademoiselle Sylvie, mais chez la belle madame Rogron.

Soutenu par sa belle-mère et appuyé par les banquiers royalistes du Tillet et Nucingen, le Président Tiphaine eut occasion de rendre service au Ministère, il fut un des orateurs du Centre les plus estimés, devint Juge au Tribunal de Première Instance de la Seine, et fit nommer son neveu, Lesourd, Président du tribunal de Provins. Cette nomination froissa beaucoup le juge Desfondrilles, toujours archéologue et plus que jamais suppléant. Le Garde des Sceaux envoya l'un de ses protégés à la place de Lesourd. L'avancement de monsieur Tiphaine n'en produisit donc aucun dans le Tribunal de Provins. Vinet exploita très habilement ces circonstances. Il avait toujours dit aux gens de Provins qu'ils servaient de marchepied aux grandeurs de la rusée madame Tiphaine. Le Président se jouait de ses amis. Madame Tiphaine méprisait *in petto* la ville de Provins, et n'y reviendrait jamais. Monsieur Tiphaine père mourut, son fils hérita de la terre du Fay, et vendit sa belle maison de la ville haute à monsieur Julliard. Cette vente prouva combien il comptait peu revenir à Provins. Vinet eut raison, Vinet avait été prophète. Ces faits eurent une grande influence sur le procès relatif à la tutelle de Rogron.

Ainsi, l'épouvantable martyre exercé brutalement sur Pierrette par deux imbéciles tyrans, et qui, dans ses conséquences médicales, mettait monsieur Martener, approuvé par le docteur Bianchon, dans le cas d'ordonner la terrible opération du trépan; ce drame horrible, réduit aux proportions judiciaires, tombait dans le gâchis immonde qui s'appelle au Palais *la forme*. Ce procès traînait dans les délais, dans le lacis inextricable de la procédure, arrêté par les ambages d'un odieux avocat; tandis que Pierrette calomniée languissait et souffrait les plus épouvantables douleurs connues en médecine. Ne fallait-il pas expliquer ces singuliers revirements de l'opinion publique et la marche lente de la Justice, avant de revenir dans la chambre où elle vivait, où elle mourait?

Monsieur Martener, de même que la famille Auffray, fut en peu de jours séduit par l'adorable caractère de Pierrette et par la vieille Bretonne, dont les sentiments, les idées, les façons étaient empreints d'une antique couleur romaine. Cette matrone du Marais ressemblait à une femme de Plutarque. Le médecin voulut disputer cette proie à la mort, car dès le premier jour le médecin de Paris et le médecin de province regardèrent Pierrette comme perdue. Il y eut entre le mal et le médecin, soutenu par la jeunesse de Pierrette, un de ces combats que les médecins seuls connaissent et dont la récompense, en cas de succès, n'est jamais ni dans le prix vénal des soins ni chez le malade; elle se trouve dans la douce satisfaction de la conscience et dans je ne sais quelle palme idéale et invisible recueillie par les vrais artistes après le contentement que leur cause la certitude d'avoir fait une belle œuvre. Le médecin tend au bien comme l'artiste tend au beau, poussé par un admirable sentiment que nous nommons la vertu. Ce combat de tous les jours avait éteint chez cet homme de province les mesquines irritations de la lutte engagée entre le parti Vinet et le parti des Tiphaine, ainsi qu'il arrive aux hommes qui se trouvent tête à tête avec une grande misère à vaincre.

Monsieur Martener avait commencé par vouloir exercer son état à Paris; mais l'atroce activité de cette ville, l'insensibilité que finissent par donner au médecin le nombre effrayant de malades et la multiplicité des cas graves, avaient épouvanté son âme douce et faite pour la vie de province. Il était d'ailleurs sous le joug de sa jolie patrie. Aussi revint-il à Provins s'y marier, s'y établir et y soigner presque affectueusement une population qu'il pouvait considérer comme une grande famille. Il affecta, pendant tout le temps que dura la maladie de Pierrette, de ne point parler de sa malade. Sa répugnance à répondre quand chacun lui demandait des nouvelles de la pauvre petite était si visible, qu'on cessa de le questionner à ce sujet. Pierrette fut pour lui ce qu'elle devait être, un de ces poèmes mystérieux et profonds, vastes en douleurs, comme il s'en trouve dans la terrible existence des médecins. Il éprouvait pour cette délicate jeune fille une admiration dans le secret de laquelle il ne voulut mettre personne.

Ce sentiment du médecin pour sa malade s'était, comme tous les sentiments vrais, communiqué à monsieur et madame Auffray, dont la maison devint, tant que Pierrette y fut, douce et silencieuse. Les enfants, qui jadis avaient fait de si bonnes parties de jeu avec Pierrette, s'entendirent avec la grâce de l'enfance pour n'être ni bruyants ni importuns. Ils mirent leur honneur à être bien sages, parce que Pierrette était malade. La maison de monsieur Auffray se trouve dans la ville haute, au-dessous des ruines du château, où elle est bâtie dans une des marges de terrain produites par le bouleversement des anciens remparts. De là, les habitants ont la vue de la vallée en se promenant dans un petit jardin fruitier enclos de gros murs, d'où l'on plonge sur la ville. Les toits des autres maisons arrivent au cordon extérieur du mur qui soutient ce jardin. Le long de cette terrasse est une allée qui aboutit à la porte-fenêtre du cabinet de monsieur Auffray. Au bout s'élèvent un berceau de vigne et un figuier, sous lesquels il y a une table ronde, un banc et des chaises peints en vert. On avait donné à Pierrette une chambre au-dessus du cabinet de son nouveau tuteur. Madame Lorrain y couchait sur un lit de sangle auprès de sa petite-fille. De sa fenêtre, Pierrette pouvait donc voir la magnifique vallée de Provins qu'elle connaissait à peine, elle était sortie si rarement de la fatale maison des Rogron! Quand il faisait beau temps, elle aimait à se traîner au bras de sa grand'mère jusqu'à ce berceau. Brigaut, qui ne faisait plus rien, venait voir sa petite amie trois fois par jour, il était dévoré par une douleur qui le rendait sourd à la vie; il guettait avec la finesse d'un chien de chasse monsieur Martener, il l'accompagnait toujours et sortait avec lui. Vous imagineriez difficilement les folies que chacun faisait pour la chère petite malade. Ivre de désespoir, la grand'mère cachait son désespoir, elle montrait à sa petite-fille le visage riant qu'elle avait à Pen-Hoël. Dans son désir de se faire illusion, elle lui arrangeait et lui mettait le bonnet national avec lequel Pierrette était arrivée à Provins. La jeune malade lui paraissait ainsi se mieux ressembler à elle-même : elle était délicieuse à voir, le visage entouré de cette auréole de batiste bordée de dentelles empesées. Sa tête, blanche de la blancheur du biscuit, son front auquel la souffrance imprimait un semblant de pensée profonde, la pureté des lignes amaigries par la maladie, la lenteur du regard et la fixité des yeux par instants, tout faisait de Pierrette un admirable chef-d'œuvre de mélancolie. Aussi l'enfant était-elle servie avec une sorte de fanatisme. On la voyait si douce, si tendre et si aimante! Madame Martener avait envoyé son piano chez sa sœur, madame Auffray, dans la pensée d'amuser Pierrette, à qui la musique causa des ravissements. C'était un poème qui de la regarder écoutant un morceau de Weber, de Beethoven ou d'Hérold, les yeux levés, silencieuse, et regrettant sans doute la vie qu'elle sentait lui échapper. Le curé Péroux et monsieur Habert, ses deux consolateurs religieux, admiraient sa pieuse résignation. N'est-ce pas un fait remarquable et digne également et de l'attention des philosophes et de celle des indifférents, que la perfection séraphique des jeunes filles et des jeunes gens marqués en rouge par la Mort dans la foule, comme de jeunes arbres dans une forêt? Qui a vu l'une de ces morts sublimes ne saurait rester ou devenir incrédule. Ces êtres exhalent comme un parfum céleste, leurs regards parlent de Dieu, leur voix est éloquente dans les plus indifférents discours, et souvent elle sonne comme un instrument divin, exprimant les secrets de l'avenir! Quand monsieur Martener félicitait Pierrette d'avoir accompli quelque difficile prescription, cet ange disait, en présence de tous, et avec quels regards! — Je désire vivre, cher monsieur Martener, moins pour moi que pour ma grand'mère, pour mon Brigaut, et pour vous tous, que ma mort affligerait.

La première fois qu'elle se promena dans le mois de novembre, par le beau soleil de la Saint-Martin, accompagnée de toute la maison, et que madame Auffray lui demanda si elle était fatiguée : — Maintenant que je n'ai plus à supporter d'autres souffrances que celles envoyées par

Dieu, je puis y suffire. Je trouve dans le bonheur d'être aimée la force de souffrir.

Ce fut la seule fois que d'une manière détournée elle rappela son horrible martyre chez les Rogron, desquels elle ne parlait point, et leur souvenir devait lui être si pénible, que personne ne parlait d'eux.

— Chère madame Auffray, lui dit-elle un jour, à midi, sur la terrasse en contemplant la vallée éclairée par un beau soleil et parée des belles teintes rousses de l'automne, mon agonie chez vous m'aura donné plus de bonheur que ces trois dernières années.

Madame Auffray regarda sa sœur, madame Martener, et lui dit à l'oreille : — Comme elle aurait aimé! En effet, l'accent, le regard de Pierrette, donnaient à sa phrase une indicible valeur.

Monsieur Martener entretenait une correspondance avec le docteur Bianchon, et ne tentait rien de grave sans ses approbations. Il espérait d'abord établir le cours voulu par la nature, puis faire dériver le dépôt à la tête par l'oreille. Plus vives étaient les douleurs de Pierrette, plus il concevait d'espérances. Il obtint de légers succès sur le premier point, et ce fut un grand triomphe. Pendant quelques jours l'appétit de Pierrette revint et se satisfit de mets substantiels pour lesquels sa maladie lui donnait jusqu'alors une répugnance caractéristique; la couleur de son teint changea, mais l'état de la tête était horrible. Aussi le docteur supplia-t-il le grand médecin, son conseil, de venir. Bianchon vint, resta deux jours à Provins, et décida une opération, il épousa toutes les sollicitudes du pauvre Martener, et alla chercher lui-même le célèbre

Desplein. Ainsi l'opération fut faite par le plus grand chirurgien des temps anciens et modernes; mais ce terrible aruspice dit à Martener en s'en allant avec Bianchon, son élève le plus aimé : — Vous ne la sauverez que par un miracle. Comme vous l'a dit Horace, la carie des os est commencée. A cet âge, les os sont encore si tendres!

L'opération avait eu lieu dans le commencement du mois de mars 1828. Pendant tout le mois, effrayé des douleurs épouvantables que souffrait Pierrette, monsieur Martener fit plusieurs voyages à Paris; il y consultait Desplein et Bianchon, auxquels il alla jusqu'à proposer une opération dans le genre de celle de la lithotritie [122], et qui consistait à introduire dans la tête un instrument creux à l'aide duquel on essayerait l'application d'un remède héroïque pour arrêter les progrès de la carie. L'audacieux Desplein n'osa pas tenter ce coup de main chirurgical, que le désespoir avait inspiré à Martener. Aussi quand le médecin revint de son dernier voyage à Paris parut-il à ses amis chagrin et morose. Il dut annoncer, par une fatale soirée, à la famille Auffray, à madame Lorrain, au confesseur et à Brigaut réunis, que la science ne pouvait plus rien pour Pierrette, dont le salut était seulement dans la main de Dieu. Ce fut une horrible consternation. La grand'mère fit un vœu et pria le curé de dire tous les matins, au jour, avant le lever de Pierrette, une messe à laquelle elle et Brigaut assistèrent.

Le procès se plaidait. Pendant que la victime des Rogron se mourait, Vinet la calomniait au Tribunal. Le Tribunal homologua la délibération du Conseil de Famille, et l'avocat interjeta sur-le-champ appel. Le nouveau Procureur du Roi fit un réquisitoire qui détermina une instruction. Rogron et sa sœur furent obligés de donner caution pour ne pas aller en prison. L'Instruction exigeait l'interrogatoire de Pierrette. Quand monsieur Desfondrilles vint chez Auffray, Pierrette était à l'agonie, elle avait son confesseur à son chevet, elle allait être administrée. Elle suppliait en ce moment même la famille assemblée de pardonner à son cousin et à sa cousine, ainsi qu'elle le faisait elle-même en disant avec un admirable bon sens que le jugement de ces choses appartenait à Dieu seul.

— Grand'mère, dit-elle, laisse tout ton bien à Brigaut (Brigaut fondait en larmes). Et, dit Pierrette en continuant, donne mille francs à cette bonne Adèle qui me bassinait mon lit en cachette. Si elle était restée chez mes cousins, je vivrais...

Ce fut à trois heures, le mardi de Pâques, par une belle journée, que ce petit ange cessa de souffrir. Son héroïque grand'mère voulut la garder pendant la nuit avec les prêtres, et la coudre de ses vieilles mains raides dans le linceul. Vers le soir, Brigaut quitta la maison Auffray, descendit chez Frappier.

— Je n'ai pas besoin, mon pauvre garçon, de te demander des nouvelles, lui dit le menuisier.

— Père Frappier, oui, c'est fini pour elle, et non pas pour moi.

L'ouvrier jeta sur tout le bois de la boutique des regards à la fois sombres et perspicaces.

— Je te comprends, Brigaut, dit le bonhomme Frappier. Tiens, voilà ce qu'il te faut.

Et il lui montra des planches en chêne de deux pouces.

— Ne m'aidez pas, monsieur Frappier, dit le Breton; je veux tout faire moi-même.

Brigaut passa la nuit à raboter et à ajuster la bière de Pierrette, et plus d'une fois il enleva d'un seul coup de rabot un ruban de bois humide de ses larmes. Le bonhomme Frappier le regardait faire en fumant. Il ne lui dit que ces deux mots, quand son premier garçon assembla les quatre morceaux : — Fais donc le couvercle à coulisse : ces pauvres parents ne l'entendront pas clouer.

Au jour Brigaut alla chercher le plomb nécessaire pour doubler la bière. Par un hasard extraordinaire les feuilles de plomb coûtèrent exactement la somme qu'il avait donnée à Pierrette pour son voyage de Nantes à Provins. Ce courageux Breton, qui avait résisté à l'horrible douleur de faire lui-même la bière de sa chère compagne d'enfance, en doublant ces funèbres planches de tous ses souvenirs, ne tint pas à ce rapprochement : il défaillit et ne put emporter le plomb, le plombier l'accompagna en lui offrant d'aller avec lui pour souder la quatrième feuille une fois que le corps serait mis dans le cercueil. Le Breton brûla le rabot et tous les outils qui lui avaient servi, il fit ses comptes avec Frappier et lui dit adieu. L'héroïsme avec lequel ce pauvre garçon s'occupait, comme la grand'mère, à rendre les derniers devoirs à Pierrette le fit intervenir dans la scène suprême qui couronna la tyrannie des Rogron.

Brigaut et le plombier arrivèrent assez à temps chez monsieur Auffray pour décider par leur force brutale une infâme et horrible question judiciaire. La chambre mortuaire, pleine de monde, offrit aux deux ouvriers un singulier spectacle. Les Rogron s'étaient dressés hideux auprès du cadavre de leur victime pour la torturer encore après sa mort. Le corps sublime de beauté de la pauvre enfant gisait sur le lit de sangle de sa grand'mère. Pierrette avait les yeux fermés, les cheveux en bandeau, le corps cousu dans un gros drap de coton.

Devant ce lit, les cheveux en désordre, à genoux, les mains étendues, le visage en feu, la vieille Lorrain criait : — Non, non, cela ne se fera pas!

Au pied du lit étaient le tuteur, monsieur Auffray, le curé Péroux et monsieur Habert. Les cierges brûlaient encore.

Devant la grand'mère étaient le chirurgien de l'hospice et monsieur Néraud, appuyés de l'épouvantable et doucereux Vinet. Il y avait un huissier. Le chirurgien de l'hospice était revêtu de son tablier de dissection. Un de ses aides avait défait sa trousse, et lui présentait un couteau à disséquer.

Cette scène fut troublée par le bruit du cercueil, que Brigaut et le plombier laissèrent tomber; car Brigaut, qui marchait le premier, fut saisi d'épouvante à l'aspect de la vieille mère Lorrain qui pleurait.

— Qu'y a-t-il? demanda Brigaut en se plaçant à côté de la vieille grand'mère et serrant convulsivement un ciseau qu'il apportait.

— Il y a, dit la vieille, il y a, Brigaut, qu'ils veulent ouvrir le corps de mon enfant, lui fendre la tête, lui crever le cœur après sa mort comme pendant sa vie.

— Qui? fit Brigaut d'une voix à briser le tympan des gens de justice.

— Les Rogron.

— Par le saint nom de Dieu!...

— Un moment, Brigaut, dit monsieur Auffray en voyant le Breton brandissant son ciseau.

— Monsieur Auffray, dit Brigaut pâle autant que la jeune morte, je vous écoute parce que vous êtes monsieur Auffray; mais en ce moment je n'écouterais pas...

— La Justice! dit Auffray.

— Est-ce qu'il y a une justice? s'écria le Breton. La Justice, la voilà! dit-il en menaçant l'avocat, le chirurgien et l'huissier de son ciseau qui brillait au soleil.

— Mon ami, dit le curé, la Justice a été invoquée par l'avocat de monsieur Rogron, qui est sous le coup d'une accusation grave, et il est impossible de refuser à un inculpé les moyens de se justifier. Selon l'avocat de monsieur Rogron, si la pauvre enfant que voici succombe à son abcès dans la tête, son ancien tuteur ne saurait être inquiété; car il est prouvé que Pierrette a caché pendant longtemps le coup qu'elle s'était donné...

— Assez! dit Brigaut.

— Mon client, dit Vinet.

— Ton client, s'écria le Breton, ira dans l'enfer et moi sur l'échafaud; car, si quelqu'un de vous fait mine de toucher à celle que ton client a tuée, et si le carabin ne rentre pas son outil, je le tue net.

— Il y a rébellion, dit Vinet, nous allons en instruire le juge.

Les cinq étrangers se retirèrent.

— Oh! mon fils! dit la vieille en se dressant et sautant au cou de Brigaut, ensevelissons-la bien vite, ils reviendront!...

— Une fois le plomb scellé, dit le plombier, ils n'oseront peut-être plus.

Monsieur Auffray courut chez son beau-frère, monsieur Lesourd, pour tâcher d'arranger cette affaire. Vinet ne voulait pas autre chose. Une fois Pierrette morte, le procès relatif à la tutelle, qui n'était pas jugé, se trouvait éteint sans que personne pût en arguer pour ou contre les Rogron : la question demeurait indécise. Aussi l'adroit Vinet avait-il bien prévu l'effet que sa requête allait produire.

A midi monsieur Desfondrilles fit son rapport au Tribunal sur l'instruction relative à Rogron, et le Tribunal rendit un jugement de non-lieu parfaitement motivé.

Rogron n'osa pas se montrer à l'enterrement de Pierrette, auquel assista toute la ville. Vinet avait voulu l'y entraîner; mais l'ancien mercier eut peur d'exciter une horreur universelle.

Brigaut quitta Provins après avoir vu combler la fosse où Pierrette fut enterrée, et alla de son pied à Paris. Il écrivit une pétition à la Dauphine [123] pour, en considération du nom de son père, entrer dans la Garde Royale, où il fut aussitôt admis. Quand se fit l'expédition d'Alger, il écrivit encore à la Dauphine pour obtenir d'être employé. Il était sergent, le Maréchal Bourmont [124] le nomma sous-lieutenant dans la Ligne. Le fils du major se conduisit en homme qui voulait mourir. La mort a jusqu'à présent respecté Jacques Brigaut, qui s'est distingué dans toutes les expéditions récentes sans y trouver une blessure. Il est aujourd'hui chef de bataillon dans la Ligne. Aucun officier n'est plus taciturne ni meilleur. Hors le service, il reste presque muet, se promène seul et vit mécaniquement. Chacun devine et respecte une douleur inconnue. Il possède quarante-six mille francs qui lui ont été légués par la vieille madame Lorrain, morte à Paris en 1829.

Aux élections de 1830, Vinet fut nommé Député, les services qu'il a rendus au nouveau gouvernement lui ont valu la place de Procureur-Général. Maintenant son influence est telle qu'il sera toujours nommé Député. Rogron est Receveur-Général dans la ville même où Vinet remplit ses fonctions; et, par un hasard surprenant, monsieur Tiphaine y est premier Président de la Cour Royale, car le justicier s'est rattaché sans hésitation à la dynastie de Juillet. L'ex-belle madame Tiphaine vit en bonne intelligence avec la belle madame Rogron. Vinet est au mieux avec le Président Tiphaine.

Quant à l'imbécile Rogron, il dit des mots comme celui-ci : — Louis-Philippe ne sera vraiment roi que quand il pourra faire des nobles!

Ce mot n'est évidemment pas de lui. Sa santé chancelante fait espérer à madame Rogron de pouvoir épouser dans peu de temps le général marquis de Montriveau, pair de France, qui commande le Département et qui lui rend des soins. Vinet demande très proprement des têtes, il ne croit jamais à l'innocence d'un accusé. Ce Procureur-Général pur-sang passe pour un des hommes les plus aimables du ressort, et il n'a pas moins de succès à Paris et à la Chambre; à la Cour, il est un délicieux courtisan.

Selon la promesse de Vinet, le général baron

Gouraud, ce noble débris de nos glorieuses armées, a épousé une demoiselle Matifat, âgée de vingt-cinq ans, fille d'un droguiste de la rue des Lombards, et dont la dot était de cinquante mille écus. Il commande, comme l'avait prophétisé Vinet, un Département voisin de Paris [125]. Il a été nommé pair de France à cause de sa conduite dans les émeutes sous le Ministère de Casimir Périer [126]. Le baron Gouraud fut un des généraux qui prirent l'église Saint-Merry, heureux de *taper sur les péquins* [127] qui les avaient vexés pendant quinze ans, et son ardeur a été récompensée par le grand cordon de la Légion-d'Honneur.

Aucun des personnages qui ont trempé dans la mort de Pierrette n'a le moindre remords. Monsieur Desfondrilles est toujours archéologue; mais, dans l'intérêt de son élection, le Procureur-Général Vinet a eu soin de le faire nommer Président du Tribunal. Sylvie a une petite cour et administre les biens de son frère; elle prête à gros intérêts et ne dépense pas douze cents francs par an.

De temps en temps, sur cette petite place, quand un enfant de Provins y arrive de Paris pour s'y établir, et sort de chez mademoiselle Rogron, un ancien partisan des Tiphaine dit :
— Les Rogron ont eu dans le temps une triste affaire à cause d'une pupille...

— Affaire de parti, répond le président Desfondrilles. On a voulu faire croire à des monstruosités. Par bonté d'âme, ils ont pris chez eux cette Pierrette, petite fille assez gentille et sans fortune; au moment de se former, elle eut une intrigue avec un garçon menuisier, elle venait pieds nus à sa fenêtre y causer avec ce garçon qui se tenait là, voyez-vous? Les deux amants s'envoyaient des billets doux au moyen d'une ficelle. Vous comprenez que dans son état, aux mois d'octobre et de novembre, il n'en fallait pas davantage pour faire aller à mal une fille qui avait les pâles couleurs. Les Rogron se sont admirablement bien conduits, ils n'ont pas réclamé leur part de l'héritage de cette petite, ils ont tout abandonné à sa grand'mère. La morale de cela, mes amis, est que le diable nous punit toujours d'un bienfait.

— Ah! mais c'est bien différent, le père Frappier me racontait cela tout autrement.

— Le père Frappier consulte plus sa cave que sa mémoire, dit alors un habitué du salon de mademoiselle Rogron.

— Mais le vieux monsieur Habert...

— Oh! celui-là, vous savez son affaire?

— Non.

— Eh! bien, il voulait faire épouser sa sœur à monsieur Rogron, le Receveur-Général.

Deux hommes se souviennent chaque jour de Pierrette : le médecin Martener et le major Brigaut, qui, seuls, connaissent l'épouvantable vérité.

Pour donner à ceci d'immenses proportions, il suffit de rappeler qu'en transportant la scène au Moyen Age et à Rome sur ce vaste théâtre, une jeune fille sublime, Béatrix Cenci, fut conduite au supplice par des raisons et par des intrigues presque analogues à celles qui menèrent Pierrette au tombeau. Béatrix Cenci n'eut pour tout défenseur qu'un artiste, un peintre. Aujourd'hui l'histoire et les vivants, sur la foi du portrait de Guido Reni, condamnent le pape, et font de Béatrix une des plus touchantes victimes des passions infâmes et des factions [128].

Convenons entre nous que la Légalité serait, pour les friponneries sociales [129], une belle chose si Dieu n'existait pas.

Novembre, 1839.

DOSSIER

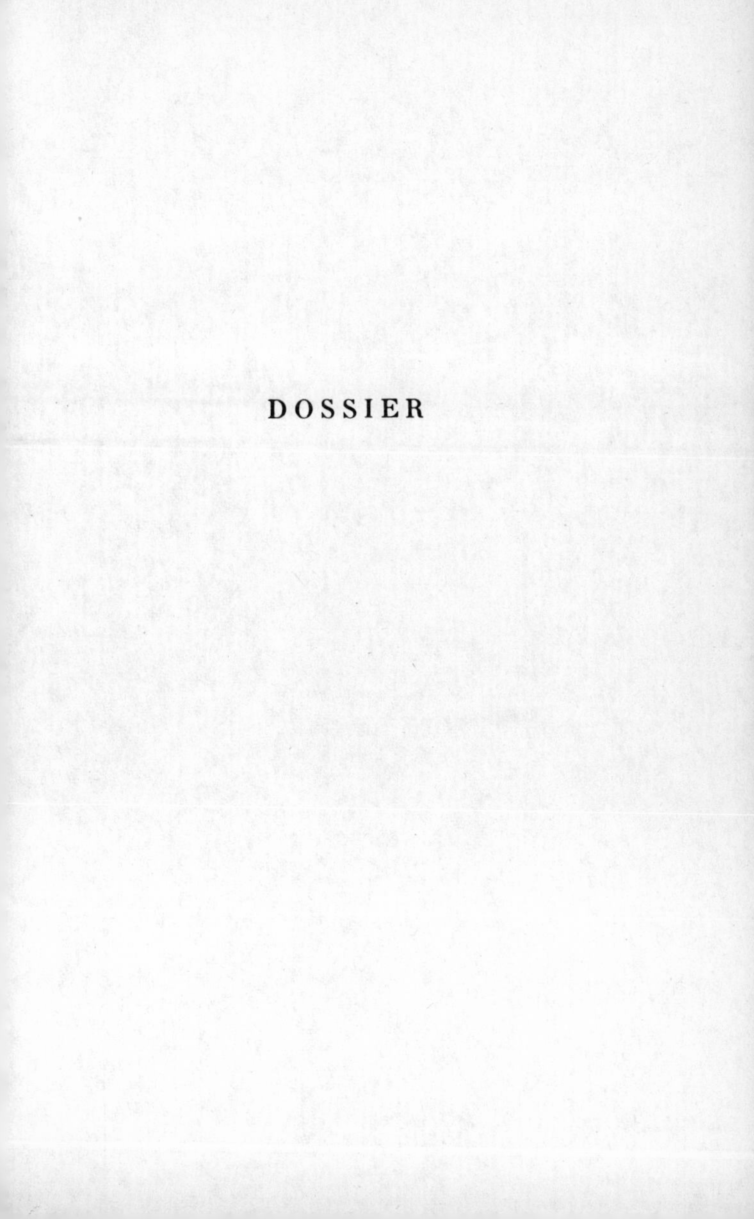

VIE DE BALZAC

La biographie de Balzac est tellement chargée d'événements si divers, et tout s'y trouve si bien emmêlé, qu'un exposé purement chronologique des faits serait d'une confusion extrême.

Dans l'ordre chronologique, nous nous sommes donc contenté de distinguer, d'une manière aussi peu arbitraire que possible, cinq grandes époques de la vie de Balzac : des origines à 1814, 1815-1828, 1828-1833, 1833-1840, 1841-1850.

A l'intérieur des périodes principales, nous avons préféré, quand il y avait lieu, classer les faits selon leur nature : l'œuvre, les autres activités touchant la littérature, la vie sentimentale, les voyages, etc. (mais en reprenant, à l'intérieur de chaque paragraphe, l'ordre chronologique).

Famille, enfance; des origines à 1814.

En juillet 1746 naît dans le Rouergue, d'une lignée paysanne, Bernard-François Balssa, qui sera le père du romancier et mourra en 1829; trente ans plus tard nous retrouvons le nom orthographié « Balzac ».

Janvier 1797 : Bernard-François, directeur des vivres de la division militaire de Tours, épouse à cinquante ans Laure Sallambier, qui en a dix-huit, et qui vivra jusqu'en 1854.

1799, 20 mai : naissance à Tours d'Honoré Balzac (le nom ne comporte pas encore la particule). Un premier fils, né jour pour jour un an plus tôt, n'avait pas vécu.

Après Honoré, trois autres enfants naîtront : 1° Laure (1800-1871), qui épousera en 1820 Eugène Surville, ingénieur des Ponts et Chaussées; 2° Laurence (1802-1825), devenue en 1821 Mme de Montzaigle : c'est sur son acte de baptême que la particule « de » apparaît pour la première fois devant le nom des Balzac. Elle mourra dans la misère, honnie par sa mère, sans raison; 3° Henry (1807-1858), fils adultérin dont le père était Jean de Margonne (1780-1858), châtelain de Saché.

L'enfance et l'adolescence d'Honoré seront affectées par la préférence de la mère pour Henry, lequel, dépourvu de dons et de caractère, traînera une existence assez misérable; les ternes séjours qu'il fera dans les îles de l'océan Indien avant de mourir à Mayotte contrastent absolument avec les aventures des romanesques coureurs de mers balzaciens. Balzac gardera des liens étroits avec Margonne et séjournera souvent à Saché, où l'on montre encore sa chambre et sa table de travail.

Dès sa naissance, Honoré est mis en nourrice chez la femme d'un gendarme à Saint-Cyr-sur-Loire, aujourd'hui faubourg de Tours (rive droite). De 1804 à 1807 il est externe dans un établissement scolaire de Tours, de 1807 à 1813 il est pensionnaire au collège de Vendôme. Puis, pendant quelques mois, en 1813, atteint de troubles et d'une espèce d'hébétude qu'on attribue à un abus de lecture, il demeure dans sa famille, au repos. De l'été 1813 à juin 1814, il est pensionnaire dans une institution du Marais. De juillet à septembre 1814, il reprend ses études au collège de Tours, comme externe.

Son père, alors administrateur de l'Hospice général de Tours, est nommé directeur des vivres dans une entreprise parisienne de fournitures aux armées. Toute la famille quitte Tours pour Paris en novembre 1814.

Apprentissage, 1815-1828.

1815-1819. Honoré poursuit ses études à Paris. Il entreprend son droit, suit des cours à la Sorbonne et au Muséum. Il travaille comme clerc dans l'étude de Me Guillonnet-Merville, avoué, puis dans celle de Me Passez, notaire; ces deux stages laisseront sur lui une empreinte profonde.

Son père ayant pris sa retraite, la famille, dont les ressources sont désormais réduites, quitte Paris et s'installe pendant l'été 1819 à Villeparisis. Le 16 août, le frère cadet de Bernard-François était guillotiné à Albi pour l'assassinat, dont il n'était peut-être pas coupable, d'une fille de ferme. Cependant Honoré, qu'on destinait au notariat, obtient de renoncer à cette carrière, et de demeurer seul à Paris, dans une mansarde, rue Lesdiguières, pour éprouver sa vocation en s'exerçant au métier des lettres. En septembre 1820, au tirage au sort, il a obtenu un « bon numéro » le dispensant du service militaire.

Dès 1817 il a rédigé des *Notes sur la philosophie et la religion,* suivies en 1818 de *Notes sur l'immortalité de l'âme,* premiers indices du goût prononcé qu'il gardera longtemps pour la spéculation philosophique; maintenant il s'attaque à une tragédie, *Cromwell,* cinq actes en vers, qu'il termine au printemps de 1820. Soumise à plusieurs juges successifs, l'œuvre est uniformément estimée détestable; Andrieux, aimable écrivain, professeur au Collège de France et académicien, conclut que l'auteur peut tenter sa chance dans n'importe quelle voie, hormis la littérature. Balzac continue sa recherche philosophique avec *Falthurne* (1820) et *Sténie* (1821), que suivront bientôt (1823) un *Traité de la prière* et un second *Falthurne* d'inspiration religieuse et mystique.

De 1822 à 1827, soit en collaboration, soit seul, sous les pseudonymes de lord R'hoone et Horace de Saint-Aubin, il publie une masse considérable de produits romanesques « de consommation courante », qu'il lui arrivera d'appeler « petites opérations de littérature marchande » ou même « cochonneries littéraires ». A leur sujet, les balzaciens se partagent; les uns y cherchent des ébauches de thèmes et les signes avant-coureurs du génie romanesque; les autres doutent que Balzac, soucieux seulement de satisfaire sa clientèle, y ait rien mis qui soit vraiment de lui-même.

En 1822 commence sa longue liaison (mais, de sa part, non exclusive) avec Antoinette de Berny, qu'il a rencontrée à Villeparisis l'année précédente. Née en 1777, elle a alors deux fois l'âge d'Honoré qui aura pour celle qu'il a rebaptisée Laure, et la *Dilecta,* un amour ambivalent, où il trouvera une compensation à son enfance frustrée.

Fille d'un musicien de la Cour et d'une femme de la chambre de Marie-Antoinette, femme d'expérience, Laure initiera son jeune amant aux secrets de la vie. Elle restera pour lui un soutien, et le guide le plus sûr. Elle mourra en 1836.

En 1825, Balzac entre en relations avec la duchesse d'Abrantès (1784-1838) ; cette nouvelle maîtresse, qui d'ailleurs s'ajoute à la précédente et ne se substitue pas à elle, a encore quinze ans de plus que lui. Fort avertie de la grande et petite histoire de la Révolution et de l'Empire, elle complète l'éducation que lui a donnée Mme de Berny, et le présente aux nombreux amis qu'elle garde dans le monde; lui-même, plus tard, se fera son conseiller et peut-être son collaborateur lorsqu'elle écrira ses *Mémoires*.

Durant la fin de cette période, il se lance dans des affaires qui enrichissent d'une manière incomparable l'expérience du futur auteur de *La Comédie humaine*, mais qui, en attendant, se soldent par de pénibles et coûteux échecs.

Il se fait éditeur en 1825, imprimeur en 1826, fondeur de caractères en 1827, toujours en association, les fonds de ses propres apports étant constitués par sa famille et par Mme de Berny. En 1825 et 1826, il publie, entre autres, des éditions compactes de Molière et de La Fontaine, pour lesquelles il a composé des notices. En 1828, la société de fonderie est remaniée; il en est écarté au profit d'Alexandre de Berny, fils de son amie : l'entreprise deviendra une des plus belles réalisations françaises dans ce domaine. L'imprimerie est liquidée quelques mois plus tard, en août; elle laisse à Balzac 60 000 francs de dettes (dont 50 000 envers sa famille).

Nombreux voyages et séjours en province, notamment dans la région de l'Isle-Adam, en Normandie, et souvent en Touraine.

Les débuts, 1828-1833.

A la mi-septembre 1828, Balzac va s'établir pour six semaines à Fougères, en vue du roman qu'il prépare sur la chouannerie. *Le Dernier Chouan ou la Bretagne en 1800*, dont le titre deviendra finalement *Les Chouans*, paraît en mars 1829; c'est le premier roman dont il assume ouvertement la responsabilité en le signant de son véritable nom.

En décembre 1829, il publie sous l'anonymat *Physiologie du mariage*, un essai ou, comme il dira plus tard, une « étude analytique » qu'il avait ébauchée puis délaissée plusieurs années auparavant.

1830 : les *Scènes de la vie privée* réunissent en deux volumes six courts récits. Ce nombre sera porté à quinze dans une réédition du même titre en quatre tomes (1832). C'est dans le troisième tome que paraîtra pour la première fois *Le Curé de Tours*.

1831 : *La Peau de chagrin*; ce roman est repris pour former la même année, avec douze autres récits, trois volumes de *Romans et contes philosophiques;* l'ensemble est précédé d'une introduction de Philarète Chasles, certainement inspirée par l'auteur. 1832 : les *Nouveaux Contes philosophiques* augmentent cette collection de quatre récits (dont une première version de *Louis Lambert*).

Les *Contes drolatiques*. A l'imitation des *Cent Nouvelles nouvelles* (il avait un goût très vif pour la vieille littérature), il voulait en écrire cent, répartis en dix dizains. Le premier dizain paraît en 1832, le deuxième en 1833; le troisième ne sera publié qu'en 1837, et l'entreprise s'arrêtera là.

Septembre 1833 : *Le Médecin de campagne*. Pendant toute cette époque, Balzac donne une foule de textes divers à de nombreux périodiques. Il poursuivra ce genre de collaboration durant toute sa vie, mais à une cadence moindre.

Laure de Berny reste la *Dilecta*, Laure d'Abrantès devient une amie.

Passade avec Olympe Pélissier.

Entré en liaison d'abord épistolaire avec la duchesse de Castries en 1831, il séjourne auprès d'elle, à Aix-les-Bains et à Genève, en septembre et octobre 1832; elle se laisse chaudement courtiser, mais ne cède pas, ce dont il se « venge » par *La Duchesse de Langeais*.

Au début de 1832, il reçoit d'Odessa une lettre signée « L'Etrangère », et répond par une petite annonce insérée dans *La Gazette de France* : c'est le début de ses relations avec Mme Hanska (1805-1882), sa future femme, qu'il rencontre pour la première fois à Neuchâtel dans les derniers jours de septembre 1833.

Vers cette même époque il a une maîtresse discrète, Maria du Fresnay.

Voyages très nombreux. Outre ceux que nous avons signalés ci-dessus (Fougères, Aix, Genève, Neuchâtel), il faut mentionner plusieurs séjours à Saché, près de Nemours chez Mme de Berny, près d'Angoulême chez Zulma Carraud, etc.

Son travail acharné n'empêche pas qu'il ne soit très répandu dans les milieux littéraires et dans le monde; il mène une vie ostentatoire et dispendieuse.

En politique, il s'affiche légitimiste. Il envisage de se présenter aux élections législatives de 1831, et en 1832 à une élection partielle.

L'essor, 1833-1840.

Durant cette période, Balzac ne se contente pas d'assurer le développement de son œuvre : il se préoccupe de lui assurer une organisation d'ensemble, comme en témoignaient déjà les *Scènes de la vie privée* et les *Romans et contes philosophiques.* Maintenant il s'avance sur la voie qui le conduira à la conception globale de *La Comédie humaine.*

En octobre 1833, il signe un contrat pour la publication des *Etudes de Mœurs au XIXe siècle,* qui doivent rassembler aussi bien les rééditions que des ouvrages nouveaux répartis en quatre tomes de *Scènes de la vie privée,* quatre de *Scènes de la vie de province* et quatre de *Scènes de la vie parisienne.* Les douze volumes paraissent en ordre dispersé de décembre 1833 à février 1837. Le tome I est précédé d'une importante *Introduction* de Félix Davin, prête-nom de Balzac. La classification a une valeur littérale et symbolique; elle se fonde à la fois sur le cadre de l'action et sur la signification du thème.

Parallèlement paraissent de 1834 à 1840 vingt volumes d'*Etudes philosophiques,* avec une nouvelle introduction de Félix Davin.

Principales créations en librairie de cette période : *Eugénie Grandet,* fin 1833; *La Recherche de l'absolu,*

1834; *Le Père Goriot, La Fleur des pois* (titre qui deviendra *Le Contrat de mariage*), *Séraphîta*, 1835; *Histoire des Treize*, 1833-1835; *Le Lys dans la vallée*, 1836; *La Vieille Fille, Illusions perdues* (début), *César Birotteau*, 1837; *La Femme supérieure* (titre qui deviendra *Les Employés*), *La Maison Nucingen, La Torpille* (début de *Splendeurs et misères des courtisanes*), 1838; *Le Cabinet des antiques, Une fille d'Eve, Béatrix*, 1839; *Une princesse parisienne* (titre qui deviendra *Les Secrets de la princesse de Cadignan*), *Pierrette, Pierre Grassou*, 1840.

En marge de cette activité essentielle, Balzac prend à la fin de 1835 une participation majoritaire dans la *Chronique de Paris*, journal politique et littéraire; il y publie un bon nombre de textes, jusqu'à ce que la société, irrémédiablement déficitaire, soit dissoute six mois plus tard. Curieusement il réédite (et complète à l'aide de « nègres »), en gardant un pseudonyme qui n'abuse personne, une partie de ses romans de jeunesse : les *Œuvres complètes d'Horace de Saint-Aubin*, seize volumes, 1836-1840.

En 1838, il s'inscrit à la toute jeune Société des Gens de Lettres, il la préside en 1839, et mène diverses campagnes pour la protection de la propriété littéraire et des droits des auteurs.

Candidat à l'Académie française en 1839, il s'efface devant Hugo, qui ne sera pas élu.

En 1840, il fonde la *Revue parisienne*, mensuelle et entièrement rédigée par lui; elle disparaît après le troisième numéro, où il a inséré son long et fameux article sur *La Chartreuse de Parme*.

Théâtre, vieille et durable préoccupation depuis le *Cromwell* de ses vingt ans : en 1839, la Renaissance refuse *L'Ecole des ménages*, pièce dont il donne chez Custine une lecture à laquelle assistent Stendhal et Théophile Gautier. En 1840, la censure, après plusieurs refus, finit par autoriser *Vautrin*, qui sera interdit dès le lendemain de la première.

Il séjourne à Genève auprès de Mme Hanska du 24 décembre 1833 au 8 février 1834; il la retrouve à Vienne (Autriche) en mai-juin 1835; alors commence une séparation qui durera huit ans.

Le 4 juin 1834, naît Marie du Fresnay, présumée être sa fille, et qu'il regarde comme telle; elle mourra en 1930.

Mme de Berny malade depuis 1834, accablée de malheurs familiaux, cesse de le voir à la fin de 1835; elle va mourir le 27 juillet 1836.

Le 29 mai 1836, naissance de Lionel-Richard, fils présumé de Balzac et de la comtesse Guidoboni-Visconti.

Juillet-août 1836 : Mme Marbouty, déguisée en homme, l'accompagne à Turin où il doit régler une affaire de succession pour le compte et avec la procuration du mari de Frances Sarah, le comte Guidoboni-Visconti. Ils rentrent par la Suisse.

Autres voyages toujours nombreux, et nombreuses rencontres.

Au cours de l'excursion autrichienne de 1835, il est reçu par Metternich, et visite le champ de bataille de Wagram en vue d'un roman qu'il ne parviendra jamais à écrire. En 1836, séjournant en Touraine, il se voit accueilli par Talleyrand et la duchesse de Dino. L'année suivante, c'est George Sand qui l'héberge à Nohant; elle lui suggère le sujet de *Béatrix*.

Durant un second voyage italien en 1837, il a appris à Gênes qu'on pouvait exploiter fructueusement en Sardaigne les scories d'anciennes mines de plomb argentifère; en 1838, en passant par la Corse, il se rend sur place pour y constater que l'idée était si bonne qu'une société marseillaise l'a devancé; retour par Gênes, Turin, et Milan où il s'attarde.

On signale en 1834 un dîner réunissant Balzac, Vidocq et les bourreaux Sanson père et fils.

Démêlés avec la Garde nationale, où il se refuse obstinément à assurer des tours de garde : en 1835, à Chaillot sous le nom de « madame veuve Durand », il se cache autant de ses créanciers que de la garde qui l'incarcérera, en 1836, pendant une semaine dans sa prison surnommée « Hôtel des Haricots » ; nouvel emprisonnement en 1839, pour la même raison.

En 1837, près de Paris, à Sèvres, au lieu-dit les Jardies, il achète les premiers éléments de ce dont il voudra constituer tout un domaine. Sa légende commençant, on prétendra qu'il aurait rêvé d'y faire fortune en y acclimatant la culture de l'ananas. Ses projets assez grandioses lui coûteront fort cher et ne lui amèneront que des déboires. Liquidation onéreuse et longue : à la mort de Balzac, l'affaire n'était pas entièrement liquidée.

C'est en octobre 1840 que, quittant les Jardies, il s'installe à Passy dans l'actuelle rue Raynouard, où sa maison est redevenue aujourd'hui « La Maison de Balzac ».

Suite et fin, 1841-1850.

Le fait marquant qui inaugure cette période est l'acte de naissance officiel de *La Comédie humaine* considérée comme un ensemble organique. Cet acte, c'est le contrat passé le 2 octobre 1841 avec un groupe d'éditeurs pour la publication, sous ce « titre général », des « œuvres complètes » de Balzac, celui-ci se réservant « l'ordre et la distribution des matières, la tomaison et l'ordre des volumes ».

Nous avons vu le romancier, dès ses véritables débuts ou presque, montrer le souci d'un ordre et d'un classement. Une lettre à Mme Hanska du 26 octobre 1834 en faisait déjà état. Une lettre de décembre 1839 ou janvier 1840, adressée à un éditeur non identifié, et restée sans suite, mentionnait pour la première fois le « titre général », avec un plan assez détaillé. Cette fois le grand projet va enfin se réaliser (sous réserve de quelques changements de détail ultérieurs dans le plan, de plusieurs ouvrages annoncés qui ne seront jamais composés et, enfin, de quelques autres composés et non annoncés).

Réunissant rééditions et nouveautés, l'ensemble désormais intitulé *La Comédie humaine* paraît de 1842 à 1848 en dix-sept volumes, complétés en 1855 par un tome XVIII, et suivis, en 1855 encore, d'un tome XIX (*Théâtre*) et d'un tome XX (*Contes drolatiques*). Trois parties : *Etudes de Mœurs, Etudes philosophiques, Etudes analytiques,* — la première partie étant elle-même divisée en *Scènes de la vie privée, Scènes de la vie de province, Scènes de la vie parisienne, Scènes de la vie politique, Scènes de la vie militaire* et *Scènes de la vie de campagne.*

L'*Avant-propos* est un texte doctrinal capital. Avant de se résoudre à l'écrire lui-même, Balzac avait demandé vainement une préface à Nodier, à George Sand, ou envisagé de reproduire les introductions de Davin aux anciennes *Etudes de mœurs* et *Etudes philosophiques.*

Premières publications en librairie : *Le Curé de village,* 1841; *Mémoires de deux jeunes mariées, Ursule Mirouët, Albert Savarus, La Femme de trente ans* (sous sa forme et son titre définitifs après beaucoup d'avatars), *Les Deux Frères* (titre qui deviendra *La Rabouilleuse*), 1842; *Une ténébreuse affaire, La Muse du département, Illusions perdues* (au complet), 1843; *Honorine, Modeste Mignon,* 1844; *Petites misères de la vie conjugale,* 1846; *La Dernière Incarnation de Vautrin* (achevant *Splendeurs et Misères des courtisanes*), 1847; *Les Parents pauvres* (*Le Cousin Pons* et *La Cousine Bette*), 1847-1848.

Romans posthumes. *Le Député d'Arcis* et *Les Petits Bourgeois,* restés inachevés, et terminés, avec une désinvolture confondante, par Charles Rabou agréé par la veuve, paraissent respectivement en 1854 et 1856. La veuve assure elle-même, avec beaucoup plus de tact, la mise au point des *Paysans* qu'elle publie en 1855.

Théâtre. Représentation et échec des *Ressources de Quinola,* 1842; de *Paméla Giraud,* 1843. Succès sans lendemain de *La Marâtre,* pièce créée à une date peu favorable (25 mai 1848) ; trois mois plus tard la Comédie-Française reçoit *Mercadet ou le Faiseur,* mais la pièce ne sera pas représentée.

Chevalier de la Légion d'honneur depuis avril 1845, Balzac, encore candidat à l'Académie française, obtient 4 voix le 11 janvier 1849, dont celles de Hugo et de Lamartine (on lui préfère le duc de Noailles), et, aux trois scrutins du 18 janvier, 2 voix (Vigny et Hugo), 1 voix (Hugo) et 0 voix, le comte de Saint-Priest étant élu.

Amours et voyages, durant toute cette période, portent pratiquement un seul et même nom : Mme Hanska. Le comte Hanski était mort le 10 novembre 1841, en Ukraine; mais Balzac sera informé le 5 janvier 1842 seulement de l'événement. Son amie, libre désormais de l'épouser, va néanmoins le faire attendre près de dix ans encore, soit qu'elle manque d'empressement, soit que réellement le régime tsariste se dispose à confisquer ses biens, qui sont considérables, si elle s'unit à un étranger.

En 1843, après huit ans de séparation, Balzac va la retrouver pour deux mois à Saint-Pétersbourg; il rentre par Berlin, les pays rhénans, la Belgique. En 1845, voyages communs en Allemagne, en France, en Hollande, en Belgique, en Italie. En 1846, ils se rencontrent à Rome et voyagent en Italie, en Suisse, en Allemagne. Mme Hanska est enceinte; Balzac en est profondément heureux, et, de surcroît, voit dans cette circonstance une occasion de hâter son mariage; il se désespère lorsqu'elle accouche en novembre 1846 d'un enfant mort-né.

En 1847, elle passe quelques mois à Paris; lui-même, peu après, rédige un testament en sa faveur. A l'automne, il va la retrouver en Ukraine, où il séjourne près de cinq mois. Il rentre à Paris, assiste à la révolution de février 1848 et envisage une candidature aux élections législatives, puis il repart dès la fin de septembre pour l'Ukraine, où il séjourne jusqu'à la fin d'avril 1850. Malade, il ne travaille plus : depuis plusieurs années sa santé n'a pas cessé de se dégrader.

Il épouse Mme Hanska, le 14 mars 1850, à Berditcheff.

Rentrés à Paris vers le 20 mai, les deux époux, le 4 juin, se font donation mutuelle de tous leurs biens en cas de décès.

Balzac est rentré à Paris pour mourir. Affaibli, presque aveugle, il ne peut bientôt plus écrire; la dernière lettre connue, de sa main, date du 1er juin 1850. Le 18 août, il reçoit l'extrême-onction, et Hugo, venu en visite, le trouve inconscient : il meurt à onze heures et demie du soir. On l'enterre au Père-Lachaise trois jours plus tard; les cordons du poêle sont tenus par Hugo et Dumas, mais aussi par le navrant Sainte-Beuve qui lui vouait la haine des impuissants, et par le ministre de l'Intérieur; devant sa tombe, superbe discours de Hugo : ni Hugo ni Baudelaire ne se sont trompés sur le génie de Balzac.

La femme de Balzac, après avoir trouvé quelques consolations à son veuvage, mourra ruinée de sa propre main et par sa fille en 1882.

NOTICES

NOTICE DU « CURÉ DE TOURS »

Ce récit parut pour la première fois sous le titre *Les Célibataires* au tome III de la deuxième édition des *Scènes de la vie privée* publiée à partir de mai 1832 chez Mame-Delaunay. Balzac l'avait écrit en avril et mai auprès de Mme de Berny à Saint-Firmin, non sans difficultés au départ: deux ébauches, aujourd'hui conservées à la Bibliothèque Lovenjoul à Chantilly, précédèrent la rédaction définitive (cf. Document).

Pour sa deuxième édition, toujours sous le titre *Les Célibataires,* le récit entrait dans les *Scènes de la vie de province,* au tome VI des *Etudes de Mœurs au XIX*e *siècle* publié chez Mme Ch. Béchet et mis en vente en décembre 1833. Balzac avait ajouté « ce qu'on pense » au dialogue entre Mme de Listomère et Troubert, et le commentaire final sur Troubert qui, ainsi, « prend ses véritables dimensions » (L.-F. Hoffmann).

La troisième édition des *Célibataires* figurait en tête des *Scènes de la vie de province* publiée en deux volumes chez Charpentier en 1839.

En octobre 1842, pour l'édition de *La Comédie humaine,* Balzac décide de créer, à l'intérieur des *Scènes de la vie de province,* une série intitulée *Les Célibataires* réunissant *La Rabouilleuse, Pierrette* et le récit de 1832 qu'il envisage d'abord d'intituler *L'Abbé Troubert,* « ce qui aurait placé ce récit dans un éclairage tout différent » (P. Citron). Birotteau bénéficiera finalement de l'éclairage avec le titre *Le Curé de Tours,* choisi après *Le*

Vicaire de Saint-Gatien et *Le Vicaire de la cathédrale.*

En mai 1843, *Le Curé de Tours* était placé en tête du Tome VI de *La Comédie humaine* publiée par Furne, Dubochet, Hetzel et Paulin, et toujours dans les *Scènes de la vie de province.*

Par la suite, Balzac apportait sur son exemplaire personnel de cette édition quelques infimes corrections au *Curé de Tours.* Ce texte, dit le *Furne corrigé,* et considéré comme représentant la dernière volonté du romancier, est celui que nous publions.

Parmi les nombreux travaux consacrés au *Curé de Tours,* ceux qui suivent sont les plus récents. On y trouvera généralement les références complémentaires aux principales recherches antérieures qu'ils utilisent tout en les renouvelant.

1. *Articles :*

PHILIPPE BERTAULT, « Introduction à l'édition de Balzac, *Le Prêtre catholique* », *Les Etudes balzaciennes* n° 3-4, juin-décembre 1952.

LÉON-FRANÇOIS HOFFMANN, « Eros en filigrane. *Le Curé de Tours* », *L'Année balzacienne 1967.*

SUZANNE JEAN-BÉRARD, « Encore la maison du *Curé de Tours* », *L'Année balzacienne 1968.*

NICOLE MOZET, « Le personnage de Troubert et la genèse du *Curé de Tours* », *L'Année balzacienne 1970.*

2. *Préfaces :*

PHILIPPE BERTAULT dans l'édition de *La Comédie humaine* de Formes et Reflets.

MAURICE BARDÈCHE dans l'édition des *Œuvres complètes de Balzac* du Club de l'Honnête Homme.

PIERRE CITRON dans l'édition de *La Comédie humaine* du Seuil.

SUZANNE BÉRARD dans l'édition du *Curé de Tours* de Garnier-Flammarion.

NOTICE DE « PIERRETTE »

La première annonce de l'œuvre se trouve dans une lettre à Mme Hanska du 4 juin 1839 : « La première œuvre un peu jeune fille que je ferai, je la dédierai à v[otre] chère Anna. » Au début de juillet, Balzac précise à sa correspondante : « Il va paraître une nouvelle de moi, intitulée *Pierrette* », et plus loin : « une délicieuse petite histoire qui pourra être lue par Anna ». Il n'en reparle plus avant le 30 octobre, puis le 2 novembre : « *Pierrette* est une de ces délicieuses fleurs de mélancolie qui sont vouées par avance au succès. » En décembre, le 2 (?) « je puis dire que c'est une perle suée au milieu de mes douleurs, car je suis tout souffrance » ; en outre, « Il y a eu treize épreuves successives de *Pierrette*, c'est-à-dire que cela a été fait treize fois [...] comme j'ai fait *Pierrette* en dix jours, jugez quel travail ». En « dix jours », non ; mais « quel travail », c'est certain, dont témoignent le manuscrit et les jeux d'épreuves conservés à Chantilly : une quinzaine, selon P. Citron et J.-L. Tritter. Et encore faut-il tenir compte d'une correction supplémentaire, et non des moindres, consentie au directeur du *Siècle* dont la clientèle était essentiellement libérale : pour le texte publié en feuilleton, Balzac dut opérer remaniements et coupes claires dans les passages concernant le clan libéral de Provins.

Annoncé sous le titre *Pierrette Lorrain*, le roman parut en feuilleton, sous le titre *Pierrette*, dans *Le Siècle* du 14 au 27 février 1840. Précédé d'un « Envoi » à « Mademoiselle Anna de Hanska », il était divisé en neuf chapitres. Successivement : *Pierrette Lorrain. Les Rogron. Pathologie des merciers retirés. Débuts de Pierrette. Histoire des cousines pauvres chez leurs parents riches. La tyrannie domestique. Les amours de Pierrette et de Brigaut. Le conseil de famille. Le jugement.*

L'édition originale, intitulée *Pierrette, scène de la vie de province*, parut à la fin de l'année 1840 chez Souverain, en deux volumes, dont le second était complété par *Pierre Grassou*. Le texte du roman était divisé en dix chapitres au lieu de neuf, par la coupure du premier chapitre en deux : *Pierrette Lorrain* et *Les Lorrain*. Une importante préface (cf. Document) précédait le roman.

En avril 1843, *Pierrette* entrait dans *La Comédie humaine*, au tome V, inaugurant la série des *Célibataires* annoncée le 29 octobre 1842 à Mme Hanska, à l'intérieur des *Scènes de la vie de province*.

Le texte que nous publions est celui de *La Comédie humaine* — qui, on le sait, ne comportait plus de chapitres — avec les corrections, d'ailleurs rares, faites ultérieurement par Balzac sur son exemplaire personnel.

Les études consacrées à *Pierrette* sont peu nombreuses. Déjà ancienne, l'édition de Maurice Allem présentait une remarquable annotation (Classiques Garnier). Parmi les plus récentes, la thèse de Jean-Louis Tritter étant inédite, on pourra consulter :

1. Articles :

PIERRE CITRON, « Une source possible de *Pierrette* », *L'Année balzacienne 1966.*

JEAN-LOUIS TRITTER, « A propos des épreuves de *Pierrette* », *L'Année balzacienne 1973.*

2. Préfaces :

MAURICE BARDÈCHE pour l'édition des *Œuvres complètes de Balzac* du Club de l'Honnête Homme.

PIERRE CITRON pour l'édition de *La Comédie humaine* du Seuil.

PIERRE CITRON pour l'édition de *Pierrette* chez Garnier-Flammarion.

DOCUMENTS

DOCUMENT SUR « LE CURÉ DE TOURS »

Dans l'article cité, l'abbé Philippe Bertault publia pour la première fois les ébauches des Célibataires *d'après le texte que le vicomte de Lovenjoul avait établi et complété de quelques mots ajoutés entre crochets carrés pour remplir certaines lacunes des manuscrits C'est ce texte que nous reproduisons, mais en adoptant pour la répartition du contenu de chaque ébauche le parti pris par Jean A. Ducourneau dans son édition des* Œuvres complètes de Balzac *(Bibliophiles de l'Originale).*

La Vieille Fille

[version de 1832]

Il existe à Tours un passage dont l'entrée est dans la Grande Rue et qui aboutit au chœur de la cathédrale. Les arcs-boutants de Saint-Gatien traversent le jardin et les murs de la seule maison qu'il y ait à droite de cette espèce de rue, et ces immenses [constructions] y sont implantées de manière à laisser en doute si le grand monument de Saint-Gatien a été bâti avant ou après ce logis antique.

En examinant les arabesques, la forme des fenêtres, le cintre de la porte, l'extérieur de cette maison brune, il est facile de voir qu'elle faisait autrefois partie du grand édifice auquel elle est adossée, et appartenait au Chapitre de la Cathédrale. Un antiquaire pourrait même retrouver dans l'issue par laquelle on pénètre dans la place située derrière l'Eglise, et nommée encore aujourd'hui *le Cloître,* quelques vestiges de l'arcade gothique qui devait s'harmonier avec le caractère général de [la vénérable basilique].

Jadis existait dans le Cloître, du côté de la Grande Rue, plusieurs maisons réunies par une clôture, appartenant à la cathédrale et où logeaient quelques dignitaires du Chapitre. Depuis l'aliénation des biens du clergé, la ville a fait du passage qui séparait ces maisons, une rue nommée *la Psalette,* par laquelle on va du Cloître dans la Grande Rue; le nom indique suffisamment que là demeurait autrefois le grand Chantre, ses écoles, et ceux qui vivaient sons sa dépendance.

. . . .

[Sans doute nos lecteurs ont visité, ne fut-ce qu'une seule] fois dans leur vie, l'une de ces belles cathédrales dues au génie religieux et à la sublime architecture du moyen âge.

Alors il est facile à toutes les imaginations de se représenter la cathédrale de Saint-Gatien, vaste vaisseau dont le portail est orné d'une rose délicate, à vitraux coloriés, de deux tours d'une hauteur prodigieuse et dont les flancs, soutenus par des arcs-boutants multipliés, sont embellis de deux portes latérales, admirables de travail, et qui correspondent aux deux nefs transversales destinées à figurer la croix, éternel modèle des églises catholiques.

Les siècles ont jeté leur manteau noir sur ce grand édifice; le temps y a mis ses rides; la mousse, les pariétaires, les herbes y croissent de tous côtés, et des corbeaux, dont l'espèce est devenue rare, des *choucas,* en habitent les sommets.

Or, la maison située entre le passage, le Cloître, et le [grand bâtiment voisin occupé par le] séminaire, se trouvant au nord de la cathédrale, est presque toujours dans l'ombre que le monument projette. Puis, si l'on vient à penser que de l'autre côté du cloître s'élèvent le palais archiépiscopal et toutes ses dépendances terminées par un mail pratiqué dans les anciens remparts, peut-être concevra-t-on la majestueuse horreur du silence qui règne en ce lieu presque toujours désert.

Cet endroit de la ville est tellement solitaire qu'il n'y passe pas dix personnes par jour en exceptant les fêtes, dont la solennité amène toute la population à Saint-Gatien.

Si parfois un prêtre, un passant, ou quelques séminaristes appelés à la cathédrale traversent le cloître, le bruit de leurs pas est répété par les nombreux échos de l'édifice, qui révèlent toute la profondeur du silence. Le froid humide que répandent les grandes ombres change l'atmosphère et lui donne, même pendant l'été, la fraîcheur des caveaux. Aussi, dans cette enceinte, toutes les crêtes de mur sont noires, et les feuillages des arbres d'un vert pâle. Le silence, le froid, et l'obscurité, principales causes de la terreur, existent toujours là: il y a de plus, le chant monotone et grave des offices, régulièrement célébrés à différentes heures du jour, qui retentit faiblement, qui bourdonne, qui se mêle au souffle du vent et semble être la voix de l'Eglise. Parfois, les cloches ou les corbeaux font entendre leurs tintements ou leurs cris. Du reste, là, rien ne trahit la vie du monde. C'est un cloître sans verroux, sans clôtures et sans moines. C'est un lieu plein de physionomie, où le pittoresque religieux abonde, et où il est difficile de passer sans être saisi par quelque pensée grave. Là, tout porte au recueillement qui s'empare de l'homme dans tous les édifices dont les larges dimensions lui font comprendre sa petitesse, dont la longue durée l'instruit de sa fragilité.

La description de cette solitude de pierres doit déjà donner une idée du caractère des personnes assez nulles ou assez fortes pour habiter les trois maisons situées dans la petite rue ombragée par Saint-Gatien. Aussi, peut-être n'est-il pas inutile d'ajouter que la maison bâtie dans les arcs-boutants de la cathédrale était la demeure d'un vieux chanoine octogénaire, qui l'avait achetée pendant la Révolution, sans doute pour pouvoir la rendre un jour au Chapitre, et que celle dont l'entrée se trouve aujourd'hui dans la Grande Rue, n'était pas encore faite à l'époque où cette histoire commence.

Quant au dernier logis, le style de son architecture semble annoncer qu'il fut construit sous le règne de Louis XV, peu-être par quelque dignitaire de l'ordre Ecclésiastique.

En 1816, cette maison appartenait à la veuve d'un notaire de Loches, nommée Madame Berger, qui était venue l'habiter après avoir perdu son mari, mort depuis environ une douzaine d'années.

Quoique Madame Berger eût une fille, qu'elle possédât, outre cette maison, une fortune assez honorable, et qu'elle demeurât dans la ville de France où il est le plus difficile de vivre inconnu, l'on peut hardiment affirmer que le percepteur des contributions, trois ou quatre vieux prêtres, et le successeur de Maître Berger, en possession de gérer la fortune de la veuve, étaient les seules personnages qui soupçonnassent l'existence de Madame Berger et de Mademoiselle Sophie Berger, sa fille.

Mais plusieurs causes assuraient le secret et le calme dont leur vie était enveloppée. La singulière situation de leur maison leur permettait de se rendre à Saint-Gatien sans être vues de personne. Madame Berger y avait loué une petite chapelle obscure sise dans le chevet de l'Eglise, où elles arrivaient avant les plus fervents de tous les fidèles et dont elles sortaient les dernières. Plus exactes peut-être que les prêtres eux-mêmes à suivre les offices particuliers qui se disent dans les cathédrales métropolitaines, où se conservent les traditions de la liturgie la plus sévère, elles passaient la plus grande partie de leur vie à l'Eglise.

Si, par hasard, dans la soirée, quand le temps était beau, le vent apaisé, l'air pur, elles allaient se promener, l'état de recueillement dans lequel vivent les personnes dévotes, que tout effarouche, leur faisait rechercher une partie assez écartée du Mail où se rencontrent à peine, de loin en loin, quelques vieillards peu curieux, et où elles pouvaient se rendre par une route déserte nommée *le chemin de la Porte Rouline* qui commence au Cloître et longe les jardins de l'Archevêché.

Ainsi, dans les deux seules circonstances de leur vie où elles étaient en contact avec la société, elles s'en trouvaient complètement séparées.

Quant aux autres relations qu'il est bien difficile à deux femmes de ne pas avoir dans le monde, Madame Berger et sa fille en étaient encore exemptes par une raison toute naturelle. La veuve du notaire vint à Tours à une époque où la société ne s'était pas encore reconstituée. Elle n'y connaissait personne et son caractère aurait été un obstacle à ce qu'elle y formât des liaisons, si la nature de son esprit et le malheur dont sa fille était frappée ne l'eussent déjà condamnée à la solitude.

En effet, les plaisirs du monde étaient interdits à Mademoiselle Berger qui, par un de ces tristes événements dont tant de familles ont eu à gémir, avait été dès son enfance privée de toutes les grâces de la femme. Sa nourrice l'ayant laissée tomber, la chute avait été si grave et le chirurgien si maladroit, que la pauvre fille en était restée boiteuse et difforme.

Ces deux femmes avaient pour servante une vieille fille qui partageait leur manière de vivre et leurs goûts, et qui imitait si bien leur discrétion dans ses moindres rapports que plusieurs des marchands et des gens chez lesquels elle se présentait eussent été fort embarrassés de dire le nom de ses maîtres.

Ainsi, tout s'accordait à mettre une barrière entre elles et le monde. Aussi, en étaient-elles complètement séparées depuis douze ans, et menaient-elles une vie tout à fait analogue à la vie claustrale, oubliant sans aucun regret la société, dont elles étaient oubliées.

Insensiblement, elles avaient pris les habitudes et les règles qui résultent d'une semblable existence. Chez elles, tout était soumis aux lois d'une régularité monotone. Les heures des repas, celles du lever et du coucher avaient une immuable fixité, leur journée étant coupée par la multitude des devoirs minutieux qu'impose une haute piété, s'écoulait toujours rapidement pour elles, sans leur apporter ni distractions ni ennuis. C'était l'occupation dans le vide, et le vide dans l'occupation.

Cependant, depuis quelques années, une sorte de bonheur leur était échu, et avait jeté dans leur existence une source intarissable de plaisirs. L'ancien curé de Loches, étant devenu chanoine de la cathédrale de Tours, vint proposer à Madame Berger de lui louer une partie de sa maison et de le prendre en pension. Rien ne pouvait être plus agréable à la veuve, et le nouveau chanoine, homme âgé de soixante et quelques années, fut promptement installé.

L'abbé Maurin, — tel était le nom du prêtre, — devint l'objet des soins assidus des deux recluses, et personne ne sera surpris de savoir qu'elles eurent insensiblement pour lui un de ces attachements auxquels les femmes sacrifient tout, sentiment qui ne repose que sur de douces habitudes, et dont la puissance vient peut-être de ce que les femmes obéissent en s'y livrant aux lois de leur nature, sans avoir à en craindre les malheurs.

. . . .

Le Prêtre catholique
[version de 1832]

. . . .

[Quand, pour l'abbé de Vèze, arriva l'heure de donner à sa vocation un objectif déterminé, le souvenir du religieux collège où s'était écoulée son adolescence, celui des saintes émotions et des précoces succès oratoires] qu'il y avait eus, la nature de son éducation première, le portèrent à choisir les travaux de la prédication parmi tous ceux de son état.

Les gens du monde ne savaient rien de plus sur la destinée assez naturellement obscure d'un jeune prêtre si récemment sorti du séminaire. Et ceux qui avaient pu le connaître pendant le temps qu'il y était resté, le peignaient comme un homme profondément mélancolique, taciturne, ou comme dévoré d'ambition, car beaucoup de gens prennent le silence pour de l'orgueil. Mais tous ses confrères rendaient justice à l'étendue de ses connaissances, et tous prévoyant son élévation future aux plus hautes dignités ecclésiastiques, le craignaient, en lui portant cette sourde envie qui, en province, — et peut-être aussi chez les gens d'église, — forme le fonds de la langue.

Depuis environ six mois, il occupait d'autant mieux de lui les imaginations qu'il se dérobait entièrement au monde. Il avait refusé la direction de plusieurs consciences, et, continuant ses études, il disait rarement la messe.

Cette conduite était approuvée par tous ses supérieurs.

Comme il est dans l'esprit de la province de chercher les causes de tout événement, grand ou petit, quelques personnes voulaient trouver les raisons de cette retraite dans la vive impression que produisait l'abbé de Vèze.

Il réunissait en effet toutes les conditions nécessaires pour remuer fortement les âmes. Il avait une figure noble et douce, à laquelle une pâleur d'herbe flétrie donnait les attraits de la mélancolie, et les mystères d'une passion inconnue. Il y régnait un grand calme, et cette sorte de grâce qui résulte de la franchise. S'il tenait ses yeux noirs et perçants toujours baissés, ce n'était ni par contenance, ni pour remplir le rôle modeste qui semble de costume chez les prêtres, mais par une habitude due à ses travaux, à ses méditations, et à quelque pensée dominante. La main presque desséchée, qu'il levait en prêchant, les contours de sa face légèrement creusée, faisaient supposer qu'il était maigre, car l'ampleur de sa soutane ne permettait pas de juger ses formes, et ne trahissait qu'une taille assez élevée.

Plusieurs personnes qui s'intéressaient vivement à lui, craignaient pour sa poitrine, et la richesse, la sonorité particulière et l'accent pénétrant de son organe, semblai[en]t confirmer cette opinion. C'était, chez cet homme, un charme de plus. En entendant cette voix, dont les intonations vibraient majestueusement dans le vaste vaisseau de Saint-Gatien, les auditeurs éprouvaient une terreur de plus, en pensant que des accents aussi profonds étaient dus à une maladie, et qu'il y avait de la mort et dans les pensées du prédicateur et dans le souffle de sa parole.

Ainsi, les yeux qui se tournaient vers lui peignaient toujours un grand intérêt. Il avait écouté religieusement. I' réveillait toutes les sympathies du cœur, et il s'établissait entre son auditoire et lui ce phénomène inexpliqué qui ressemble à de la fascination, et que l'on peut observer à la Tribune comme au Théâtre, lorsqu'un orateur illustre ou un grand comédien attirent les âmes et absorbent en quelque sorte les rayons de tous les yeux attentifs. Il y a quelque chose de sublime dans ce pouvoir, qui permet à un homme de manier tant d'esprits, de les agiter et de les tenir dans sa main, comme nous nous figurons que Dieu tient le monde. Aussi, exprimons-nous involontairement cette pensée, en disant d'un grand artiste qu'il y a en lui quelque chose de divin.

L'abbé de Vèze, n'ayant pas prêché depuis les premiers jours du Carême, son apparition en chaire produisit un léger mouvement dans l'Eglise. Beaucoup de personnes se mouchèrent. Presque tous les assistants l'examinèrent avec curiosité, et quelques hommes du monde venus pour l'entendre, mais placés dans les nefs latérales, se servirent de binocles et de lorgnons pour le mieux voir.

Le texte de son sermon était pris dans une épître de saint Paul, et il le traduisit par ces sublimes paroles de saint Jean : *Aimez-vous les uns les autres.* Son sujet fut l'indulgence et la concorde que les membres d'une famille doivent entretenir dans les relations quotidiennes de la vie.

Ce thème ne paraissait pas offrir de grandes ressources aux mouvements oratoires, et sembla tout d'abord ingrat. Mais les gens attirés là par une curiosité mondaine furent eux-mêmes surpris du talent avec lequel le prédicateur traita cette matière et de la profondeur du sillon qu'il traça dans la vie privée.

Abandonnant les lieux communs qui, depuis Massillon, ont trop souvent déshonoré l'éloquence de la chaire, il peignit avec des couleurs vraies les supplices cruels que causent le désaccord des âmes et le défaut d'entente chez ceux qui habitent sous le même toit. Il entra dans tous les intérieurs, y porta la main sur les plaies secrètes de tous les ménages, en rechercha les causes par des observations fines, accusa non pas l'orgueil mais la vanité, le défaut de confiance, l'égoïsme, la paresse, l'envie, le laisser-aller; il révéla les légers torts qui créent des haines durables, et, après avoir prouvé que de toutes les vertus chrétiennes les plus difficiles à pratiquer étaient celles qui s'exerçaient à chaque moment, il fit l'éloge de cette indulgence amie, qui jette tant de grâce sur la vie, de manière à plonger son auditoire dans l'attendrissement. Il prouva que les tracasseries, les exigences, les soupçons, les médisances, qui rendent la vie mauvaise, étaient le fait des esprits étroits, sans noblesse, sans générosité, toujours en guerre avec eux-mêmes, mécontents d'eux, avides d'une activité qui leur tienne lieu de la sensibilité dont ils sont privés parce qu'ils l'ont étouffée, et ses portraits furent tellement vrais, qu'il était peu de familles auxquelles ces hautes leçons ne pussent servir.

Son débit et ses gestes simples donnèrent encore du prix à ces tableaux fertiles en contrastes.

Il y avait dans ce discours un sentiment très vif de l'éloquence à laquelle le *Petit Carême* de Massillon dut sa célébrité. Mais il fut plus senti qu'admiré par l'auditoire. C'était un chef-d'œuvre littéraire, mais c'était avant tout une œuvre essentiellement chrétienne, animée par l'admirable charité de l'Evangile, et les hommes assemblés comprennent tous les choses du cœur, même quand ils ne s'en souviennent plus au logis. Aussi l'abbé de Vèze produisit un effet extraordinaire.

Quand il descendit de la chaire, tous les yeux le

suivirent, et l'assemblée témoigna respectueusement son admiration par un profond silence.

L'abbé de Vèze sortit furtivement de la sacristie, quitta Saint-Gatien, [et] gagna *le chemin de la Porte Rouline,* petite rue qui se trouve derrière la cathédrale et aboutit à un endroit solitaire du Mail.

Le jeune prêtre se dirigea lentement vers cette promenade pratiquée dans les anciens remparts de la ville, et il alla s'y asseoir sur un banc de bois, s'appuya le dos à un arbre, et regarda les jardins des maraîchers qui s'étendaient entre lui, maintenant muet et abattu, et la cathédrale où sa voix retentissait encore.

A cette heure, par le soleil du mois de mai, le Mail devait être désert. Aussi lorsque le prédicateur eut regardé prudemment autour de lui et qu'il n'eut vu personne, son visage pâle et contracté quitta par degrés son expression sévère. Il contempla le ciel, les arbres, les jardins, la ville avec un visible plaisir. Il semblait oublier qu'il était prêtre, et, après s'être reposé, il alla vers la Loire, en admira la longue nappe, les îles vertes, et surtout les rochers du bord opposé.

Des pensées, qui furent un secret entre Dieu et lui, animèrent ses yeux. Il se rendit à une maison du faubourg où il demanda du lait; il le but, et revint dans l'allée solitaire où il se promenait habituellement dans le Mail.

Après s'être ainsi tacitement épanché avec la nature, il reprit insensiblement sa physionomie mélancolique, et regagna d'un pas lent et grave le quartier de la cathédrale.

Il était environ huit heures et demie quand il arriva dans le cloître, petite place située derrière Saint-Gatien.

Sans doute sa prédication ayant exigé quelque grand effort d'âme, il avait prodigué ses forces, et la nature de son génie le portait, autant que la gravité de son état, à la récréation douce et simple qu'il venait de prendre.

Il semblait quitter à regret les échappées de vue qui s'offrent à chaque pas dans *le chemin de la Porte Rouline,* et il s'était souvent retourné pour les contempler à la lueur du crépuscule et à la lumière de la lune qui se confondaient. Il savourait les poésies du soir avec un sentiment triste et doux. Peut-être essayait-il d'user son cœur dans ces [admirations attendries], comme il fatiguait incessamment, par des travaux intellectuels, sa tête et son esprit.

. . . .

DOCUMENT POUR «PIERRETTE»

Préface de l'édition originale

L'état du Célibataire est un état contraire à la sociéte. La Convention eut un moment l'idée d'astreindre les célibataires à des charges doubles de celles qui pesaient sur les gens mariés. Elle avait eu là la plus équitable de toutes les pensées fiscales et la plus facile à exécuter. Voyez ce que le Trésor gagnerait à un petit amendement ainsi conçu : *Les contributions directes de toute nature seront doublées quand le contribuable ne sera pas ou n'aura pas été marié.* S'il existe en France un million de célibataires payant une cote dont la moyenne soit de dix francs, le budget des recettes serait grossi de dix millions.

Et les filles à marier ne cesseraient de rire en pensant à ces cotes doublées et aux leurs qui ne le seraient pas encore.

Et les gens mariés poufferaient de rire.

Et l'école genevoise et anglaise, qui veut nous moraliser, tirerait ses lèvres minces sur ses dents jaunes. Et les percepteurs ne pourraient s'empêcher de rire en écrivant leurs petits carrés de papier azuré, jaune, gris, verdâtre, rouge qui se soldent toujours avec frais.

Ce serait un rire universel.

La publication de cette idée, renouvelée des cartons de la Convention, est d'autant plus courageuse que celui qui la soulève est garçon; mais il y a des cas où les intérêts sociaux doivent l'emporter sur les intérêts particuliers.

Ceci part d'un principe. Ce principe est la haine profonde de l'auteur contre tout être improductif, contre les célibataires, les vieilles filles et les vieux garçons, ces bourdons de la ruche!

Aussi, dans la longue et complète peinture des mœurs, figures, actions et mouvements de la société moderne, a-t-il résolu de poursuivre le Célibataire, en réservant toutes les exceptions nobles et généreuses comme le prêtre, le soldat et quelques dévouements rares.

La première œuvre où il s'occupa de cette classe de vertébrés fut intitulée à tort *Les Célibataires;* elle s'appellera désormais *l'Abbé Troubert.* Il y avait mis quatre figures différentes qui rendent assez les vices et les vertus du célibataire; mais ce n'était qu'une indication. *Pierrette* est la continuation de la peinture du Célibataire, riche trésor de figures et qui doit lui offrir encore plus d'un modèle. Le chevalier de Valois, dans *la Vieille Fille,* le chevalier d'Espard dans *l'Interdiction,* figure muette, effacée; de Marsay, dans plusieurs scènes et notamment dans *la Fille aux yeux d'or, la Fleur des Pois,* etc.; Chesnel, ce vieux et dévoué notaire, dans *le Cabinet des Antiques;* Poiret et Mlle Michonneau, dans *le Père Goriot,* ne sont, jusqu'à présent, que des accidents, ils n'ont pas été des figures principales, des types portant au front un sens social ou philosophique.

L'un de nos plus terribles célibataires, Maxime de Trailles, se marie. Ce mariage est en train de se conclure dans *Une Election en province,* scène qui se prélasse entre deux des compartiments d'acajou qui contiennent les scènes inédites et qui ne ressemblent pas mal à des coulisses de théâtre. Oui, cette nouvelle doit être publiée dans l'intérêt des familles qui grouillent entre les mille pages de cette longue œuvre et qui s'alarmaient en sachant Maxime toujours affamé. — *Il le fallait!* a dit l'auteur en se drapant dans sa robe de chambre par un beau mouvement semblable à celui d'Odry qui s'élève en disant ce mot à la grandeur des FATUM des anciens.

Il-le-fal-lait! Que voulez-vous? il s'élevait mille accusations contre les dandys des ETUDES DE MŒURS. Une critique imbécile et lâche en voulait à Maxime de Trailles! on le travaillait dans les journaux, on le prétendait trop immoral, d'un dangereux exemple; on allait jusqu'à nier son existence! Pour en finir, son père a fini par le marier. On criera encore, car en France on crie à propos de tout, et on crie bien plus à propos du bien qu'à propos du mal; mais enfin, une fois Maxime de Trailles marié, père de plusieurs enfants, rallié sincèrement à la nouvelle dynastie, employé par elle, il aura des défenseurs; il sera riche d'ailleurs, il pourra payer quelques flatteurs, et s'abonnera sans doute à quelques rédacteurs, ce qui est bien plus utile que de s'abonner à des journaux.

Beaucoup de femmes se sont récriées : Comment! vous mariez ce monstre qui nous a fait tant de mal, qui a séduit et quitté Mme de Restaud, qui a joué tant que le Jeu a été debout, et vous le faites heureux, et père de famille? Ce sera d'un horrible exemple, il fallait qu'il finît très mal, comme Faust, ou comme don Juan ou comme les vieux garçons qui ont *fait des siennes,* avec d'horribles souffrances, ayant plus ou moins de névralgies, d'apoplexies, de paralysies.

— Que voulez-vous! ce diable de Maxime se porte bien, a dit l'auteur. Puis où est le danger? le proverbe : *la mauvaise herbe croît toujours,* mentirait donc? Vous ne voudriez donc pas que le catholicisme eût quelquefois raison, et que le repentir ne fût pas admis?

Ces femmes qui étaient des femmes d'esprit ont compris. Elles ont approuvé le mariage de Maxime de Trailles. Ce mariage ne coûte qu'une promesse de la liste civile, c'est bien peu de chose; le premier ministre donne une place à de Trailles, qui devient, d'ailleurs, un excellent député.

Vous verrez cet épisode de nos mœurs politiques, d'ici à quelques mois : les mariages et les élections se font plus vite qu'ils ne se racontent.

On a pardonné la figure de de Marsay à l'auteur; mais à cause de la certitude où l'on est que de Marsay est mort. Puis de Marsay a été très utile à son pays, il a été premier ministre, il a fait de grandes choses, il avait du moins l'intention de les faire; ses titres à l'estime de son pays, le rachat des fautes de sa jeunesse, toute sa belle vie est dans les *Scènes de la vie politique.* Ces trop célèbres scènes sont, malheureusement encore, entre les compartiments d'acajou où dorment tant de marionnettes impatientes de s'élancer dans la vie du cabinet de lecture.

Rastignac a été sous-secrétaire d'Etat, il est doctrinaire, il est assez pédant, la politique l'a rendu suffisant; mais il a fini par épouser Mlle de Nucingen. Les petits journaux, la Cour et la ville ont beaucoup glosé de ce mariage, on a beaucoup parlé des relations de Rastignac pendant la Restauration avec Delphine de Nucingen; mais Rastignac a laissé dire : il est bon gentilhomme, il est spirituel, il s'est montré grand seigneur là où des bourgeois eussent été fort embarrassés. D'ailleurs, il dit que beaucoup de belles-mères en ont fait autant, et il a eu le bon esprit de faire nommer évêque son frère, l'abbé Gabriel de Rastignac, en sorte que Mme de Nucingen est reçue à la Cour.

Si donc il se rencontre des Célibataires dans le monde des Etudes de mœurs, attribuez-les à cette nécessité à laquelle nous avons tous obéi d'avoir vingt ans; mais, quant aux Célibataires sérieusement célibataires, volant la civilisation, et ne lui rendant rien, l'auteur a l'intention formelle de les flétrir, en les piquant sur le coton, sous verre, dans un compartiment de son Muséum, comme on fait pour les insectes curieux et rares. *Pierrette* est due à ce système de dénonciation sociale, politique, religieuse et littéraire.

N'accusez pas non plus l'auteur d'un parti pris de mordre les gens à la façon des chiens enragés : il n'est pas célibatairophobe. L'une des sottises les plus haineuses, les plus envieuses, les plus ridicules entre toutes celles dont il est l'objet, ou auxquelles il est en butte, est de faire croire qu'il a des idées absolues, une haine constante, indivisible, contre certaines classes de la société, contre les notaires, les marchands, les usuriers, les bourgeois, les propriétaires, les journalistes, les banquiers, etc.

Et d'abord, il les aime comme le marquis de Valenciana doit chérir les bien-aimés terrains d'où il tire annuellement ses lingots d'or.

Puis, en honneur et conscience, quand le dessin de la fresque littéraire où se meuvent tant de personnages sera terminé, que vous pourrez la contempler dans son entier, vous serez tout étonné de la quantité de niaiseries, de sottises, de faux jugements, pommes cuites et quelquefois crues qui aura été jetée à l'auteur pendant que son crayon courait sur la muraille, et qu'il était sur ses trétaux (assez mal assurés), peignant, peignant, peignant.

Car, alors, vous verrez que, s'il était forcé de pourtraire des niais, comme les Rogron, il faisait aussi le portrait du quincaillier Pillerault; que, s'il esquissait un Claparon, il mettait à côté la figure de Gaudissart et celle du petit Popinot (aujourd'hui maire d'un arrondissement, chevalier de la Légion d'honneur et très bien avec le trône, entouré d'institutions citoyennes). Le marquis d'Espard dans *l'Interdiction* ne compense-t-il pas du Tillet? César Birotteau ne contraste-t-il pas avec le baron de Nucingen?

Mais l'auteur ne veut pas plus se répéter dans ses préfaces qu'il ne se répétera dans son œuvre. Voici bientôt six ans, il a, dans la préface d'une édition du *Père Goriot,* opposé à des accusations fausses, ennemies, mensongères, atroces, illégales, impudentes, infâmes, sottes, malvenues, indélicates, saugrenues, portées contre le peuple féminin du monde représenté dans ses ouvrages, une liste exacte de toutes ses femmes, filles, veuves, et prouvé par cette liste que la somme des personnages vertueux était d'un tiers supérieure à celle des personnages qui avaient quelque chose à se reprocher, bénéfice qui certes ne se rencontre pas dans le monde vrai.

Depuis cette préface, il s'est tenu en garde, il a renforcé le bataillon vertueux, soit parmi les hommes, soit parmi les femmes; et les accusations ont continué. Que faire?

Savez-vous en quoi consiste notre immoralité, notre profonde corruption? à rendre les fautes séduisantes, à les excuser!

Mais, s'il n'y avait pas d'immenses séductions dans les fautes, en ferait-on? Puis, s'il n'y avait pas de vices, y aurait-il des vertus?

Ne devrait-on pas attendre, en bonne conscience, qu'un auteur eût déclaré son œuvre finie, avant de la critiquer? Avant de dire s'il a ou n'a pas une pensée d'avenir, ou philosophique, ne devrait-on pas chercher s'il a voulu, s'il a dû avoir une pensée? Sa pensée sera la pensée même de ce grand tout qui se meut autour de vous, s'il a eu le bonheur, le hasard, le je ne sais quoi, de le peindre entièrement et fidèlement. Dans certaines peintures, il est impossible de séparer l'esprit de la forme.

Si, lisant cette histoire vivante des mœurs modernes, vous n'aimez pas mieux, toi boutiquier, mourir comme César Birotteau ou vivre comme Pillerault, que d'être du Tillet ou Roguin; toi jeune fille, être Pierrette plutôt que Mme de Restaud; toi femme, mourir comme Mme de Mortsauf que de vivre comme Mme de Nucingen; toi homme, civiliser comme le fait Benassis que de végéter comme Rogron, être le curé Bonnet au lieu d'être Lucien de Rubempré, répandre le bonheur comme le vieux soldat Génestas au lieu de vivre comme Vautrin, certes le but de l'auteur serait manqué. Les applications individuelles de ces types, le sens des mille histoires qui formeront cette histoire des mœurs ne seraient pas compris. Mais, comme le tableau général est fait dans une pensée encore plus élevée, et qu'il n'est pas encore temps d'expliquer, ce ne sera qu'un très petit malheur.

Pierrette est donc le second tableau où les Célibataires sont les figures principales, car, si Rogron se marie, il ne faut pas prendre son mariage comme un dénouement, il reste Rogron, il n'a pas longtemps à vivre, le mariage le tue.

Malheureusement cet ouvrage a quelques imperfections de détail qui disparaîtront plus tard, il sera plus fortement relié qu'il ne l'est aux parties antérieures avec lesquelles il doit se marier. Ce défaut vient précisément de la nécessité où se trouve l'auteur de publier séparément les différentes parties d'un grand tout. Il a déjà fait observer que nous ne sommes plus dans ces époques où les artistes pouvaient s'enfermer, vivre paisiblement à l'écart, et sortir de leur solitude armés d'un ouvrage entièrement fait et qui se publiait en entier, comme les œuvres de Gibbon, de Montesquieu, de Hume, etc. Au lieu de vivre pour la science, pour l'art, pour les lettres, on est obligé de faire des lettres, de l'art et de la science pour vivre, ce qui est contraire à la production des belles œuvres. Cet état de choses ne changera pas sous un gouvernement essentiellement ennemi des lettres, qui ne cache pas son antipathie, qui refuse une pension alimentaire aux poètes devenus fous de misère, qui laisse dépérir le commerce le plus florissant que la France devrait avoir en temps de paix, *la librairie de nouveauté,* qui encourage par son inaction la piraterie la plus honteuse pour le droit public de l'Europe : *la contrefaçon,* qui distribue, comme vous le savez, les fonds destinés aux beaux-arts, qui consacre des millions à des pierres, et refuse quelques mille francs à la littérature. Quelque jour, la statue de ce pauvre Louis XIV, érigée dans la cour de Versailles, lèvera le bras, ouvrira la bouche et dira : que ces pierres redeviennent des écus, et nourrissent vos hommes de talent!

Ce qu'il y a de plus singulier, c'est de voir ces mêmes gens, qui n'ont que le sens des choses matérielles, ou leurs organes, ou, ce qui me semble plus original, quelques puritains stupides accuser la littérature de mercantilisme : les sauvages sont moins inconséquents. Disons mieux, ils sont moins naïfs. En accordant le dire et le fait, il est impossible de déclarer plus nettement à une littérature qu'on ne veut pas d'elle.

Nul ne connaît mieux que l'auteur les défauts de *Pierrette*; il est quelques endroits où des développements sont nécessaires, et une main amie les lui avait indiqués; il y avait aussi quelque chose à redresser dans la maladie dont meurt l'héroïne; quelques figures voulaient encore des coups de pinceau; mais il est des moments où les retouches gâtent au lieu de perfectionner une toile; il vaut mieux la laisser dans sa nature, jusqu'à ce que le goût, cet éclair du jugement, revienne. Malgré les suppositions de beaucoup de paresseux et de fainéants, incapables d'écrire une page en français, ou de créer un drame, ou de composer un personnage, d'inventer une situation ou de suer un livre par leur tête de bois, imaginant que la fécondité exclut la Réflexion et le Faire, comme si Raphaël, Walter Scott, Voltaire, Titien, Shakespeare, Rubens, Buffon, lord Byron, Boccace, Lesage ne donnaient pas d'éclatants démentis à leurs niaises assertions; comme si l'esprit, par la rapidité de ses recherches et de ses mouvements, par l'étendue de son point de vue, ne donnait pas au temps, pour les travailleurs, une mesure autre que celle que lui trouvent les oisifs et les écervelés! Voici bientôt dix ans que d'autres écervelés accusent l'auteur d'annoncer des ouvrages et de ne pas les publier; mais essayez d'accorder des hannetons; vous serez bientôt forcé de les laisser là, ce que l'auteur fait de tous ceux dont il s'agit.

Le Bonhomme Rouget sera la troisième scène de la vie de province où il essayera de peindre les malheurs qui attendent les célibataires pendant leur vieillesse. Le sujet ne sera pas encore épuisé, mais il y aura bien assez de célibataires pour le moment. *Sat prata biberunt.*

Ah! il y a encore quelques autres niais qui accusent l'auteur d'avoir un excessif amour-propre, il est bien aise de leur faire observer que la preuve de son peu d'amour-propre existe dans la publication de ses ouvrages, qui donnent lieu à tant de critiques raisonnables.

Aux Jardies, juin 1840.

NOTES

LE CURÉ DE TOURS

Page 31.

1. Jean-Pierre David (1783-1856) dit David d'Angers. Après plusieurs refus, Balzac acceptait en novembre 1842 que ce grand sculpteur fasse de lui « un colossal buste en marbre pour le joindre à ceux de Chateaubriand, de Victor Hugo, de Lamartine, de Goethe, de Cooper ». Ce buste, que Hugo devait remarquer dans le salon de la rue Fortunée lors de la mort de Balzac (*Choses vues*, Folio n° 91, p. 191), est aujourd'hui à Carnavalet. Il avait été achevé pour le Salon de 1844. Dès 1843, David avait exécuté deux médaillons, l'un représentant Balzac de face, l'autre de profil (aujourd'hui respectivement au Louvre et à Carnavalet), dont le romancier remerciait le sculpteur, en mai, par la dédicace du *Curé de Tours*, et à la fin de l'année par l'envoi des trois volumes contenant le manuscrit et les épreuves corrigées de son roman *Les Employés*. Sur l'un d'eux, Balzac avait écrit : « Il n'y a pas que les statuaires qui piochent. »

Page 33.

2. En fait, le mot Cloître ne désignait pas alors seulement la place dite aujourd'hui place Grégoire-de-Tours, mais l'ensemble des bâtiments ecclésiastiques cernés par une clôture autour de Saint-Gatien : le Séminaire, l'Archevêché, etc. Les curieux d'identifications topographiques seront comblés par les articles de Suzanne Bérard et de Nicole Mozet, cités dans la Notice.

Page 34.

3. Couvre-chef en fourrure réservé aux chanoines.
4. L'actuelle rue Albert-Thomas.

Page 35.

5. Dans le sens beaucoup plus large qu'avait alors ce mot : connaisseur en monuments de l'antiquité, ou simplement anciens.
6. Néologisme cher à Balzac comme à la plupart de ses contemporains, bien que *harmoniser* fût connu depuis le XVe siècle (J.-L. Tritter).

Page 36.

7. « C'était l'objet de ses vœux. » Horace, *Satires*, livre II, VI, 1.

Page 37.

8. Par le Concordat de 1801.
9. Passion qui le perdra. Curieusement, la même passion mobilière possédera et perdra son frère César, le parfumeur. Il est singulier que Balzac ait investi ces deux hommes, certes estimables, mais sots, d'une passion qui le tenait lui-même et qui, d'ailleurs, ne lui réussira guère mieux.

Page 38.

10. J.-A. Ducourneau signale que cette graphie était indiquée par Restaud et Wailly.
11. Les produits de l'ébéniste André-Charles Boulle (1642-1732) étaient une des passions de Balzac qui les accumula autant dans les intérieurs de *La Comédie humaine* que chez lui.

Page 39.

12. Anglicisme alors à la mode.
13. *Lampas* est aujourd'hui plus correct (voir la note 79).

Page 41.

14. Authentique journal du temps, dit d' « opposition aristocratique et ultramontaine ».
15. Badebec, la femme de Gargantua.

Page 52.

16. Orthographié Château-Renaud dans les premiers textes, le nom de ce chef-lieu de canton près de Tours est aujourd'hui Châteaurenault. La Grenadière, dans la nouvelle de Balzac qui porte son nom, était déjà « dallée en carreau blanc fabriqué à Château-Regnault [*sic*] ».

17. C'est-à-dire disposé d'une manière encore très courante aujourd'hui : en oblique alterné.

Page 53.

18. « Vieille fille » : cette héroïne de *Louis Lambert* et d'*Un drame au bord de la mer* devait avoir environ vingt-quatre ans lorsque Lambert mourait en 1824, par conséquent deux ans auparavant...

Page 60.

19. Néologisme forgé par Balzac.

Page 64.

20. Le *pouiller* ou *pouillé* était le catalogue des bénéfices d'un diocèse, d'une abbaye et, naturellement, d'un évêché. Mais non « des évêques »...

21. En 1821...

Page 67.

22. Il s'agit évidemment de Pommereul. Sur cette affaire, aussi bien que sur les liens anciens de ce préfet avec Bernard-François Balzac et les affaires de ce dernier, évoquées dans la préface de cette édition, voir, outre l'article cité de Suzanne Bérard, l'article de Nicole Célestin, « Bernard-François Balzac, Administrateur de l'Hôpital de Tours ». *Bulletin trimestriel de la Société archéologique de Touraine*, t. XXXIII, année 1961.

Page 69.

23. On a vu dans la préface que Balzac constatera ce fait sur lui-même quand il écrira, le 5 avril 1844, à Mme Hanska : « Je deviens méchant, comme tous les animaux souffrants. »

Page 71.

24. Type inventé par Marivaux, dans son *Paysan parvenu*.

Page 72.

25. Dans *Les Petits Bourgeois,* Balzac montrera Brigitte Thuillier, autre vieille fille, se tenant « droite comme une hallebarde ».

26. Déjà vu dans *Le Père Goriot,* sur les murs de la salle à manger de la pension Vauquer.

Page 73.

27. « ... La discrétion n'est pas précisément le fort de Balzac : il est étonnant que des endroits aussi importants que le cabinet de travail de Troubert ou l'appartement particulier de Mlle Gamard lui restent interdits. D'autre part, les présentations de personnages dans la rue, et à une certaine distance, pourraient bien relever davantage du souvenir que de l'imagination » (N. Mozet).

Page 79.

28. Etait-ce le souvenir persistant d'une vieille fille réelle? Une répétition de romancier? Toujours est-il qu'en 1846, Balzac montrera une autre vieille fille, la cousine Bette, aussi discrètement poitrinaire; et l'issue du mal sera la même.

Page 81.

29. Allusion au chapitre XIX du livre I de *Tristram Shandy* dans lequel le narrateur rapporte que son père « tenait que, par une étrange vertu magique, les bons ou les mauvais noms, comme il les appelait, influaient irrésistiblement sur notre caractère et notre conduite ».

Page 83.

30. On dit aussi *laisses,* qui se comprend mieux puisqu'il s'agit d'alluvions.

Page 85.

31. Maximus Quintus Verrucosus Fabius (275?-203 av. J.-C.), surnommé Cunctator : « le temporisateur ».

Page 88.

32. En fait, *città dolente* : la « cité des douleurs » de Dante (*Inferno,* III, 1).

Page 89.

33. Marie Virot de Sombreuil (1774-1823) avait sauvé son père des Massacres de Septembre en demandant sa grâce au peuple. Provisoirement : le maréchal de Sombreuil devait être exécuté deux ans plus tard.

Page 99.

34. En fait, dans *L'Esprit des lois* (II, III : *Des lois relatives à la nature de l'aristocratie*), Montesquieu évoquait non Saint-Marin, mais Raguse, où « le chef de la République change tous les mois; les autres officiers toutes les semaines; le gouverneur du château tous les jours ».

Page 105.

35. Il serait difficile de ne pas noter, au moins en passant, un certain air de famille entre le vicaire général Troubert et le grand vicaire de Frilair. En 1830, Balzac avait beaucoup apprécié *Le Rouge et le Noir* dans lequel Stendhal définissait son romanesque représentant de la Congrégation comme un « homme adroit qui avait organisé si savamment le réseau de la congrégation bisontine, et dont les dépêches à Paris faisaient trembler juges, préfet, et jusqu'aux officiers généraux de la garnison ». Sur la Grande Aumônerie et la Congrégation, on consultera l'ouvrage du R. P. Guillaume de Bertier de Sauvigny, *Le Comte Ferdinand de Bertier et l'énigme de la Congrégation* (Les Presses continentales, 1948).

36. Mgr le comte Frayssinous, évêque d'Hermopolis, pair de France, et premier Aumônier, dont le ministère, qui recouvrait les Affaires ecclésiastiques et l'Instruction publique, avait été créé par ordonnance du cabinet Villèle, pendant l'agonie de Louis XVIII, le 24 août 1824.

Page 107.

37. Dans *Le Lutrin*, chant I.

Page 112.

38. Ce n'est pas « quelques dessinateurs » mais un seul qui avait imaginé de représenter en caricature ce contraste. Il s'agit de Jean-Gabriel Scheffer (1797-1876), peintre et lithographe d'origine genevoise. Son recueil intitulé *Ce qu'on dit et ce qu'on pense*, et sous-titré

Petites scènes du monde, connaissait alors un grand succès. Il rassemblait soixante lithographies parues séparément depuis 1828 : la première avait été annoncée dans le *Journal de l'Imprimerie et de la Librairie* du 15 novembre. A Londres même, dès 1829, une série avait été publiée par Ch. Tilt. J'ai plaisir à redire ma reconnaissance à M. Jean Adhémar, Conservateur en chef du Cabinet des Estampes, qui m'a aidée à lever l'anonymat imposé dans ce texte à l'inventeur de *Ce qu'on dit et ce qu'on pense.* Balzac devait pourtant connaître J.-G. Scheffer qui avait collaboré en même temps que lui à *La Silhouette* avec, notamment, une *Monographie du cachemire* qui pouvait retenir l'attention de l'auteur de la *Physiologie de la toilette* publiée dans la même *Silhouette.*

Il reste à noter que Balzac n'a pas imaginé immédiatement de reproduire en littérature le contraste représenté en caricature. Ni le texte : « Semblable au parrain [...] en apparence insignifiantes. », ni le contrepoint en italiques des dialogues intérieurs, de « ce qu'on pense », ne figuraient dans l'édition originale de la nouvelle.

Page 113.

39. Personnage d'Asiatique fabuleux, inventé au Moyen Age, dont la légende prit assez de consistance en Europe pour que, du XVe au XVIIe siècle, l'Abyssinie soit nommée le royaume du Prêtre Jean.

Page 122.

40. Ici s'achevait la première édition du récit.

PIERRETTE

Page 127.

41. Anna, née en 1828, devait perdre son père le comte Venceslas Hanski en 1841, épouser le comte Georges Mniszech en 1846, devenir belle-fille de Balzac et le perdre en 1850, perdre son mari en 1881, sa mère en 1882, avant de mourir ruinée au couvent des Dames de la Croix, rue de Vaugirard à Paris, en 1915.

Page 129.

42. Chez les Romains, le *proletarius* (de *proles* : lignée)

était un citoyen de la dernière classe, dont la seule utilité était de faire des enfants pour la République.

43. Dans leur *Journal*, les Goncourt ont prétendu connaître un Martener, « fils d'un médecin dont Balzac n'a pas changé le nom dans *Pierrette* », dont nul document n'a cependant confirmé l'existence. De plus Balzac avait changé le nom de son médecin romanesque : Martener se nommait d'abord Martinet. Or, s'il a changé ce premier nom, peut-être est-ce parce qu'il rappelait un peu trop celui de Louis Martinet, authentique praticien, alors très renommé, fondateur de la *Revue médicale,* et ancien élève de Dupuytren, le modèle du « célèbre Desplein » que Martener appelle en consultation. Le docteur Vincent Meininger voudra bien accepter mes remerciements pour avoir attiré mon attention sur Louis Martinet et, surtout, sur les titres des travaux de cet homonyme originel du praticien qui soigne Pierrette, car certains méritent d'être mentionnés ici : *Sur le ramollissement du cerveau, Sur l'inflammation des nerfs, Sur la résistance vitale* et, pratiquement contemporain de la rédaction de *Pierrette, Recherches sur l'inflammation de l'arachnoïde cérébrale et spinale.*

Page 130.

44. La place évoquée par Balzac, et qui porte aujourd'hui son nom, arrive en effet « presque à la grande rue », l'actuelle rue du Val, et son « autre bout est barré par une rue parallèle », l'actuelle rue Fourtier-Masson, qui s'arrête à l' « une des deux rivières qui arrosent la vallée de Provins », la Voulzie, la seconde étant le Durteint, dont Balzac écrit le nom Durtain, comme on le verra plus loin.

Page 131.

45. Dominique-Edouard Bruguière (1793-1863) « a essayé, non sans succès, d'appliquer le chant à la moralisation des masses » (Pierre Larousse). La « romance bretonne » citée par Balzac est mentionnée par Nerval dans ses *Chansons et légendes du Valois*

Page 132.

46. Balzac cite ici le premier vers de la deuxième strophe de la chanson mieux connue par le premier vers de sa première strophe : « Combien j'ai douce sou-

venance », et composée « sur un air des montagnes d'Auvergne, remarquable par sa douceur et sa simplicité », selon Chateaubriand lui-même.

47. Orthographe admise par Boiste (J.-A. Ducourneau).

48. La mise en scène du début de cette histoire d'une jeune fille et d'ex-boutiquiers de la rue Saint-Denis à Paris, doit être rapprochée de celle du début de *La Maison du Chat-qui-pelote :* Balzac y avait déjà planté un jeune homme sous une mansarde d'où une jolie jeune fille, un instant apparue, était bientôt mise en fuite par l'irruption, plus bas, de la vilaine figure d'un parent soupçonneux et boutiquier rue Saint-Denis. Or, pour conter l'histoire de la vie et de la mort, bien jeune, d'Augustine Guillaume Balzac s'était incontestablement inspiré de la vie et de la mort de sa sœur Laurence...

Page 136.

49. La plus connue des quatre îles Borromées.

Page 137.

50. Bourg imaginaire, dont le nom venait de *Béatrix.*

51. La chlorose, « affection fréquente chez les jeunes filles, et qui est caractérisée par la pâleur jaune ou verdâtre du teint, par la flaccidité des chairs, par une langueur générale » (Pierre Larousse), avait sans doute déjà inspiré le nom de Wann-Chlore, héroïne de l'un des premiers récits de Balzac.

Page 139.

52. Par bien des détails, notamment par les précisions biographiques et par son entourage social, l'histoire de l'orpheline Ursule Mirouët recueillie par *Denis* Minoret, semblera construire par similitudes et contraires comme pour former un diptyque avec l'histoire de Pierrette écrite un an et demi plus tôt.

53. Donc le 18 février 1814. C'est aussi en 1814 qu'Ursule Mirouët devient orpheline.

Page 141.

54. Orthographe déjà très archaïque, mais encore acceptée à l'époque de la rédaction.

55. Montauran et du Guénic étaient des héros purement balzaciens, apparus respectivement dans *Les Chouans* et *Béatrix.* Charette, authentique héros des

guerres de l'Ouest contre la République, est mieux connu que Pierre Mercier dit *la Vendée,* qui aida Cadoudal à organiser la Chouannerie, prit part aux combats de Quiberon et périt dans une embuscade près de Loudéac en 1800.

Page 142.

56. Si Sainte-Périne, maison de retraite fondée à Chaillot en 1801, existait, et existe toujours, son homologue nantaise, nommée Sainte-Anne dans les premières éditions de *Pierrette,* « n'ouvrit ses portes qu'en 1835 », donc largement après la date donnée par Balzac, comme le signale Madeleine Fargeaud.

57. Elle allait, venait et furetait même les dimanches et jours fériés, jours où les bureaux de poste fermaient à deux heures après midi. A Paris même, il y avait sept « levées de boîtes » et six distributions quotidiennes.

Page 148.

58. Jean-Louis Tritter a retrouvé ce mot mentionné par Bescherelle avec le sens : « Enlever l'écorce. Dégluber des arbres. »

Page 152.

59. Lors de l'invasion « alliée » de la seconde Restauration.

Page 153.

60. Donnemarie-Dontilly, ex-Donnemarie-en-Montois, chef-lieu de canton situé près de Provins, plutôt que le Donnemarie de la Haute-Marne

Page 154.

61. Rêve de bien des bourgeois français du temps, mais cauchemar pour Balzac, qui fit plusieurs séjours en prison pour n'avoir pas pris ses tours de garde obligatoires, et notamment en janvier 1839.

62. Mis sans doute pour évoquer quelque paradis persan, ce nom était une erreur puisqu'il désignait chez les Orientaux le pays des Francs, donc l'Europe occidentale.

63. Rapprochement heureux pour une ville célèbre par

ses roses, car l'œuvre la plus connue du poète Saadi (1184-1293) était *Le Gulistan ou Jardin des roses.*

64. Plus précisément Henri le Large, roi de Navarre et comte de Champagne. Après sa mort, sa femme Blanche d'Artois, nièce de Louis IX, épousait le second fils du roi d'Angleterre Henry III, le comte Edmund de Lancastre, fondateur de la maison de Lancastre. Son mariage l'ayant fait suzerain de Provins, Edmund introduisit dans ses armes la rarissime fleur qu'était alors la rose : c'est ainsi que la rose rouge historique des Lancastre vient sans doute de Provins.

Page 155.

65. Orthographié plutôt *padou* ou *padoue*, pour désigner des rubans de fil et de soie originellement fabriqués à Padoue.

Page 156.

66. Plutôt *thériakis,* nom désignant des Turcs s'adonnant à l'opium.

67. Transitif, le verbe regorger signifie *rendre, restituer,* ce qui est bien le sens voulu par Balzac.

Page 159.

68. « Royale » visait Louis-Philippe, qui sacrifiait même sa passion bien connue pour l'économie, à « sa manie de bâtir » : « toutes les dettes du roi sont des mémoires de bâtiments. Il aime trop la truelle », remarquait un contemporain (J. Lucas-Dubreton. *Louis-Philippe,* 388).

Page 164.

69. Type d'amoureux platonique.

70. Quand Balzac imagina ce titre, peut-être connaissait-il la sortie imminente de *La Ruche populaire,* journal rédigé par des ouvriers sous la direction de Vinçard, dont le premier numéro parut en décembre 1839.

71. Titre déjà donné en 1836, dans *Illusions perdues,* à l'ode dédiée par Rubempré à Mme de Bargeton, et dont le texte reprenait certaine *Ode à une jeune fille* publiée anonymement en 1828 dans les *Annales romantiques* après avoir été écrite quelques années plus tôt par Balzac pour Julie Campi, la fille naturelle de Mme de Berny.

Page 168.

72. Coup gagnant au boston. Quand on parvient à ne pas faire une seule levée, il se nomme *grande misère*, et quand on en fait une seule, c'est une *petite misère*.

Page 169.

73. On prenait alors ce repas entre cinq et sept heures de l'après-midi.

Page 170.

74. Noir veiné de jaune, ce marbre semble « porter de l'or ».

Page 171.

75. Cf. la note 17.

Page 172.

76. Neveu du roi de Pologne Stanislas-Auguste, le prince Joseph Poniatowski (1763-1813), fut fait maréchal de France par Napoléon à Leipzig, le 16 octobre 1813. Trois jours plus tard, il se noyait en tentant de contenir l'ennemi sur les bords de l'Elster blanche. Outre un tableau célèbre dans lequel Horace Vernet représentait cet épisode en 1822, Poniatowski inspira longtemps les artistes : jusqu'à la fin de la Restauration, il ne s'écoulait guère de mois sans que le *Journal de l'Imprimerie et de la Librairie* n'enregistre une nouvelle gravure consacrée à la vie et aux exploits de Poniatowski et, même, à la douleur des siens...

77. L'exploit accompli en 1814 par le maréchal Moncey fut représenté dans *La Défense de la barrière de Clichy*, œuvre d'Horace Vernet, à qui l'on doit aussi *Mazeppa aux chevaux* et *Mazeppa aux loups*, peints respectivement en 1825 et 1826, et exposés au Salon de 1827 : en les accrochant dans leur salon de Provins en 1823, les Rogron semblent en avance sur l'événement...

78. Molière. *L'Amour médecin*, I, I.

79. Ou plutôt *lampas* : étoffe à grands dessins tissés en relief, très employée pour recouvrir les sièges sous Louis XV et Louis XVI.

Page 173.

80. Les boules noires servant à rejeter les propositions de loi soumises aux votes de la Chambre, l'épi-

gramme vise ici l'opposition systématique des députés de la Gauche, particulièrement inoffensive sous Villèle en raison de l'écrasante majorité gouvernementale.

Page 174.

81. Toile sur laquelle étaient successivement impri mées par procédé lithographique une esquisse en noir et des surfaces de couleurs différentes, de manière à ressembler à une peinture à l'huile.

Page 177.

82. Fondé en 1815, pourvu de plusieurs appellations successives et définitivement intitulé *Le Constitutionnel* en mai 1819, ce journal était, de loin, le plus important des organes d' « opposition nationale et constitutionnelle ».

Page 179.

83. La vie galante du maréchal, nommé gouverneur de la Guyenne en 1758, était, en effet, assez connue.

84. Christophe Opoix (Provins 1745-1840), pharmacien ex-député à la Convention, fut en effet le « restaurateur des eaux minérales de Provins » dont il fut nommé inspecteur sous la Restauration. Il écrivit plusieurs mémoires sur ces eaux; deux ouvrages sur Provins dont Balzac semble s'être servi assez pour donner, selon Jean-Louis Tritter, une certaine consistance au personnage de Desfondrilles; et même, signalée par Maurice Allem, « une petite comédie, que je ne conseillerais à aucun théâtre de reprendre ».

85. Passée du domaine royal aux mains des comtes de Champagne au xe siècle, Provins connut une période de remarquable prospérité due à la création de nombreuses manufactures, teintureries, tanneries et ateliers de tissage, qui occupaient énormément d'ouvriers, ainsi qu'à la construction de nombreux édifices. Les foires de Provins étaient alors célèbres dans toute l'Europe. En 1279, un accroissement des taxes sur la production et le négoce, décidé par le comte Philippe, et aggravé par la décision du maire Guillaume Pentecôte d'obliger les ouvriers à fournir gratuitement une heure supplémentaire, déchaînaient une violente insurrection. Ruinée par les terribles représailles qui s'ensuivirent, Provins ne s'en remettra jamais. La cour des comtes de Cham-

pagne disparaîtra peu après quand la ville, après l'épisode Lancastre (cf. la note 64), revint au roi de France Philippe le Bel qui avait épousé Jeanne, la fille d'Henri le Large et de Blanche d'Artois.

Page 180.

86. Ou plutôt Thibaut, nom de la plupart des comtes de Champagne, notamment du père d'Henri le Large, le célèbre poète Thibaut IV dit *le Faiseur de chansons* (1201-1253).

Page 185.

87. Très récent héros des libéraux à la date de l'intrigue : commandant le peloton de gardes nationaux chargé d'expulser de la Chambre le député de la Gauche Manuel, le 27 février 1823, le sergent Mercier avait refusé d'exécuter cet ordre. Balzac ignorait peut-être que Rogron ne se trompait pas complètement, car Mercier était passementier, rue aux Fers, et se trouvait par conséquent quelque peu « confrère » d'un mercier...

Page 187.

88. Nom, famille, écuyer et exploit imaginaires.

Page 193.

89. Léopold Robert (1794-1835) avait exposé sa *Halte des moisonneurs dans les marais Pontins* au Salon de 1831. Dans l'*Inventaire* que Balzac avait dressé du mobilier qu'il possédait dans sa maison de la rue Fortunée, on relève « deux vases de Sèvres de 1 mètre 27 cent. de hauteur, fond chocolat représentant l'un le tableau des *Moissonneurs,* l'autre le tableau des *Vendangeurs* de Léopold Robert » et « *Les Moissonneurs* de Léopold Robert par Mercury gravure avant la lettre » (*Inventaire* reproduit par Roger Pierrot dans les *Lettres à Mme Hanska,* éd. du Delta, IV, 618 à 630).

Page 202.

90. Cet infinitif substantif d'un emploi si rare que Littré n'en cite qu'un seul exemple, ne s'applique qu'aux animaux et spécialement, comme c'est ici le cas par métaphore, à « la race canine ».

Page 204.

91. Orthographe qui semble propre à Balzac pour *lé.*

Page 205.

92. *Tartuffe,* I, I :

> *Certes, c'est une chose aussi qui scandalise*
> *De voir qu'un inconnu céans s'impatronise.*

93. On a vu que l'opposition de Gauche se disait « nationale et constitutionnelle » (cf. la note 82), pour mieux souligner que la Droite monarchiste refusait la Charte, et qu'elle avait été ramenée en 1815 dans « les fourgons de l'étranger ». Cette opinion avait pris du corps en 1818, lors de la publication de la fameuse *Note secrète* rédigée par l'homme de confiance du futur Charles X, Vitrolles, pour demander aux « alliés » le maintien de leur occupation de la France, au nom du parti ultra inquiet des progrès du libéralisme.

Page 210.

94. Gagnée sur les Russes par Kellermann, le 17 février 1814.

95. Le propos de ce libéral ne procède pas d'une extra-lucidité que Balzac lui attribuerait un peu trop facilement dix ans après la Révolution de 1830. Il s'agit d'une réalité historique : à l'époque de l'intrigue, les libéraux prédisaient ouvertement la chute des Bourbons aînés, et, moins ouvertement, la préparaient.

Page 212.

96. En 1819, Laurence Balzac avait écrit à son frère : « Je rabêtis tous les jours [...] On me dit d'aller à droite pan je donne à gauche, j'impatiente bonne maman, j'ennuie tout le monde et tout le monde a raison; je deviens patraque de plus en plus [...] joues papier mâché, déjeuners sur l'estomac [...] Je pense combien je suis peu de chose, à 17 ans ne pas savoir faire une lettre sans copie ni sans dictionnaire, à 17 ans ne pas savoir dire deux mots sans lâcher une bêtise. J'oublie le peu que j'ai su, je vois avec peine que j'ai tous les torts » (*Correspondance de Balzac,* publiée par Roger Pierrot, éd. Garnier, I, 33).

Page 213.

97. Inadvertance de Balzac, signalée par Jean-Louis

Tritter, car ce mot vient de Touraine où les Rogron ne sont jamais allés. Il signifie : *douillette.*

98. Voltaire a aussi employé ce mot au féminin.

Page 214.

99. Imaginé d'après l'un des nombreux dérivés provinciaux du *Courrier français,* organe du parti libéral et anticlérical, fondé en juin 1819 sous le titre *Le Courrier,* et qui avait pris son titre définitif dès février 1820.

Page 216.

100. A noter que lors de son mariage avec la fille de Mme de Berny, le juge Michelin avait apporté en dot, outre les quatre maisons du bas Provins déjà signalées (cf. préface, p. 21), des fermes et terrains à Saint-Hilliers, Cucharmoy, Rouilly, Mortery, Jaulnes, Fleigny. Donc aussi fort près de Provins, puisque le plus éloigné ne se trouvait qu'à dix kilomètres de la ville.

Page 217.

101. Association de catholiques monarchistes ultras soutenus par Charles X qui exerçait un véritable pouvoir occulte. L' « énigme » que posait la Congrégation a été résolue par le R.P. Guillaume de Bertier de Sauvigny (cf. la note 35).

Page 218.

102. Par cette appellation épigrammatique, Balzac différencie *Le Constitutionnel,* opposant systématique du gouvernement de la Restauration, du même *Constitutionnel* devenu gouvernemental sous la monarchie de Juillet qu'il avait beaucoup contribué à préparer.

Page 221.

103. Cf. la note 6.

Page 223.

104. M. Habert ne devait donc pas appartenir réellement à la Congrégation.

105. Chacun sait aussi que Balzac se trompe : Villèle, mis en difficulté par les excès des ultras et du roi qui aboutirent à la dissolution de la Chambre le 6 novembre 1827, dut démissionner en décembre *1827* — et non

1826 — à la suite du résultat des élections très défavorables à son ministère. Beaucoup de libéraux eurent alors plus de chance que Vinet : ils furent élus.

Page 226.

106. Balzac cite souvent l'histoire de Victoria Colonna, fille d'un grand connétable de Naples, veuve inconsolable de Fernando-Francisco d'Avallos, marquis de Pescara, mort d'une blessure reçue à la bataille de Pavie en 1525.

Page 230.

107. Nous sommes donc après le 5 janvier 1828, date de la nomination du ministère nommé d'après le ministre de l'Intérieur Martignac (1776-1832), dont la modération et le libéralisme dynastique répondaient aux souhaits des électeurs de novembre 1827. Mais non à ceux de Charles X qui le remplaçait brusquement en août 1829 par l'ultra Polignac, avec le succès que l'on sait.

Page 232.

108. Cette scène cocasse semble échappée de *La Vieille Fille.*

Page 235.

109. L'avocat André-Marie-Jean-Jacques Dupin, dit Dupin aîné (1783-1865), futur ministre et président de la Chambre sous la monarchie de Juillet, et Casimir Périer (1777-1832), futur président du Conseil sous le Roi des Français; tous deux, à la date de l'action, ténors de l'opposition.

Page 243.

110. Plus loin, on trouvera « la hyène » : Balzac n'était pas très fixé sur ce point.

Page 244.

111. Pour *dahlias,* que Balzac n'écrivit jamais correctement.

Page 247.

112. « De la comédie » (Littré).

Page 254.

113. « Anglaise » en anglais. Mais orthographié *ringlet.*

Page 256.

114. Les éditeurs modernes s'acharnent à mettre Robespierre partout où Balzac s'était acharné à écrire Roberspierre. A l'origine, ce nom aurait été un composé du patronyme Robert et du patronyme Pierre, ajouté pour différencier une branche de la famille. Devenu Robertpierre, il se prononçait Robépierre. Puis un « s » aurait été introduit selon le processus qui déforma Bernard en Bénard puis en Besnard. Balzac, rajoutant un « r » réputé étymologique, suivait un usage généralement adopté par les journaux au début de la Révolution. « Orthographe fantaisiste » pour Claude Manceron, qui cite cependant un « Yves Robert-Spierre, receveur général de la principauté de Carvin-Espinoy » au XVIIe siècle (*Les Hommes de la Liberté. Les Vingt ans du roi,* éd. Laffont, 557).

Page 257.

115. Député libéral de 1819 à sa mort en 1830, virtuose de la dialectique d'opposition, Constant était un exemple mieux venu dans cette histoire que Walpole, par lequel Balzac l'avait remplacé dans le feuilleton du *Siècle*; nous donnant ainsi un exemple des concessions qu'il avait dû consentir aux susceptibilités des abonnés du journal libéral.

Page 258.

116. Etoffe de laine sèche, brillante et, à l'origine, anglaise.

Page 260.

117. Un temps nommé le « whist bostonien », le whist était peu différent du boston dont le nom venait du siège de Boston, lors de la guerre d'Indépendance, avec ses phases rappelées par celles du jeu : *Misère* et *Indépendance.* « Inventé en l'honneur des insurgés d'Amérique », le boston « répandit par toute la France les idées d'indépendance sous une forme frivole », note Balzac dans *Une ténébreuse affaire.*

Page 262.

118. Comédie en un acte de Picard et Radet, créée à l'Odéon le 8 décembre 1817 et reprise au Gymnase en 1824. Dès le premier acte, Rigaudin y définissait son rôle :

« [...] je persifle, je raille
Tous les habitants du lieu.
Par mes soins, on se chamaille,
C'est un vrai plaisir des dieux
. . . .
Je vois tout ce qui se passe
Et je ris comme un bossu.

Et pour cause, puisqu'il était bossu. Et comme Rigaudin était, au surplus, clerc de notaire, il faut bien déduire de ce personnage de comédie qu'il avait frappé Balzac : en 1844, il lui donnera un frère en littérature avec Butscha, clerc de notaire bossu, railleur et fomenteur d'intrigues, dans *Modeste Mignon.*

Page 265.

119. Balzac, note Jean-Louis Tritter, « incline à imposer dans ses corrections le choix du participe présent de préférence à l'adjectif verbal ».

Page 284.

120. Procédure très rare. En exagérant à peine, Balzac prétendait, dans *César Birotteau,* qu'il se prononçait à peine un arrêt de réhabilitation en dix ans.

Page 299.

121. « Nom qu'on a donné quelquefois aux sœurs hospitalières du tiers ordre de Saint-François » (Littré).

Page 309.

122. « Opération par laquelle on broie la pierre dans l'intérieur de la vessie ou de l'urèthre », grâce à l'instrument nommé lithotriteur, introduit par les voies naturelles (Littré). Une opération « dans le genre de » aurait donc consisté à introduire un instrument dans la tête de l'enfant par les voies naturelles : cela se conçoit mal. Pour *Pierrette,* Balzac utilise évidemment les renseignements recueillis pour conter la mort de François II dans *Le Martyr calviniste.* Le fils de Catherine de Médicis était mort à seize ans — donc au même âge que Pierrette — après que sa mère eut refusé l'opération proposée par Ambroise Paré, « le trépan [...] encore très peu connu », destiné à vider un « dépôt [qui] s'était formé à la tête du roi » à la suite d'un « cruel mal d'oreille ». En

inventant ici la cause des maux de tête qui font tant souffrir son héroïne, en attribuant à un coup reçu non seulement un dépôt mais la carie qui cause finalement sa mort, Balzac donne à cette maladie mortelle une base clinique fragile, car cette « carie » évoque plus une otite compliquée de mastoïdite qu'un hématome traumatique. Quand il éprouve le besoin d'ajouter, en outre, l'opération « dans le genre de » à la trépanation déjà effectuée sur Pierrette, Balzac trahit les deux réalités distinctes sur lesquelles il bâtit cet épisode, et le mal qu'il éprouve à les amalgamer. Arrêté sans doute par le scrupule d'évoquer trop exactement les causes et les douleurs de la maladie et de la mort de sa sœur Laurence (cf. préface), greffant mal des notions relevant de la maladie fort différente de François II, Balzac a couru ici tous les risques de l'invention.

Page 314.

123. Marie-Thérèse, fille de Louis XVI et belle-fille de Charles X par son mariage avec son cousin germain, le duc d'Angoulême, devenu Dauphin à l'avènement de son père en 1824, après la mort de Louis XVIII.

124. Bourmont (1773-1846), avait été nommé ministre de la guerre du cabinet Polignac puis, peu après, commandant en chef de l'expédition d'Algérie, et promu maréchal à la suite de la prise d'Alger le 5 juillet 1830.

Page 316.

125. « Le département d'Ille-et-Vilaine », précisait le manuscrit. Mais le rédacteur en chef du *Siècle* avait écrit à Balzac vers le 24 janvier 1840, pour demander « plus de vague sous le rapport de la localité »... N'étant pas tenue au même vague, il m'est permis de relever dans l'*Almanach royal* de 1831 le nom de « M. Renaud, Maréchal-de-camp, Commandant le département d'Ille-et-Vilaine, à Rennes », sans trouver la raison qui le fit choisir par Balzac. Ce sera, comme il disait, un sujet de curiosité « pour nos petits-neveux ».

126. Le ministère du 13 mars 1831, qui prit fin avec la mort de Périer le 16 mai 1832, fut en effet marqué par les troubles légués par l'impéritie de ses prédécesseurs : agitation légitimiste dans l'Ouest, action des associations nationales dans l'Est, soulèvement des ouvriers à Lyon; et à Paris même, « de mars à juillet, Périer reçut presque chaque jour l'annonce d'un rassem-

blement séditieux ou même d'une émeute », note J. Lucas-Dubreton dans son ouvrage sur Périer. Son titre, *La Manière forte*, illustre la façon dont cet homme d'Etat entendait faire établir l'ordre. Le sens que Balzac implique dans la récompense accordée au général baron Gouraud pour « sa conduite » s'en trouve du même coup expliqué. Quant à l'affaire évoquée ensuite, Hugo l'a contée dans *Les Misérables* : il s'agit de l'insurrection républicaine déclenchée à l'occasion des funérailles du général Lamarque, le 5 juin 1832, et qui finit écrasée autour de l'église Saint-Merri.

127. Souvent corrigée en *pékins*, cette graphie correcte dérive de l'étoffe « délicate, exclue de l'uniforme militaire » et qui « pouvait caractériser les civils d'une certaine classe », dont les militaires utilisèrent le nom pour désigner les « bourgeois » (G. Gougenheim, *Mélanges Ch. Bruneau*, 147-151, cité par J.-L. Tritter).

Page 318.

128. Fille d'un père qui aurait abusé d'elle, victime d'une noire intrigue romaine, Béatrix Cenci fut exécutée à seize ans, après avoir été torturée. *L'Ange du parricide* inspira un drame à Shelley, une tragédie au marquis de Custine. Balzac lui-même avait noté dans ses *Pensées, Sujets, Fragmens* le projet de « *Béatrix Cenci*, tragédie en 5 actes ». De plus, Stendhal, dont il admirait tant *La Chartreuse de Parme* au moment même où il composait *Pierrette*, avait publié une histoire de Béatrix Cenci dans *La Revue des deux mondes* du 1er juillet 1837.

129. Plus brutalement encore, Balzac avait annoncé au début de son récit qu'il s'agirait des « immondices du cœur humain ».

DU MÊME AUTEUR

Dans la même collection

LE PÈRE GORIOT. *Préface de Félicien Marceau.*

EUGÉNIE GRANDET. *Édition présentée et établie par Samuel S. de Sacy.*

ILLUSIONS PERDUES. *Préface de Gaëtan Picon. Notice de Patrick Berthier.*

LES CHOUANS. *Préface de Pierre Gascar. Notice de Roger Pierrot.*

LE LYS DANS LA VALLÉE. *Préface de Paul Morand. Édition établie par Anne-Marie Meininger.*

LA COUSINE BETTE. *Édition présentée et établie par Pierre Barbéris.*

LA RABOUILLEUSE. *Édition présentée et établie par René Guise.*

UNE DOUBLE FAMILLE suivi de LE CONTRAT DE MARIAGE et L'INTERDICTION. *Préface de Jean-Louis Bory. Édition établie par Samuel S. de Sacy.*

LE COUSIN PONS. *Préface de Jacques Thuillier. Édition établie par André Lorant.*

SPLENDEURS ET MISÈRES DES COURTISANES. *Édition présentée et établie par Pierre Barbéris.*

UNE TÉNÉBREUSE AFFAIRE. *Édition présentée et établie par René Guise.*

LA PEAU DE CHAGRIN. *Préface d'André Pieyre de Mandiargues. Édition établie par Samuel S. de Sacy.*

LE COLONEL CHABERT, suivi de EL VERDUGO, ADIEU, LE RÉQUISITIONNAIRE. *Préface de Pierre Gascar. Édition établie par Patrick Berthier.*

LE MÉDECIN DE CAMPAGNE. *Préface d'Emmanuel Le Roy Ladurie. Édition établie par Patrick Berthier.*

LE CURÉ DE VILLAGE. *Édition présentée et établie par Nicole Mozet.*

LES PAYSANS. *Préface de Louis Chevalier. Édition établie par Samuel S. de Sacy.*

CÉSAR BIROTTEAU. *Préface d'André Wurmser. Édition établie par Samuel S. de Sacy.*

LA RECHERCHE DE L'ABSOLU, suivi de LA MESSE DE L'ATHÉE. *Préface de Raymond Abellio. Édition établie par Samuel S. de Sacy.*

LA DUCHESSE DE LANGEAIS. LA FILLE AUX YEUX D'OR. *Édition présentée et établie par Rose Fortassier.*

LA FEMME DE TRENTE ANS. *Édition présentée et établie par Pierre Barbéris.*

LA VIEILLE FILLE. *Édition présentée et établie par Robert Kopp.*

L'ENVERS DE L'HISTOIRE CONTEMPORAINE. *Préface de Bernard Pingaud. Édition établie par Samuel S. de Sacy.*

BÉATRIX. *Édition présentée et établie par Madeleine Fargeaud.*

LOUIS LAMBERT, LES PROSCRITS, JÉSUS-CHRIST EN FLANDRE. *Préface de Raymond Abellio. Édition établie par Samuel S. de Sacy.*

UNE FILLE D'ÈVE, suivi de LA FAUSSE MAÎTRESSE. *Édition présentée et établie par Patrick Berthier.*

LES SECRETS DE LA PRINCESSE DE CADIGNAN et autres études de femme. *Préface de Jean Roudaut. Édition établie par Samuel S. de Sacy.*

MÉMOIRES DE DEUX JEUNES MARIÉES. *Préface de Bernard Pingaud. Édition établie par Samuel S. de Sacy.*

URSULE MIROUËT. *Édition présentée et établie par Madeleine Ambrière-Fargeaud.*

MODESTE MIGNON. *Édition présentée et établie par Anne-Marie Meininger.*

LA MAISON DU CHAT-QUI-PELOTE suivi de LE BAL DE SCEAUX, LA VENDETTA, LA BOURSE. *Préface d'Hubert Juin. Édition établie par Samuel S. de Sacy.*

LA MUSE DU DÉPARTEMENT, suivi de UN PRINCE DE LA BOHÈME. *Édition présentée et établie par Patrick Berthier.*

LES EMPLOYÉS. *Édition présentée et établie par Anne-Marie Meininger.*

PHYSIOLOGIE DU MARIAGE. *Édition présentée et établie par Samuel S. de Sacy.*

LA MAISON NUCINGEN précédé de MELMOTH RÉCONCILIÉ. *Édition présentée et établie par Anne-Marie Meininger.*

LE CHEF-D'ŒUVRE INCONNU, PIERRE GRASSOU et autres nouvelles. *Édition présentée et établie par Adrien Goetz.*

SARRASINE, GAMBARA, MASSIMILLA DONI. *Édition présentée et établie par Pierre Brunel.*

Impression Bussière Camedan Imprimeries
à Saint-Amand (Cher),
le 24 septembre 1997.
Dépôt légal : septembre 1997.
1er dépôt légal dans la collection : janvier 1976.
Numéro d'imprimeur : 1/2425.
ISBN 2-07-036717-7./Imprimé en France.